Fゼミ通信

古厩忠夫の思索と行動の記録

古厩忠夫

同時代社

本書は生前の古厩忠夫氏が発行した「Fゼミ通信」を原稿として編集された。その際、原文を尊重しつつも文意を損なわない限りにおいて誤字等の訂正・補正を行った。また、収録されている写真は、本書編集にあたって新たに付け加えられたものである。

はしがき

近藤典彦

　古厩が大学院にいたころだった。かれを知る東大時代の友人3〜4人が札幌で集ったことがあった。談たまたま古厩におよび「古厩の頭脳は東大でも超弩級だ」という点で意見が一致した。もっともひとりがのちに「あれはほめすぎだった」と訂正した。
　私はそれ以前からそしてそれ以後もかれの優秀さに感服していた。しかし率直なところ新潟大学に勤めて以後、その頭脳の優秀さが研究に遺憾なく発揮されているかというと、もの足りなかった。いろんなことに手を出しすぎる。教育に熱中しているらしい、地域のことにも深く関わっているらしい、校務もすきで、学内にとどまらず文部省通いまでする、とうとう人文学部長にまでなってしまった。研究も中国近現代史と新潟地域史の両方に手を出している（このことに関しては私にも責任がある。修士課程で中国史を専攻していたかれに農業経済学博士課程に進むようもっとも熱心に勧めたのは私だった）。いくら何でも手を広げすぎる。そのうちガンで胃の全摘手術をした。研究に生活の重点をしぼった方がいい、と私は電話した。
　かれの優秀さがだれの目にも明らかになったのはガンと闘いかつ共存しながら書いた『裏日本―近代日本を問いなおす―』（岩波新書　1997年）であった。このベストセラーの中にかれの地域史・日本近現代史・中国近現代史・経済学・経済史に関する豊かな知見と卓越した歴史観・歴史感覚とが合流し凝って一つになっている。ようやく「超弩級」の片鱗を見せてくれた。
　かれがやっぱり「超弩級」であることを、あらためて確認したのは本書の原稿を精読したときである。
　原稿「Fゼミ通信」は古厩の新潟大学におけるゼミ（すなわちFゼミ）関係の卒業生に主として向けた近況報告としてはじまった。第1号は1989年8月1日に発行された。B5判2ページの短いものだった。それがしだいに長くなって行く。卒業生たちの反応がすばらしかったからだ。大学教師と卒業生たちとの熱のこもったこの交流は古厩の大学における教育実践がいかにすぐれたものであったかを如実に示す。「Fゼミ通信」はかくて教師と卒業生との合作の様相を

呈してゆく。古厩はその超弩級の頭脳に潜むものを教え子たちによって引き出されてゆく。「Ｆゼミ通信」は次第に「古厩忠夫評論集」「古厩忠夫活動記録」に変貌する。まず「評論」群から見てゆこう。

「評論」はいくつかのかたまりに分類できる。

まず「現代中国論」　たとえば毛沢東社会主義、鄧小平改革開放の評価など、寸鉄人を殺すの体がある。世界中から刮目される巨大都市上海、近未来都市とも呼ばれる上海、革命前は「魔都」とも呼ばれた上海の近年の変貌過程を活写する。日本人のすぐれた近現代中国史家のみが書ける上海論である。また歴史家古厩忠夫は中国映画を現代中国の生きた現実を写す鏡として活用した。その中国映画論も鋭く深い。

「日中関係論」　これは「日中戦争史」とかかわってあとで触れる。

「環日本海論」　日・中・韓・露各国の歴史とその諸関係に深い知識と理解を有する古厩ならではの研究領域であった。「朝鮮日報」が自社の主張に都合のいい部分のみを報じ、日本の「読売」「産経」がそれに飛びついて報じ難じ、多くの愚かしい非難が浴びせられた「日本海呼称論」などは古厩の特長の発揮された卓論である。

「近現代日本論」　古厩はマルクス主義を学生時代から摂取していたので、社会を経済的構造において捉えかつその運動形態において捉える視点を持っていた。庶民・下層階級・踏み台にされた人々の側からの視点もまた堅持した（国際的には侵略された側の立場に立った）。これがかれの歴史認識を独特の深さと確かさと味わいのあるものにした。その日本論はすでにふれたが前掲『裏日本―近代日本を問いなおす―』で遺憾なく発揮された。また本書でも読者は随所にかれの力強い日本論にふれるであろう。

古厩はお母さんをこよなく愛していた。そしてお母さんの影響を骨の髄まで受けていた。古厩の人間的魅力の淵源はそこにある。しかしお母さんの「呪縛」を抜け出さないことには古厩は古厩になれなかった。そのあやにくの織物がお母さんをめぐる文章である。

「Ｆゼミ通信」No.30（2003年）は未完成号である。この号執筆のためのいくつかのメモと入力された読者からの多数の手紙とからなる。が、少年時代の思い出以外は割愛することにした。本書に入れたいわば「思い出の記」は古厩の人間像の原型を知る上でまたとない短文である。反戦・平和・自由・平等の思想、個人主義、社会主義、これらはみな戦後民主主義の諸側面である。古厩は

それらを満身に吸い込んで育った。

　古厩はあまりに多能でエネルギッシュであった。その活動ぶりがまた本書のなかに躍如としている。
　「教育実践」　本書「Ｆゼミ通信」の全体がかれの教育実践記録でもある。しかも対象は学生ではなく新潟大学の卒業生である。小・中・高の教師ですぐれた学級通信をものした人は非常に多い。しかし大学教師のこうした通信の存在を私は寡聞にして知らない。ある見地からすれば、もっとやってほしいことがほかにあるのに古厩は膨大なエネルギーをこれに注いだ。かれの教育者としての指導力はなんといっても学生運動の中で培われたものだ。戦後のすぐれた教育者の非常に多くは教職員組合活動・学生運動等の活動家の中から輩出した。古厩は批判的思考力と組織力に秀でたそうした人たちの一人であった。しかも大学教師としてはめずらしい方に属する一人であった。
　本書に伺われる学生に対する面倒見のよさ！　それが卒業生にまで及んで「Ｆゼミ通信」になるのだから半ばあきれてしまう。Ｆゼミでの日常の指導、卒論・修論の指導がきびしくやさしくいかに豊かであったかは本書によっても充分に伺われる。
　かれから学問上の薫陶を受けた人は多数にのぼるが、留学生（主として中国からの）にたいする驚嘆すべき世話と高度の学問的指導が多くの研究者を育て上げたことは特に高く評価されるべきであろう。
　本書がすばらしい卒業生たちとの合作であることはすでに述べたが、かれの人間味あふれる人柄は恩師や同僚との交誼にもよく表れている。甘粕健先生、横山伊勢雄先生、西嶋定生先生、山田英雄先生等をめぐる関係の叙述は本書の魅力の一つである。
　「地域活動」　地域史編纂等地域への貢献はかれの活動の不可欠の一環である。ＢＳＮテレビ講座「裏日本で考える」は記念すべき映像作品であろう。市民大学講師も引き受けた。あきれたことに「万代橋下流橋（仮称）名称選考委員会」の委員長まで引き受けている（橋の名は「柳都大橋」となった）。これが古厩なのだからどうしようもない。こういう古厩だから書けたのが傑作『裏日本』なのだからこれまたどうしようもない。
　「校務」　見たことも聞いたこともないのだがかれのことだ、教授会でも活発に発言したのだろう、そして仕事が押し寄せてきたのだろう、大学院博士課

程設置、情報文化課程設置、東洋文化講座新設等々にもかかわったらしい。おそらくたいていの仕事は引き受けたはずだ。とうとう学部長にまでなってしまった。その仕事も結構たのしんでいたようだ。しかしまもなくガンに侵される。

　すさまじいのは国際的な研究・学会活動である。韓国、ロシア（極東地域）にも交流は及ぶがなんといっても中国の大学・研究者との交流がめざましい。北京大学客座教授、上海社会科学院特約研究員、同済大学顧問教授、南京師範大学客座教授等の肩書きが活躍ぶりを物語る。学生時代「古厩の中国語は三声（四声のうちの）ばかりではないか？」などと不見識にも冷やかした記憶があるが、中国における学会で中国語で司会までしている。かれのことだ、アメリカの大学にいっていたとき（「Fゼミ通信」以前）も英語に不自由はしなかったのであろう。

　「闘病記録」　第Ⅲステージのガンと突然向き合うことになったかれの合理的精神と不屈の意志が迫力を持って読む者の胸を打つ。現在におけるガン治療の可能性と限界とを見極め、かれはガンと闘いかつ共存した。そして第Ⅲステージのガンの手術から8年間も生き延びることに成功した。しかし主治医からこんなことを言われている。「（古厩）先生の場合、おそらくガン細胞は全身をぐるぐる廻っている無宿者みたいなもんで、定着しなければ悪さしないんです。それが、草鞋を脱いで居着くとそこで再発ということになるんです。」人間60歳にもなればおそらくだれもが、自分の体内に突如ガン細胞が発生し、定着することを想像して、不安に襲われる。まして古厩の場合ガンが確実に体内を廻っているのだという。再発の不安もまたいかばかりであったか。

　「Fゼミ通信」を発行しつづけた13年半のうち、約3分の2の期間はガンとの闘いの8年間でもあった。この8年間分の記録が本書の主要部分をなす。この間を、なんと生きいきと生きたことか！

　かれの著書は多いとは言えない。しかしかれの「評論」群にあらわれる広く深い学識、活動記録に表れるその多面性、それらを可能にする頭脳の優秀さ、やっぱり「超弩級」だと思う。もちろんかれの批判精神、バイタリティー等も相伴ってのそれだが。

　かれの友人や教え子たちの手により『日中戦争と上海、そして私―古厩忠夫中国近代史論集―』が研文出版から刊行される。この論集と論集に付された石島紀之氏（古厩の親しい研究仲間）の深い学問的理解と暖かい友情とに満ちた

「解説」によって、古厩の本業における業績を偲んでいただけよう。

　石島氏の「解説」にもあるように古厩は「日中戦争史」の執筆を企図していた。中国と日本の民衆の視角から「日中戦争史」を描こうというのである。これこそ古厩忠夫にしか書けない「日中戦争史」であった。絶対にかれにしか書けない「日中戦争史」であった。亡くなる8ヵ月まえに見舞ったときかれはその構想を話し「これを書くときはコンちゃん手伝ってくれ」と言ったのだった。おそらく日本民衆の視角からの研究を意識して言ったのだろう。「うん、いいよ」と答えたが病状はそれが不可能であることを告げていた。そのとき私は『分類アイヌ語辞典』全11巻（予定）のうち8巻分をその頭脳とともにあの世に持って行ってしまった不世出のアイヌ語学者知里真志保先生のことを思った。はたして古厩もかれの「日中戦争史」を持って行ってしまった。前掲論集中の「日中戦争史叙述の視角」「中国映画のなかの民衆像『鬼子来了』、『活着』そして……」等にその幻の名著を偲ぶばかりである。

　古厩が大学院時代から37年のあいだ、実り豊かに人生を謳歌できたのはひとつには喜美子さんというよき伴侶の支えがあったからである。とくに胃の全摘出以後の喜美子さんの介護は賛嘆すべきものであった。それは本書の読者のだれもが読み取るところであろう。ふたりの美しい夫婦愛、それは本書の伏流水をなしている。

　本書の上梓にあたって同時代社社長川上徹君からは特段の高配をうけた。川上は採算を度外において出版計画を立ててくれただけではない。私自身の多忙が本書刊行をおくらせ、原稿がむなしく日の目を待っているとき、こんなすぐれた内容の遺稿をいつまで眠らせておくのか、と叱咤してくれた。そして本書は成ったのである。（元群馬大学教授）

2004年5月11日

Fゼミ通信／目次

はしがき　近藤典彦／3

Fゼミ通信　No. 1	1989.08.01	13
Fゼミ通信　No. 2	1989.09.25	15
Fゼミ通信　No. 3	1990.01.01	22
Fゼミ通信　No. 4	1991.01.01	28
Fゼミ通信　No. 5	1992.01.01	38
Fゼミ通信　No. 6	1992.08.13	40
Fゼミ通信　No. 7−8	1993.01.01	44
Fゼミ通信　No. 9	1993.09.01	49
Fゼミ通信　No. 10	1994.01.01	58
Fゼミ通信　No. 11	1994.08.20	63
Fゼミ通信　No. 12	1995.01.01	69
Fゼミ通信　No. 13	1995.08.08	75

Ｆゼミ通信　No.14　　1996.01.01 ………………… 82

Ｆゼミ通信　No.15　　1996.08.01 ………………… 91

Ｆゼミ通信　No.16　　1997.01.01 ………………… 99

Ｆゼミ通信　No.17　　1997.07.01 ………………… 108

Ｆゼミ通信　No.18　　1998.01.01 ………………… 113

Ｆゼミ通信　No.19　　1998.08.01 ………………… 121

Ｆゼミ通信　No.20　　1999.01.01 ………………… 128

Ｆゼミ通信　No.21　　1999.08.01 ………………… 140

Ｆゼミ通信　No.22　　2000.01.01 ………………… 152

Ｆゼミ通信　No.23　　2000.08.22 ………………… 163

Ｆゼミ通信　No.24　　2000.11.15 ………………… 176

Ｆゼミ通信　No.25　　2001.08.15 ………………… 192

Ｆゼミ通信　No.26　　2002.01.01 ………………… 210

Ｆゼミ通信　No.27　　2002.06.23 ………………… 228

Ｆゼミ通信　No.28　　2002.09.12 ………………… 248

Ｆゼミ通信　No.29　　2003.01.01 ………………… 266

Ｆゼミ通信　No.30　　2003（未完成号）………… 281

あとがき　深井純一／285

北京で国際シンポジウムに出席し、北京大学客座教授称号を授与される。
〔2002.5.19～23〕

東京大学入学式で。母親と兄と姪の同伴に照れているのか、ふてくされているのか。
〔1960.4.12〕

独身時代、読書会メンバーで丹沢山ハイキングの際に（中央）。右端がのちの喜美子夫人。撮影は近藤典彦氏。〔1965.5〕

夏休み、自動車を運転し、一家で東京へ里帰りの途中。三国峠で一休み。〔1978.8.15〕

在外研究（中国・アメリカ）に出発する前の送別会で。左は横山伊勢夫氏。〔1986.9〕

巻機山登山口「雲天」で山菜を食した翌日、飯綱古墳を見学。前列左から横山倫子、甘粕健、西嶋定生、西嶋恒子、後列左から古厩忠夫、関尾史郎、横山伊勢雄、甘粕静枝、古厩喜美子の各氏。〔1996.10.13〕

還暦祝賀パーティで。50余人の卒業生、留学生に囲まれて「古廐節」健在を披露。
〔2001.6.16〕

恒例のお花見ゼミ。大学近くの小学校校庭の桜をバックに。〔2000.4.17〕

Fゼミ通信 No.1
1989.08.01

私の指導下で卒論を書いた人、比較的「因縁」が深く、今も年賀状などをくださる方々及び希望者などに出します。

お元気ですか？

私はまだ新潟大学人文学部で頑張っています。

赴任したのが1972年、奇しくも日中国交回復の年でした。それも、もはや年表上の出来事となり、この年生まれた子供達がもう大学に入って来ます。

私が新潟にやって来た時ちょうど30歳でした。皆さんのうち少なからぬ人がこの年齢を越えています。

中国はといえば、その後大きなうねりを見せながら、今年の6月4日を迎え私に大きな衝撃を与えました。日常生活の慌ただしさの中で1月が、1年が、あるいは数年がアッという間に過ぎていく日本に住んでいる私にとって、中国という国はいつも、ちょうど育ち盛りの子供のように目の離せない存在、その都度「試金石」として立ち現われてくる存在であります。

そして新潟大学人文学部。変わってもいますし、相変わらずでもあります。しかし、大場君などは、もう不惑を迎えているはずですから、確実に時は過ぎています。僕は、中学二年の時、送辞の中で"The Past is Prologue"などと格好をつけて読んだこともあって、過去を振り返ることの少ない人間でありましたが、この頃新潟時代を振り返り、卒業生諸君の顔を思い浮べたりするようになりました。

一生懸命「教育」に打ち込んだ時期もあれば、研究やその他の活動に重点を

おいた時代もあり、それぞれの時期によって、学生諸君の私に対する印象も異なるだろうと思います。自分では最低の責めは果たしたと思っているのですが、どちらかと言えば心残りだったことが思い出されます。例えば職員組合の委員長をしていた年、出張で卒業式と祝賀会に出席できず、後で添田さんに「先生、宮野さんががっかりしてましたよ」といわれたこと。私はゼミ生諸君と「ソリ」が合わないことはあまりなかったと思っていますが、皆無ではありませんでした。「X君どうしているかな？」と思い起すときは、ピリオドを打ってない文章を見ているような気分になります。

　というようなことを考えながらこの通信を作っています。今後も思い立った時に出します。皆さんも便りを寄せて下さい。この通信は、私のゼミ＝演習所属者といっても、複数のゼミに出席するのが普通だった時代もありましたから、正確には私の指導下で卒論を書いた人、比較的「因縁」が深く、今も年賀状などを下さる方々及び希望者などに出します。

　もう1つこの通信を出そうと思い立った理由があります。古い方には馴染みがないと思いますが、僕は現在人文学部東洋文化講座というところに所属しています。東洋史・中国文学・中国語を学ぶ学生が所属しています。ここで、「東アジア学会」という分かりやすく言えば同窓会を作ろうとしています。そこで名簿を整理する必要が出て来たので、過日人文学部同窓会に行って調べてゼミ生諸君の名簿を作りました。同封しますので、友人について住所や勤務先、姓などの変更があり、正確なものを御存じの方はご一報ください。県内在住者が少なく、北は青森から南は沖縄まで全国に散らばっていることに改めて気付きました。

　私が赴任した頃から始まった「言行録」は史学科時代に40号を超え、東洋文化になってからもすでに24号を数えています。これも、私が来てから始めた合研での手作りコンパも、時と共に手のこんだものとなって続いています。

　なおこの仮称「東アジア学会」なるものの旗揚げは、今年の12月頃を考えています。時間の都合のつく方はおいで下さい。

Fゼミ通信 No.2
1989.09.25

で、もとに戻って、天安門事件についての感想は人文の学生より率直な感想が出てきました。私はほっとしました。

　急速に秋が来ました。この夏は体力の衰えをカバーすべく、せっせとテニスをしました。五十嵐一の町に新潟西総合スポーツセンターが完成、そこに通いました。私の家にはなぜか柳迫君と浅井君のラケットが保存されています。丁度あの頃テニスを始めたんだなと思います。そして今、夏休み中に書かなかった原稿に追われているのに、この通信を打っています。記憶があるでしょう、卒論に追われているのについつい関係ない本を読んでいるようなものです。

　前号を郵送したところ、懐かしがって15人の方が便りを下さいました。また電話をくれた人、訪ねてくれた人もいました。有難うございました。返送されてきたのは大場君の1通だけの好成績、後は何とか届いたのだろうと思っています。住所変更がだいぶありました。変更したものを同封します。返事は皆嬉しかったけれど、特に小林明雄君から返事が来たのが嬉しかった。彼は中国語（外国語）史料を使わないで卒論を書いた唯一の人物、ゼミでも私としっくりいっておらず、卒業式にも出席せず、あとから筒に入れた卒業証書を郵送した記憶があります。前号に「X君どうしているかな？……」と書きました。「大学とは社会人になる1歩手前の精神的準備期間であり、言いようのない苦しみと絶望感に悩まされた日々でした。」「当時と今の自分を比べてみて、本質的には何も変わっているとは思いませんが、社会人として、現実の世界で生きていく覚悟のようなものはできたと感じております。」「『Fゼミ通信』は大変懐かしく拝

読しました。」と書いてくれました。私は小林君の「苦しみと絶望感」を些かも共有することなく、「もっときちんと訳せ」などと叱りつけておりました。朝、教壇に立ってあれやこれやと話しながら「昨夜彼らにどんな一大事があったのか、どんなことを考えたのか、自分はそんなことにはお構いなしに今喋っている」などと、ふと思ったりすることがあります。教師とは所詮そんなものかもしれません。その小林君、9月15日に結婚し、轟君になりました。おめでとう！　無断で私信の1部を紹介して悪かったかな？　今後通信に載せては困る便りを下さる時には「禁掲載」と末尾にお書きください。

　無断ついでに一番早く返事をくれた星野（現花岡）さんの便りの1部。

　「Fゼミ通信」お忙しい中送っていただきありがとうございました。気がついてみれば、10年以上前私が言った「30代はじめで子供がもう3人もいるんですかあ！」の言葉に苦笑された先生の年令を、私はすでに越えているのでした。上京して11年、民間企業に8年余、その後アルバイトを経て昨年から横浜市の新米保母へととらば〜ゆ。家へ帰れば小1と4歳の息子達相手に「ごはんよー！」「宿題は？」「もう9時よ！」とせきたてる毎日です。

　豊かだった（!?）胸が見る影もなくしぼんでしまった外見と反比例して、内面はますます充実！……とはとてもいえず……。折りにふれて思い出すのは、先生のおっしゃった「星野さんの致命傷は理論的でないことだ」（私ハヨク相手ニ致命傷ヲ与エルヨウナコト平気デ言ッテキタヨウデス……古厩註）との言葉。そのたび胸がチリッと痛み「あの頃から少しでも進歩したのか！」と自問するのです。そんな先生からのお便りを涙が出るほど嬉しく読ませていただきました。そしてその呼びかけに応えて……という体裁で先生にお手紙を差し上げられるのがとても嬉しいです。

　「東アジア学会」、その名称には抵抗がありますがどうかメンバーとして名前だけでも入れさせて下さい。（要するに同窓会にたいそうな名前をつけただけに過ぎません……古厩註）……今回の通信のようなもの、あれば是非送って下さい。先生のエネルギーを少しでもおすそ分け願って活を入れたいと思います。……いつかお会いできる日まで　お元気で。

その外紹介したい便りがいっぱいありますが、また次回。
　言行録の１部を付録にします。ホラービデオに宮崎シールを貼って売りに出した青森のビデオ屋さんがいました。仲間内ならユーモアですが、商売にするとブラックになります。井戸端会議の話題をみんな電波に載せて大騒ぎする世紀末的風潮、テレビ局や新聞社に勤める立田さん、金沢君どう思いますか？

　教師をしている方の参考に：天安門惨案についての商業短大１年生の感想
#自分の権力を絶対に渡さない権力欲のすごさは、リクルート事件の人々にも勝っているのではないだろうか？　リクルートは人を殺さなかった。……平和で自由な日本に生まれて良かったと思う。（しかし本当の意味で平和で自由で良い国なのかと、ふと不安というか信じられないことがある。）
#最近の中国の民衆の力はすごいなと思った。あくまで知的に平和的に行なってゆこうとしており、日本の私達を含めた学生にはすでになくなってしまった力であるとつくづく思いました。
#それにしても事件に対する報道ぶりについてはまったく民衆を馬鹿にしていると思う。その後の弾圧に関しては人間のすることとは思えない。それにしても日本の外交の貧しさにも歯がゆいかぎりである。経済（及び過去の歴史）がらみで厳しい態度をとれないでいる。日本政府の正義とはそれほどのものである。まったくなさけない。
#最初「死者が出なくて中国のストライキらしい」と思った。中近東とか南米ではすぐ殺人がおこりそうだけれど、中国は安全な国だからと思っていた。
#中国は民主化にはとうていなれないだろうと感じていた。しかし今学生や民主化を希望する人たちや各国にいる中国人たちの集会などをニュースでみて「この国は民主化になるかもしれない」と考える。もし中国が民主化になったら、ソ連と戦争になるかもしれない。また、日本への影響もどうなるか心配だと思う。中国が変わると世界が変わりそうで、日本も変わりそうで、なんだか恐いなあと思う。
#中国で民主化を要求した人を密告するという。人が信じられなくなるのでは

ないかと思った。1つの思想で統一していくということに矛盾が生じてきていると思う。裁判にかけられた人が判決後すぐ殺されたことについて。法と権力が一緒に握られることはよくないと思った。やはり三権分立というのは大事なことだと実感した。
こういうことは「歴史」という課目の中にしか出てこないと思っていたのに、実際この近代社会の時代にこのようなことが起きたのは驚きである。
国内で起こったことをきれいに隠そうとしていること、そして学生の指揮をとった人や参加した人を国民の密告によってさがそうとしているため、市民は自分以外の人間が信じられなくなっている。今の中国は何もかもがおかしいし一番怖い国だと思う。
今のこの世の中で力だけで押さえようとすること自体おかしいと思う。昔の日本が話し合いなどなしで、すぐ軍の力で押さえつけていた様なことをしている。……中国に対して、今までは優しく親しみのある、国土といっしょで大らかな人種だと思ったが、冷淡で、情けのない人だと思った。
あれほどまで学生などを突き動かしているものは何なのだろうか。日本の学生は良いか悪いかは別にして、政府の行動や体制についてあれほど関心をもっているだろうか。同じ状況に置かれた時果たしてあれだけの学生が立ち上がるのか疑問である。
裁判→死刑判決→即銃殺　この図式は一体なんなのだろうか。
自国民を虐殺するという行為は、現代においては理解し難く、大きな意味では家族を殺す意味に値するほどのことである。
中国というのは不気味だという感じがします。とにかく恐ろしいという感じ。
厖大な数の人達はこの事件さえも知らないだろうと思う。これは本当に悲しい事だと思う。射殺されるべきなのは人民解放軍の方だと思う。
何百年もするとこの事が歴史の教科書に出てきて、生徒達はテストのためにこういう人々の名前を暗記する。人が死んでいるのに歴史というのはあっけないものだなあと思ったりする。といって、隣国でも私のように全く無関心でノホホンと生活しているものがたくさんいる。ヘンな世の中だなあと思う。……本当はもっと深刻な事件のはずなのに。

#8人のうち7人が死刑。それにしてもなぜ女性だけ生かしておくのだろう？
#中国で一番えらい人がだれなのか分からなくなった。
#すぐ近くの国、中国で起こっていることだけどあまり身近なこととして感じられない。
#今の日本に住んでいると、すごく別世界のことのように思える。

註：いま商業短大で「歴史」という概説を担当しています。夜6時からで仕事を終えて駆けつけます。堅い話をするとすぐ騒ぎ始めますので、人文の授業よりよほど情感に訴える話をします。1度余りうるさいので生徒の前まで行って「面白くなかったら出ていくか、寝ているかしなさい」と怒りました。次の週に手紙が来て「先週は会社で頭にくることがあり、5時までじっと耐えて、大学に行ったら話が止まらなくなりました。今後気を付けます」とありました。そういう状況で、かつ、彼らは人文・東洋史の学生と違って、歴史を学びに来たわけではありませんから、日本と中国が戦争をしたことさえ知らない学生がいます。（もっとも、最近我がゼミ3年生6人に尋ねたところ、大本営を知っている人、読める人はゼロ、五・四運動をおよそ説明出来た人は1名でした。以前はこれほどではなかったよなぁ）。彼らに中国に対するイメージを単語または文章で書いてもらったところ、自転車・人混み・人口の多さ・中華料理・交通事故・貧しい・汚い・暗い・悠久の歴史・万里の長城、名前が全部同じに聞こえる、そして「なんとなくイメージがあるようだが、考えてみるとどんな国かわからない」といったところでした。9月22日前期の終わりに当って感想を書いてもらいました。多かったのは次のような感想でした。

#私は中国は大嫌いなので、授業の内容を聞いた時ゲゲェッと思いましたが、授業は分かりやすくて、中国に興味をもつようになりました。
#高校の歴史のように、うわっつらのところをさらっと流す程度じゃなくて、人間と社会との複雑にからみ合ったところをやり、そのいきさつを詳しくやるところが違うと思った（受験対策に縛られる皆さんには御同情致します）。
#今まで中国にはあまり興味がなくて、ヨーロッパの方が好きだった。なぜか華やかな感じがしなかったからかもしれない。中国は近代では日本の格好の餌食になり、苦労して来た国だ。今回の講義を受けてそのことをひしと感じた。

これからは中国にも目を向けて行きたいと思います。
#私は歴史が大の苦手でなぜ「歴史」をとったのか自分でも分かりません。高校まではただテストのための丸暗記という感じでした。しかしこの授業を受けて歴史的事件の深い内容を知ることができ、歴史の流れを受けて現在があることがわかってきたような気がします。もう少しキチッと出席できればよかったのですが、働いている以上そうも言えないのが残念です。

　こんな学生もいます。
4月の最初の授業で書かせた中国についてのイメージ
　中国は日本に「戦争責任」ばかり言って図に乗っている。
　日本に対して敵対心をもっている。
　中国は何でも日本の上に立とうとしている。
　　→だから嫌いだ。
9月の感想
　この半年間日本と中国の関係について学んできた。最初の私の中国に対する感情は、ただ中国なんて嫌いだ、どうして日本ばかり責めるのか、というものだった。今私は中国人に会う事さえ恥ずかしい。お金がたまって世界中を旅行したい私にとって、中国だけは行けないような気がする。

　いい点取りたくてヨイショしているところもあるでしょうし、批判もありました。こういうふうに紹介するのはやや面映ゆいところがありますが、皆さんの前だからいいでしょう。ただ今年はスライドを使ったり、かなり工夫をしました。10年前より授業の仕方も多少進歩したと思います。少なくとも「分からんのは学生が悪い」などとは思わなくなりましたから。それで、こんな感想が出てくるとやはり嬉しくなり、やりがいがあります。ともすれば人文学部で「もっときちんと訳せ」などとやっているより充実感を感じます。少なくとも、大事なことでありながら中森明菜自殺未遂事件の100分の1も知られていない歴史的事実をコツコツと知らせていけば、それなりに認識してくれるものだ、と思います。

　さて、もとに戻って、天安門事件についての感想は人文の学生より率直な感

想が出てきました。私はほっとしました。紙幅も尽きてきたので、私がもっとも　らしく批評するのは止めますが、皆さんの感想はいかがでしょうか？　9月末に友人達と編集した『中国　民主と自由の軌跡』（青木書店）が出版されます。興味のある方はどうぞ。次回の「通信」は年末の予定。　再見！

Fゼミ通信 No.3

1990.01.01

これらの映画が「天安門」以前の1988年の雰囲気を表現しているのだと確認した時、事態の一層の深刻さにたじろぎを覚えました。

　新年好!!
　今回の卒論発表会のレジュメの表紙デザインは、天皇死去・天安門・ベルリンの壁の新聞スクラップです。1989年は世界の構造が音を立てて変わり始めた年、歴史が人々の思惑を超えて動く、しかし、実は1人1人の願望に沿って動くものであることを示した年でした。この簡単なことを授業で教えることが、今年ほど簡単な年はありませんでした。ワシントン体制の時代、ファシズム・反ファシズム体制の時代と同様に、冷戦体制の時代もまた時間がかかるであろうが、新しい体制にやがてはとって代わられるであろうというようなことを目前の事件が教えてくれたのですから。戦後民主主義の中で育った私にとって今年はまたとりわけ意義深い年でした。ベルリンの壁が崩れた時、ドイツ史の松本先生が「天安門の時、古厩先生が興奮していた気持ちがわかった」と言っていましたが、「天安門」は自分の学問について深く考えさせられたという意味で、最も衝撃的でありました。
　昨年11月は、毎週東京へ行く用事があり、ちょうど開かれていた中国映画祭上映作品6本、日本名であげると「輪廻」、「失われた青春」、「ハイジャック」、「狂気の代償」、「1人と8人」、「胡同模様」を全部観ました。中には時間がなくて半分しか観られなかったものもありますが、雰囲気は分かります。続けてみたため、今思い出そうとするとタイトルと内容がゴッチャになってしまいそう

な感じですが、実はそれほど雰囲気が似通っているということでもあります。同じ俳優があちこちに出ていることもありますが……。

このうち前4本は88年の作、「輪廻」と「失われた青春」は王朔という人気作家の作品で、王朔の作品はこの外にも2本映画化されており、88年の傾向を代表しているといっても良いでしょう。何れも主人公は、社会への関心を失い、未来への希望を失った若者で、ヤミや密輸で最後は自殺などで終焉。若者達の閉塞状況を描いた、憂鬱になる映画です。

「ハイジャック」と「狂気の代償」はスリラー映画の範疇に入るもので、多くの主要人物が殺されて「カタ」がつきます。「ハイジャック」の監督は、「紅いコーリャン」、「古井戸」など、今中国の監督では世界的に最も評価が高い監督であるといって過言でない張芸謀、カメラは「子供たちの王様」の顧長衛、主演が「黄色い大地」の王学圻に「紅いコーリャン」の鞏俐……第5世代の総力を結集したかのごときスタッフで作成したのがなぜ「太陽に吠えろ」や「ゴリラ」もどきの活劇だったのか？ しかも「太陽に吠えろ」などでは、危機一髪主人公や人質が助かるのに、張芸謀はいとも簡単に犯人は勿論、多くの人質や主人公までも殺してしまうのです。この感覚の違いにはどうにも合点がいきませんでした。

私は中国の文化のなかでは映画に一番親しみを感じていました。中国の知識人は古くは士大夫以来、色々な意味で社会的責任を自覚し、社会的に生きることに使命感を持っており、そうした彼らの社会観察・社会批判が映画に最もよく表れるからです。ところが、88年の上記4作は何れもそれを失ってしまい、社会と個人の断絶に新しさ、自由を見出そうとしているかにみえました。王朔作品には社会的に生きることを屢々揶揄する台詞がちりばめられています。スリラー活劇を観るのだったらアメリカ映画の方が面白い。デカタンスを描いたらフランス映画にかなわない（なんて、観てもいないくせに）。私が中国映画に求めるものは違います。

私は通ううちに、何とも言えぬ虚しさを感じ、「天安門」のもたらした荒廃を思いました。しかし、ふと気がつきました。これは何れも「天安門」以前に作られた映画なのです。これらの映画が「天安門」以前の1988年の雰囲気を表現

しているのだと確認した時、事態の一層の深刻さにたじろぎを覚えました。

　第3週に観た「1人と8人」、「胡同模様」は2本とも大変見応えがありました。チラシを見たら、やはり84年と85年の作品でした。この頃から87年までが中国映画の全盛期であった、との感を深くしました。「1人と8人」は、抗日戦争の中でスパイの嫌疑をかけられた共産党員、漢奸、盗賊、脱走兵、阿片中毒など9人が最終的に日本と戦いながら、あるものは耐えきれずに去るが、多くが死んでいく、という筋だが、張芸謀のカメラワークもあって骨太のすごい映画である。共産党の査問問題を扱っているために、永らく日の目をみなかったという。「胡同模様」の方は文革の恐ろしさを軽いタッチで描いている点、主人公も真っ向から文革に立ち向うのではなく、阿Qの「精神勝利法」風に適当に毛沢東語録を振りかざしたりしながら、その中で自分の良心の最後の線を何とか守ろうと腐心する様を力まず、淡々と描いている点に特徴があり、文革が終わって「復権」しても取り返しようのない傷痕が軽いタッチの故に凄味をもって感じられるような作品でした。これからの中国映画はどうなるのでしょうか？昨年来、私の周辺にも中国からの留学生が急に多くなりました。広西などから来た留学生の話などを聞くと絶望的になりがちですが、彼らは日本人よりものを見る目が長いようです。東欧を見ていると中国はとてつもなく大きな国だと思います。

　89年は天皇の死、日米貿易摩擦に始まり、本来経済大国日本の在り方がより深刻に問われるはずの年でしたが、世界の激動の中で、日本は、なにかエアポケットに入ってしまったようにも見えました。今年は1人1人がこのことを考えていかなければならない年になるでしょう。かつて訪日した鄧小平は日本の最先端技術・企業を絶賛しました。しかし、続いて訪日したワレサは「私は彼らのようにはなりたくない。ここの労働者はまるで背中から銃剣を突き付けられて働かされているようだ。」と感想を述べました。鄧小平の目指すものとワレサのそれとの違いを暗示しています。東欧の目指すところは決してブレジンスキーの言うようなものではないと私は思います。

【読者からの便り】　今回は山本特集です。

　「通信」なつかしく、かつ興味深く拝読しました。比較的上の方にわが名前を見つけ、かつまたその前後の女性たちの姓が変化し、または変化していないことを見つけ「アリャッ」でした。「過去を振り返ることの少ない」ことに気付き苦笑してしまいました。前進している、ということではなく日常性に埋没（なつかしい言辞ですね）しているに過ぎません。

　現勤務校、秋の文化祭で「私たちの町の戦争」を企画、準備中です。偏差値教育＝夏の課外授業（イイクニつくろう鎌倉幕府、ヒトムレサわぐ江戸幕府、のアノたぐいです）の合間、50ccのスクーターを駆って空襲による被害の調査を行なっています。B29による中小都市攻撃ではなく、英米機動部隊艦載機によるものが主なものです。全国的な視野からは最も被害の少ない「地方」の出来事です。（ワシントン公文書館所蔵　米機動部隊の戦闘報告書を網羅的に入手されている機関があるでしょうか？）

　飛躍の30代を、とその前後には予定していたのですが、アッという間に35歳です。酒色に溺れ、あるいは溺れなかったが故に2児の父となりました。自分の独りになれる部屋が欲しい、これが現在の心境です。きわめて世俗的であります。（以下略）山本富士夫

　「Fゼミ通信」No.2拝読しました。発行の意外な（？）インタバルの短さに驚いているところです。学生の意識の一面、「教育」の一面をかいま見ることができたこともさることながら、星野さん・小林君のお便りをめぐって、"ひとの生き方"の問題を想起させられました。（以下略）　山本富士夫

　前略　子供が生まれるまでは市役所にアルバイトに行っていたのですが、今は完全な主婦です。幼児を持つ専業主婦の唯一の社交場は近所の公園で、子供を連れて行って遊ばせながら子供の事、家事の事など意見交換するのですが、そこでは社会問題や天安門事件のような国際政治に関する話題は決して出てまいりません。……最近このままでいくと今はやりの「オバタリアン」に急速に近付きつつあるのではないかという様な焦りを感じる様になりました。それで

時々中国語講座を聞くことにしたのですが、大学でまじめに中国語を学ばなかった為でしょうか、遅々として学習は進みません。ほんとうに私は大学で何を学んでいたのかと今つくづく思っております。(いただいた手紙の約半数にこのような文言が書かれていました。みんなそうなんだよな　古厩註)……特に卒論については今でも思い返す毎に恥ずかしさで火が出る思いです。妙な話ですが、私は今でも卒論の夢をみます。(こういう人案外多いのでは……古厩註) 体の調子がすぐれない夜など、卒論が書き上がらず先生の所に言い訳をしに行く夢をみるのです。……夢の内容はほとんど同じです。30になろうとしている女がなんと情けないと思うのです。(それだけ卒論を書くのに懸命だったということでしょう。夢もみないというより救われます……古厩註)……もう1度卒論を書いたりしない限り、これから先もこの夢はみ続けると思っています。

　「Fゼミ通信」をいただいてから私とアカデミックな世界を結ぶ手がかりを得たような気が致します。古厩先生は研究や執筆、講義に大変お忙しい事と存じますがこれからも「Fゼミ通信」を続けていただきたいと思っております。年末の「Fゼミ通信」を楽しみにしております。(以下略)　柳澤(山本)真澄

　それぞれの境遇の中でみんないろいろ考えているんだな、と思えることは、私にとって何より嬉しいことです。何も考えなくなったら人間ではなくなりますから。「Fゼミ通信」を続けさせたいと思う方は、こんな便りを下さい。こんなかたちで読まれているのだな、と思えばまた書く(打つ?)気になります。

　まだまだ紹介したい手紙がありますが、今宵はこれまで。

*　№1でお知らせした「東アジア学会」、名前をもう少し穏やかにしてはとの意見もあり、せめて「新潟・中国・朝鮮学会」位にしてはと話し合っています。でも、西アジアで卒論書いた人もいるしね。第1回が延び延びになっており、3月末の土曜日(今年だと3月31日)あたりはどうかと相談しているところです。
*　ちょうど私が在外研究で中国に滞在していた1987年春、Fゼミは第1回上海ゼミを開催しました。出来合いのパックツアーはカプセルに入って旅行しているようなもので、古代中国はともかく、近現代中国は見えません。それで、

学生諸君を10日間上海に閉じ込め、外国人向けホテルでないところに泊め、人民幣を使い、タクシーを使わず自分でバス券を買って歩き回る旅をしました。
　この3月末、2・3年生が学生だけで第2回目の上海ゼミに出かけます。北京には東洋文化からの留学生が、上海には東洋文化に留学していた中国人留学生がいて、世話をしてくれることになっています。どなたか、参加希望者いませんか？　それでは、また　再見！

F ゼミ通信 №.4

1991.01.01

新潟に来て辺りを見回してみて、中国近現代史研究者を名乗る者が自分一人であることに気付いた時からすでに18年が過ぎた。

謹賀新年！

　長らくご無沙汰しました。「通信」を出すときは、時間的に余裕がある時か、精神的に余裕がない時で、この1年間はその何れでもなかったということになりましょうか。体力に衰えは感じますが、体調はまずまずの1年でした。

　ファジーという言葉の流行った1年でしたが、年末新しい動きを探るべく17日間にわたって日本海を1回りしてきました。88年に作った新潟大学環日本海研究会の調査団で、ハバロフスク・ウラジオストク・ハルピン・長春・瀋陽・大連と回りました（下図参照）。その意図するところについては後に付した小論をご覧ください。

主な訪問先

ハバロフスク (12/7-14)	：ソ連科学アカデミー極東支部傘下の各研究所 　経済研究所 　テクトニクス・地球物理学研究所　など
ウラジオストク (12-10-12)	：極東大学　など
ハルピン (12/14-18)	：黒竜江省政府 　黒竜江省社会科学院 　黒竜江省自然科学院 　黒竜江大学　　　　など
長　春 (12/19,20)	：吉林省社会科学院 　吉林省自然科学院 　吉林大学　　　　　など
瀋　陽 (12/21,22)	：遼寧省社会科学院 　遼寧省自然科学院 　遼寧大学　　　　　など
大　連	：遼寧省社会科学院

新潟大学環日本海研究会　ソ連・中国訪問団
1990年12月7日～23日の訪問国のコース

残念なのは今回朝鮮半島に行けなかったことです。
　寒さが気になりましたが、シベリヤも暖冬で12月13日に零下23度を記録したのが最低でした。これならば北海道などでも体験することのある温度で、普段だと零下30～40度になるとのこと、ホッとしつつも少々ガッカリしました。ただしウラジオストクでは、凍結した道路をノーマルタイヤで80kmで走る車に乗せられ、寿命が縮みました。「もう少しゆっくり走ってくれ」と頼んでも「大丈夫だ。いつもは100km以上出すのだが、今日は大事なお客さんを乗せているので抑えているから」と平気なもんです。「優秀な」日本車が過半を占め、彼らはスピードを出すのを楽しんでいるようでした。瀋陽－大連間375km、中国最長の高速道路（日本との合弁）を走りましたが、途中10数台の事故車を目撃しました。日本は交通事故も輸出しているようです。ハルピンでは交差点で10数分の渋滞を経験しました。信号を無視して我先にと交差点に突っ込み、寄木細工のようになってしまい交通巡査がそれをときほぐすのに十数分かかったのですが、準備不足のまま外国技術をどんどん持ち込む「四個現代化」の縮図を見ているような気がしました。
　環日本海圏の特徴は、①シベリヤといい、東北といい、「裏日本」といい、何れも原料・食糧基地でそれぞれの国家のなかで収奪されてきた地域であること、②東西対立が大きな変化を見せたことによって、日ソ・韓中など交流の可能性が近年大きく開けたこと、③にも拘らず南北問題は依然として厳しく存在していること、④ＥＣ統合のように国家の枠を越えた連合の動きが見られる中で国家の枠組みが最もシビアに存在している地域であるが（朝鮮半島の未統一・北方領土問題など）、ここでの交流はＥＣにせよ、ＡＳＥＡＮにせよ、これまで見られたような国と国との交流ではなく、地域と地域、地方自治体同士の新しい連帯のありかたが求められていること、などにあります。そして、これらの地域の発展はそれぞれの国にも明るい展望を切り開くでしょう（「東京一極集中」問題など）。この第4の点に興味をもっているのですが、それにしては日本の3割自治も、中国の中央集権も障害になります。
　対岸の諸地域は何れも日本に対する熱い期待というより不安を抱かせるよう

な期待をもっています。どこでも、シベリヤの広大な資源と中国の労働力を日本・韓国の資金・技術と結合すれば経済発展の前途は洋々たるものだと力説する人々に出会いました。事実この地域の結びつきは経済から始まり、金曜日の新潟空港は企業関係者で大賑わいです。その実、ハバロフスクでは酸性雨が降ることがあると聞きましたし、瀋陽は曇天のせいもあってか煤煙に煙り、着いた途端にのどがおかしくなりました。世界の十大公害都市のうち3つは中国だと聞きましたが、瀋陽も間違いなく入っているでしょう。当局者に訊くと「そういうことも問題になってくるかもしれない」と口を濁しました。日本海を公害の海にしてはならないと痛感しました。それでいてこの地域が貧困から解放されていないこともまた事実なのです。

　但し、ソ連では別の志向も見られました。狩猟管理研究所は虎や熊の保護に相当力を入れており、地理研究所は少数民族のチュクチ族の調査、保護に努めていました。吉林省社会科学院では激烈な経済大国日本批判が聞かれました。我が調査団の渋谷団長は、自然と人間・動物と人間・諸国間について「協生」という概念が必要だ、環日本海時代は収奪関係が基調の地中海時代や大西洋時代と違った理念のもとに形成しなければならないと述べていました。それを一番考えなければならない、また考える余裕を持っているのは日本でしょう。

　序でに、ソ連の印象を言えば、最も宣伝されている食糧不足は極東ではそれほどひどくなく、飢えに苦しむことはありませんでした。ただお世辞にもおいしいとは言えず、毎日3度3度ソーセージ・じゃがいも・わらびの漬物という「定食」にはうんざりしましたし、毛皮の帽子など必需品は全然手に入らないと言っていました。ある新聞に「赤頭巾ちゃんがおばあさんの家に着くと、食物不足のおばあさんが狼の皮を剥いでミンチボールを作っていました」という主旨のマンガが載っており、思わず噴き出しました。ソ連人（シベリヤはその成立からすれば当然ですが）・ロシア人・ウクライナ人・朝鮮人・タタール人・中国人など多くの人種の、それも虐げられた人々の「吹き溜まり」であるということに改めて気づきました。だから、実に忍耐強く、また一般に底抜けの人の良さを持っています。日本のトイレットペーパー騒動みたいなのは起こらないでしょう。起こった時は大変でしょう。庶民はほぼ100％エリツイン支持、

知識人はゴルバチョフと半々、というのが訊いてみた限りでの結果でした。ゴルバチョフ支持の理由はエリツインのやり方では破綻してしまう、というものです。余談ですが、ウラジオストクではフルシチョフとゴルバチョフが泊まったという迎賓館に案内されました。大統領用ベッドは4人くらい寝られそうな大きなものでしたが、暗殺を恐れて皆寝るのを尻込みした次第。晩餐会で「私はソ連の指導者のなかではレーニンとフルシチョフとゴルバチョフが好きだ。理由が分からない人はもう1度私を良くご覧ください」というと、満場爆笑につつまれました。中国では未だ公式の席でこういう冗談を言える雰囲気は有りません。私はそのあと図に乗ってロシア民謡を歌いまくり、女性副学長を指名して一緒に歌わせました（ロシアでは女性の大学教員・役付きの多いこと、日本の比ではありません）。領土という国家単位の問題で言えば、ウラジオストクは1860年の北京条約まで、つまり130年前までは中国の版図でした。中国の漁師たちがなまこ（海参）を採っていた所で、中国は海参威と呼んでいます。ハバロフスクを含めた極東地域について、中国であそこは本来中国の領土だ、という主張を聞きました。理由のあるところで、もしこれが公式に問題にされれば、その深刻さは北方領土の比ではありません。本来色々な民族が往来していた所に国境線を引いて、寸土たりとも排他的領有権を主張するようになったのは近代になってからのことで、脱国境の協同管理のような考え方を採り入れないと解決できないと思います。

　研究体制の違いも目につきました。我々の研究会は民間の自発的な団体ですが、この種のものは中国にはほとんどありません。皆ヒエラルキーの中で、国家主導のもとにルーティンワークをこなしています（国営化）。一方ソ連はといえば、日本の「民活」に倣ったのか、先の狩猟研究所などは国の予算が一切無くなり、独立採算性になっています。科学アカデミー極東支部経済研究所も、せっせと企業に経済情報を売ってかなり裕福にやっていました（企業化）。それらは研究の内容にも影響しますから、一口に共同研究といっても大変です。朝・中・ソ国境に図們江という川が海に出ています。日本からも900km足らず、ここに環日本海研究所を作れたらという話をしてきました。途中ですが今回はこれまで。

最近書いた「『表アジア』の『裏日本』」を付録にします。

【「表アジア」の「裏日本」── リレー討論・地域史と世界史のあいだ ──】
　新潟に来て辺りを見回してみて、中国近現代史研究者を名乗る者が自分1人であることに気付いた時からすでに18年が過ぎた。
　この1年余り、東ヨーロッパと東アジアは極めて対照的に動いた。この間、「東欧の予想を上回る急速な民主化にひき換え、アジアの社会主義国はなぜ……？」中国研究に携わっている者には絶えずこの問いが発せられてきた。私はそれを一方で「これまでの中国研究は一体何だったのか」という詰問として受けとめつつ、他方でかなりの人がそう尋ねながらも自分で「アジアだから」という答を用意しているように思われ、なかなか素直な返事が出来なかった。
　戴国煇氏は、この間の天安門事件に関する報道について「"自由世界"に居住する者が、自らの慣れた間尺で中国を自己の世界と比較、論評することが何と多かったことか。私はそのようなくだりに出会うと、心が痛む。論者の多くが善意に基づいているだけにいっそうそうなのである」と書いている（「図書」1989.11 岩波書店）。氏の脳裏には、人権・自由・民主主義などは一定程度の経済発展と豊かさが支えとなって初めて可能となる、アヘン戦争によって半植民地化された中国は、度重なる努力・奮闘にもかかわらず、朝鮮戦争・ベトナム戦争に関わった人民中国時代を経て今日に至るまで、一貫してそのための原資を自身の内側に蓄積するメカニズムを創り出せなかった、という想いがある。そうした歴史の重みを捨象した時、「日本人で良かった」という一人よがりな結論で終わってしまいかねないことへの警鐘であろう。
　ただ、戴氏がそれに続けて「貧しさの深淵に足をとられ、惨めな"文盲"の状況下にある大群衆に向けて、人権・自由・民主主義を説いたところで、何になろう」と決めつけることにまで賛成することはできない。他ならぬ中国の学生・知識人・労働者が政府・共産党に対して、人権・自由・民主主義を説いたことが何にもならないとは決して思わないし、そうである以

上、我々もやはり声を大にして自由・人権・民主主義を叫ぶべきだと思う。「悪循環から抜け出すことが何よりの至上課題だ」と主張されるが、今回の民主化運動は何よりもその「悪循環から抜け出す」ために「民主化」が必要だとの認識から出てきたものであろう。私はその上で、「善意の第三者」は「まず何を考え、何をなすべきか」を考えよ、との戴氏の警告に耳を傾けたい。

　戴氏のこの文章を読んでいて、私はなぜか14年前にロッキード事件の刑事被告人田中角栄が年末の総選挙で当選した時のことを思いだした。この選挙では自民党が惨敗してはじめて過半数を割り、自民党を割って出た新自由クラブが18議席を獲得するなど、全国を新しい雰囲気が覆ったのに、ただ1人張本人の田中角栄は新潟3区で17万票近い大量得票を得て悠々当選したのである。当然マスコミは盛んに「目先の利益に走った」選挙民の民度の低さを問題にした。当時私は月1回くらいの割合で東京に行っていたが、上京する度に「なぜ……？」と問われ、「国境の長いトンネル」の向こうとこちらの季節の違いを感じた。

　私は田中角栄首相が誕生した1972年に新潟に赴任した。「杉の木と男の子は育たぬ」と言われていた新潟県から初の宰相が誕生したことに新潟県は沸き、それは大学も出ずに苦労を重ねた「コンピューター付きブルドーザー」、下駄履きの庶民宰相というイメージがその地域性と重ね合わされて増幅されつつあった。それ以上に、多くの過疎地域を抱えて年々人口が減少している新潟県民は、全国を新幹線と高速道路で繋ぎ、公共事業を軸に日本列島を開発していくという「列島改造論」に大きな期待を寄せた。事実、北陸・関越高速道路が通り、新幹線の建設が進んだ。明治以来、地方化・「裏日本」化の歴史を歩んで来た新潟県が中央化出来るかも知れないという夢を抱いた。田中角栄逮捕に際して地元の新聞には、田舎では立ち小便をしても罪にならぬが、都会では罰せられる、田中は都市の論理で裁かれたのだという主旨の談話が載った。いずれにせよ田中の地元の「西山町を明るくする会」の西村氏の「新潟県民全体に表日本に対する裏日本に住む者のあせりがあった」という感想に示されるように、選挙民は民主主

義より経済発展を選んだのである。実際には「日本列島改造論」は経済発展につながらず、むしろ過疎化はいっそう進んで行くのであるが。

　新潟県に住んでいると、ものが二重に見え易い。それは新潟県が日本列島の中では「裏日本」に属していながら、アジアの中でみると「表アジア」日本の一部として立ち現れる、新潟はこの２つの環の結節点に位置しているからである。たとえば私はある中国人留学生から「香港の親戚が洋食器製造機械の中古を買いたいと言っている。何とかならないか」という相談を受けたことがあった。燕市出身の学生に訊いたところ、燕では廃業した工場が多いからいっぱいあるだろう、と言うので、燕の金属洋食器工業組合に問い合わせてみた。すると「洋食器業界はすでに韓国・台湾にやられて四苦八苦している。この上香港、そしてその背後にある中国にやられたらお手上げだ」との理由で断られた。NIEs の発展は、日本の脱工業化・ハイテク産業化に伴う多エネルギー系技術体系・機械設備のはけ口となったことを重要な条件としてもたらされた（涂照彦）と言われるが、燕はなお NIEs の競争相手であった。県政でも問題になった新潟東港の工場誘致失敗や田中角栄元首相の故郷西山町の工業団地が空っぽなのも NIEs 発展のあおりだという声も聞く。上述の日本という単一把握にアイデンティティを感じにくいのである。

　もっとはっきりした例は、新潟県下にも多い「アジアからの花嫁」。第１の環からみるとこれは農業問題で、農村・「裏日本」の過疎化がどんどん進行し、末期的症状の中で農業後継者を残そうとする農家や村の必死の模索の中から生まれて来た。第２の環からこの現象をみれば、「表アジア」日本が矛盾を「裏アジア」に転化し、その経済力を背景に不足している農村の花嫁を獲得しているのである。「花嫁」の多くは日本を東京のようなところだと思って農村に来る。この問題を扱った本はすでに何十冊か出されており、多くは人権問題、女性差別、ムラ・イエの封建制などを糾弾している。「アジアの花嫁」を貰う当事者たちもこの正論を認識している。だから農家も自治体も指弾されることがないよう、相当の努力を払っている。だが「背に腹はかえられない」と思っている。そして、あまりジャーナリス

ティックに指弾されると「農村男性の国際結婚を批判できるか、都会女性」（佐藤藤三郎）、「文明の中にどっぷりひたっている生活で農村のことが何が分かるか」と、環の頂点に立つ「表日本」に逆襲し、さらには「壮大な"国際化"の実験」（山口哲夫）と居直ってもしまう。その実「アジアの花嫁」は「窮余の策」でしかなく、日本の農業・農村問題に展望が見出せない限り、「国際結婚」で生まれた娘たちもまた農村から出て行ってしまうであろうことを、一番よく知っているのも彼ら自身である。

　こうした構図は何も今日生起したものではなく、明治以来の近代化過程の産物に他ならない。1873（明治6）年の地租改正により政府の租税収入の3分の2、多い時は90％を地租が占めるようになった。穀倉地帯新潟県の豪農層は異議申し立てをしたが、やがて松方デフレを経て地主的土地所有拡大の道をたどり、全国千町歩地主8戸のうち4戸を占める最大の寄生地主地帯になる。彼らは「越州の富は天下に冠たり」（「新潟新聞」）と豪語した。その下で直接生産者農民は、日本の工業化のために地代（→資本）、食糧、労働力を供給する役割を担った。阿部恒久氏によれば、文献に「裏日本」という語が登場するのは1903（明治36）年のことだという。富・食糧・労働力が太平洋岸に移動され、工業化、鉄道・道路・港湾・教育などへの社会資本投資が進む過程で顕在化した格差への焦燥であった。大正期、最大の出稼ぎ地帯となった新潟県の農村青年は「朝日新聞」に「越後の農村や漁村に1度きてみるがよい。1人だって若い娘は居ないのだ。……夏、来ても盆踊りも男ばっかりで面白くない。それは我慢するとしても、一体俺たちの嫁は何処から貰えばいいのだ。……俺は寂しい」と投書した。この頃は未だ「アジアの花嫁」は考えつかなかった。代わりに農民達は果敢に異議申し立てをした。大正末から昭和の初め、木崎争議を始めとする小作争議は全国の農民運動をリードした。字や村の政治を左右する力を持つに至った所もあった。1931（昭和6）年「満州事変」の年にも、農民組合はなお「土地を農民へ」と共に「対支出兵断乎反対」を掲げていた。

　「国境の長いトンネル」清水トンネルが完成し、上越線が全通したのが1931年9月であったのは歴史の皮肉であろうか？　長岡市で盛大な記念博

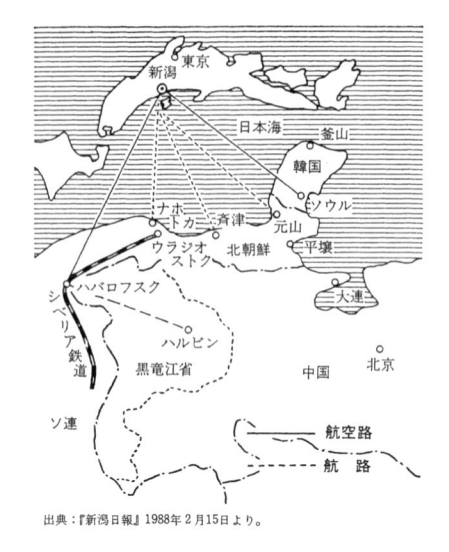

覧会が開かれ、やがて「満州国」が「建国」されると、新聞は「東京→新潟→羅津→新京」という「日満両国の首都」間1,891キロを最短42時間で結ぶルートとして宣伝した。『新潟新聞』はまた「満州国建設の要位に立つ新潟港」という連載を掲載した。1937（昭和12）年、に日中全面戦争の時期になるとこうした期待はいっそう高まり、「日本海湖水時代」、「裏日本の独占市場へ」、「往け、東北人士」といった見出しが新聞を賑わすようになる。この頃には農民運動も戦争協力の道に転換し、やがて解散を余儀なくされる。新潟港は「満州農業移民百万戸移住計画」という途方もない計画実現の母港となり、新潟県農会は県下20万戸農家の半分を「満州」に送出して農業問題の解決を図るという無謀な計画を立てるに至る。「大東亜共栄圏」という国策の中で「裏日本」脱出の夢を中国・朝鮮への進出にかけたのである。

　二つの環の結節点新潟県の位置を象徴する事例をもう一つだけ挙げよう。中津川第二発電所である。新潟県は水・石油など豊かな資源の供給地帯でもあり、同発電所の送電線は東京に向いており、今もラッシュ時の山手線を動かしている。他ならぬこの発電所は、多くの朝鮮人労働者を動員して作られたこと、その過程で朝鮮人労働者の虐殺・虐待事件を引き起こしたことでも有名である。

　敗戦は日本を大きく変えた。しかしながら、二重構造の結節点新潟という位置は変わっていないように見える。それは田中角栄を支持した県民の心情の中に、「東京都湯沢町」（「新潟日報」）に民家を圧して立ち並ぶ色とりどりのマンション群に、そして何より「アジアの花嫁」問題に窺いとる

ことが出来る。新潟市も全国の地方都市と同様、このところ東京マネーの流入による地価の値上がりが著しい。地元紙もマンションを買いあさる東京人を追跡したら、大学教授だった、といった笑えぬ逸話入りで報道している。だが、同時に変化の芽を見てとれることもできるように思われる。それは海の向こうがすべて主権を持った独立国に変わったということだけにとどまらない。

　最近、雑誌などに「環日本海圏」をテーマにした記事がしばしば見られるようになった。新潟県知事も一方で「環関東圏」を唱え、他方で「環日本海圏」を強調している。前者は福島・静岡・長野と共に一極集中の東京の外延的拡大を展望したもので、従来からの地方の「中央化」を目指したものであるといえよう。こうした想いは根強い。だが、他方で新潟県民もポスト田中の時代に入り、繁栄をもたらしてくれるはずの道路が、過疎を促進する道路にもなることを知った。中央の開発計画構想が結局は東京一極集中と地方の過疎化をもたらす、その下でのたとえば「東京都湯沢町」が決して自分たちの願いを実現してくれるものではないことが明らかになりつつある。その中で多くの自治体が、自分たちの「地方」を「地域」として蘇生させるべく、手造りの地域復興に励んでいる。新潟県と黒竜江省は姉妹関係を結んでいる。早くから三江平原の開発に協力している佐野藤三郎亀田郷土地改良区理事長は、中国東北やシベリアを世界の食糧基地にすることが夢であると言う。先日、ペレストロイカの下でのハバロフスクの地方選挙を取材したテレビ番組を見たが、そこでこんな小話が紹介された。シベリアが「極東共和国」として中央に対して独立する宣言をする、その後直ちに日本に宣戦布告し、三分後に降伏する。それが繁栄の最短距離だ、というのである。国家の相対化が言われる。21世紀は、シベリアといい、東北といい、今扉を閉ざしている北朝鮮といい、新潟といい、かつての原料供給基地が地域として自立的な発展を求め、国家の枠を超えた地域連合を目指す夢が可能になる時代となるのだろうか？「大東亜共栄圏」と異なった「極東共栄圏」、さらには「アジア共通の家」はやはり夢であろうか？

Ｆゼミ通信 No.5

1992.01.01

「太平洋」戦争はやはり「アジア太平洋」戦争と言うべきでしょう。この戦争に関する番組の中で秀逸だったのは……。

謹賀新年！

1年ぶりの便りとなりました。現在人文学部では大学院博士課程設置の計画が進んでおり、その委員になっているため夏休みに予想外の時間をとられ、暑中見舞いを出せませんでした。隣の学部が川村文化庁長官を招いて講演会を開きました。私は出席しませんでしたが、後で聞いたところによると大学の最大の功績は学生を遊ばせて、麻薬などの社会問題を引き起こすのを防ぐ安全弁の役割を果たしたことにある、と述べたそうです。今の大学は学問の府ではなく、遊ぶ所、ショックアブソーバー、モラトリアム期間だということのようです。文化庁の長官がこういうことを言うのには驚きましたが、文部省の最近の考え方を反映しているように思われます。東大の大学院大学化に見られるように、一部のエリート養成機関を育て上げ、またその手足となる高級職業人（法廷通訳とかカウンセラーとか）養成機関の大学院を作り、残った大学はショックアブソーバーとする、という政策のようです。大学設置規準が変わり、全国の大学から教養部が消え、一般教育が消えつつあります。新潟大学は第2グループ、つまり高級職業人養成機関に入るべく努力をしているということになるようです。多くの先生方はリベラル・アーツの府であるべきだ、今の日本こそそれが必要な時期だ、と主張しているのですが……。

10月に上海建城700周年記念国際学術討論会に参加してきました。日本に於ける上海史研究の状況についての報告を求められましたが、その報告の最後を

「戦前（1942年）殿木圭一は『上海』（岩波新書）の中で、＜万事混沌としているのが上海の真の姿であり、それが克服された暁には上海は上海でなくなる＞と述べた。1957年に新生上海を訪れた堀田善衛は殿木の言を引きながら、＜上海は上海でなくなった＞と評価した。これにひきつけて現在を言うとすれば、＜上海は上海でなくなった。しかしなお上海は上海である＞ということになろう」と結びました。上海ブームと言われ若い世代の関心は、中国の一部である上海よりも、1930年代の「モダン」、アール・デコ様式が最もよく残っている上海にあるようです。Fゼミの諸君はこのところ1年おきに上海旅行に行ってますが、今浦東開発のかけ声の中で上海は数十年来の大きな変化の中にあります。外国人にノスタルジアを呼び起こすが、上海人には生活しにくいことこの上ないモダン上海は、観光用を残して確実に消えて行きつつあるようです。

　91年もまたソ連の消滅などパラダイム転換を余儀なくさせるような歴史の大きな転換が進みました。アメリカに対するイメージの変化も急速に進んでいるようです。依頼を受けて学生からアンケートを取ったところ、嫌いな国の第3位にアメリカが入りました。1位イラク、2位北朝鮮はある程度予測していましたが、アメリカは予想できませんでした。「真珠湾50年」の番組がいやになるほどありました。第1次大戦後に「日米もし戦わば」といった見出しが溢れた時に似た雰囲気が気付いたことの1つ。いくつかの局で「太平洋戦争」の第1撃が実は真珠湾ではなく、マレーのコタバルであったことが指摘されたことがもう1つです。ルック・イースト政策を採るマレーシア政府は「リメンバーザコタバル」と言えませんが、受けた被害はアメリカの比ではありません。「太平洋」戦争はやはり「アジア太平洋」戦争と言うべきでしょう。この戦争に関する番組の中で秀逸だったのは、「日本兵」としてあの「戦場に架ける橋」の泰緬鉄道建設における捕虜虐待の罪を背負って、死刑になった朝鮮人を描いたドキュメント「チョウ・ムンサンの日記」でした。極東軍事裁判も結局日本の植民地支配を裁けなかった。米・英も植民地帝国でしたから……。東南アジアからみるとこの戦争のもっていた2重の構造がよく見えます。ということで、今年の授業では東南アジアをよく扱いました。以上やや重たいキャンパスからの報告でした。充実した1年となりますよう。

F ゼミ通信 No. 6

1992.08.13

私は1941年の生まれで、ちょうどものごころがついたのが、「アメリカが青春だったころ」で、初めてみた洋画がジュディー・ガーランドの「スター誕生」……。

　残暑お見舞い申し上げます。
　今年は何時になく多くの方からお便り頂きましたので、ちょっと暇ができたお盆に通信を出します。紹介したい便りもありますが、紹介すると便りが来なくなる様なので止めました。
　新潟大学に赴任して20年経ちました。先日、20年勤続ということで表彰式がありました。永く勤めたものだな、と思って出かけたら職員を含めて56人もおり、たいした事でもないなと思いました。20年を振り返ってみると教育に重点を置いてやった時もあり、研究に重点を置いて教育がおろそかになった時もあり、申し訳なく思うこともあります。今はもう1つの行政に多くの時間を取られてストレスが溜るときが多い。現在、人文・法・経済学部合同で大学院博士課程を設置するための委員で、毎月何回休講にして文部省に行ったことか。やはり、教育と研究が本分です。
　秋に青木書店から南京大虐殺に関する中文資料の翻訳資料集が出版されます。3年前に学生諸君と一緒に作業した成果です。卒論で南京大虐殺を扱った学生の「申報」など新聞の記事目録も付録に載ります。こういうのは嬉しいものです。
　今年は戦後を作ってきた人々の訃報が多く聞かれます。音楽で言えばいずみたくとか中村八大。旧来の演歌基調の「流行歌」と違ったポピュラーソングは、戦後民主主義の中で育ってきて演歌のあまり好きでない我々の感覚にマッチし

写真裏に「7歳の忠夫」と記されている。
〔1948 ころ〕

ていました。今はみんなで唄う歌がなくなりました。ＰＫＯ法案の成立と共に私にとっては、戦後の終わりを改めて痛感させる出来事でありました。

　手間を省くために、関尾先生が発行している「史信」に載せた私の短文をくっつけます。昨年から東洋文化講座で研修合宿なるものを始めました。毎年春教官・学生全員で1泊する小旅行で、これはその時のやりとりを文章化したものです。秋からは教養教育改革で忙しくなります。2年後には恐らく教養部がなくなるでしょう。それではまた。再見！

【わたしやあなたは、日本を知っているか？】

　私は1941年の生まれで、ちょうど物ごころがついたのが、「アメリカが青春だったころ」で、初めてみた洋画がジュディー・ガーランドの「スター誕生」、農村でディマジオやモンローのグラビアをみて、こんな国が同じ地球にあるのか、と思いながら育ちました。ですからマッシューさんのスピーチは、私に対する問いかけでもあると思って聴きました。

　ただ私はロスアンジェルスの暴動について「どう見ても白人警官は無罪ではあり得ない」という久米宏の感想を訊きながら（美川憲一の「とにかくすごいのよう」というインタビューは見そこなった）、ふと昨年上京した折、たまたまポッと時間が空いて、吉祥寺で観た「Dance with Wolves」を思い出した。ケビン・コスナーが、インディアンに対する白人側のひどい

仕打ちに疑問をもち、インディアンの側について白人と闘う、というものだが、私はその時「何とアメリカ的な甘い映画だろう」と思いながら映画館を出た。しかしあの黒人が米国籍韓国人を焼打ちする暴動の画面を観た時、ケビン・コスナーがあのような「甘い」映画を作らざるを得ない、アメリカの深刻な社会的背景を少し理解できたように思った。

　以前テレビでアメリカの同性愛についての番組があった。私は見なかったが、友人の多賀さんの話では、同性愛の人は脳細胞の中のセックスを司る部分の構造が本来違う、だとすればそれは異常なのではなく、この点に関しては別の種類の人間がおり、彼らにとっては他の種類の人間の異性間の行為と同様、正常な行為であり、当然その存在を認めるべきだという主旨であったという。多種類の民族・人種が「共生」を目指して生きていこうとしているアメリカの哲学を示されたように思った。その後小諸市の例など、エイズの恐怖への日本における対応の仕方をみて、また私自身学生時代に遭遇した同性愛志向の友人への驚きを想起するにつけ、日本では異質なものとして「排除」の論理が働くであろう。

　人種問題についても、母語を禁じて英語を強制し同化政策を採った1930年代からすれば、公民権法を作った1960年代以降は、法の上では基本的に平等を原理として「共生」を目指すようになった。「共生」とは、同化ではなく、もちろん排除でもなく、異質なものが互いに他の存在を認め合おうとすることから始まる。実際には人気者レーガンが（そして不人気のブッシュが）何をしたか、が問われなければならず、今回の「暴動」も起こるべくして起こったのだが……。

　翻って日本はどうか？　アイヌや琉球人は同化し、在日朝鮮人・華僑には基本的に日本国籍を与えずに排除して、首相以下「単一民族」だなどと称してきた。外国人労働者の問題は、不足する労働力を補い、不況になったら追い返すのではなく、「本当にすべてを分かち合って日本で一緒に暮らしていく覚悟ができましたか？」と問われているものであろう。「国際化」という変な流行語も海外旅行者が増えることではなく、私達および私達の地域の「国際化」が問われているのであろう。甘い見方だが、暴動はアメ

リカがその苦難に立ち向かう過程で起こった。苦難が大きいだけに、ケビン・コスナーはせめて映画でくらい、甘い理想を語らざるを得なかったのかも知れない。謝晋が「芙蓉鎮」で若い 2 人を生きて結びつけるハッピーエンドにしたように。

　同化と排除で処理してきた単一的民族の日本人からすれば、あのエネルギーを理解できず、「とにかくすごいのよう」と感ずるのが普通かも知れない。しかし日本が「国際化」しつつある今、私達は「どうみても白人が有罪」かどうかという判定者の地位に安住できる時代ではなくなっている。のちに「日本が青春だったころ」と回想するようなことがないためにも、私達の位置を確かめておきたい。マッシューさんのスピーチは私にそんなことを考えさせてくれた。

　＊「史信」編集者註：本稿は 5 月 9 日（土）～ 10 日（日）の人文学部東洋文化講座主催の東洋文化履修コース所属学生・人文学部人文科学研究科所属留学生合同研修合宿（於下越スポーツハウス）の懇親会における発言を、発言者である古厩氏ご自身に文章化してもらったものです。

Fゼミ通信 No.7-8

1993.01.01

だが、89年の学生・知識人・都市市民らによる民主と自由の主張は、「向銭看」の庶民の共感を得ることに失敗したようです。

謹賀新年

＊　昨年秋、チケットを頂いたので久方ぶりに映画を観ました。宮崎駿「紅の豚」。観たのは別にアニメ史上最高収入を挙げた（私が観た時はまだそこまでいっていなかった）人気映画だからという訳ではありません。数年前、当時ゼミテンの関さんが「先生って宮崎駿と同じ年なんですね。ヘェー」と言ったことがありました。その「ヘェー」の意味については、敢えて訊きませんでしたが、記憶に残っていたからです。

　横道にそれますが、個々の学生諸君についての記憶とは、私に関する限りは関発言のように、案外学生諸君が何気なく発し、おそらくはそのまま忘れ去ってしまうような事が、なぜか印象に残っていることが多いのです。わが家の住人たちはやや異なり、例えば某女史について話題になると「ああ、酔っぱらってうちのトイレで寝ていた人ね」とか、「ああ、お父さんをいじめた人ね」などと、よりドラマティックな記憶が鮮明のようですが。因みに「お父さんをいじめた人」というのは齋藤聡君、卒業式の後であったか、家にきた時「先生はペダンティックに色々批評するけど、所詮実践はしない」といった意味の事をかなり長々としゃべったことがありました。私は齋藤君の在学中のディレンマを訊く最後の機会のような気がして、笑いながら聞いていましたが、子供たちはお父さんがいじめられていると感じて、険しい眼で齋藤君をにらんでいたそう

です。

　話を元に戻して、私は戦後派だが、あの映画は戦中派でもあり戦後派でもある宮崎駿の自分との対話だと思いました。半月後の「朝日新聞」「ひと」欄で宮崎駿は「結局あれは過去の自分に対する手紙だったのですね。そして今度また、今の自分に対して手紙を書いてしまった。しっかりせいや、と」と語っているのをみて、うん、うんとうなづきました。戦後派的部分は、「ファシストになるよりブタがまし」と戦争を拒否して賞金稼ぎになる（賞金稼ぎになるのは戦中派的か）、空中戦でも発砲せず、決して相手を殺さない、結果は両者痛み分け、女たちの手で優秀な飛行艇を作り上げるなど、ありていに言えば「平和と民主主義」で、ここは同感するものの案外平板です。「ひと」欄で、映画製作中に起きた湾岸戦争やソ連の崩壊に「僕自身がグシャグシャになっちゃった」「グラグラしました。その末の作品だから居心地悪くて、信州の山小屋に逃げ込んで1ヶ月、ひげもそらずに毎日まき割りしてました」と語っているのをみて、これも納得しました。

　私が興味を持ったのは、むしろ戦中派的部分だったように思います。第1次大戦のイタリアのエース、ポルコ・ロッソを戦争へのとがめから豚の姿にしてしまうが、なおかつ飛行艇は人生そのものである。1対1の対決のクライマックスを作り上げて茶化した結末にする。女性に対する関心がありがら極めてぶっきらぼう＝シャイな対応。そうした、論理と心情の矛盾……etc。戦後は白黒がはっきりした時代で、何事も論理で割り切り易い時代でした。私も論理的に割り切ることが好きでよくしゃべりました。戦時中は不条理の時代でしたから、けれん味なく自己を説明することが困難で、多くの人はマルコのように言葉少なであり、不条理を胸の中で噛みしめているように私には見えました。不透明な世紀末の現在は、むしろ相対的には戦中に似ているのかも知れない。飛行艇でなくとも何かにこだわらなくては自分がなくなってしまう。そんな意識が今の学生諸君にも共鳴を得るのだろうと思いました。そのあと、いや戦後派の中年男（そして中年女）たちも、意地あるいはプライドをつっかえ棒にしてこの時代の転換期をどう生きていくのかを考えている……とすれば、これは戦中派でも戦後派でもなく、また戦無派でもなく、世紀末の世相の反映かと思い直し

ました。
　そんな時代の中にいるせいか、それ以上に年のせいか、私も以前より饒舌になることが少なくなったように思います。

＊　激動の 89 年から 3 年が経ち、この世紀末の激動の様相が少しずつヴェールを脱ぎつつあるように思われます。先日中村政則さんが 1 月に岩波書店から『経済発展と民主主義』を出すと言っておられました。日本の近代をふり返ったものだそうですが、中国研究者にとっても大変興味あるタイトルです。また「自由と平等」の矛盾について話を聴く機会がありました。これらの「と」は対立を表すのか両立を表すのか？　おそらくどちらか一方ではなかろうと思います。私は大学院生時代古在由重氏宅でのゼミに参加していましたが、1968 年だったと思いますが、ソ連社会主義の評価を巡って論争がありました。ソ連には自由がないという批判に対して、古在さんが、「確かにそうだし、また特権階級の問題はあるが、庶民にとって資本主義国より平等はある、最低限の生活は保障されている」と述べたことを思いだしました。フランス革命以来、自由・平等・博愛と並べて当然のように思ってきましたが、両者はそもそも矛盾なく両立するものなのでしょうか？　自由を抑圧したにも拘らずソ連社会主義が 70 年間続いたのは、単に抑圧によるだけでなく、平等を理念とし、庶民の中でそれを実現してきたからではないかと思います。
　この点、中国の社会主義も同様であったと思います。企業を国有化し、土地革命を行って都市と農村における平等を実現しました。毛沢東の社会主義は「貧しさを憂えず、均しからざるを憂う」ものでありました。したがって、「均」を揺るがす富や知の所有者、「ブルジョアジー」や知識人を嫌い、その自由を弾圧しましたが、平均主義を愛する農民の圧倒的支持を得ました。文革の理念もここにあり、だから「芙蓉鎮」の主人公胡玉音のように汗と知恵をふりしぼって裕福さにおいて他人よりちょっとだけ頭を出した者は、「走資派」として知識人とともに徹底的に排斥されました。平均より美人であったことも排斥を強めたかも知れません。「貧しさを憂えず、均しからざるを憂う」まさに「農民的社会主義」であります。平等のためには様々な自由は犠牲にされます。特権層が

庶民の眼に見えるようになると、この幻想は崩れ始めますが、中国の場合、庶民だけでなく多くの共産党員も、少なくとも1957～8年まではこの理念に忠実で「為人民服務」、「破私立公」に努めていたと思われます。大躍進はこの平等を保持しながら国家の富強を実現しようとした空想主義であったと思います。

　鄧小平は、知の自由・民主主義を棚上げして、金儲けの自由だけを奨励しました。黒い猫も白い猫も「向銭看」に一生懸命になりました。胡玉音のような人物は最も奨励される存在となり、「万元戸」が出現し始めました。

　だが89年の学生・知識人・都市市民らによる民主と自由の主張は、「向銭看」の庶民の共感を得ることに失敗したようです。「経済発展と民主主義」は両立しませんでした。それは日本も同じで、多くの新潟県民はロッキードの田中角栄ではなく、橋や道路を作ってくれた田中角栄を支持しました。「衣食足りて礼節を知る」のでしょうか？　内山完造は小人（しょうじん）は自分の仕事のなかで僅かのものを持ち帰る「役得」が許されるが、大人（たいじん）は断じて許されない、と書いていますが（『中国人の生活風景』）、中国では人を治める「衣食足りた」大人の倫理と、そうでない小人の倫理は峻別されてきました。だが比率からすれば小人が圧倒的です。

　同時に中国では年々平等は崩れつつあります。鄧小平は充分それを承知ですから、ベンツを乗り回す沿岸の「資本家」と、食べるのがやっとの奥地の農牧民を眺めても、「幸福な王子」のようにたじろぐことはないでしょう。しかし、こうした姿が歴然として来ると、やがて一方で平等を求める「小人」の動きがあらわになり、他方で全面的な自由・民主を求める動きが大きくなってきても不思議はないと思います。

　私の大学時代の親友深井君の姉小川（旧姓深井）晶子さんがスズメバチに刺され、アナフィラキシーショックで心臓が停止し脳死状態になりました。26年前小川さんの母親が亡くなった時、献体の遺志があったにもかかわらず父親が強く反対したため、実現しませんでした。深井君の家族はその後話し合いを続け、家族共通の意志として献体・尊厳死・臓器提供を確認しました。小川さんは自らも尊厳死協会に宣言書を送り、アイバンクに登録し、献体の書類も整え

てありました。医師の田中さん（僧でもある）は生命維持装置をつけ、5日間心肺脳蘇生の努力をしたが実りませんでした。6日目に看病の家族にもはや意識も呼吸も戻らない、心臓の停止も近いだろうと告げました。そこで深井君たちは相談の上、小川さんの意志を実現したい旨申し出ました。田中医師は本人の意志を確認してそれを尊重し、懸命に提供先を探し出し、その時点で「母の体の一部が他人の体の中で生きていると思えば救われる」と考えた小川さんの1人息子の手で生命維持装置のコックが止められました。その後直ちに腎臓が摘出され、提供されました。

　小川さんは、8年前益子町に移り陶芸の修業を始めました。3年ほど前、突然青春18切符で新潟を訪れ、拙宅に1晩泊まっていかれました。「陶芸はむずかしくなかなかものにならない」と言いながら満ち足りた様子でした。深井君から上記の経過を訊き、また新聞記事を読んで衝撃を受けると共に、小川さんらしい最期だと感動し、また自分のことも考えました。

　ところがその後「患者の権利検討会」（PRC）のメンバー等が田中医師らを殺人罪で告発しました。深井君らは、きちんと調査もせず告発し、姉と家族及び田中医師の名誉を大きく傷つけたとして告発人の本田氏らを逆告発しました。私は、自分の生き方（それにつながる死に方）についてのこれほど明確な意志を無視しても、医師は望みのない「延命」治療を続けることが義務づけられるのか？　医師にその権利があるのか、という点からこの問題に関心を持っています。どう考えますか？

Fゼミ通信 No.9
1993.09.01

人間間のコミュニケーションがむしろ希薄化し、意味の喪失や、文化の機械化、非人間化といった趨勢が生じつつある。

　残暑お見舞い申し上げます。という言葉が不似合いな今年の夏でした。それはともかく暑中見舞い下さった多くの方、有難うございました。
＊　No.8を出してからの半年余りは、教養部廃止に伴う人文学部の改組に追われて息つく暇もない毎日でした。6月は毎週文部省通いで、関尾ゼミの中村君に文部省の暗い廊下でばったり会う、といったこともありました。来年度から人文学部に新たに情報文化課程が新設されることになると思います。情報化社会について、その意味を人文・社会科学の面から総体的に捉えることを主眼とするものです。普通、情報……学科というと、外国語教育であったり、パソコン教室的であったりするのですが、それとは異なり、新しい性格の課程だと自負しております。（文部省に迫られてやった面もあるのですが………）。ちょうど進路指導で新潟大学を訪れた大隅君に文部省に提出した改組計画を見せたところ「あ、先生も変わったねェ」と感想をもらしました。確かにこれを作成するに当たって読んでネタにしたのは、レヴィ・ストロース、マクルーハン、マーク・ポスター、D・ベル、アルビン・トフラー、ベラーといった構造主義ないしポスト構造主義的著作ですから、大隅君の指摘も当たっているかもしれませんが、全面的に共鳴するには至りませんでした。ただヴァーチャル・リアリティーに関する叙述などを読んで、最近とみに感ずる学生諸君との感覚のずれについて、「最近の若いもんは」とうしろ向きに慨嘆しているのは認識不足かも知

れない、と思うに至ったことは収穫だったと思います。自分の中にある理性信仰について、これまでの人類史（活字文化の歴史といってよい）の中では五感のうち視覚、特に活字が偏重されてきており、本来の人間の五感バランスを著しく損ねて来たのかも知れない、と思いました。といってそれを放棄しようとは思いませんが、一方的に学生を「しょうがない」と決めつけないようにしようと思ったということです。参考までに、私の書いた文章の１部を末尾に付します。

＊　そして、夏休みに入って弘前大学に集中講義に行きました。行きは日本海を大館まで上り、帰りは八幡平から田沢湖を抜けて来ました。道すがら「あァ、ここには○○君がいるはずだ」と思いながら、準備不足で声をかけずに通り過ぎました。弘前駅前の店で聴いた津軽三味線のライヴは今も耳に残っています。新幹線がなく、東京から遠く隔たっている弘前は外来者にとってすてきな街でした。

＊　７月後半は黒龍江省へ、黒龍江大学と留学生交換協定を結んで来ました。牡丹江の平野の広いこと、豊かなことが印象に残り、渤海国は想像以上に豊かで強大な国家であったに違いないと確信しました。いま、『環日本海叢書・歴史編』を編集しています。

＊　８月は上海に半月余り滞在しました。目的は上海開港150周年記念国際学術討論会に参加、報告すること、近代の幣会と上海討論会に参加すること、復旦大学歴史系の座談会で「講話」すること、開放された上海市档案館で史料を収集することで実り豊かな半月間でした。何より驚いたのは上海の変貌ぶりでした。上海は２年ぶりですが、この間の変貌は東京オリンピックの時を上回るもので、まさに「開港以来」といってよいと思いました。変化の基本は、上海が初めて全体的な都市計画をもって都市建設を進めていることにあります。浦東及び郊外県を加えて数倍の面積に拡大して、これを高速道路、内外環状線、郊外線で結び、バスオンリーだった交通体系に２階バス・地下鉄・タクシー・賃乗せバイクが加わりました。バス代は50銭（87年には５銭だった）、地下鉄は

2元、賃乗せバイクは10元、タクシーは小型10.8元、中型14元で懐具合いに合わせて交通手段を選択します。タクシーは今年5月の東亜運動会（日本ではあまり注目されなかったが、この国際競技会が上海に与えた影響は非常に大きい）にかけて倍増されました。街中タクシーが走り回っています。驚いたのはタクシーに乗る中国人が非常に増えたことです。南京路で雨に遭った時には30分余り、あのバスの争奪戦で鍛えられた上海人と争奪戦を演じなければなりませんでした。タクシーが止まるや、ピタッと張り付いて前の乗客が降りるや否や（場合によっては降りないうちに）乗り込まなければならない、ののしりあいにも負けてはいけない、恥らいは禁物、生存競争です。知り合いに訊いたら3人家族の1日のおかず代が15元とのこと、タクシーに乗るとその分ふっ飛びますから、かなりの高額ですが（バス代の30倍近い）それでも皆（いや、上層部の市民は）乗るのです。上海テレビのゴールデンアワーでは「大上海出租汽車」というドラマを毎晩放映していました。模範運転手が客を親切に扱うこと、乗客を通じて変わりゆく上海の世相を写し出すというのが狙いとみましたが、総じて以前のように白タクもなくなり、全ての車には料金メーターがついており、安心して乗れるようになっていました。インチキしなくても充分に儲かるのでしょう。

　もっと驚いたのはホテルの食事です。ヒルトンや花園賓館（ここは日本人のたまり場）で食事をすると、1人150〜200元かかりますが、かつて外国人ばかりだったホテルの餐庁に中国人がかなりの部分を占めるようになりました（もちろん、公費の輩も含まれるでしょうが）。中国人留学生の某君は「上海人はなんだかんだ言っても金持ちが多いのです」と慨嘆していました。

　乗り物で上海らしいのは賃乗せバイクです。街の中をヘルメットをぶらさげて走っていますからすぐ分かります。あの交通渋滞を何とか解消しようと東亜運動会の時、貨物自動車の市内乗入れを禁止したら効果があがったため、6月に入って普段も朝7時から夜7時まで禁止しています。しかし一時的に効果があったものの、現在もバスとタクシーとバイクとそれに自転車に人が加わって相変わらずの渋滞が戻ってきています。賃乗せバイクは渋滞の中を曲芸もどきに走り抜けて行きますから、上海では一番効率的な乗り物です。こういうものを

さっと考え出すのが上海人だ、と思いました。私も乗ってみたかったのですが、受け入れ側の担当者から堅く禁じられて（危険この上ない）やめました。これは法の盲点をついたものですが、10月からはバイクの2人乗りが禁止になるので、以後見られなくなるかも知れません。

This is shanghai.という話をもう1つ。兌換の黒市。円高で1万円が525元くらいでしたが、闇市で人民元に替えると830元くらいになります。私が錦江飯店付近で替えたときのこと、電卓で810と打ってみせ、商談が成立すると彼氏はサッと名刺を出し「今後用事があるときはいつでもこのポケットベルの番号に電話してくれ」と言いました。名刺には「請您 常記得我、謝謝」と書いてありました。これはもう企業だ、と思いました。そういえば南京路でタクシー争奪戦をした時、隣の若者は携帯電話でタクシー会社に電話していました。

開港以来の変貌というのは、何も数十階建てのビルが林立したというだけではありません。上海の伝統的な民家である石庫門（北京でいえば四合院）がどんどん取り壊されてみなアパート住まいになっていきつつあること、バンドなどは別として30年代建築もどんどん取り壊されていることです。淮海路も87年の頃とはすっかり変わっていました。学生諸君と行ったあの老舗の喫茶店「老大昌」がなくなっちゃったのです。と思ったら、筋向いの所にピカピカのビルになって建っていました。しかし私は到底入る気になれませんでした。

タクシーの運転手の話では、月収は1,000元〜3,000元とのこと、それに引き換え学者の場合、月給は私と同年輩の教授で400〜500元です。これでは暮らしていけません。どうするかというと、1つは収入の多い女性と結婚すること。新潟大学におられたこともあるC先生が家を買ったとのこと、いくらかかったか訊いたら、内装を含めると約30,000元とのこと。中国では月賦というのはまずありませんから、どうやって貯めたのか訊いたら「女房が不動産関係に勤めている」と答えました。もう1つは「第2産業」なるもので、俗にいう「下海」に通ずるものです。ちなみに現在中国の超重点大学は5つ、北京大学、復旦大学、それに理科系の清華大学、師範のトップ北京師範大学、医科系のトップ中国医科大学だそうですが、その復旦大学でも株式の公司を作って各教員にも株が配られたとのこと、夏休みの外国人に対する中国語講習会も重要な収入源で

す。復旦大学経営の東苑賓館は1泊120元。その他諸々ありますが、文字にするのは控えます。私は中国科学院学術活動中心に宿泊しましたが、1泊275元とられました。87年音楽学院の招待所に泊まったときには1泊24元でした。黒龍江大学に行った時訊いた話では同大学の赤字は年間1000万元に上るとのことでした。

＊　No 8 に中国の現状において不満を持っているのは農民と知識分子だ、と書きました。それは間違いではなかったと思います。その頃日本のジャーナリズムは中国の経済発展を大いに囃したてていました。やがて、四川省などで農民暴動が起こったと伝えられると、一斉に中国の危機を喧伝しました。8月12日に成田で買った某週刊誌は「中国大乱」と題して、中国は建国以来最大の危機を迎えており、かつての王朝と同様、農民反乱の大群が北京を包囲する可能性がある、と報じていました。何といい加減な報道ぶりでしょうか。不満があること、それが長期的に醸成されて行く可能性があることまでは言えますが、それで中国が崩壊するなどという情勢でないことは、ちょっと考えれば分かることです。ぎくしゃくしながら、進んで行くのが中国でしょう。

＊　No 8 に書いたことで一番反響が多かったのは、小川さんの尊厳死と臓器提供に関する件でした。その一端を紹介してこの号を閉じます。
　　S　新聞でみて感動していた。私のような人間は自分の死にたいして文句をつけられるなんてほんとうに嫌です。
　　T　世の中には真実をきちんと知る前に教条的にものごとを決めてかかり、100人のうち100人がアホだと思い、それを繰り返しやってこりない人がいるものです。マスコミにも同じような人がいます。TRUTH LET US FREE.
　　M　臨終の親族の奇跡的な回復を願わない人間はいないのではないかと思います。……これは医師の義務や権利といった問題というよりは、医師としての倫理の問題ではないか、と思います。……献体が国民の間に常識として受容された社会の中で、ある1家族のみが、それを拒絶し続けたら……マスコミ全体がその家族に献体をすすめる……やがてそれが強制力をもって執行される。

これはあくまで個人及び家族の問題である、ということ。献体拒絶を非難することは献体を非難するのと同様に批判さるべきであります。問題はこのことについてある基準を設けておしつけること、あるいは魔女裁判的に非難することであります。以前述べたように大林雅子さんの事例その他、いまのマスコミにそうした魔女裁判的傲慢さがふんぷんとしていることには全く同感です。

《付録》　情報文化課程設置の趣旨（抜）
　【社会的必要性】
　　今日の社会における情報化の進展は驚異的な速さで進行しており、それは単に科学技術の領域だけではなく、人間の生活と文化の形態に大きな変化をもたらしている。したがって、情報化の人類史的意味を問い、これに適切に対応していくことは単に理工系の諸学問だけでなく、現代の人間、社会あるいは文化に関わるあらゆる学問にとって緊急の課題となりつつある。その意味で我々は人文科学を情報化社会段階のそれへと刷新していくことを求められている。
　　しかし、現状はこうした社会的要請に応え得ているとは言えない状況にある。
　　第1に、この情報化という現象に対する社会の関心がその技術的側面、つまりコンピュータによる情報処理技術の進歩と、<u>人間による知的作業の機械による処理への置き換えというハードの面が先行しており、</u>
　　第2に、人文科学分野の立ち遅れのため、<u>情報化社会が人間類型・文化・社会システムに及ぼす変容の考察も主として工学系研究者によって行われている状況である。</u>
　　我々はこうした状況に鑑み、情報化と人間・文化・社会の関わりを研究教育する課程を新設して、社会的要請に応えていきたいと考える。
　【情報化社会と人文科学】
　　今日の情報化社会の特徴を人文科学の領域から考えると、およそ次のような諸点を指摘することができよう。
　　1、さまざまなニューメディアの発展は、<u>時間的にも空間的にも世界を地</u>

球規模で一体化させた。前近代においては情報の広がりの基本的単位は「村」であり、そこで情報が形成され、フィルターをかけられた。「村」は世界であった。近代にあってはその基本的単位は「国家」であり、それは我々の思考の単位でもあった。現在その基本単位が「地球的」世界となりつつあり、メディアの発達が「村」とか「国家」といったスクリーニング装置を取り払いつつあることは、東欧革命とそれに続く変動が鮮やかに示すところである。

　2、情報の量と質両面における飛躍的な発展は、物やエネルギーと並んで、情報を重要な資源とする社会（情報社会）を生み出した。そこでは、一方で、東京一極集中がモノとヒトと共に情報に関しても語られるように、情報所有の量と質におけるギャップが、他方では「情報洪水」の中でその取捨選択能力が大きな意味を有することになる。

　3、コンピュータの普及と高性能化は社会の構造を変化させつつある。時間と空間の克服・短縮は「組織」的社会を「ネットワーク」社会化させ、例えばNON PLACE COMMUNITY（「情報村」のようなパソコン通信を利用したヴォランタリー集団が学会の機能を果たすこと、あるいはテレビ電話による会議の開催など、図書館の態様も変化しつつあり新潟の学生は国会図書館の位置を知らずにその図書を利用している）を発生させる。また、即時・多数コミュニケーションの実現は、生産者でもあり消費者でもあるPRO-SUMER（アルビン・トフラー）といった新たな生産形態を生み出す。例えば文学に即してみると、作者が読者とのパソコン通信による対話を通じて作品を作り上げることを可能にし、これによって作者と読者の分離という近代的分業形態を止揚し、前近代における伝承文学的創作形態を時間と空間を克服した形で蘇らせることも考えられる。

　4、情報の表現・伝達の形態が多様化し、豊かになったこと、また従来の人間の表現能力、知的能力の限界を超える計画や創造の可能性が開けた。こうした技術の発展は活字段階と較べて、人間の表現力を遙かに多様で豊かなものにし、これまでにない多様なメディアを生み出しつつある。特に、言語情報に較べてはるかに多様性を包含する映像情報の発達、その社会的

蓄積の進行は「シミュレーション社会」と形容されるような状況を生み出している。そこでは、ヴァーチャルリアリティとして、現実に酷似した様々な仮想現実空間の世界を作り出すことを可能にし、人々の意識から「虚」と「実」の境界を取り払いつつある。テレビに写し出されたハイテク戦争としての湾岸戦争は実像であると同時に虚像であった。こうした事態が<u>人間の感性や思考を変化させ</u>つつあることは、テレビゲームに熱中する子供などに関してつとに指摘されているところである。

　5、情報・経済の発展による世界の一体化は必ずしも社会の一体化・文明の平準化に帰結しないことも、ＥＣの形成と他方での民族・宗教紛争の激化・地域化が示すところである。そこでは文明（ハード）とは異なる<u>文化（ソフト）の多様性と相互コミュニケーションについての重要性</u>が明らかになっている。

　6、情報という概念をその本来の意味でとらえるなら、それは人間間のコミュニケーションのあらゆる形態においてやり取りされるものであって、コンピュータによって媒介されるものは、依然としてその１部にすぎない。人文科学の立場からすれば、情報とは、あくまでも情報の発信者としての人間を中心として、表現・伝達・理解といった行為とのかかわりにおいて考察されるべきものである。このように情報を広くとらえるならば、<u>人類史を、オーラル様式段階、書記様式段階、活字様式段階、電子メディア様式段階といった情報様式の発展過程として捉える仮説も可能となる。</u>

　7、情報化に伴う社会・文化の変容が他方で様々な負の現象を引き起こしていることも、今日見逃すことの出来ない問題である。情報化の進展が生み出すテクノストレス、コンピュータ犯罪、情報操作、プライバシーの侵害、そしてバランスを欠いた利用がもたらす自己愛性人格障害、断片人格等である。

　また、情報化のプロセスが技術主導で進められ、人間のコミュニケーションを助ける手段であったはずの機械による情報の処理、伝達が自己目的化して、発信される大量の情報が氾濫した結果、本来の目的である<u>人間間のコミュニケーションがむしろ希薄化し、意味の喪失や、文化の機械化、</u>

非人間化といった趨勢が生じつつある。
　以上に列挙した諸特徴はなお初期的段階にあって、流動性を帯びており、これを体系化することは容易ではない。しかし、現在、人文科学はこれらの諸特徴を、情報化社会段階の人間類型・文化態様・社会システム像として、体系的に認識・分析し、そのあり方を考察することが求められていると考える。

Ｆゼミ通信 No.10

1994.01.01

「活字信奉者」の私は学生諸君の擬音の多さに閉口していつも授業で「擬音を使わず、もっと概念化して喋りなさい」と言い続けてきたのですが…。

　謹賀新年！
（1）あわただしい１年が過ぎました。私事を除いてみると、80年代末からの世界の構造的変動が国内版となって現れた年かな、と思います。55年体制の崩壊と言われているものは何だろうと振り返ってみると、私には自民党が政権から下りたことより、社会党が崩壊したことの方が印象に残ります。細川内閣がやっていることは、小選挙区制といい、コメ市場開放といい、自衛隊法改変、消費税アップと続けば、歴代自民党がやろうとしてやれなかったことを次々と始末しているわけで、自民党的なものは却って渋滞が解消されたとさえ言えます（唯一異なるのは自民党歴代内閣が「後世の歴史家の評価に待つ」としていた、かの戦争を侵略戦争 ── もっともこの言葉はすぐに取り下げてしまったが ── と認めたことですが、これも市場性 ── 確か日本の輸出額は対アメリカと対アジアが並んだはず ── も含めて、アジアとの関係がきわめて重要になってきたことに対する打算から出た決断であることは間違いなく、決断という点では故田中角栄首相が岸や佐藤などの台湾ロビーの反対を押し切って日中国交回復に踏み切ったことの方が決断的であろう）。したがって、引算してみると社会党がなくなった、ということが一番大きな変化のように思います。できの悪い子供のようにののしられながらも、ともかく存在し続けてきた、極めてファジーな社会党的なるものの終焉の年であった、という印象です。新しい年はそこから

何かが生まれてくる年になるでしょうか。
　(2) というようなことを書くと、また「高等游民」のように思われるかも知れません。この通信を書く1つの楽しみは「読者」からの反応にあるのですが、この夏の通信に対しては次のような反応が少なくとも5人の「読者」から寄せられました。(名前入りで紹介して顰蹙をかいましたので、以後名前は出しませんから「安心」してお便り下さい)。

「久しぶりに大学時代にタイムスリップした」
「忙しかったんです、目がぐるぐるまわるほど。そんな時、不意に、学生時代の空気を『Fゼミ通信』が運んできてくれたわけです。仕事仕事!!の生活で、目が、意識が仕事のみに向いてしまっていたことにハタと気がつきました」
「何を書いていいのか解りません。この一文を打つのにも時間がかかりました。……現在の自分と学生時代の自分では物事に対する感覚が全く違ってしまったような気がして書けません。かといって、現在の仕事について書こうにも、おそらく大学という学問研究機関にいる人達に、教育困難校の実態を語ってみたところでどうしようもないような気がして書けません」
「実は私の手元には先生宛に書いた手紙の原稿が幾つかあります。◇◇に来てからの2年間はいろいろとストレスも多く、社会生活をしている中で(随分と稀なのですが)激情がほとばしることもあり、なんどか何かをお伝えしたいと思って書きかけたものです。書くことで自分自身を整理するつもりですが、なんといいますか、『歳を取る』と物事はどんどん混乱に向かうらしい、という命題にたどりつきそうなのです。……ようやく『価値観の根本から異なる人間』がいるものだ、ということを実感したということでしょうか？　舞い込んできた『Fゼミ通信』を読んでそこにあるアカデミックな香りに私は眩暈をおぼえてしまいました」

　私も期せずして、こういう(トーンはそれぞれ違いますが)手紙を立て続けに貰って、よほど自分は特殊な世界に住んでいるのかな、と考え込みました。でも、どちらが「特殊」で、どちらが「普通」なのか、などと考えるのではな

く、それぞれが1つの世界ですから、それぞれ自分の世界を対象化しつつもそこから発信し続けたいと思っています。それにしても、今年の後半には考えた手紙を沢山頂き、また転職（トラバーユという片仮名の語感とは異なる）の通知も頂き、やはり1人1人の中の時代の変わり目を感じました。また、あらためて、みんな一生懸命に考えながら生きているのだな、と励みになりました。

(3) 情報文化課程についてもいくつかの意見を頂きました。「情報化社会ということは、この深くて広く複雑な知識（情報）への自在なアクセスが可能であると同時に、情報の側からも間断ない『タレナガシ』があるということのように思えます。いくら時代が進んでも、1日が24時間であることには変わりはない……人生を豊にするために、換言すれば、人生を能動的に、理性的に（私も理性信仰の信奉者です）、目的的に、積極的に生きるのに十分な、バランスのとれた、姿勢・態度・思考方法・人格等を身に付けるためには、このアクセスとタレナガシの中で、しかも限られた時間で、どのような情報の取捨選択をするべきなのかということが最大の問題だと思っております」というのは全くその通りで、まさにそこに工学部や経済学部でなく、人文学部に情報文化課程を作る意味があるだろうと思います。KNOWLEDGE を取捨選択して WISDOM として自分のものにしていくのはやはり個人個人です。それを心がけないと情報洪水の中で迷子になってしまいます。こうした理性信仰者とは対照的に私の理性信仰に「あきれ」、また「印刷術後の活字文化の歴史を《人類史》などと言ってしまっていいのでしょうか」というご意見もありました。シェイクスピアの作品は聴覚の時代の産物だと言われると、なるほどそうかな、と思います。中国に滞在していた時痛切に感じたことは、この国では大事な情報が活字からは得られないということでした。学生デモが起きていることはクチコミで知りましたし、その「単位」での重要なノーハウ（どうすればコピーできるかという類のことも）もクチコミでしか知ることができませんでした。いま、大学では自己評価が義務づけられつつありますが、学生が紙に書いた授業評価がどこまで本当の声を反映し得るだろうか、と思います。

(4) ところで、「週刊金曜日」という週刊誌をご存じですか？　宣伝誌に続いて、この11月から正式刊行され始めました。編集委員の本多勝一氏と研究会で一緒

だったこともあり、その宣伝を兼ねて12月9日に新潟公会堂で石坂啓・本多勝一の講演・討論会というのを開きました。卒業生の方にも実行委員になってもらって、お蔭様で当日700名ほどの人が集まってくれました。新潟でこの種の集会でこれだけの人が来てくれたのは初めてかどうか分かりませんが、珍しいことだそうです。参加して下さった方、有難うございました。忙しい中でかなりの時間を割いた個人的な理由は、文部省との「お付き合い」にいいかげんくたびれ、そのカタルシスということもありましたし、(1)で述べたことに対する1つの反応でもありました。石坂啓という「漫画家」はそれまで知らなかったので、改めて『赤ちゃんがきた』と一緒に『新友録』というのを2冊買ってきて読みました。新聞の4コマ漫画も読まなくなっていた私にとって久しぶりのことでした。『赤ちゃんがきた』は、その中味についても色々感想がありますが、最近小説等を全く読んでいない私にとって、「グニー」といった擬音を実にうまく使って30字分くらいのことを表現してしまう術に感心しました。「活字信奉者」の私は学生諸君の擬音の多さに閉口していつも授業で「擬音を使わず、もっと概念化して喋りなさい」と言い続けてきたのですが……。『新友録』も差別に対する若者感覚での敏感さに「なるほどこういう感じ方があるのだな」と思ったりしてました。また、当日の、事実を理詰めで積み重ねていく本多氏の話もさることながら、理詰めで言えば破綻しているが、感覚を大切にしてまるごと把握していく石坂さんの話にむしろ新鮮さを覚えました。多分、(3)の情報化社会論に関わって、活字信仰に対して五感を集中させたCOMMON SENSEの意味等ということを考えていたことも関係あったかもしれません。

ところが、後日某女史から、石坂啓の絵は手塚治虫を一歩も出てない、漫画を1つのジャンルに押し上げたハギオ・ヤマギシといった漫画家に比べたら新しいものは何もない、という主旨の批判を聞

きました(ついでながら昨年の「通信」に書いた宮崎駿もコテン、コテンでした)。私は結局絵をほとんど見ていなかったようです。あるいは私は手塚治虫が好きだったから、好印象をもったのかも知れません。ハギオ某の漫画を見てもあまり感じないかもしれません。何れにせよ数時間御一緒した石坂啓氏はなかなかに素敵な女性でした。私も結構気配りをする方ですが、彼女の気配りにはかなわん、手塚治虫に弟子入りしていた時代に培われたものかな、と思いました。Fゼミには漫画ジャンルに詳しいゼミテン、アニメジャンルに詳しいゼミテンがおり、後日少々レクチャーを受け、幕張メッセを埋め尽くすという同人集団の層の厚さに感心しました。

(5) 集会が終わった次の土日の12月11・12日、村上在住の小林・上条両君のご案内で、各種の慰労をかねて、近隣在住者のミニ同窓会をやりました。吉源という老舗で鮭づくしの料理を食べ、久しぶりにみんなと夜遅くまでだべりました。(2)と同様の感想をもちました。こんな機会をもつ余裕が必要だな、と思いましたが、現在12月末締切と1月10日締切の原稿を抱え、また集中講座をかかえて、追いかけられる日々が続きそうで、スキーに行く暇がとれるかな、と思っています。それでは、また、充実した1年となりますように!

　毎度のことながら、きちんと校正しないため、前号にも誤植が沢山ありました。請願諒!
　(非賣品<購>読法) ある卒業生から「私には送ってくれないのか?」と訊かれましたが、この「通信」はあくまで卒業生を中心に便りをくれた人に送り、便りがなくなった人には送るのを差し控えています。

Fゼミ通信 No.11

1994.08.20

必要ないだろうと言われていた制癌剤の投与が必要だと言われた時はやはり人並みにショックではありました。

酷暑もややおさまった感がありますが、如何お過ごしですか？

私はと言えば、昨年秋から胃の変調を感じていたのですが、胃癌であることが判明、新大病院に入院（6月17日）、23日胃の全摘出手術を行いました。当初の予測よりも進行していたため、全摘出の上、3週間にわたって制癌剤を投与し、結局8月10日退院しました。今後も毎週1回通院して制癌剤投与を続けることになります。

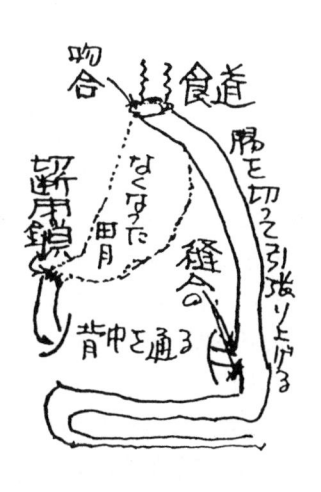

いくつかの感想。まず、人間というのは相当の荒療治に耐え得るものであるということ。胃を少しでも残すことができる場合には、切除した部分を除いて吻合すればよいのですが、全摘出の場合には腸を40センチくらい下で切断して引っ張り上げて食道と金属リングを用いて繋ぎます。噴門部はふさいでしまい、もう一方を持ち上げた腸の適当部分に穴をあけて繋ぎます。（左図参照）＝ Roux-eny 法

気が付いた時は体のあちこちから管をたらして（合計8本かな）ベッドの上に横たわってい

ました（こういう管いっぱいの姿を「スパゲッティ」というのだそうです）。これだけの荒療治をしても、当人はそれほど苦しいわけでもなし、万物の霊長もトカゲのしっぽ切りのようなことが可能なのかと感心しました。手術は私が学部長を務めていることもあって、学長（前第1外科主任教授）が特別に執刀して下さいました。「外科医は職人ですから」とおっしゃっていましたが、30余年間の経験を持つ「職人」に切ってもらったわけですから、手術そのものは順調。感謝、感謝。

ただし、2週間後に飲み食いのトレーニングが始まって初めて胃がなくなったことを思い知りました。生きるために食べることがこんなに大変なことだとは知りませんでした。食べることが「楽」から「苦」に変わってしまった状況が再度転換する日を心待ちにしています。

必要ないだろうと言われていた制癌剤の投与が必要だと言われた時はやはり人並みにショックではありました。事実を受け止めて最善の努力をするしかない、という当たり前のことを確認するまでは。3週間の制癌剤投与は苦しかった。食欲皆無、体重の減少（手術前よりマイナス12キロ）、そして白血球の減少等。当初1ヶ月といわれていたのがもう1月延びて、延長18回闘った感じです。

できるだけそっと入院するつもりだったのですが、噂が伝わったようで暑い中、多くの方が見舞いに来て下さいました。ありがとうございました。見舞いのトップが三重県在住の内田君だったのには偶然とは言え驚きました。頂いた花束・盛花だけでも延べ35に上りました。らん、カーネーション、トルコ桔梗、カトレア、りんどう、ナデシコ、バラ……卒業生のSさんは「先生のイメージはオレンジのバラです」とのこと、本人はいまいちピンときませんでした。いずれにせよ、これまで花を愛する余裕などない生活をしてきた私にとっては、一生の埋め合わせができました。身動きができないときには、花の色が一層鮮やかに迫ってくるものです。そういえば、生まれて初めて千羽鶴というものを貰いました。留学生諸君は朝鮮ニンジンやら例の馬家軍のスッポンのアンプルやら、いろいろ差し入れてくれました。改めて多くの人に支えられて生きているのだな、と思いました。家族特に子供達について言えば、これまで私は一生懸命支えてきたという気持ちばかりでしたが、今回は初めて子供達に支えられ

ている自分を発見しました。考えてみると自分は人を支えたり教えたりしてきたという意識ばかりが強く、かなり思い上がっていたな、と改めて思いました。生まれて初めての長期入院をしてみると今まで考えもしなかったことを考えるもので、「昔はものを思はざりけり」であったなと思います。

　カセットテープの差し入れもありました。ショパン、シベリウス（これは初物）、モーツァルト、中国の民謡……そのなかで眠れぬ夜に一番よく聴いたのが、なぜか「文部省唱歌」でした。なぜか、と言っても理由ははっきりしていて私の子供の頃の生活に溶け込んでいるからです。真っ暗な中で「蛙の笛」、「紅葉」、「赤トンボ」、「里の秋」、「月の砂漠」、「夕焼けこやけ」、「おぼろ月夜」などを聴いていると（鮫島有美子の唄い方は童謡にはちょっと重たすぎますが）、幼い頃の故郷が色や音まで含めて闇空間のなかに次々に復元されて浮かび上がってきます。それこそ魯迅が「故郷」のなかで描いた月の夜の閏土のようにさっそうと……。夕焼けの中をメンコでポケットをふくらませて家路を急ぐ、道の脇をトウモロコシ畑の上を飛ぶ赤トンボの群れ……、裏山のカラマツの芽吹き時のあのもえぎ色……、姉がコップに色水を入れて作った音階で演奏した「月の砂漠」……、家の屋敷の中には栗、かしぐるみ、カリン、グミ、さごめ、梅、杏、すぐりなどがありました。（因みに高校の徽章がトンボだったことも加わって、私のトンボに対する親近感は特別のものがあります。ところが新潟市に赴任してきたら集塵車のチャイムがなんと「赤トンボ」。新潟の印象を悪くしたと合同研究室で学生に話したら、「ゴミ集めには"お猿のカゴや"なんかがいいのにね」という答えが返ってきた、あれは10年ほど前か？）

　慌ただしく引き継ぎを済ませ、締め切りの過ぎた原稿を出版社に送って入院し（正確に言えば入院が先で、入院後合間に外泊許可を貰って帰宅して原稿を仕上げた）手術となり、術後数日してふとＮＨＫのＦＭが午後2時から「田園」をやっているのを聴きました。かみさんと2人、病室で日差しを感じながら、ともにうつらうつらしつつ聴いている時、この間までとは別世界に来たな、と感じました。のどかさとは縁のない生活が長く続いていました。

　学生諸君は「先生が自分では買いそうもない本」をプレゼントしてくれました。上野千鶴子『スカートの中の劇場』（「面白い！」と云いたいところだけど、

「これってナーニ？」という感じ）、秋月りす『おくさま進化論』（同じ身辺雑事でも、長谷川町子は偉大だった）、太宰治『女生徒』（太宰は高校時代の愛読書）、村上龍『６９』（導入部と思って読んでいたら終わっちゃった。69年のイメージは全く違うのに、出てくる言葉は共通なのにびっくり）、中島敦『李陵・山月記』（面白かった。あの昭和17年頃に33歳の青年がこんな小説を書いていた、ということにも感ずるところあり。あの頃の苛立ちは何だろう）、長谷川慶太郎・中島嶺雄『解体する中国』（こんな放談・雑談を単行本にする「勇気」に驚嘆、1年経ったら陳腐になるようなものは書きたくない、という戒めにはなる）。

　高校時代の同級生富家恵海子氏は「私の黄色の本をベッドの脇にお守りとしておいておくように」との見舞状を下さいました。「黄色い本」とは同氏著『院内感染』（河出書房新社）、彼女が亭主をMRSA感染で失ったことを機に、MRSAに対する無策に警鐘を乱打した先駆的書物。同書によればキャリアーとして一番危ないのが若手研修医とのこと、そこで私の担当になった若手研修医にこの本を見せて意見を聴きました。MRSAが世間をにぎわせて以来だいぶ経って、病院の対策もだいぶとられていることが分かりました。でもこんなこともあります。人減らしが進んで病室の清掃は皆ビル清掃会社が請負でやります。病院であるからといって特別の指示はないとのことで、おばさんたちは粘着性のあるモップで床を掃除し、モップについたゴミを手でしごいてとり、その手でドアのノブを握ります。これは感染幇助だ、と思って、おばさんに言っても始まらないので医師と看護婦さんに言いました。ところが、この責任が医師にあるのか、看護婦系列にあるのか、清掃会社と契約する事務官にあるのかはっきりせず、婦長まで伝わったことを確認しましたが、事態は退院するまでにはあまり改善されませんでした。

　約8週間、邯鄲の夢を見ていたようにも思いますが、世の中はちゃんと動いていて、羽田内閣が倒れて村山内閣になり、ワールドカップも向井千秋さんの旅も始まって終わり、母校の近くではサリン中毒事件騒ぎがありました。「1度生を受けて下天の内滅せざるものあるべきや」とは思っていましたが、この度の入院を機に自分の人生も第3コーナーを廻ったということをはっきりと意識しました。ちょうど10年ほど前、10歳年上の先輩にやや珍しい古書を差し上げ

たところ「自分は後何年生きられるか分からないから」と返却されたことがありましたが、10年後の今になってそういう気持ちが分かるようになりました。残りの生を大切にしたいと思います。

　花を送ってくれた川越の関さんから「回復のあかつきには、"大病院記"を"F通"に掲載して下さい」とありましたが、まだ回復途上なので以上"小病院記"にとどめます。

　中国について書く余裕がないので入院直前に「新潟日報」に載せた「覇王別姫」の推薦記事を紹介しておきます。

【「覇王別姫」推薦記事】

　学生時代から中国映画は可能な限りみてきた。6月18日からシネウインドで上映される「さらばわが愛－覇王別姫」はそのなかでも最も印象に残る中国映画の1つである。東京に行って行列に並ばないと見られなかったこの映画を、他の地方に先駆けて新潟にもってきたシネウインドの快挙にエールを送りたい。

　見どころは多い。「華製玉三郎？」と言ったら失礼になるが、レスリー・チャン＝張国栄の美しさ、「中国の山口百恵」ナンバーワン女優コン・リー＝鞏俐、同性愛を含めたさまざまな愛と憎のかたち、そして京劇という中国伝統文化の凄さも必見である。

　だが、何といってもこの映画の真骨頂は、陳凱歌監督が示した中国社会と文化大革命理解にある、と中国研究にたずさわる私は思う。文化大革命が収束した後、まず80年代に現れた文革映画は、文革の被害者たちが悲惨な実態を綴ったもので、そこに吐き出された怨念ややりばのない怒りはそのままで十分に迫力をもち得た。しかし、「芙蓉鎮」あたりを境に、怨念を超えて、文革は中国社会に何をもたらしたのかを考えようとする映画が出はじめた。「覇王別姫」はその決定版の1つであると言ってよい。

　専制国家の代名詞とされる伝統中国であるが、国家の対極にある地域社会は、日本などと較べてはるかに自立的で自由であった。京劇も時の権力に対して反抗せず、一定の義務を果たしている限り、1つの完結した世界を

保ち得た。映画は1920年代の軍閥時代に始まるが、軍閥も国民党も一定の「仁義」さえ守れば、京劇の世界をいじり廻すことはなかった。侵略者日本軍なぞは乱暴だったが所詮はよそ者、酒宴の席で歌の1つも歌う屈辱を忍べばそこまでだった。

　だが文革は京劇の世界に土足で踏み込み、ずたずたにしてしまった。そこでの「愛」も「憎」も政治化されて、人間関係を不可逆なところまで引き裂いてしまった。集団（『ワイルド・スワン』の場合は家族）を解体して、毛沢東を頂点とする個別人身支配のシステムを作ろうとしたのが文革だった、というのが陳凱歌の理解である。

Ｆゼミ通信 No.12

1995.01.01

私には常に私をみつめているもう一人の「私」がいて、「ああ、困っているな」とか、「調子づいてるな」と斜め上の辺りから私を見つめています。

あけましておめでとうございます。

＊ 昨年の病臥に対して、多くの励ましをいただきありがとうございました。多くの場合、「Ｆゼミ通信」で一括してお礼を言おうと思って返事を出しませんでした。改めて、御礼とおわびを申し上げます。

　私の現状を若干報告します。術後の体調回復は基本的に順調だろうと思っています。武藤先生から「ALPHA CLUB」という「胃を切った人、友の会」を紹介されました。「自らの努力と工夫で後遺症を克服して、普通の人よりむしろプラス・アルファ元気に長生きしよう」という３千人余りのクラブですが、その機関紙をみていると術後の状況は実に千差万別です。それらから見て「基本的に順調」だろうということですが、術後半年を過ぎたところですから、まだこれからです。

　食事も普通のご飯を食べるようになりました（但し、口を胃と思って２百回噛むこと）。時に４階の研究室まで、エレベーターを使わずに階段を上る体力と気力が出てきました。丁度、術後半年になる12月23日に鮫島有美子の童謡（「通信」№11参照）を聴きました。鮫島有美子の声も気にならなくなったけど、頭の中に復元された故郷は術後の時のように鮮やかかつ幻想的ではありませんでした。病的というか、神経がピンとはりつめていた時にはきつかった声も、今は気にならなくなったかわりに、頭の中も無ではなくなってしまったようです。それだけ回復したということでしょう。でも、いまでもあの病室で見た色（例えば掛けてあったカレンダーのラヴェンダの色）や香り（例えば芳香剤）に

出会うと目や鼻をそむけます。色や臭いも消耗品だったのかと思います（半年間の時差）。

退院した直後は歩くのがやっと。人に「どうですか？」と訊かれると「兎が亀になったようです」と答えていました。胃袋がなくなってものが満足に食べられない、これは「片輪」（放送禁止用語）だ、と思っていました。そのうちに、「片輪」だと思わず、「一輪車だ」と思えばよいな、兎の生活もいいが、亀の生活も悪くない、人生でふた通りの生き方を味わうのも悪くない、と思うようになりました。そして、今は元の生活にできるだけ近づくよう努力しようと思っている。これが6ヶ月の思考の変遷です。

＊　現在、体重49キロ。手術前の62キロより13キロ減、なかなか増えません。一番気になることは白血球が2,000前後から一向に増えないこと。白血球増多剤を服用していますが、あまり効果がなく、このため9月以降は抗癌剤点滴ができないでおります。心配しても仕方がないので、今は自己免疫力を強化するため、頂いたタヒボ（ブラジル産の「漢方薬」）、さるのこしかけ・霊芝、ぶくりょう、ケーフィア・ヨーグルト、万田酵素、野菜ジュース等を服用しています。留学生諸君から貰った、例の馬家軍団のアンプルや、朝鮮人参・鹿茸を老酒につけたもの、この他にも病院からの薬6種類（毎食後）そしてカルシウム補給のための牛乳etc.朝からあれが済んだらこれという具合で、飲み終わると夜です。他にも玄米酵素、こめちち、粉ミルク療法など、よく効くよと教えて貰ったのですが、試す余裕がありません。それでも、授業その他、大変なところは糟谷先生（今、教養の600人の授業を替わって貰っていますが、来年度より一橋大学に転任になります。）・関尾先生（なお、孤塁を守っておられます）に替わってもらい、最小限にしてもらっています。学部長を辞任してからは、時間的にも精神的にもだいぶリラックスでき、気功（これはゼミテンの新井文子さんが勧めているところで、彼女は会社を辞め昨年3月より修行中）やヨガ・指圧などに出かけるようになりました（行き始めてから思ったことは、西洋医学では精神というのは体の何処にあることになっているのだろう、頭のゼラチン質だけなのかしらん？ということ）。夏休みが終わる頃から学生時代の友人多数から、

「学部長なんてやめてしまえ」という電話や手紙が相次ぎました。そのうちに、「俺も好きでやっているわけじゃねえ、簡単に辞められない事情もあるんだ」などとけんか腰になったりしました。結局、10月に白血球の減少を理由に静養させてもらうことになりました。これら友人のアドヴァイスのお陰です。学生諸君によく言ってたことですが、大学時代（高校時代も）の最大の収穫はよい友人を得たことだと改めて思いました。
　多くの方からの「私の知っている○○は、いまではこんなに回復しています」という知らせに励まされ、自分もまたテニスやスキーができるようになるといいなあ、と思っています。今後の鍵は転移するか否か、にあります。手術後最初の仕事として12月20日、『世界のなかの日中関係』（法律文化社）の原稿「文化大革命と日本」（内容は竹内好批判）を書き上げて郵送しました。手術直前に『講座　世界史』（東大出版会）の原稿「中国革命とトルコ革命」を出してからちょうど半年ぶりでした。1本書いたことでだいぶ気分が良くなりました。

＊　さて、№11を見たある方から「退院してすぐ発送とは。またあんなに軽々とご自分の病気のことを書かれているのは、と思いは様々でした。……癌はよくある病気とはいえ、大病、わっと泣きたくなる思いなどないのでしょうか？"軽妙にあしらう"そんな感じでつきあうのが古厩美学なのでしょうか？」という主旨の手紙を頂きました。私は「千年も万年も生きたい」ほうで、ある時学生諸君に「私は生まれてこの方、死にたいと思ったことがない」と言って笑われたことがあります。だから、死に直面したら「わっと泣きたく」なり、うろたえるかも知れないと自分でも思っていました。ところが、どっちにいくのか分からない時には、まずはなりゆきを注目するしかない、という気持ちになるものです。誰でもそうではないかと思うのですが、私には常に私をみつめているもう1人の「私」がいて、「ああ、困っているな」とか、「調子づいてるな」と斜め上の辺りから私を見つめています。だから、私はあまり「我を忘れて」ということができません。死にたくはない、と思っていますから、癌だと言われた時やリンパ管の中からも癌がみつかった、と説明された時はやはり暗くなりました。例えば「リンパ管から……」と武藤先生から説明された時は、一瞬

がっくりしました。その時、テレビを見ていたら、ちょうどルワンダ難民が、1日2千人ずつ死んでいるというニュースをやっていました。同じ56億分の1なのに、私1人に多くの医師や看護婦さんがついてくれる、ということに何か不思議なものを感じました。医師に委ねて、自分は「病に負けず、逆らわず」で、出てくる事態に対応するだけです。私は「かるみ」というのが好きで、芭蕉の句など結構好きで、合研の落書きノートに書き付けたこともありますが……。

　ショックはかえってかみさんの方が大きかったようで、自律神経失調症に陥りました。11月24日、貴乃花が横綱昇進の使者からの知らせを受けた時、「不惜身命」と言ったのを聴いて彼女（高円寺の産で、実家は二子山部屋から遠くない）は怒っていました。翌日の「朝日新聞」の投書欄にも「あれは特攻隊に送った言葉だ」という批判が載っていました。私にも決して気持ちよいものではありませんでした。いじめ問題がテレビをにぎわした時にも「いまの子供は4歳頃から自殺願望がある」とか「サッサと生きて、サッサと死にたがっている」などとの評論がありましたが、そんなに生きるエネルギーが低下しているのだろうか？と考え込んでしまいます。私は可惜身命でいきたいと思います。

＊　齋藤聡君からの便りの1部（無断ではありません）
　今年で教員生活は足かけ7年となりました。現場のイメージは就職前のそれとは大きくかけ離れていました。人徳・理性・教養などよりはむしろ狡知・体力とスピード・経験が重視される場面が多いようです。労働の時間・強度も過酷な面があり、史料はおろか新書程度も容易に読めないような日々が多くなっています。……さて、このような日常生活の中でいかにして中国史にアプローチすべきかと日々考え続け、私なりの答えが形成されてきました。それは中国史を瑣事に拘泥せずにトータルに把握するよう努めることです。相手は普通の高校生ですから……。そして、アカデミズムと民衆史学とを統合すること……両者のパイプ役に徹すること。普通の高校生に中国史の活き活きとしたダイナミズムを少しでも伝えることが、小生のライフワークなのかなあと感ずる今日この頃です。……小生は今後とも中国史への興味関心を失うことはなさそうで

す。私にとってFゼミ時代は人生に生きがいを与えてくれたのです。……PS.勤務校の紀要にのせた研究ノートを添付しました。

　齋藤君は他大学の修士課程に進み、なかなかの論文を書いていたので、私はいつも「早くまとめろ」と1つ覚えのように言っていましたが、読んで納得し、嬉しく思いました。そういう視点から私の書いたものも批判して下さい。最近、学生がなかなか卒論を書けなくなりました。少し考え方を変えた方がよいのかな、と思っていますが、卒論に苦労した方々の意見を聴きたいものです。

　最近はかなりのお金をかけて高校生向けの「学部案内」を出しています。国立大学も「鉄椀飯」ではなくなっています。学部長だったので次のような書き出しで「巻頭言」を書いたところ、学生どころか若い先生に笑われました。やっぱりピンときませんか？

【新・学問のすすめ】
　人間って一体なにものなんだろう？　誰もが死ぬまで考え続けるであろうこの問いに挑む学部、それが人文学部です。
　私は幼い頃、夕食を食べながら、母親が「ああ、今日も雨露しのげて、三度のご飯が食べられてありがたい、ありがたい」というのを聞いて育ちました。ほんの30年くらい前まで、多くの人々の最大の関心事は、飢えと寒さから自由になることでした。そのために一生懸命働き、技術を開発し、日本は世界の「経済大国」になりました。
　いま、大学に学ぼうとしているみなさんの最大の関心事は何でしょうか？　それを考えに人文学部にいらっしゃることをお勧めします。幸いなことに、いま、みなさんは数年前から始まった世界史の大きな変動期に多感な学生時代を迎えることができるのです。

＊　山本富士夫君からは、双葉高校（福島県）史学部の『双葉郡内小学校の研究・資料編 ── こども・分校・二宮金次郎 ── 』が届きました。明治37年国定修身教科書に登場した二宮金次郎が、銅像となったのは双葉郡の場合皇紀2千6

百年の時がピークのようです。それはそれとして、史学部諸君が歩き回って撮った金次郎像がそれぞれ表情・素材が千差萬別であることに驚きました。この不統一性は井上章一『ノスタルジック・アイドル二宮金次郎』を見るに、全国的なもののようで、共通するのは「負薪読書」だがこれさえも例外がある。経済更正運動の中で建てられたくらいに思っていましたが、建てられた時期もそれぞれで、戦後になってから建てられたものもあるというのも驚きでした。私は「忠」の代表が「大楠公」で、金次郎は「親の手を助け弟を世話し……手本は二宮金次郎」というように、「孝」の代表くらいに思っていたのですが、これだけ豊かで、様々な表情の金次郎がいるとすれば、単に上から押しつけられたというに止まらないものがあったのだろう、と思いました。修身に出てくる金次郎に託された徳目は、孝行・学問・勤勉・自営の４つ。日本人の「勤勉」はまだ続くのでしょうか。

＊　去年正月の「通信」を見たら、冒頭に「社会党が崩壊した」と書いてありました。それは思ったより早く、あっという間でした。先日テレビに中曽根元首相が出ていましたが、その論調の変化が無気味に思われました。すなわち戦争責任問題では、中国・東南アジアに対しては戦争責任がある（以前は「太平洋戦争の直前で止めとけばよかった」と言っていた。ここでも朝鮮を言わないところがミソ）、英米との戦争は生存圏を守るために日本がヒトラーの方に札を張ってしまった、不可侵条約を締結していたソ連との間では日本は被害者。フジテレビの世論調査では、憲法見直しに賛成が63％（本当かいな）、中曽根氏はもう社会党も日の丸・君が代に賛成している、なのに憲法をタブー視するのは矛盾も甚だしいと言う。こういう「あいまいな日本」を放置しているから「いじめ」も起こる。憲法をきちっとして、「日教組と若いママさんのやり方を改め、人間としての基本の型、道徳をきちんと躾る教育」をすること、安保を「日本の安全を守る条約から、アリューシャンから湾岸までの安全を確保する日米政治同盟とすること」とも言う。政界は何がなんだか分からない混迷ですが、やがて憲法を巡って再編成されていくのだろうと思います。そうなった時、若者たちがどう対応するのでしょうか？

Fゼミ通信 No.13

1995.08.08

3人に1人しか効かない、とも言えるのですが、患者からすれば打率3割8分というのはイチロー並で、副作用さえなければやはり頼りたくなります。

＊　暑中お見舞い申し上げます。

　私は手術から1年が経ちました。体調もまずまずで、暑い1日を終えて、さほど疲労感もない時は「体力もかなり回復したな」と思います。正月の通信をみると、体重49キロ、白血球2000前後と書いてありますが、体重は53キロ（術前比マイナス9キロ）、白血球は2500前後と多少回復しました。体重はこんなものかなと思いますが（この値も気がついたら何か口に入れる、という努力の結果で、ちょっと怠るとすぐ減ってしまいます）、白血球は何とか増えてほしいものだと思っています。抗癌剤使用後、1年経ってもこの状況が続いているわけで、先日医師に尋ねたら「もうこのままかも知れませんね」と言われました。

　この間、いろいろ考えて、転移しない限り抗癌剤＝化学療法はやらないことにしようと決め、5月初め医師にそう表明しました。実際には、やりたくても出来ないのですが、毎週通院して緊急採血して「やっぱりこの白血球ではだめですね」と言われて引きあげるのは精神的にもよくないし、それはよしとしても1年経っても回復しない状況に、抗癌剤の副作用を実感、免疫力の低下が心配になったからです。暑いさなかに、さわやかな話ではありませんが、3人に1人は癌になる時代ですから、参考までに現在の自分の状況についての半年間の認識をしたためておきます。

　私の場合、胃の摘出手術自体は成功でしたが、早期癌ではなく転移のおそれ

がある進行癌だったことが問題の出発点です。転移には、
1. 癌細胞が血液に入る血行性転移
2. リンパ管を介してリンパ節にいくリンパ行性転移
3. 腹膜に散らばり生長する播種性転移

がありますが、私の場合はリンパ管から癌細胞が見つかった、つまり2.の可能性があるということです。そこで、抗癌剤を投与してどこかに癌細胞がある場合に、これを叩いておこうということで、入院の後半3週間にわたって抗癌剤の点滴投与を行いました。8月には白血球が1600まで下がったこともあり、起きあがるのも難儀で、遠路お見舞いに来て下さった方に失礼したこともありました。

転移の可能性は一応5年間といわれていますが、2〜3年がヤマのようです。再発するか否かは、癌細胞の悪性度（質問してみたところ、私の場合はあまりよいものではないが、スキルスのようなひどいものでもない、というのが武藤先生のお答えでした）および自己免疫力の強さによると言われています。抗癌剤の問題点については、近藤誠『抗がん剤の副作用がわかる本』（三省堂）が有名です。この本のありがたいところは文末に抗癌剤の一覧表が掲載されていて、病院で教えてくれなくても、自分が用いている抗癌剤の名前や副作用が分かることです。ただし、この人の主張には一面的なところがあります。抗癌剤を全面的に否定することは出来ないと思います。ただし、1回抗癌剤を点滴投与した日は支払いが1万円を超えます。私の場合1割負担ですから、10万円以上かかるということです。近藤氏のいう製薬会社ボロ儲け説も分からなくはありません。また、抗癌剤を経口服用するということは欧米ではないとのこと、日本では抗癌剤を多用しすぎるのではないか、とも思います。私が点滴投与していたものについて、主治医に尋ねたところ、臨床データでは38％の効果が認められている、とのことでした。3人に1人しか効かない、とも言えるのですが、患者からすれば打率3割8分というのはイチロー並で、副作用さえなければやはり頼りたくなります。ただ、抗癌剤というのは許容限度まで強度を上げて、「無差別爆撃」するわけですから、個人差があるものの副作用は免れません。私の場合、白血球減少の他、味覚異常が現在も消えず、例えば大好きだった味噌汁を

あまり飲まなくなりました。

　癌予防において、最近注目されているのが、キラーT細胞とかマクロファージーなどの活性化による免疫力の強化です。体内に癌細胞があって増殖しつつあっても、それを殺す細胞の勢いの方が相対的に少しでも強ければ、癌細胞は徐々に減少していきます。逆に癌細胞の増殖力の方が少しでも強ければ癌は徐々に広がっていきます。抗癌剤の投与をやめたのは、白血球の減少に見られるように（白血球2000台の今年の冬は、免疫力が落ちているから風邪を引かぬようにと言われ、大変苦労しました）、免疫力の低下を避けるためです。

　現在は隔週に通院し、腫瘍マーカーなど転移の有無の検査と消化剤・白血球増多剤・免疫力強化剤の投薬、これが西洋医学にもとづく治療のすべてです。その代わり免疫力強化の可能性があると言われている色々な療法を試しています。前回記したケーフィアヨーグルトなどの外、十全大補湯を毎日煎じて飲み、玄米酵素やBG104なども始めました。

　免疫力の強化のために何がよいか？については、カロチン説、ビタミンB説、同C説、SOD酵素説、多糖体説、フラボノイド説、コラーゲン説、キチンキトサン説その他諸説があります。色々な本を読んでみると、西洋医学から見放された患者が蘇生した実例が載っています。マクロファージーの力が相対的に強くなれば、末期癌が治ってもおかしくないわけで、嘘ではないと思います。私の周囲にも例えば、乳癌から肺や消化器に転移し、癌センターで見放された後、BG104の服用で蘇生した方がおります。

　ただし、誰にでも効くかというとそうではない（そうだったら癌はもう征服されている）。その人の体質と癌の性格（癌相？）によって治るものと治らないものとがあるようです。ビタミンCが不足気味だった人にとっては、Cを取ることが防癌になり得ます。ビタミン類は、かつて「潤滑油」と説明されていましたが、最近ではむしろ免疫力の面が強調されています。残念ながら現状では、自分の場合何が有効かが分かりません。私が再発した場合、私が服用していたものは私には効かなかった、ということは明らかになりますが、幸い生き延びた場合、何かが効いたのか、何が効いたのかは明らかになりませんから。ただ、ここ10年くらいのうちには、治療の方向がより明確に免疫力強化の方に向かう

のではないか、そして免疫力強化に関してもう少しはっきりした処方箋が書けるようになるのではないか、と思っています。現在は大学病院などの医師にそんな話をしても、あまり聴いてくれませんが……。

　気功・太極拳も続けています。先日秋田の齋藤聡君が寄ってくれましたが、彼は「分析的でニュートン力学的合理主義者の先生が気功とは驚いた」と繰り返し言うので、私は、私についての若干の誤認と気功に対する誤認とがあると返答しました。私の手元には気功に関する多くの書物がありますが、中国では『中国医学気功』(黒龍江科学技術出版社)、『養気功』(湖北科学技術出版社)のように、多くの書は科学書として、各省毎にある科学技術出版社から出版されています。肉体と精神を分断してしまうことこそ、形而上学的でしょう。「百会(頭のてっぺん)から宇宙の気を取り入れて、ズーッと丹田に鎮めて」などと言われてやっていると妙な気がしなくもありませんが、やっている内に指先から気を発し始めるのが感ぜられます。太極拳は体力が落ちているためか、少々きついものがあります。テニスの方が楽です。

＊　昨年7月入院中に藤巻恭子さんが同窓生諸君と見舞いに来てくれ、私も勝手なことを言って楽しく過ごしたことがありました。彼女は何も言わなかったので知らなかったのですが、彼女のお父さんは3カ月余り前の3月19日に胆道癌で亡くなられていました。お父さんは私より1歳下、2月19日入院してたった1ヶ月後で亡くなってしまったわけで、ショックな話です。今年になってから「先生のお見舞いで病院に入るのが怖かった」と手紙をくれましたが、よく分かります。昨年学部長になった時、最初の仕事が、肝臓癌で亡くなられた佐藤先生の告別式で弔辞を読むことでした。私が退院したあと、おくさんが見えられてお見舞いに上がりたいと思ったが、どうしても病院に入れませんでした、とおっしゃっていました。──病気の話はこれまで。

＊　昨年入院後間もなく、村山内閣が誕生し、松本サリン事件が起きました。ベッドの中でおかしなことが起こるな、いや俺がおかしいのかな、いややっぱりこれまでになかったことだな、などと思った記憶があります。今年に入って、

阪神大震災が起き、オウム事件がおこってみると、手術前と手術後では私の世界もガラリと変わりましたが、世の中もガラリと変わったなと思います。そういえば、瀬戸内寂聴が、2つの事件は、日本の社会が瀕死の癌に罹っていたのが、一気に噴出したようなものだ、と言っていました。
　昨年の通信に書いたことですが、私はこの度の入院で初めて自分が、あるいは人間が生老病死という逃れ難い自然の過程のうちにあることを実感しました。養老孟司氏は、地震とオウムは、あまりに人工的でマニュアル化された日本社会に、自然の力、マニュアル化できない部分があることを教えたもの、と言います。そういう意味ではバブル経済の崩壊が社会全体の病にまで行き着いた、戦後日本の経済成長社会の終焉をみている、ともいえます。不謹慎なことだから誰も言わないのかな、と思いますが、『毛沢東の私生活』を読むまでもなく、私は麻原をみてすぐ、行動スタイルが文革時の毛沢東に似ているなと思いました。カリスマ的独裁と国家の私物化、部下との矢車型関係と競争的奉仕のシステム、取り巻き女性etc.……。

＊　麻原の異常な所業にみんな怒りましたが、人体実験・生体解剖など麻原以上にひどいことをし、今も不発弾による被害者が出ている731部隊の戦後処理問題にも、モーニング○○や○○ワイド番組は何分の一かの時間を割いてもいいのにと思います。日本という国は個人の犯罪は徹底究明されるのに（政治家を除く）、国とか企業の犯罪はうやむやに終わらせるシステムができているようです。ビキニ環礁ではアメリカが非被曝者も含めて、治療と称して生体実験を行ったことが報道されましたから、日本だけのことではないかも知れません（後になってとはいえ、アメリカでは事実が明らかにされるのに、日本はそうでない、という違いはあります）。
　戦後50周年というのは、十進法の区切りという以上の意味をもって日本人と日本に迫ってきています。おそらく、ほとんどの日本人は「従軍慰安婦」について気の毒に思い、謝罪の気持ちを抱いていると思いますし、「日本人」として被爆した韓国人にも、日本人被爆者と同様な措置をすべきだと思っているでしょう。ところが、政治の世界に持ち込まれると、恥ずかしい言い争いと小細工

をした挙げ句に、日本は謝罪をしないし、賠償は済んでいるとして、鉄面皮に戦後50年を通過しようとしています。村山という人のよさそうな好々爺がこの日本人と日本の間の乖離を埋めてくれるかも知れないと思った人も少なくなかったようですが、人相だけでは何も変えられないということが明らかになりました。それは官僚社会の硬直性なのか、アメリカを苛立たせている慇懃無礼な日本的システムなのか、それは天皇制の中空的無責任体制というのがよいのか……。私もこの数年は大学・学部「改革」で嫌というほどいびられました。建て前では「大学の自治」少なくとも「教授会の自治」があるのですが、学部で熱心に議論しても、文部省の意に沿わぬ改革は決して実現することはないのです。建て前と実体はまるで違います。ある時「先生、何を考えているのですか。改革は文部省がやるんですよ」と事務官に直截に言われましたが、怒る気にはなれませんでした。私の役割は、文部省に行っては大学・学部の実状を訴えて理解を求め、学部に帰ってきてはユートピア造りではないのだから、我々が置かれた状況を冷静に見つめよ、という往復運動でした。事務局長が「こういう大仕事をやる時には、病人や時には死ぬ人が出ることもある」と言っていたことをベッドの上で思い出しました。

　私の学生時代もそうでしたが、1970年代初めまでの若者達は反体制運動をしました。運動によって体制を変えられるかも知れないと思えた時代でした。その最終盤に大学闘争があり、全共闘は盛んに管理社会・テクノクラート社会を攻撃しました。60年代に管理社会のシステムが着々と整っていき、国会をデモで取り巻くなどということは出来なくなり、神田の交差点を一時占拠して「カルチェラタン」などと称するのが精いっぱいになりました。以後、間接民主主義が定着しましたが、これが高度管理社会の間接性・機能性とドッキングして、機械語で話しているような、何かやってもみなどこかに吸収されてしまうような、苛立たしい、空しい社会が出現しました。

　1972年は私が新潟に赴任してきた年ですが、この年は転換点でした。過激派路線の終着駅となった14名のリンチ殺人と浅間山荘事件があり（テレビは終日中継放送し、オウム事件に破られるまで一番長い実況中継の記録だった）、「あっしにはかかわりのねえ……」という木枯らし紋次郎ブームがあり（「無関心派」

と呼ばれましたが、その紋次郎さんが参院選挙に出ました)、有馬記念で初の100億円レースが生まれた年です。揺るぎそうもない社会に対する反体制は空しい、かといって体制強化の仕事も自分たちの親と先輩がやっちゃっている、ということで少なからぬ若者達がどちらからも抜け出して体制的非体制群の方向に向かい始めた、と私は思いました。多くの教師が学生の変化を嘆きました。学生運動の拠点をなくすために、学寮を個室化・機能化した文部省も、果たしてこれでよかったのだろうか？と思い始めました。一方で、「大きいことはいいことだ」という山本直純の騒々しいコマーシャルに代わって「猛烈からビューティフルへ」という富士ゼロックスのコピーが時代の変わり目を感じさせた時期です。オカルトブームのきっかけとなったユリ・ゲラーが日本に来たのが74年。

　それから20年、あの頃に比べて日本社会はいたるところで老化と硬直性が目立つようになり、地震とオウムで一気に金属疲労が噴き出しました。オウムに走った若者もいましたが、それ以上の若者がボランティアとして阪神地方に行きました。自分の思いを実現させて行くには鉄面皮な「日本」に立ち向かうより、ボランティアという形でまず動いて、1人1人の想いを結集していく方が現実的だし、彼らのスタイルにも合っているようです。この変わり目を見つめているだけでも十分面白いと考え、節制している毎日です。では、ご自愛下さい。

F ゼミ通信 No.14
1996.01.01

因みに、この仕送り分をおふくろは使わずに、貯金しておいて、私が結婚する時に出してくれました。がっかりした気持ちと有り難い気持ちが錯綜しました。

あけましておめでとうございます。色々な意味で旧い年が過ぎるのをこれほど待ち望んだことはありませんでした。

＊　さて、今回も私の体のことから書き出すことをご容赦下さい。手術から1年6カ月が過ぎました。11月にいくつかの検査をした限りでは、転移は認められませんでした。退院後しばらくして執刀してくれた武藤先生から私の癌は第Ⅲステージまで進んでいたことを告げられ、びっくりしました。癌の場合、治癒に関しては5年間生存率＝5生率を問題にします。胃癌の場合の5生率は、最新のデータで、ステージⅠで92％、ステージⅡで74％、ステージⅢで46％、ステージⅣが6％となっております（ＮＨＫ「きょうの健康」1995年7月号）。後日現在の主治医に尋ねたところ、「よく調べておられるようだから、率直に言いましょう。我々は第Ⅲステージの患者さんは5人のうち5年間生きられるのは5人に2人と考えています」とのこと。私が5年間生きられる可能性は、イチローがヒットを打つ確率より高いとはいえ、半分以下だといわれると妙な気分になるものです。あまつさえ、白血球は2000前後に低迷して、昨年暮れには主治医が思わず「まずいなあ」と嘆息する始末でしたから、いい気分ではありません。かみさんも、病状を図解入りで説明を受けてから自律神経失調で落ち込んでいましたから、5生率云々の話は誰にもしないことにしました。昨年10

月ほぼ旧に復したのをみて話しました。
＊ 良寛に「この夜らの いつか明けなむ この夜らの 明けはなれなば おみな来て 尿を洗はむ こひまろび 明かしかねけり 永きこの夜を」という長歌がありますが、良寛も晩年は胃腸を患って寝たきりで「死ぬ時は死ぬがよし」とも述べています。
　私が中学生の時、校長先生が詩経の「戦戦兢兢、如臨深淵、如履薄氷」について、「戦戦兢兢」というのは、恐れおののく様をいうようにとらえられているが、そうではなくて、危険を避けるために自分自身を戒め慎むこと、細心の注意をすることだ、という話をしたのを覚えていますが、ふりかえってみるとこの1年はそういう年でありました。朝起きてかみさんの作ってくれた野菜ジュースを飲み、十全大補湯を2時間ほど煎じて飲むことから始まって、夜ケーフィアヨーグルトを飲み、BG104を飲んで電子マットを敷いて休むまで、薬（西洋薬も毎食3種類ずつ飲みますが、多くは免疫力を強化するといわれている漢方薬などです）をよく飲みます。中国語では薬は「食べる」と言いますが、その方が感覚にぴたりです。十全大補湯も当初は強烈だった香りがさほど気にならなくなり、うまいと思うこともありました。太極拳やダンベル体操も続けています。先日、NHKで某女子短大教授が、癌になり易い食生活として、＊朝食を抜く（→蛋白質不足）＊フライ・ハンバーグなどが好き（脂肪不取り過ぎ）＊野菜を余り食べない（繊維質・ビタミン不足）＊醤油・ソースをよくかける（塩分過多）＊穀物を余り食べない（繊維質不足）などを挙げて、味噌汁、緑黄色野菜、青魚、緑茶、海草類をとるように、と言っていましたが、これくらいのことは軽く100点です。今一度雪の上に立ちたいと思って、スキーに行ったことなどを除いて、90点はつけられると自負しています。すべてはかみさんと二人三脚でのことですが。
＊ 先の5生率について、さらに言えば、亡くなる人の半分は術後2年以内になくなります。私の場合あと半年で2年になりますから、第1のヤマを越えつつあるのかなとやや良い気分で正月を迎えております。

＊ 昨年は世の中もそうでしたが、私の身辺でも暗い、悲しいことが多く起こ

った年でした。まず、3月、90歳の叔母が火事で焼死しました。私が生まれて間もなく、父が病気で入院、母が看病についた時、私はこの叔母に預けられました。その後も冬休みなどには東京在住の叔母の所へよく遊びに行きました。初めてパンに塗って食べたピーナッツバターのうまさ、ドイツ製のトランプなどを思い出します。あれは、小学校何年生だったでしょうか？　叔母の家の近くに梅毒の小父さんが住んでいました。「梅毒って何？」と訊いたら叔母は「お茶屋さんに通いすぎるとなる病気だよ」と教えてくれました。休みが終わって登校した時、早速お茶の大好きな音楽の先生に「お茶を飲み過ぎると梅毒になるよ、僕はお茶やさんに通いすぎて梅毒になった人を知っているから」と教えてあげたら、怪訝な顔をしていた先生は、プッと噴き出した後「どうもありがと」と言いました。

＊　8月、大学院農業経済博士課程時代の恩師古島敏雄先生がやはり焼死されました。古島先生の下で勉強したくて、私は文学部から試験を受けて移りました。学生時代には「古厩君」と呼ばれていたのが、大学院生になると「古厩さん」に変わりました。「大学院生はもう自分と同じ研究者だから」とのこと、最初に「古厩さん」と呼ばれた時には震えを感じたものです。にも拘わらず、私は全国大学院生協議会の事務局長を務めたりして、あまり勉強しませんでした。古島先生は「時間が惜しい。人間、風呂なんて入らなくても生きていける。机の廻りにフランスパンとチーズをおいとけば、煩わされずに仕事ができる」と言われたこともありました。

70年東大闘争の時、教授会と職員組合・学生自治会・大学院生協議会で学部団交をやったことがありました。私は議長を務めることになりました。団交も何回目かになって、つるしあげられていた畑村学部長の体調が悪くなってきました。異様な雰囲気のなかで、私は「日和見主義だ！」と非難の声を浴びながら「学部長の退場を認め、団交を中断します」と宣言しました。私は、古島先生から学問の上で誉められた記憶はあまりありませんが、この時のことは後で何回か「あれは、英断だった」と褒められました。古島先生もこの紛争で足を悪くされ、杖をつくようになりました。色々想い出してみるに、やはり不肖の弟子でした。

＊　そして10月、兄が亡くなりました。心臓発作で倒れ、1時間あまりで、死亡を確認されました。私の父は敗戦の翌年、私が5歳の時に亡くなりました。その結果、一家の家計が私より10歳年上の兄の肩にかかっていきました。松高を4年で卒業した兄は、東大受験の願書を取り寄せたものの自ら受験を断念し、19歳で新制高校の教師になりました。後に、結婚式の席上で「子供を生む時には次男から生みなさい」とスピーチしたことがありました。

　こうした経緯は、その後今日に至るまで日常生活における何気ない選択と見えるようなことも含めて何かにつけて私の生き方を深層において、大げさに言えば原罪のように規定してきたように思います。例えば、私は自分のことを考えればよい立場だったので、自活すれば大学に行くことが出来ました。受験にあたっては、「弔い合戦」なんて大仰なことではありませんが、東大以外は考えませんでした。当時は文科系であれば、2期の東京外語大、それに私立も、というのが一般だったので、担任の先生からも注意されましたが、適当な返答をしていました。今のように受験がシステム化されて難しくなっていなかったのは幸いでした。

　大学3年になった時から、私も毎月母に仕送りを始めました。誰かに言われたわけでもなく、母も「なくてもやっていけるから」と言っていたのですが、自分でそうすべきだと思っていました。因みに、この仕送り分をおふくろは使わずに、貯金しておいて、私が結婚する時に出してくれました。がっかりした気持ちとありがたい気持ちが錯綜しました。

　私は5歳の時に亡くなった父についての記憶がほとんどありません。同時に「父親がいたらなあ」と思った記憶もあまりありません。「お父さんがいないのに、よく立派に……」などと言われるのを「そんなこと関係ないよ」という思いで聞いた記憶があります。だから、自分が父親になった時も、母親は必要だが「父親がなくても子は育つ」という気持ちがありました。しかし、よく考えてみると、兄が父親代わりであったように思います。例えば、小学何年生の頃だったか、確か毎日新聞社発行だったと思いますが、中国に関する叢書を買ってきてくれたことがありました。この本は、私が後に中国研究を志すようになる一因となりました。その後、今日に至るまで、兄との「貸借関係」は圧倒的

結婚式にて。100人余の友人・知人の前で「誓いの言葉」。
〔1966.3.27〕
右　母と二人で「里の秋」を歌う。

に借り越しで、そのまま私は踏み倒してしまいました。親子や、夫婦の関係というのは、こうした「貸借関係」を「申し訳ないな」と思いつつもチャラにさせてもらっているのですが、一般的に言えば、別にそれぞれの家庭を作っていく兄弟の間の貸借関係というのは申し訳ない気持ちが重たく残るところがあります。昨年、私の手術に当たっても立ち会ってもらいました。母親には知らせませんでした。その時「これで、自分が先に死んだら、ますます借りが大きくなっちゃって申し訳ないな」と思いました。やはり、父親はいた方がよいと思います。

　ちなみに、意識が回復して手術室からベットに乗ってゴロゴロと出た時、兄は「俺はこんなに管いっぱいつけるのは沢山だ、あっさり死にたいね」と言っていましたが、「願望」通りアッという間に逝ってしまいました。その後、見舞いにきてくれた考古学の甘粕先生（肝硬変です）が「我々は徐々に死んでいけるからいいね」と言われたことがあり、「そんなもんかいな」と思っていましたが、兄のあっという間の死を体験して「なるほど」と思えるようになりました。体が植物化しているのかも。

＊　この1年間、多くの人からお便りを頂きました。40×40字で5枚（400字詰め換算で20枚）と4枚（同16枚）の手紙を2回下さった方もいます。そう

いえば、卒論も私が読んだうちで一番長く、400字詰め換算で400枚くらいあったっけ。養生に多くの時間をとられることもあって、返事を出さないことが多いけれども、ちゃんと読んでおり、通信を出す楽しみの1つは返事を読むことにあります。ありがとうございました。本を送ってくれた人もいます。じっくりと手紙を書いてくれるのは、卒業生でも年輩の人が多い。読んでいて、言い聞かされている思いがして、感心してしまう手紙があります。

　例えば、添田さん（1975年卒業）の手紙。色々書き立てた「Fゼミ通信」を読んで、「健康で、五体満足で、若くて、そんな人ばかりではないいろいろな状態の人がいるのだと、頭ではなくて身体で分かる千載一遇のチャンスに恵まれたのではないでしょうか」とか、「（くれぐれも焦らないように）、女性が男性よりたくましいのは、お産や育児で、どんなに急いでも仕方のないことを身体で学ぶからではないかしらと思います。10月10日たたねば赤ん坊は生まれず、その間、走ることは勿論のことスキーもテニスも出来ません」などと、グーの音も出ないようなもっともな説教がちりばめられており、「参った」という感じ。彼女は馬術部で馬を乗り回し、時々合同研究室に現れたが、あまり勉強を教えたという記憶がない。卒論何だったっけ？　優ではなかったな。一番の思い出は、卒業時に自分の着ていたピンクの格子のブラウスをつぶして、親子豚のぬいぐるみをおいていってくれたこと。穂波ちゃんが大好きで、現在も物置にちゃんと保存してあります。その添田さんが、よくまあ感服するようなことを言うようになったもんだ。なかなか大変な「家」へ「嫁入り」し、3人の子供を生み育て、同時に長年ハンディキャップをもった人達の世話（点字図書館など）を仕事としてきたこの20年を想い、嬉しくなりました。夢は「赤城山のふもとに、小規模でアットホームな老人ホームを作る……老人だけでなく、視聴覚障害の人や子供達も寄れるようなオープンハウスの様なホーム、娘が看護婦をめざしているので、そんなケアも可能なホーム」だそうです。

＊　その添田さんと新家さん（1974年卒業）が、10月、素敵なプレゼントをもって見舞いにきてくれました。高校生の母親でも、私には学生時代とほとんど変わらぬように見えてしまいます。新家さんは私と10歳違い（確か、赴任した時の4年生は9歳しか違わなかった）。しゃべり方（あれは伊勢弁というのだろ

うか？）も昔のまま。この子も手がかかった。求道者で、4年生の正月になって、夜中、もう寝ていたのに家まで訪ねてきた。「卒論、もう書けません」という。何を言ったか、覚えていないが、とにかく1月10日まで頑張ってみなさい、と言って帰した記憶がある。1月10日、彼女の力からすれば十分とは言えないが、力作が出てきた。今は岡田さんと越智さんになっているが、私は全部学生時代の姓で呼ぶことにしている。結婚式の時もそうしてます。新郎側にとっては面白くないだろうが、昨日まで"リンゴ"と呼んでたのを、今日から"はい、バナナ"なんて呼んでもピンときませんから。

＊　8月29日には浅井君からの突然電話。「今、新潟にいます。ご尊顔を……」。「こっちも、予定があるんだ」と思ったが、訊いてみると、例によって青春18でわざわざ名古屋から10余時間かけて今着いた、とのこと。結局、23時20分、ムーンライトの時間ぎりぎりまで喋りまくっていきました。入学は新家さんと一緒だったはずだから、当年44歳。彼は国文専攻で、私は何も責任なかったのだが、なぜか合同研究室に出入りし、私の授業にもよく顔を出し（彼は確か7年間新潟大学に在籍していた）、「最近の授業は変わりばえがしない」などと講釈していました。家にもよく来ていましたから、子供達の頭の中には「浅井さんに凧あげてもらった」こと、「浅井さんきちんと紐を結べないんだよね」といったことがインプットされています。

　確か、入学6年目の時、愛知県の教員採用試験に合格したが、教養科目の自然科学が不可のため卒業できなくなった。そこで私が頼まれて、生物の某先生に「お願い」にいったことがあった。「指導教官でもないのにあなたがなんでくるのですか？」と某先生から問われて、「ああ、私はこの男とは無関係だったのか？」と気がついた。なぜ行ったのか、自分でも分からない、あまり、みっともいい話ではない。いろいろ、浅井の行状を説明したら、某先生はもう1度チャンスを与えてくれることになった。ところが、彼は結局別の単位が足りなくて卒業できませんでした。だいたい、この男の行動は風まかせのところがあって、奈良に研修旅行にいく史学科の学生を新潟駅に見送りに行って、そのまま、列車に乗って先生に金借りながら関西を旅行してきたり、二日酔いのまま、五頭山登山についてきて、ヒイヒイ言いながら登ったり、胎内スキー場の合宿に

ついてきて、学生服のまま初体験のスキーをやったり……かなりアナーキーだった。突然、青春18でやってくるところなぞは、44歳になってもあまり変わってないな、と思った。因みに、浅井君は愛知県某高校の国語教諭、県教委の覚えは、(あの愛知県ですから当然に) よろしくないようです。

　ふりかえってみると、昔の方が手がかかったなと思います。20年間の間に学生の気質もずいぶん変わったなと思います。今年、新しく設けられた3・4年次向け教養科目「伝統と現代」という講義に出た時のこと。私がしゃべり始めると、前から2列目の女子学生が缶コーヒーを取り出して上を向いてゆっくり飲み始めました。私にとっては初体験だったので、一瞬空気が止まった感じで、あっけにとられてみてましたが、彼女は憶することなく悠然としていました。「そうか、ちょうどテレビを見ながら、缶コーヒー飲んでる気分なんだな」と思って、再び喋り始めました。教師もニュースキャスターのようなもので、遠くから眺めながら、みんな、結構スマートに単位を取って卒業していきます。同時に、昔以上に卒論で引っかかる学生が多くなり、卒業できない学生も多くなりました。私からみると学生集団ですが、集団の中は意外とバラバラのようです。口コミ力の低下が著しく、昔だったら、誰かに言っておけば自然に伝わったのに、昨今はちゃんとみんなに言わないと駄目だし、海岸コンパもかまどの作り方、薪の集め方、その都度教えないといけません。そこへいくと中国人留学生の口コミ力は凄い。

＊　私事ばかり書き連ねました。世の中のことが気にならないわけではありません。フランスではここしばらく忘れていたストライキが長期にわたって続けられ、アメリカでは民主・共和両党の争いが年を越しました。いずれも、大幅な赤字を解消するために福祉予算を削ろうとするところに原因がありました。来年は、日本の赤字も1人当たり200万円近くなります。これは、あれだけ大騒ぎされ続けてきたアメリカのそれと同額ですから、日本でも増税か福祉削減か、といった選択が出てきそうです。そうしてみると、これは1国の政治経済の問題ではなく、もっと一般的な傾向でしょう。東アジア(東南アジアを含む)諸国が経済発展を続けている一方、「先進国」はおしなべて厳しい状況にありま

す。冬の時代を覚悟しなければならなくなったのかな、と思います。

　その東アジアは、NIES から ASEAN、さらに中国へと 5 ～ 10 ％の高度成長の波が広がり、われわれのイメージを超えて世界経済の動きの中心になりつつあります。この 1 年、中国は、台湾問題や「南沙」群島を始め、中華ナショナリズムのうねりがますます強くなってきたように思います。今後、中国を説明するのに、社会主義という言葉は使わずに済むとしてもナショナリズムという言葉は不可欠になってくるでしょう。朝鮮半島では南北とも檀君伝説がブームとなり、日本の閣僚達の発言に代表される歴史認識が火に油を注ぐ形になって民族主義が強まっているように思います。環日本海地域ということで言えばロシアも民族主義勢力が支持を広げています。そして、日本の政界再編成は未だに先が見えませんが、恐らく戦後 50 年批判に苛立ち、「普通の国」を称するナショナリズムの方向と憲法に象徴される平和主義の方向に収斂していけば、はっきり方向が見えた、と思えるでしょう。そうだとすると、下手をすれば、東北アジア地域では各国のナショナリズムが燃え盛り、「文明の衝突」ではなくて「ナショナリズムの衝突」が起こりかねない、という危惧を感じた年でもありました。ただ、それぞれの国は冷静に自己抑制する能力を備えてきていることも確かでしょう。

　それでは、よい年になりますよう。

Fゼミ通信 No.15
1996.08.01

電力は日本の近代化における「表日本」と「裏日本」の縮図であり続けた。「国策」という言葉こそこうした差別を覆い隠すいちじくの葉ではなかったか？

猛暑が続いていますが、お元気でしょうか？

* 6月23日で手術後一番危険な2年間が過ぎました。相変わらず、漢方薬その他に頼り、「医食同源」と考えて日々を過ごしており、あれを飲んでこれを飲んで、と考えているうちに1日が終わる感じです。7月24日現在、白血球は3,500と低迷していますが、体重も55キロまで回復しました。「顔色もよくなったし、もう大丈夫だね」などとよく間違えられるのですが、胃を全摘したことについては基本的に落ちつくところに落ちつきました。問題は転移を防ぐことです。半年ほど肩の痛みが治りませんでした。私の場合、転移しやすい部位として「骨や肺」と武藤先生に言われていたので、気になっていましたが、レントゲン検査の結果単なる五十肩であることが分かりました。かくの如く、痰が出ると「もしや」と思い、食べ物がつかえると「これは」と思い、見えざる敵と対峙している感じで、「戦戦競競」ではありますが、主治医に「これで、生存の確率は5割を超えたと考えていいですね」と訊いたら「まあ、そう言えますが、決して油断できませんね」と言われました。それでも、私にとって6月23日は正月です。

* 今年の正月の「通信」には、身辺、暗いこと、悲しいことの多い昨年だった、と書きましたが、今年はいろいろ嬉しいことが続いています。

まず、あの関尾先生、1950年生まれだから正確にいえば私と同じ40年代生ま

れである先生が、6月22日西大畑の新潟教会で電撃的に結婚され、ひとしきり話題になりました。糟谷・松本両先生から少し時間があきましたが、これで、独身三羽烏がすべて片づきました。学生たちは「これで、厳格な先生も丸くなるだろう」と期待しているようですが、私は「それは、人間観察が甘い。関尾先生は結婚したら甘くなった、と言われないよう、いっそう厳しくなるだろう」と脅しています。奥さんは幼稚園の先生で敏子さんと言いますが、関尾先生の第一印象は「トトロみたい」。関尾先生の中島みゆきは夙に有名でしたが、敏子さんは松任谷由美の方が好き。山を歩いて植物の写真を撮るのが趣味の関尾先生とダンスの県大会で入賞したこともあり、テニス・水泳が得意の敏子さん。これだけ、対照的だったからこうなったのだろうというのが周囲の推測です。

　我が家では、この間6月に長男が、7月に長女が相次いで結婚しました。それぞれに自分たちの趣向でやってくれたので、親は楽でした。奇しくもそろって教会で挙式。教会の結婚式のよいところは、参加したい者が誰でも参加できる（したがって、参加したくない者は参加しないこともできる）ことです。イエの文化、ないし形で決める日本の文化との違いかなと思います。とはいえ、教会の商魂のたくましさには恐れ入りました。聖歌隊の歌までアヴェマリアが入るといくら、なんて「これがプロテスタンティズムの倫理か？」とウェーバーに訊きたくなりましたが、高校の世界史の時間に、教会はこまごまと税金を取り立てたことを習ったのを思い出し、「これも教会の伝統を引き継いでいるのかも知れない。初夜税なんてのを取られないだけましか」と思いました。あるいは内村鑑三がいうように「キリスト教を採用せずして、キリスト教文明を採用した」日本の特殊性かななどと考えながら、牧師の卑俗な説教を聞いていました。

　長女の結婚相手は、全く偶然なのですが、私の大学時代に一緒に住んでいた親友近藤さんの教え子でした。近藤さんには30年前、私たちの結婚式を取り仕切ってもらいました。会場は東大構内、会費700円で、新婚旅行の旅費まで出してもらいました。今度は立会人になってもらい、親子二代にわたって世話をしてもらいました。逆に、彼は北海道で結婚したのですが、大学院生協議会の事務局長を務めていた私は参加できませんでした。参加できないというより選択の問題で、仕事をすっぽかせば行けたのに、そうしなかったことが、今も悔

全国大学院生協議会の役員をやっていたころ。議長団席の前で発言。〔1967〕

やまれます。この頃は学生諸君にあまり言わなくなりましたが、大学時代の一番の収穫は素晴らしい友人を得ることができたことです（№12にも同じことを書きました。「学部長なんていうものはすぐやめちまえ」と真っ先に電話してきたのが彼です）。OLD FRIEND AND OLD WINE ARE BEST です。世話になったり、世話をしたりで全体として帳尻が合うのですが、個々にみると、世話になるばっかりの友人、世話をする事の方が多い友人というのがおり、どちらも得難い友人ですが、近藤さんは世話になるばっかりのほうの代表格です。近藤典彦『国家を撃つ者 石川啄木』（同時代社）は名著です。

* 昨年来、前田早苗、梶原あい、上条美幸、関千穂さんらから二世誕生の知らせがありました。おめでとう。穣、夢紬、史緒、悠里、親の思い入れと時代の音調が伝わってくるような名前、ちゃんと読めますか？
* 3月で有馬先生、清水先生が去られて、中国語学の玄幸子先生が赴任してこられました。東洋文化講座は現在教師9名中4名が女性、女子大及び教育学部を除くとトップクラスの比率だと思います。気がついたら私は横山先生に次ぐ年長者になっていました。
* 連日、テレビはオリンピック一色の日々が続いております。メディアがこれだけ発達すると、井戸端会議の話が日本中を駆けめぐるワイドショーのみならず、ヴァーチャルリアリティの世界に平衡感覚が失われます。オリンピックというと、いつも思い出すのは、ロサンジェルス五輪の時の増田明美です。出

かける時は、成田空港での盛んな見送りに「私のために成田がある」と思った、惨敗しての帰りの成田に自分を出迎えてくれたのは家族だけで、凄い歓迎の山下泰博の隣をそっと通り抜けた、と後に話しています。亡くなった横山やすしが「おはようさん」が言えなくなってしまった時、なお彼を支えたのは同級生の阪田教輝だけだった（テレビで美談になるのは西川きよし）、やすしは全盛期のビデオをみてヴァーチャルリアリティの世界に浸っていた、という話。病気をするとそんなところが妙に心に残ります。

＊　ここ数年「大学改革」という名のリストラが大学を覆っています。その結果現在私は8コマ開講しています。かつては「3コマがノルマ」と言われていましたから、大変な労働強化です。実際には大学院の授業を重ね合わせていますが、それでも6コマやっています。私の体力からすると開講中はこれらの授業準備で目一杯という感じです。文部省は、研究を主眼とする大学院大学と教育主体のその他の大学との区別を予算その他ではっきりさせつつありますが、それが実感できます。ただし、人文学部のカリキュラム改革は大学教育をもう1度見直そうという自発的な改革の面をもっており、「自分で蒔いた」部分もあります。例えば、少人数教育の実施・1年次からのゼミということで「教養演習」という授業があり私も1クラス担当しています。これはなかなか面白い。以下は中国人留学生が9月に帰国するので作成した小冊子に載せたものです。

＊　今年の教養演習は面白い。その大きな理由として構成メンバーの中に、2名の中国人留学生と3名の中国帰国子女がいたことが挙げられる。2人の留学生の名は王茉莉と韓雪、牡丹江と大慶出身の黒龍江大学4年生である。

ちょうどゼミが始まった時、日米安保条約再定義の問題が新聞を賑わしていた。手始めに、みんなで手近の新聞からこの問題についての評価を切り抜いてきて、それを題材にディベートをした。「朝日」と「毎日」は安保再定義に批判的であり、「読売」と「産経」は肯定的、テレビの時事番組でも賛否両論。ディベートには格好の材料だった。学生諸君の意見もバラエティに富んでいた。

特筆したいのは、そこに中国人留学生が加わったことによって討論が予想以上に豊かなものとなったことである。例えば、日本の学生のほとんどは、日本が憲法第9条をもつ平和国家であると考え、それを誇りに思っていた。しかし、

中国からみた日本の姿はそれとはだいぶ異なるものであることを留学生は示した。中国からみると日本は米軍の基地が沢山ある対中国最前線基地である。日本の軍事費も世界第3位。それが平和国家？　安保再定義で、安保条約が日本の自衛だけでなく、集団自衛権も含むものとなることは、恐らく朝鮮半島と台湾海峡への米軍出動に日本が積極的に加担することになるだろう、日本はどうして米国一辺倒なのか、自分の政策を持つべきではないか、というのが留学生の意見だった。また、新中国の成立、朝鮮戦争と続く東西対立の緊張の中で、中国やソ連を除いて講和条約を結んだ際に、日米安保条約が結ばれたことも、日本人学生の多くは知らなかったが、中国人留学生はなぜ安保条約ができたのかを明確に指摘した。

　もう1つ、学生諸君が両国の事情の違いをあらためて感じたことがあった。台湾海峡でのミサイル演習を話題にした時、日本人学生が「中国の方はああいう軍事行動をする軍隊をどう思いますか？」と尋ねた。留学生の1人は「軍隊は、私たちを解放してくれた、私たちの軍隊です」と答えた。両国の歴史の違いからくる軍事力に対する距離感の違いである。中国の核実験については日本人学生はおしなべて批判的であった。留学生は核大国アメリカの核による世界支配の問題を指摘し、中国の核はアメリカのそれに対抗するためのものである、と述べたが、議論を通じてあらためて日本人の核拒絶感情の強さを知ったようであった。

　これらの問題について、意見が一致したわけではない。簡単に意見の一致が可能な状況ではなくなっている。大事なことは、お互いの国がおかれた立場や国情を知り合うことであり、それができ、何より自分の国について相対化する機会を得、討論の内容を豊かにすることができたことはおおきな収穫だったと思う。

　このことは、ややふりかぶって言えば、今後の日中関係を成熟したものにしていく鍵であると思う。戦争によって断絶されていた日中関係が回復したのは1972年のことで、それまでは中国にいくこともできなかった。72年以降日中関係は急速に緊密化したが、それはあくまでも異なる体制間の交流であった。だから、現実の深刻な利害対立は少なく、友好第一でやってこれた。経済関係が

密接になった昨今、両国は競争相手として競合する面が多くなった。同時に、中国の経済開放と発展の結果、穀物や原油などにみられるように、その一挙手一投足が世界経済に直接影響を与えるようになったし、政治面においても中国の意向を無視しては国際関係が進まなくなった。中国は大国になったのである。相互の関係が密接になり、両国の国際的に占める位置が大きくなった今後の日中関係はこれまでのように友好ムードだけでは乗り切れなくなってくる。自分の考えをきちんと相手に伝えること、お互いが相手の立場をよく知ること、そのうえで妥協点を見出していくことが重要になってくるだろう。討論を聞きながら両国の若者がそうなってくれることを期待した。

　餃子コンパは楽しかった。王さん、韓さん、それに帰国子女学生諸君の麺棒を操って皮を作る時の鮮やかな手つき。全員が餃子を包む実習をしたため、奇妙な形の餃子もできた。流石に食べ盛りの諸君も五百数十個の餃子を食べ尽くすことはできず、翌日の朝食分に持って帰った学生もいた。王さん・韓さんが帰る時、今度は日本の学生が何を作ってご馳走しようか、と考えた時、あらためて餃子という満族に発する食べ物が簡便でていおいしく、充足感を与えてくれる秀逸な料理であることを実感した。「日本の男の子についてどう思いますか？」との質問に、韓さんはずばり「態度があいまいではっきりしない」と答えた。王さんは求めに応じて朗々と歌った。留学生は2人とも積極的だった。この文集の名前何にしようか？と問いかけた時、意見を出したのは王さん、韓さんと帰国子女の森さんだった。結局王さんの提案に決したが、私は日本人学生ももっと積極的に発言してもいいのに、と思った。

＊　8月4日に巻町で日本初の原発住民投票が行われる。私が住んでいる寺尾は巻から19キロメートルのところにあり、一衣帯水、他人事ではない。東北電力と受け入れ派は第1に原発は安全であること、第2に日本の電力供給は原発なしでは不可能だから国策に協力すべきであることを盛んに強調している。

　安全性を「証明」するためと称して、温泉付き、フランス料理付きの柏崎原発見学ツアーを盛んに宣伝している。安全性を問題にするなら福井のもんじゅを見学すべきなのだが、そうしないところがみそ。そして、住民投票は選挙とはちがうのだからいくら金を使ってもよいと豪語しています。この様をみるだ

けで、いかがわしさがはっきりするのだが、すでにこれまでも、東北電力は巨額の金を巻町につぎ込んできている。原発を設置すると各戸一律36,000円の交付金が出る。100％安全だと証明できない以上、何もしなかったら住民が賛成するはずがないことを十分知っているからで、今度の投票も金で投票を買う「商談」を成功させようとしている。彼らは住民1人1人が冷静に判断して投票する環境を破壊する新たな罪を生み出している。

　もう1つ盛んに言われるのが、国の原発政策に協力せよ、反対するのは住民エゴだ、という類である。だが、この言い方ほどペテンじみた論法はない。現在稼動している原発50基のうち6割を占める30基が福井・新潟・福島という東京・大阪をほどよい距離で取り巻く3県に設置されているという事実が明白に物語っている。1977年に巻町で開かれた原発説明会において、原発関係者のI氏は会場からの質問に「原発は安全であるが、万一のことを考えると、人口1,000万人の東京には建設できない。巻なら、3万人の生活対応ですむ」と答えた。今年6月24日の「原子力政策円卓会議」でも伊原義徳原子力委員会委員長代理が「事故を起こす可能性はゼロではない。万が一の時に受ける人口集団の（被曝）総量をできるだけ低くすることが重要」と答えた。原子力委員会の「原子炉立地審査指針」には周囲が「低人口地帯」であり、「人口密集地からある距離だけ離れていること」という条件を示しているから、彼の解答は決して間違っているわけではない（もっとも、人口3万の巻町が低人口地帯であり、人口50万の新潟が人口密集地帯でないとすればの話だが）。彼らは1千万人と3万人の命を計量する、という事実だがみな決して口に出さぬことを正直に言ったまでのことであるが、みな「やはり」と思い、推進派は「余計なことを言ってくれた」と顔をしかめた。

　新潟県は近代の歴史のなかで東京に電力を供給し続けてきた。送電線の向いてる方向に東京がある。今も信濃川の発電所から送られた電力が都心の電車の半分近くを動かしている。発電所に8割の水をとられる付近の信濃川は「日本一の大河」とは似ても似つかぬ姿になり、豪雪都市十日町は冬季流雪溝に満足に水も流せず、県内で4番目に高い水道水を飲んでいる。電力は日本の近代化における「表日本」と「裏日本」の縮図であり続けた。「国策」という言葉こそ

こうした差別を覆い隠すいちじくの葉ではなかったか？
　20年前、田中角栄が逮捕された頃、ちょうど上越新幹線建設が計画されていたが、それに対して一斉に「赤字の新幹線をなぜ作る」との非難が浴びせられたことがある。新幹線の是非自体はさておき、「赤字の新幹線を作るな」というのは「表日本」の論理＝経済合理性の論理である。経済合理性だけで論ずれば、ヒト・モノ・カネの密集した「表日本」に新幹線はできても「裏日本」にはできない。逆に原発のような厄介なものは、1000万人と3万人という生命の数量合理性から東京には作られず、遠隔地に作られる。いつまで辛抱しなければならないのか？　田中角栄に鬱屈した形で表わした心情を今度は住民投票という形で正面から表明する機会が8月4日ではないだろうか？　ちょうどよい手本がある。それは、米軍基地は日本にとって必要といいながら、なぜ沖縄に集中しているのか？と異議申し立てをした沖縄県民だ。もちろん、沖縄県民と同様、決して「だから、よそに原発をつくれ」という人は少ない。「原発依存はやめよう」という人が圧倒的だ。この通信が届く頃、きっと良い結果がでていると思います。では、お元気で。

Fゼミ通信 No. 16
1997.01.01

私は聞かれれば自分のガンについて隠さず話していますし、「Fゼミ通信」にも書いています。そのためか、このところ進行ガンを患っている人から相談を受けることが多くなっています。

　明けましておめでとうございます。

＊　昨年末の内視鏡による検査の結果は異常なし。手術後2年半、胃袋がなくなったことによる不便と白血球が3,000前後に止まっていることを除けば、順調に過ぎていると思います。仕事量は落ち込んで、夏休み中に書き上げようと思っていた原稿が未だ書き上げられずに年を越してしまいました。焦らぬように自分に言い聞かせております。「執行猶予」5年のうち半分が過ぎました。今も2週間毎に通院していますが、何を言われても受けとめようと緊張していた最初の頃とは違って「明日、病院か、面倒くさいな」という感じで、このように心に隙のある時に再発を告げられたらたじろぐだろうな、と思います。いろいろなものが食べたくなります。が、無理すると夜中にひどい目に遭うので気をつけています。今、一番食べたいものは"クワラルンプールの中華街の中国系のマラヤ・ホテルの向かって左側の4つ角から3軒目の、屋台とも露店ともつかぬような店「梁澄記飯店」のカニ肉入りタンメン（蟹肉湯麺）・チャーシュータンメン（叉焼湯麺）"。これは余り尊敬してない高校の先輩・中嶋嶺雄氏推奨の「世界で一番うまい麺」。当地に居る梶原さん、食べて感想を報告して下さい。以下、関心ない人は読み飛ばして下さい。

＊　私は訊かれれば自分の癌について隠さず話していますし、「Fゼミ通信」にも書いています。そのためか、このところ進行癌を患っている人から相談を受

けることが多くなっています。私は西洋医学では決定的な治療法がない今日、とにかく自己免疫力を高めることしか手はない、そのために漢方やいわゆる民間療法のうちから自分に有効な療法を見つけだすことを勧めています。私の周囲には私より深刻な人もいます。中には自分の正確な病状を伝えられていない人もいて首をかしげます。1992年秋日本癌学会での調査報告によると日本の告知率は18％、アメリカでは告知率ほぼ100％というから日本は大変低い。しかし、イギリスも20％、フランス・イタリアに至っては10％程度で、告知反対者が多いようです。要するに告知するかしないかも一つの文化かも知れません。今は、日本の告知率ももっと高くなっていると思います。

　告知といっても色々な段階があります。第1段階は「癌ですが、早期ですから手術すれば9割方大丈夫です」という告知。私の場合は94年5月のことでしたが、その時は貧乏くじをひいたか、と思いましたが、比較的冷静でした。第2段階は進行癌であることを告げられた時。94年7月18日武藤先生より、「切除した胃を解剖し顕微鏡で詳細に検査した結果、リンパ管から癌細胞が見つかった」と図解入りで説明を受けました。食も進むようになり、あと1週間で退院かな、と思っていた時だったので、不意打ちをくらった感じでかなりの衝撃を受けました。それまでは「自分は早期だから90％あまりの確率で治るだろう」と考えていた、関連の本でも早期癌のところを読み、主たる関心は如何にしてダンピングを克服して食べられるようになるか、でした。そうした思考の基礎が崩れ去ったわけで、さすがにその夜は「転移も十分あり得る」と思い、かといって進行癌についての部分をひもとく勇気もなく、なかなか寝つけませんでした。（でもいつの間にか眠っていた）。その後、ある本で自分の5年生存率が46％であると知ってまた驚き、その46％をめざして努力するしかない、と言い聞かせ、そのように生き始めました。問題は第3段階、つまり癌が不治の状態であることを告知すること、つまりホスピスケアにおける告知で、これが狭義の意味での告知でしょう。私の未経験の領域です。

　私の考えでは第2段階までは絶対告知すべきです。私自身も告知してもらったことを感謝しています。理由は何よりも、私は病状を知らなかったら、これだけ転移を防ぐための努力をしていなかったと思います。現在のところ、転移

を防ぐ最大の方策は自分が自身を冷静に観察して、免疫力を高めるために心身の努力をすることだと思うからです。臨床実験データを重視する西洋医学の医師の多くはこのことをあまり評価していません。また、家族に知らせて、本人には黙っているというのは家族にとっては拷問に等しいものです。本人は自分のことですから「よし、それではこう生きよう」とか「こう考えよう」と決められますが、自分以外の人にはどうしようもないからです。私の場合も、かみさんの方が驚愕は大きかったようです。彼女は病院にいて夜7時のリミットがきてもなかなか家路につこうとしませんでした。後で知りましたが、鬱状態がひどくなり、そっと別の病院に行ったら、自律神経失調症と言われ、回復するのにだいぶ長くかかりました。隅谷三喜男氏は親友の葬儀に際してその奥さんから「私は芝居をするのに疲れはてました。……本人もよくなったと思っているので、本人の前では笑顔で語りかけましたが、医師からは死期が近いと言われていたので、部屋を出ると涙が止まりませんでした」と告げられたことを紹介し、「心を開いて語り合うことができ、共に祈り、共に慰められること」の大切さを強調しているが、同感です。隅谷三喜男『ガン告知を生きる』(日本基督教団出版局、1995)、癌になった時には読むことをお勧めします。

＊　告知については主治医ともだいぶ話をしました。主治医の話ではこれまでに告知したために自殺してしまった例が十数件あり「100％告知するというのは医師にとっては大変楽でよいが、それはできない」とのこと。先の第3段階つまり末期であと数カ月という場合はほんとに難しいと思います。しかし、この場合はいたずらに生命を延長することより、如何に終末までを生きるか、が大事です。その観点からすれば自ずから結論が出てくるように思います。私は例えばあと半年とわかったら、やりたいことをやるために通告して欲しいと思います。人間というのは結構強いものである、と思います。心配していても、その時になれば案外腹が座るものだと思います。可能ならば医師には欧米の牧師の役割もして欲しいと思いますが、現状ではちょっと難しいようです。

＊　昨年は近藤誠『患者よ、がんと闘うな』がベストセラーになりました。タイトルを見た時、不真面目なひどいタイトルだと思いました。私は近藤氏と異なり、免疫力、自然治癒力を高める努力によって癌を克服することができる場

合があると考えております。そう考えた場合、「癌もどき」理論は患者を武装解除するものだ、と思います。もっとも、この鬼面人を驚かすタイトルとは異なって、本の中で言っていることは無意味な検査や手術などをするなという当たり前のことです。私が最初に読んだ近藤氏の本は『抗がん剤の副作用がわかる本』でした。製薬会社が医療関係者と結びついてボロ儲けをしていることなど、癌医療の病理を衝いた的確な指摘もしていました。私はこの本の末尾の一覧表で自分が今何を服用しているか、を調べました。ところが、氏の本が売れはじめ、マスコミの寵児になった途端、マスコミ受けする仰々しい物言いをするようになってしまいました。最近は近藤批判の本が沢山出るようになりました。近藤氏が実事求是の精神を保持していれば、と惜しまれます。マスコミに売れ始めた途端におかしくなるのは研究者の通弊でしょうか？

＊　この1年、一番便りをくれた回数の多いのが、知ってる人は意外と思うだろうが、荒島智貴君。7月にナーダムを見ました、とモンゴルからの第1報。9月初めにチベットから「色々な問題に身近に接するのですが、手紙にそのようなことを書いて国外退去になった人がいるそうなのでやめます」との第2報。9月末、ネパールはポカラから第3報。10月バングラのチッタゴンから第4報。10月末ミャンマーから「夕陽と朝日と人がよい」と第5報。11月にベトナムから「米軍基地跡はコーヒー畑になってます」と第6報。あとカンボジヤで旅を終えるとのこと。「ほんじゃまた」で終わる絵葉書が届く度、楽しみながら無事だったかとホッとし、「あいつ、家族にも便り出してるかな」などと思っています。そういえば、私の友人の妹も兄に自分にかけた保険を渡し「何かあったらこれで始末して下さい」と言って東南アジアに行ってしまったとのこと。外から日本を眺めに？

　研究室に一番よく出現するのは、水沢君。12月7日の東アジア学会研究例会にやってきて、台湾の土産話をし、王菲の本邦初のビデオをおいていきました。日本以外では大変有名だとのこと。学生の中には王菲を知ってる人がいました。荒島・水沢の共通点は非優等生、卒論も何とかパスした。しかし、学生時代以来面白い奴だった。荒島のアジアの旅は学生時代から言っていたものだった。

　最近、東洋文化では中国に留学する者が多くなっています。今年、8月に精華

大学に語学研修に行こうとしていたFゼミのある女子学生に誤って1年間の留学許可通知が来てしまいまいた。出発1週間前のことで「先生、どうしましょう」と相談に来たので「悩む手間が省けていい。親を口説いて行って来い」と言ったら、則決断、1週間後に北京に旅立ちました。10年前とはだいぶ変わったな、と思います。上の世代には中国に行かない「希少価値」を守っている方々もいますが。
＊　一方、真面目派の新井ともえ・菊池均君など高校で教えている諸君からは、閉塞状況にある高校教育の現場の雰囲気が伝わる分厚い手紙を貰いました。新井さんの学校のことは新聞でもみてびっくりしていましたが、先生も生徒もストレスのはけ口のない重苦しさを何とかしなくては、と思います。だから『脳内革命』がベストセラーになるのですね。この本も「楽観的に生きなさい」という意味では多くの人が思っていることを指摘したまでは結構だと思いましたが（もっとも、著者は東洋医学と称していますが、体の一部だけを取り出して云々するやり方は少なくとも東洋医学とは無縁だと思います）、脳内モルヒネを出す装置かなんか備えて金儲けを始めました。近藤誠と同類だと思います。
＊　10月28日が兄の1周忌で久しぶりに故郷に行って来ました。日帰りはちょっと強行軍だったので、安曇野で1泊、乗鞍岳の紅葉を浴び、夜は鶴見君という高校時代の同級生と語らってきました。乗鞍の紅葉は入院していた時、できたらもう1度みたいな、と思っていたもので、快晴の青空に映えるカラマツの黄色がとりわけ素晴らしく堪能しました。鶴見君は高校1年の時の同級生で私の記憶に残っているのは、日本史の時間によくあれやこれやと質問していたことでした。日本史の担当は、伴野さんという少壮の先生で、生産力の発展がどのように社会を変えていくかということを丹念に説明してくれ、私は目を開かれたように感じたものでした。今日、私が歴史学をやっている1つの要因は伴野さんの授業にあったかと思います。それで、私もよく質問しましたが、鶴見君はそれ以上によく質問しました。確か、原始時代をやっていた頃「先生の顔は南方型ナウマン象にそっくりだ」と言い、みんな手を打って喝采、独身の伴野氏は数少ない女子生徒を前にして真っ赤になったことがありました。
　高校時代文化祭の一環だったかと思いますが講演会があり、毎年生徒の希望

を募って講師を決めていました。2年生の時、石母田正先生が来たことがありました。当時我々高校生でも知っている有名な歴史研究者でした。講演が終わったあと有志が残って石母田先生と懇談をしました。私は「何で平安時代など古い時代のことを勉強するのですか？」と尋ねました。私はその頃から現在につながる過去を研究することは面白いし、意味があると思っていましたが、古代をやることの意味が見出せなかったので訊いてみたのです。石母田先生は「平安時代の人々がどのように働き、家族との団らんを過ごし、盆踊りに興じたか、などを考えると楽しくなる」という主旨の答をしました。私にはどういう意味か分からず、相変わらず古い時代の歴史に興味が持てませんでした。近代国民国家あるいは近代の限界がいっそうはっきりし、ポストモダン、近代の相対化を問題とするようになって改めて前近代の在りようが問題とされるようになっています。「生産力の発展」即歴史の発展という考え方の再考でもありましょう。歴史研究を職業とするようになってからもよく石母田先生の言を思い起こします。

＊　30数年ぶりにあったのですが、彼はあまり変わっていませんでした。だが、ありていに言えば、彼は悩み多き人生を過ごしました。上智大学に入学したが、キリスト教になじめず、禅寺に籠もったりした後、早稲田にいき、ロシア文学を学びつつ多くの先生の研究室を訪ねたが満たされず、東大に行き……。私は苦学生でしたが、比較的ハッピーホルモンの多い方で、やりたいことがいっぱいあるのになぜこんなに時間がないんだろうと思っているうちに今日になってしまった、という感じですが、彼はその都度立ち止まって考え込んでいました。

その彼と昨年から時々連絡をとるようになりました。高校以来の親友の佐藤君が知らせてくれたのです。彼は、先の見えない山中を彷徨しながら迷い続けていたが、50歳を超えて突然山がきれて眼下に視界が開けたように見えてきた、といって「全的発想」なるものを語り続けています。彼の言っていることは例えばヘラクレイトスが"万物は流れる"と言ったのと同様に抽象的ないし観念的ですが、方向性や環境・人間・政治などの具体的な論点には共鳴するところが多々ありました。ただ、彼が子安美知子とか野口悠紀雄、河合隼雄など様々な種類の人の著作を読んでいるのに、私はその多くを「時間がもったいない」

という気もあって読んでおらず、具体的に答えられないことが少なくありませんでした。ハイゼンベルグ『部分と全体』やプリゴジンなどはいずれ読んでみたいと思いました。

　彼は、今信州の故郷に帰り、農業（稲とりんご）で生計を立て、唯一の贅沢と称してカラマツ林の中に山荘（カラマツ荘？）を建てて時間を作っては思索に耽っています。農業は「如何に合理化を図っても、経済効率という観点からとらえる限り工業の効率には遠く及びません」ということを承知で農業をやっているのは、できるだけ思索の時間をふやそうとするのとは矛盾するのですが、彼の有機農業は経済効率主義の克服を目指している彼の不可欠の実践であるようです。彼の村（南安曇郡三郷村）も平均的な担い手が65歳以上と深刻な状況にあります。21世紀に食糧問題が深刻化することは目に見えているのに、日本はどうするのでしょう。堆肥を作って入れ、芝の種を蒔いて草生栽培をし……、私がりんご作りはもっと省力化できないのか？と訊いたところ、一寸手を抜くとすぐ結果がでてくる、リンゴの「人相」まで変わってしまう、と言っていました。現状に対する危機感が強く、私は「人は無意識に呼吸をし、時に意識して深呼吸をするのだが、君は常に深呼吸をしている」などと勝手な感想を述べてきましたが、彼のリンゴ、とりわけ王林は美味でした。

＊　12号に「私は常に私をみつめているもう1人の私がいる」と書きましたが、先の鶴見さんは、自分も1960年代から同じ感覚をもっていた、と話していました。多分、多くの人がそうであろうと思います。もう1ついえば、手術後ベッドに横たわりながら、私はよく自分の体と対話しました。「ここは一つ耐えてくれよ」とか「よく頑張ってくれたな」等々。先日テレビで肝臓癌の芦田伸介が同じ事を話しているのをみました。私の場合、体が自分の自由にならない「内なる自然」だということに気がついたようです。東京に住んでいた時代には、コンクリートに囲まれて生きていましたから、無意識のうちに人間は自然を克服したかのように錯覚していました。新潟にきて町史の仕事で真冬に津南町へ通う時、道路の両脇に数メートル積み上げられた雪の壁を仰いで、はなもちならない自分に気づき、あらためて自然は凄いなと思ったのですが、病気になってからは「内なる自然」とも時々対話するようになりました。私も高度成長期

の産物だったようです。

＊　日中関係の近況が気になった1年でした。宋強等『ノーといえる中国』（『中国可以説不』中華工商連合出版社 1996.5）が話題になりました。かなり、扇動的な本です。中国にも石原慎太郎が出て来たのかと思い、いや今までこういう本が出なかった方が不思議かも知れないと思いました。一方、日本の石原慎太郎のこの本に関するコメントは「この幼稚でいかにも小癪な論文の根底にあるものは、シナ（中国）という閉鎖社会の中で多分ある選ばれた地位にある者の世間知らずの独善」というものです（「産経新聞」、96.7.23〜24）。それにしてもこの1年は、東アジアに「文明の衝突」ならぬ「民族主義の衝突」の時代が来ないようにもっと努力する必要があると痛感した1年でした。

宮地正人氏に文革についての拙文を送ったところ、日本人の中国観は「現在はかつての反動で、あまりにサメすぎている感じ」、「中国批判がこの精神的困窮日本のナルシズムを肥大化させないよう自戒したいものです」とのコメントがありました。確かに、ポスト文革というか私より若い世代の人々はクールに中国を眺め、冷静に評します。中国史も1外国史として。

私の授業にでていた留学生が9月に帰る時、みんなで文集を作りました。その文集に、いつも歌を口ずさんでいた子が「中国人の大多数が抱く日本に対する敵意に、日本人はほとんど気付いていない。そこがムカつく。それは日本人が自国の歴史を知らないからだ」と書きました。彼女の故郷は牡丹江、731部隊に多くの人が連行されたといわれ、10年ほど前、日本軍が遺棄した毒ガス弾による重傷者がでた所です。敵意を持たない方が不思議です。他方、日本の若者は中国が熱くなっている尖閣列島や安保再定義の問題についても無関心で「えーっ、安保って？」という反応。中国人はこの無関心に一層ムカつくようです。「自己否定」の大学闘争時代と「ハッピーホルモン」の時代の対照。しかし、荒島君の絵葉書をみながら、一概にどうとは言えないかな、と思ったりしています。

合研の「言行録」上では、島田君という学生と南京大虐殺について、長い論争をやりました。いくつか、一致点を見出しましたが、藤岡信勝「自由主義史観」なるものの影響が大きいと思いました。藤岡氏の話は1度しか聞いたこと

がありませんが、「日本は朝鮮を侵略する意図はなかった。それを植民地にしたのはそうしなければ日本が生きていけない、緊急避難だった」というひどいものでした。これについては色々書くことがありますが、紙幅が尽きました。次号にまた書きます。巻町のことも。

　祝　身体健康　工作順利！

Fゼミ通信 No.17

1997.07.01

先日、ディミューロというアメリカの審判員が帰国してしまったことを巡って、世界に通用しない日本の野球、と言われましたが、あれもよくわかりません。

　暑中お見舞い申し上げます。
＊　6月27日、横山伊勢雄先生が幽明界を異にされました。享年62歳。
　5月17日、恒例の東洋文化の研修合宿に参加され、夜のコンパで新来の学生諸君に「南国土佐をあとにして、都を出てから40有余年……」と自己紹介のスピーチをされた後、静かに眠るように意識を失われました。私も、初めて救急車なるものに同乗しました。「大学病院に直行して下さい」と頼んだところ、「受け入れ許可が出ないと行けません」とのこと。結局、大学病院からはOKが出ず、救急車はセンターの指示を待つため、巻町の農道で停車したまま待機、ようやく脳外科病院に直行して緊急措置を施して貰いました。噂に聞く救急車の立ち往生を経験し、「おらが大学病院」という「錯覚」を認識させられました。結局、脳内出血が広く、多量に及んでしまっていて、手術は不可能になっており、その後40日を数えた後、意識を取り戻されないまま逝去されました。
　1981年に旧人文学部は人文・法・経3学部に分離改組されました。この時東洋文化講座ができました。それまでアジアを研究対象としていたのは私1人、つまりほとんど教育の視野の外にあったわけです。講座をつくるために有力教授が必要ということで、東大を定年退官される予定の前野先生に来ていただく予定でしたが、前野先生が病いに倒れてしまい、代わり得る有力者を早急に探し出さねばなりませんでした。これは至難の業でしたが、必死で情報を集めた

結果、前野先生の弟子でもある横山先生に白羽の矢を立てて、虎穴に入る思いで筑波大学を訪ねました。私は率直に「先生に中心になっていただいて新しい講座を作っていきたい」と訴えました。横山先生は、熱心に耳を傾けて下さった上に「折角ですから拙宅にお越し下さい」とおっしゃるので、三顧の礼をつくせばひょっとすると、と思ってお宅までついていきました。ひとしきり、話をした後に横山先生は「あなたと話して意相通ずるところがあった。新潟に参りましょう」とおっしゃいました。私はびっくりして「いや先生、筑波大学との相談もあるでしょうし、それ以上に奥様とよくご相談なさって下さい。私、また参上いたしますから」と述べましたが、「いやご心配下さいますな。もう決断いたしましたから」といわれ、あっけにとられて辞去したことが昨日のことのように思い出されます。

　その後、11月に住まいや学校のことでご夫妻が新潟に来られました。案じていたのですが、その日はあの新潟の11月の天候でした。みぞれ以上に、海から吹き付ける砂混じりの強風は、温暖な松山出身の奥様には想像を超えるものでありました。さらに、長男の暁君は高2、受験の年に新潟に転校と相成りました。私は恐縮の至りで、横山先生は「何事も流れで、お声をかけていただいた縁ですから」と言われましたが、私はその後長らくご家族に対する「共犯者」としての原罪意識をぬぐえませんでした。ともあれ、大学時代の指導教官であった西嶋先生にもお越しいただいて東洋文化講座がスタートしました。

　横山先生にとって一番大変だったのはやはり学部長時代で、博士課程大学院＝現代社会文化研究科の設置に続いて、教養部の廃止統合という大きな改変がありました。いずれも、人を駒のように動かさねばならない、それだけにストレスのたまる仕事でした。私はいわば幹事長役で先生と二人三脚でしたが、いたずらに流れに逆らわず淡々と対処するというのが横山流で、「古厩さん、あまりいきり立たずにいきましょう」とたしなめられることが度々ありました。この時辣腕を振るった事務局長が転出する時の歓送会で横山先生が皮肉たっぷりと「剛の者」と述べたのを、この事務局長はだいぶ気にしていました。

　横山先生が最も傾倒されたのが蘇軾（東坡）でした。新潟に来られた後出版された『唐宋八家文』（学習研究社、1983年）の中で、蘇軾についておよそ次の

ように述べています。

　蘇軾の文章は、まさに「行雲流水」の自由奔放さを特色とする。……その時の思考の流れのままに、言葉が筆端に現れ……。蘇軾は若い時から、文章は技巧に腐心して飾り立てて作るべきものではなく、内面の充実の自然な流露でなければならぬ……。それは随所に主と為る蘇軾の柔軟な適応性と、価値の多様性を認める思想とによってはじめて可能となるものであった。

　蘇軾の人生は波乱に富み、後半生にはしばしば逆境に置かれた。しかし、蘇軾は悲観しない。むしろ楽天的である。配所から弟子にあてた書簡などに見える明るさと精神的な余裕は、彼の強靱な精神力がもたらした異色の楽天性であった。

　今、読み返してみるとこれは自ら語った横山先生の生き方、人となりであることが分かります。もう1人の八大家で、蘇軾と同時代の王安石については「はげしくたたみこむ調子」や「気迫に満ちた迫力」を評価しながら、「いっさい妥協ということをしない」王について範とはなり難い、と評しておられます。王安石的に走ろうとする時、私はいつもたしなめられたように思います。

　横山先生の脳内出血は糖尿病からくるものであり（古い卒業生は「斗酒なお辞せず」時代の先生を知っているでしょう）、2年前にも軽い脳梗塞で入院されました（そっと入院され、私が知ったのは数日後でした）。この時、不自由になった右手をふるって、延命措置をしないこと、葬儀は身内だけで、などとの遺言を書いておられました。先生はその後、いつ不測の事態がおきてもおかしくない、と考えていたようです。淡々と去っていかれました。そういうわけで、葬儀のこと卒業生諸君にも知らせませんでした。私たち教員も先生の意志に沿って身内だけの葬儀への参列を遠慮いたしました。

　昨年10月、西嶋夫妻、甘粕夫妻、関尾先生（夫人は妊娠のため来られませんでした）もお誘いして巻機山登山口の宿、雲天に宿泊してきのこを食べたことがありました。関尾先生以外は皆入院生活を経た後だったこともあって、言外に年齢を感じていたように思いましたが、横山先生は大変楽しかった、と言っておられました。今年は戸隠に行きましょう、と話していたのですが。

＊　悲しい知らせばかりですが、3月4日、ゼミ卒業生鈴木信子さんの訃報が伝えられびっくりしました。まだ29歳、私のゼミでは初めてのことでびっくりしました。私の脳裏にはとっても人なつっこい笑顔と海岸コンパの時、人民帽のような帽子をかぶって火の前にしゃがんでいたどこかに寂しさを宿した顔が目に浮かびます。その頃から自分は頭の持病があるんだと言っていました。植物が好きで、いろんな鉢植えを作って合同研究室に持ってきて置いてありました。カネがないくせに猫を飼っていて、自分の食べ物がなくても猫には餌をやっている不思議な（当たり前かな）子でした。自分はひなたぼっこしながら、「私は光合成をして栄養補給しているから」と飢えを我慢していた、と三輪さんから聞きました。漫画倶楽部（確か、にんじんうさぎといった）に入っていて、時々冊子を売りつけにきた。「あんまり面白くないね」と言ったら「雰囲気を感じとって下さいよ」と弁明してました。

　そういうことなのに、何でこの学生は歴史のゼミに来たんだろう、と不思議に思っていましたが、卒論のテーマは南京大虐殺を選びました。当時、南京大虐殺については、極東軍事裁判で故意に騒ぎが拡大されたといった、それ自体は話にならない謬論がありました。彼女は1937年末から翌年にかけての「申報」や「時報」など中国の有力紙にどのように報道されていたかを調べ、分析しました。分析になお不満をもちましたが、彼女が作った「申報」などの目録は青木書店から出版された『南京事件資料集』に鈴木信子名で掲載されています。余談ですが、「良」をつけた卒論について、あとになって「優」にしておけばよかったかな、と思うことがよくあります。全部「優」にしておけば一番気が楽ですが、それでは教育者失格だし、学生諸君に失礼ですから。

　彼女から届いた昨年の年賀メールを紹介しておきます。

　明けましておめでとうございます。

　できの悪いゼミOBですが、今年も宜しくお願いします。ふふふふ。先生にメールを送りたくて送りたくてしょうがなかったんですよー。……私もなんだかんだいって、いつのまにか、今年29になります。中村茂さんが結婚し、小林由美さん荒木さんも、栗川さん、三輪さんも。ああ、私は関尾先生と同じ道をたどりそう（関尾先生ごめんなさい。他意はありません。だったらなんで謝る

んだろう)。でも別にそんなに気にしてません。それよりも、独身でいるなら、それ相応の業績を上げたいなあというのが本音です。

　今年はチャレンジの年として、頑張ろうと思います。でも、遊ぶ時は遊ぶ。先生も、あまり無理せず、マイペースで。糟谷先生の送別会の時は、周りの人がもっと先生のことを気遣わなくちゃいけないのに、古厩先生が一番周りの人に気を遣っていたみたいで、先生の人柄を感じてじーんとくるものがありましたが、ちょっと心配でした。

＊　嬉しい話もありました。3月、関尾先生長女湖富(ことみ)ちゃん誕生(巷では先生名前凝りすぎの声あり)、翌4月長男穂波ちゃん誕生。関尾先生は、「私の子供と先生のお孫さんが同級生になるかも知れませんね」と悦に入っていましたが、その時横山先生がすかさず「どっちかが早すぎるか、遅すぎるわけだ」と見事なタイミングで一言、どっと笑いが来たことを思い出します。因みに、私も関尾先生も1940年代の生まれです。

＊　4月23日、穂波ちゃんを産院にかつぎこんで、帰宅したらペルーの人質救出突入劇が始まっていました。数日後、テレビで竹村健一という無頼漢が、フジモリの勇敢な行動を讃え、その危険性を指摘する日本の世論を「日本の常識は、世界の非常識」となじっていましたが、私は「世界の非常識」に与します。先日、ディミューロというアメリカの審判員が帰国してしまったことを巡って、世界に通用しない日本の野球、と言われましたが、あれもよく分かりません。ディミューロはとんでもないボールをストライクとコールしました。暴力は論外として、「タッチアウトか、3フィートオーバーか」と尋ねた吉田監督に退場を命じたこと、ミスジャッジを自分のミスだと認めた審判員が2軍に落とされたこと、どうみてもおかしいと思いませんか？　間違いをひたすら認めないのでは、企業や官僚と同じです。どうでもいいことですが。いろいろ書きたいことがありますが、元気だったら、また半年後。元気で暑い夏を乗り切って下さい。

Fゼミ通信 №.18

1998.01.01

私が一番書きたかったことは、自分が生きてきた20世紀の現時点での総括でした。

　明けましておめでとうございます。
＊　昨年は公私ともに悲しいこと、呆然とするようなことの多い年でした。世話になった親戚・同僚・知人（その中には一緒に癌とたたかってきた2人の「戦友」も含まれています）との「告別」がありました。社会的にもつい先日の三船敏郎など、多感な青春時代に影響を受けた、「戦後」を表現した人々が世を去りました。
　神戸の小学生殺人、奈良の中学生殺人などに象徴される事態は、私のモノサシではどう測ればよいのか戸惑ってしまいました。ですから、そのあとに起きた福田和子の殺人・失踪事件は、殺人事件とはいえクラシックで私には大変に分かりやすく、人間くさいものに思われ、コンパの時「あれはよく分かる」と言って学生に笑われました。サッカーのワールドカップ出場がなかったら、人々は何で溜飲をさげたらよかったのでしょうか？　これまた久方ぶりに日本人のナショナリズムをかきたてもしましたが。
　お葬式の時、いつも思うことは悲しみにつつまれた空間を1歩でた時、何事もなかったかのように平常通り流れている日常世界との距離感ですが、ダイアナの死は違いました。ダイアナの死にあれだけ多くの人が引きつけられたのは、彼女の美貌や王室の非人間性への抵抗もありましたが、それ以上にサッチャーリズムで切り捨てられた弱者の部分を丹念にフォローしてきたダイアナの人間

性への共感があったからでしょう。時を同じくして亡くなったマザーテレサの「愛の反対は憎しみではなく無関心である」という言葉が印象に残りました。

それにしても、1人の人の死を、世界中で、リアルタイムで、これだけ多くの人が悲しんだり、論じたりしたのは初めてでしょう。メディア時代の不気味さ、恐ろしさを感じました。井戸端で話すべきことが電波に乗って世界中を駆けめぐることに対するアレルギーが消えないのです。かつてヴァーチャルリアリティの恐ろしさを実地に示した中東戦争報道やファナティックな報道の故に導入された小選挙区制、さらにはロス殺人事件の三浦和義や大場雅子に始まる「魔女狩り」（松田聖子はスルリ、スルリとなかなか見事に逃げおおせているようです）など。

山一倒産をはじめとする日本経済の破綻にもふれるべきでしょうが、銀行マンだった友人によれば、これはこれまで明確な形では現れなかった金融恐慌の典型的な表れとのこと。日本の円安がアジアの通貨危機を招来したことで、「アジアの中の日本」の比重が明確になりました。12月に滕藤中国社会科学院副院長（天安門事件の時、李鵬の下で文部次官・教育部副部長をやっていた人）が環日本海研究会を訪ねてきました。話をしていて、国際化した中国の経済が日本経済と構造的なつながりを強めていることを痛感しました。

＊　私はといえば、また1年大過なく過ごすことができました。年末の総合検査（内視鏡・エコー・腫瘍マーカーなど）をパスして、術後3年半まで無事だったことを確認しました。とはいえ、主治医の鈴木先生は、腫瘍マーカーなどは赤信号に近くならないと分からないと言い、「3年半経ったのだから、やまは越えましたね」と訊くと「しかし、晩期再発もあり得ますから安心しきってはいけません」といいます。相変わらず、白血球数は平常の2分の1で、時にはつかえて食べられなくなりますし、宴席などに出たり、夜食べ過ぎると夜中に逆流してひどい目に遭います。術後、記憶力減退に愕然としましたし、言語明瞭が取り柄だったのに時々とちるようになりましたが、「胃袋がなくなったにしてはまずまずだな」と思っています。

それにしても、癌をとりまく状況は大きく変わってきました。5年前には日本における癌告知率は18％（日本癌学会）だったのが、今では70％に上がって

います。抗癌剤等についての扱い方もまだまだとはいえ、だいぶ改善されてきています。

　10月には、5日間だけですが術後初めて北京に行ってきました。北京大学東北アジア研究所と新潟大学環日本海研究会（今その会長をやらされています）共催の「日中韓三国関係と東北アジアの平和的発展」国際シンポジウムに参加するためです。2年前に人文学部は北京大学歴史学部と交流協定を結びました。毎年3名の留学生を受け入れており、来年はこちらからも送り出す予定、共同研究でも私が代表者となって申請した国際学術研究科学研究費が予想より早く通ってしまい、来年からは往来が増えて忙しくなりそうです。

＊　手術後まもなく、隅谷三喜男編『ガン告知を生きる』を読みました。隅谷先生は癌で3回の手術を受けた後、まず5年間生きることを目指し、5ヵ年計画をたて5年間でやることを限定し、5年間生きられたのでまた第2次5ヵ年計画（実際には医者の忠告で3ヵ年計画になった）をたてるというように、区切りをつけて生きてこられたと書いておられました。私もそれにならって5ヵ年計画を立てました。先日お会いしたら大変お元気そうで、「第3次になるともう緊張感がなくなる。やはり1次が肝心だよ」と笑っておられました。私の5ヵ年計画の1つが『裏日本』を上梓することでした。

　この本を出すことは手術前から、岩波の井上さんから勧めを受けていましたが、学部長を務めねばならないことが決まっていたこともあって、棚上げしていました。しかし、術後、遠からず終焉がやってくるかも知れない、という状況下で、ぜひ新潟在住の25年を総括し、自分が生きてきた20世紀を総括しておきたい、と思うようになりました。井上さんは癌で亡くなられた佐藤誠朗先生の『幕末維新の民衆世界』を編集された方なのでなにか因縁のようなものを感じました。さらに井上さんに「あなたの編集で一番良く売れたのは何ですか？」と尋ねたら「『大往生』です」と言われ、「俺もこれを書いたら大往生かな」と一瞬たじろぎました。病気をしなかったら書かなかった本です。

＊　『裏日本』は地味な本なのでそんなに売れるとは思わなかったのですが、初刷32000部を出した後1週間で第2刷を出すという通知が来ました。新潟の

売り上げ順位では、3ヵ月ベストテンに入っています。10月には菅野美穂『NUDITY』を抜いて1位になったので笑っちゃいました。私が関わった学術書は大体第1刷が2000冊、一番早く第2刷が出たのが『上海史』で1年半後、『南京事件資料集』に至ってはたった500部が、5年後の今も残っている状況ですから、考えてしまいます。

　私がこの薄い1冊の本に、欲張って色んなことをちりばめたからか、新聞の書評等も各紙各様に色んな側面を指摘しています。各紙の評価のキーワードをあげると、「朝日」は環日本海、「中日」は世界のなかの日本の二重性、「沖縄タイムス」は辺境論、「新潟日報」は半周辺性、「赤旗」は角栄神話の虚構etc。書評の書評をすれば、「読売」（吉岡忍）は裏日本の「怨みがこもっている」と評しましたが、私は怨みにならないように、敢えて読みづらさを覚悟して、統計をして語らせたつもりです。「日経」には「公共事業を膨らませてきたのは裏日本的地方の総表日本化要求」だ、と逆手をとられました。私は逆のことを述べており、こういう結論はどうやっても出てこないはずですが……。

＊　私が一番書きたかったことは、自分が生きてきた20世紀の現時点での総括でした。20世紀が産業主義の時代であったことはよく言われますが、とりわけ日本にとっては常に欧米に「追いつき、追い越す」ために急速な経済成長を求め、日本列島を、それに最も適合的な中央集権的効率的システムに仕立て上げてきたのが20世紀だった、いま政治も、経済もそして社会も揺らいでいるのは、この日本の近代以来のシステムが揺らいでいるのであって、よく言われた55年体制の問題でもないし、野口悠紀雄氏がいう1940年体制だけの問題でもないし、司馬遼太郎氏が批判した昭和だけの問題でもない、ということでした。

　その点で、新聞以上に参考になったのは、文字どおり北は北海道から南は沖縄まで各地から寄せられた読後感や批評です。私が行間に込めた様々なメッセージを汲み取ってくれた便りは、全部でファイル2冊を超えました。例えば、越山会の某元支部長から、自分の生き来し方を体系的に見直すことができた、という主旨の手紙を貰った時には「書いて良かった」と思いました。ゼミ卒業生からの批評は少ないけれど、皆さんからも批評を聴きたいものです。いま、教養科目を担当しており、この本はそのテキストとして間に合うように出した

のですが、学生たちの反応は年輩の人からの反応に較べると「いまいち」です。それは当然かも知れませんが、今年は6コマの授業（これはけっこう大変です）を担当しましたが、しばしば戸惑うことがありました。授業が始まって間もなく、学生が出ていくことが何回かありました。「何処に行くのか？」「トイレです」、唖然とした後、「トイレは休み時間のうちに行っておきなさい」「……」。一瞬、こういうことを女子学生に言うのはセクハラかな、と思いました。

　出版後、最初にかかってきた電話は、前日本病理医協会会長の岡崎悦夫という方からで、あとがきに書いた癌とのたたかいのことで感ずるところがあった、自分が担当している講義にゲスト出演して欲しい、というものでした。私は自分の経験を話して役に立つなら、と承知して、自分の癌とのつきあいについて初めて人前で話をしてきました。反応はこちらの方がはるかに強かった。

＊　ところで、新聞に載った書評はほとんどが知人から教えて貰ったものです。「沖縄タイムス」は中国人留学生が送ってくれましたし、「エコノミスト」の書評は元同僚の杉本さんが教えてくれました。なかでも書評が載る度に電話で教えてくれたのは、京都に住む大学時代の親友深井純一氏です。私は昔も今も学生諸君に「大学時代の一番の収穫は素晴らしい友人を得たことだ。友達を沢山つくれ」と言い続けていますが、彼は私にとって得難い友人の1人です。一言で言うと「破天荒」な友人で、№15に紹介した近藤さんが、世話になることが多く「借り」の多い友人だとすれば、深井さんは多分私の貸し越しの方が多い友人だと思います。

　彼はどこでも寝られる得な性分で、混み合ったバスの中で、立ったまま吊り輪に腕を突っ込んで寝ることができました。大学時代一緒に生協の常任理事をやっていました。当時は生協活動も学生運動の一環で、よく学生部長と「水道光熱費を国家負担にせよ」といった交渉をやりにいくのですが、彼は冒頭に滔々とまくしたて学生部長を指弾しておいて、学生部長が答え始めると居眠りを始めるのです。後始末は残った私たちがやらざるを得ませんでした。数年前、広島大学の野原さんという友人から電話がかかってきました。深井さんが東名高速の岐阜辺りで交通事故を起こして近くの病院に入院した、幸い命に別状はないが、少し元気になった途端、一緒に入院しているトラックの運ちゃんたちと

意気投合して、コーヒー道具一式を持ち込んで談話室でコーヒーハウスを開店、病院から「もう出ていってくれ」と言われている、とのこと。また、やっているな、と思いました。この手のことがしょっちゅうあって、各所で私も後始末をしました。だいたい深井が粗っぽく稲刈りをした後、私が落ち穂拾いをしている、という感じでした。

　私は共犯者でもありました。大学院時代金がないので調査に出かける時は、友達の家に押しかけて泊めて貰うことがよくありました。島恭彦京大教授の庭にテントを張って泊めさせてほしいと頼んでひんしゅくをかったこともありました。大分の都留さん、浜松の太田さんのおくさん宅など、都留さんのお父さんは確か大分市の教育長であったかと思いますが、大変なご馳走を頂きながら深井君は「あなたは相当な悪だ」と批判しまくりました。青森では先輩の小出さんの留守宅に泊めて貰い、子育てに忙しいおくさんからさりげなく「教えを受けた」記憶があります。今、思い起こしても冷や汗が出ることばっかりですが、これは全部深井のせいにするわけにはいきません。

　私が時々文句を言うと「そういうのはプチブル完全主義だ」などと一蹴されました。この言葉は結構私に突き刺さりその後も折にふれて思い出しました。おかげで、私は細かなことにくよくよしなくなったように思います。彼とはゼミだけでなく、大学院生協議会や農村調査や大学闘争など色々な面で一緒にやってきました。彼は私にないものを沢山持っていましたから、私はそれぞれの分野で実に多くのものを得ました。それを考えるとやはり私が借り越しかも知れません。

　彼は私が知る限り、学生の教育に最も情熱を傾けている大学教員です。彼は長野県阿智村に土地を借り、山荘を建てて同村の産廃問題など地域の問題に村民と一緒に取り組んでいます。30年近く経ち、ゼミ生はもう500人に達するそうです。彼の教育の記録は『はみだし教師と学生が燃えて―地域調査ゼミ15年の歩み』（文理閣）という本になって出版されています。

　彼の旺盛な行動力や発想のユニークさは、とても私の及ばぬところでした。14年前でしたか、御巣鷹山に日航機が衝突して500余名の死者が出た時、彼はたまたま近くにいて、事故現場に一番乗りして調査し、運輸省・防衛庁・警察

庁に出かけて資料を探し、なぜ非力な自分たちが一番乗りすることになるかについて、真相を明らかにすべく動き廻りました。結局政府やマスコミの壁を崩せなかったようですが、ずっと後になって、彼の言ったとおり近くに自衛隊機がいたことも明らかになったという報道を見ました。No.8で彼のお姉さんの急死と献体・臓器提供のことを書いたことがあります。この時、臓器提供を告発したPRCのメンバーに対して彼は「調査もせずに家族の名誉を傷つけた」ことに対して、全国各地を巡ってメンバーの1人1人と議論し、数名を告発人から下ろすことに成功した後、残る主力メンバーを告発しました。こうした行動力が最も有効に発揮されたのが、水俣裁判における国・県の責任の追及で、彼が抜群の調査力で蒐集した官庁文書などが大きく貢献しました。

　我々の共通の師は故古島敏雄先生でした。人前で彼が「高名な」学者を面罵するのによく出くわしましたが、古島さんは大学の研究者で彼が尊敬していた唯一の師であったかと思います。その古島さんが叙勲を受けた時、彼から電話がかかってきました。尊敬する古島さんが勲章を辞退しなかったことが残念でならないというのです。私も意外だと答えました。彼はわざわざ古島さんの所に出向いて勲章を辞退すべきだと述べました。古島さんは勲二等であったかと思いますが、人に差をつけることができるのか、しかも大学の教育・研究者であるあなたは、長年地道な仕事をして勲六等・七等を貰う職人などと比べてそんなに偉いと思うのか、というのが彼の諫言の要旨です。古島さんも立派な人ですから、怒りもせず、苦しそうに「長年親不孝をしてきた者のせめてもの親孝行だ」と答えられたそうです。これも私にはなかなかできないことです。

　ともあれこういう彼ですから時として人と激しくぶつかりました。もう一人の親友近藤さんも激しい人だったので、学生時代深井君とはお互いに「おまえはギラギラした抜き身の刀をぶらさげて歩いているようだ」などと言いあっていました。

　60歳に近づいているいま、彼に「諫言」したいことが二つあります。

　一つは、人に言えた義理ではないのですが、「水の地代論」にかかわる長年の研究の営みをまとめあげること。彼は自分でも言っているのですが、現地調査したり、各所に突撃して資料を集めたりすることが好きで、それにエネルギー

を傾注するのに、そのあとは放り出しておくので、形になって残りません。大変惜しいことだと思います。

　もう一つは、けんか別れした友人と和解すること。彼の周囲には彼の才能を認める大勢の素晴らしい先輩・友人が、全国各地にわたっていっぱいいました。しかし彼はその多くと衝突して貴重な友人を失ってしまいました。私がみるところ主たる原因は彼の「抜き身の刀」にあるように思われます。彼にとっての財産を自分から取り戻す努力をしてほしいと願っています。

　彼は大変親切な男で、寮で私たちが卒論に追われていた時には、飯を作ってくれました。ある時、当時は大変なご馳走だった「カツどん」が出てきました。大喜びしてかぶりついたら、カツではなくキツネ色になったご飯のおこげでした。1階と2階に1つずつあるガスコンロで飯を炊いていて、1つを焦がしてしまい、やむなく白飯の上に焦げ飯を切ってのせていたのです。あたたかい心の持ち主で、結婚して間もなく大きな毛布を送ってくれました。結婚して10年目に「仕事に追い回されずに、たまには2人で旅行しなさい」と国鉄のチケットを送ってくれました。先日、「毛布がだいぶくたびれてきたよ」と言ったら「じゃあ、今度は2人にマフラーをプレゼントするよ」と言ってました。忘れた頃に届くかな。

＊　この「Fゼミ通信」を深井さんにも送ろうと思い、書き連ねているいるに思わず力が入って、紙幅がなくなりました。みんなの顔を思い浮かべつつ筆をおきます。

Fゼミ通信 No.19
1998.08.01

7月から92歳の母を引き取りました。介護グッズを買ってきて風呂場などの手当をしましたが、急に高齢者介護問題に直面することになりました。

＊　今年の8月1日は快晴の後かなり激しい雨ですが、みなさんお変わりありませんか？

　新潟の7月はひときわ暑さが厳しく、「今日は全国最高温度を記録しました」というニュースの声を何日か聞きました。それに加えて色々なことが重なり、夏休みになるのを待ちこがれていました。そしていま、ようやく一息ついています。前期は「日中文化交流史」などを含め、週7コマの授業を担当する羽目になってしまいました。7種類の異なった授業をこなすのは、この体調でなくともかなりのハードワークだと思います。来年からは軽減してもらおうと思っています。

　今年から新しく「東北アジア論」担当の井村先生をアジア経済研究所から迎えました。恒例のFゼミ浜コン、今年は井村ゼミと合同でやりました。昨年は雨で浜いっぱいにかかった虹に歓声をあげたが、今年は快晴、やはり浜コンは晴がいい。今年のあんこう鍋は例年以上の出来で、2鍋ぺろりでした。このところ「先生が一番楽しそう」などと陰で言われていたようですが、今年は学生諸君が結構頑張り、独り煙たい想いをするというようなことはありませんでした。魚勢が閉店してしまったので安くてうまい魚を求めるのには遠出が必要になってしまいました。凝り性の井村さんは石油缶に穴を開けて針金を通して、チップを使って魚の薫製を作りました。夜8時頃まで待ってようやくできましたが、

味はなかなかのものでした。

　赴任してきた年に、農学部で大根を安く売り出すのを知って「ダイコンパ」を始めました。あの頃の学生には「飢え」があり、ふろふき大根が瞬く間になくなりました。やがてすっかり気に入った赤沢先生が毎週のようにやり始め、ダイコンパは赤沢先生の専売特許になりました。毎週ゼミのあと新潟のラーメン屋を廻ったこともありました。しかし、近くの浜、うまい魚と酒、遅い梅雨、必要になってきた学生の「しつけ」、色々考えて浜コンが一番新潟に合っているようです。春になると新築現場を見つけて木っ端をもらって貯めておきます。今年は渡辺さんも持ってきました。木之村君作成のかまどを今年も使いました。

　7月末には交流会館で北京大学から1年留学で来ている3名及び北京大学にこちらから留学する予定の1名、1ヶ月の語学研修にでかける3名、南開大学から私のところに来た留学生（4月来日予定が、北京の日本大使館の「意地悪」で来日できたのが何と6月15日）等々の歓送迎会を兼ねた、これも恒例の餃子コンパをやって夏休みとなりました。今回のシェフ王洵さんの中菜は素晴らしかった。それに加えて陳玲さん持ち込みの2皿、上田君たちの肉じゃがもうまかった。

＊　楽しそうに書きましたが、実は今年の通信も訃報が続きます。1週間前の7月25日西嶋定生先生が逝去されました。ちょうどその日の午前、取手協同病院にお見舞いに行きました。すでに意識はありませんでしたがお会いでき、その数時間後に息を引き取られました。奥様の話では、先生はすでに予期するところがあり、葬儀は身内で岡山で行い、東京の方々には迷惑をかけるな、香典・供物は一切受けるな、石塔は父親より小さくなどと指示され、自分で戒名まで用意されたとのことである。

　西嶋先生が新潟大学に来られたのは東大定年後の5年間（1985.4〜90.3）だけでしたから、卒業生諸君の中で直接教えを受けた人は多くないかも知れませんが、私にとっては学部学生時の指導教官以来お世話になった先生です。当時、明清社会経済史研究において、資本主義萌芽の可能性を否定して古代国家論へと展開された先生について、我々学生は「いかに西嶋定生を乗り越えるか」が議論の的でした。雄々しく？立ち向かったものの、結局乗り越えられぬうちに

舞台が回ってしまったようです。4月にお電話した時にも昨今の歴史学の状況について「何でわけの分からぬ身辺雑事が歴史なのか？」という主旨の不満を縷々述べられました。昨年中国に行かれた時は、泰山の頂上で嵐に閉じこめられた話と共に、麓の泰安の街で、嵐のあとの倒木などが一夜のうちに、多分人海戦術で、跡形もなく片づけられているのをみて「あれは何だろうか」と繰り返し話されました。私は「二十等爵制的一君万民秩序が、毛沢東・共産党時代に初めて実現したのではないでしょうか？」と答えましたが、先生は「ふーむ」と言われただけでした。

　横山先生の時もそうでしたが、西嶋先生に新潟に来ていただく際にも「三顧の礼」を尽くすつもりで、甘粕先生と共に我孫子を訪れました。「新潟の海は釣り場が……」とにわか仕込みの宣伝をしようとしたら、「あそこは粟島のタイと佐渡沖の……」と立て板に水の如く釣り場を列挙され、「まいりました」と言った覚えがあります。新潟に来られてから、みんなで粟島の民宿にお供したことがありました。私は釣り上げた魚と対面して針を外すのがいやで釣りはしません。みんなで粟島を1周し、西嶋先生の釣り上げた黒ダイの刺身で一杯やるのを楽しみにしていました。帰ってきて「西嶋先生、釣果はいかがでした？」と訊くと、「いや、釣りというのは、釣れるのを待つ期待感が何とも言えないんで、釣れるか否かは問題ではないんだ」。仕方なく「我々には結果が問題なんだよね」などとつぶやきながらタイを買いに行った記憶があります。

　前々号で書きましたが、1昨年の秋、西嶋・横山・甘粕夫妻と関尾さんとで、巻機山登山口の雲天にきのこを食べに行きましたが、雲天は西嶋先生のご要望でした。ここでは、食後に各集団が自己紹介をします。他の集団はみな山に登るために泊まっていましたが（82歳のおばあさんが最高齢者でした）、茸を食べにきて泊まったのは我々だけでした。山小屋ですから老若男女（若者は居なかった？）みんな雑魚寝で、幹事の私は申しわけながっていましたが、西嶋・横山両先生は「これは、楽しい」と喜んでくれました。「横山先生の葬儀の際、その時の写真が飾ってありました」と報告したら、「一度横山夫人を慰める会をやりましょう」とおしゃっていましたが、この年になるとみんなの体調が整う時が少なく、実現せずじまいになりました。

そういえば、私の博士課程時代の恩師古島敏雄先生の授業には、西嶋先生も出席されたことがあったそうです。西嶋先生から電話がかかってきました。
「いや古厩さん、昨日古島先生と一緒に東大校内でタクシーに乗っている夢を見たんだが、どこに行っても出口がなくてぐるぐる回ってねえ。今朝新聞を見たら、古島先生が焼死されたというニュースが載っているんでびっくりしました」
＊　もう1人、修士時代の指導教官佐伯有一先生も本年2月24日肺癌のため逝去されました。私が手術をした時には、「私は治った。君も頑張れ」と励まして下さったのですが、最後に紹興酒を一杯飲んでやがて息を引き取られたとのこと、佐伯先生らしい最期でした。これで、大学・大学院時代の指導教官3先生がいなくなってしまいました。戦後民主主義の時代の歴史学を担った方々でした。佐伯先生は奥さんを失ってからは寂しそうでした。
＊　5月17日には中国語の清水登先生が逝去されました。皆さんに迷惑をかけぬように、との先生の指示に従って葬儀を終えた20日に奥様よりご連絡を頂きました。現在、清水ゼミで連絡があるのは三輪さんだけなので、彼女にメールを送りました。
　彼も私がアジア経済研究所まで招きにいった間柄でした。心臓の手術をされてからは、1度死にかけた身だからとおっしゃっていましたが、延辺自治区に滞在されるなど「回復された」と感じていただけに、ショックでした。同じ信州人でも、軟弱派の私と違って、彼は"This is SHINSHUJIN"と言える生粋の信州人でした。スキーにテニスと一般的な私と違って、一輪車・横笛・漢詩と、清水さんはあまり人がやらないことをやっていました。プライドが高く、理屈に合わぬことにはテコでも動かず、形を重んじてしばしば「もう1度出直して来い」と学生を叱っているのを耳にしました。清水先生の叱咤激励に応えた学生は中国語のエキスパートになっていきました。黒龍江大学の記念式典に参加した某先生が韻も踏まない詩を作って公に披露したことを聞いて「新潟大学の恥だ」と憤っていたのを想い出します。正解は1つとは限らないと考える私と、正解は1つと考えるタイプの清水さんとは時に意見を異にする時もありましたが、相通ずるところもありました。心臓手術をされた時には数日毎に市民病院に見舞いに行きましたが、振り返ってみると、その時一番良く話をしたなあ、

と思います。「1つ違いだが、古厩さんと私は同じ信州の百姓だから」とよく言っていました。彼にはまだやりたいことがあったはずで、50代での他界は無念だろうと思います。彼は恐らく「礼」という形式を踏まえた上で、自分の考え方を押し通す1つの生き方を貫いた、横山先生とはまた異なった士大夫でした。

＊　7月から92歳の母を引き取りました。介護グッズを買ってきて風呂場などの手当をしましたが、急に高齢者介護問題に直面することになりました。お役所仕事にうんざりしながら諸手続きをしに何回も通い、デイサービス施設や診療所に通って「学習」を始めています。家の中のベッドとトイレと居間の三角点を杖をつきながら辛うじて移動しています。かなり「恍惚」状態が進んでおり、朝起きていくと、電気もつけずに座っています。「電気つければ」というと「スイッチが分からない」と言います。「新潟のＮＨＫは8チャンネルだよ」と教えるのですが、在京時代の習慣でいつも1チャンネルをつけます。一夜明けると昨日のことは忘れます。読書が好きだったのにいまはもう新聞もよみません。「あっちの部屋へ行って庭の花を見たら」と言うと決まって「またあとで」と言います。「海見に行きましょうか」とかみさんが言うと「みんなに手間かけるのはいやだ。こうやってじっとしてるのが幸せ」と言いますが、苦労の詰まったわずか27.5キロの体を見ていると、時に何とも言えぬ気持ちになります。母には手術のことを伝えてないので気になりましたが、今や漢方を飲もうが、何を飲もうが気にする様子もありません。気が付くと居眠りをしています。

　高校時代の友人から手紙がきました。京都大学から確かトヨタに行った同級生が脳卒中で2回も倒れ、失語状態になった共通の友人が「我、今、年休をとり、妻とここにあり」という便りをスコットランドからくれた、とたどたどしい文字の絵はがきを同封してくれました。母親にも、洗濯物をたたむこと、納豆をとくことなど何かできることをやってもらっています。この手紙の差出人氏名のスタンプも押して貰いました。車椅子も入手しました。土用には好物のうなぎを結構よく食べました。私はあまりできなかった親孝行のし納めか、と思っていますが、テニス仲間の女性軍からは「おくさんに離縁されないように、古厩さんも頑張らなきゃだめよ」と言われています。

＊　前号で深井さんのことをかなり細かく書いたのをみて、かみさんから「書

きすぎだ」とたしなめられました。私は「いや、これは深井へのラブレターだよ」と答えましたが、かみさんの指摘は全くその通りで反論の余地なしです。
　さて、2月末、深井氏が新潟に乗り込んで来ました。曰く「古厩の挑発を受けて、こん畜生と思った。挑発を受けて俺も水俣病問題の本を出すぞ」。……こんな嬉しい話はありません。万歳です。彼はすでにこの問題で10本近い論文を書いており、私がぜひまとめて欲しいと思っていたものです。彼は水俣病に関する行政責任の問題に最も早くから取り組んだ1人です。彼は熊本県や新潟県の行政内部資料を多く入手し、裁判に大きな貢献をしました。これは彼の特異な才能かもしれません。官僚に対しては厳しいが、第一線で真剣に問題に対処している担当官との間に築いた信頼関係のなせるところでしょう。
　「乗り込んできた」と書きましたが、正しく言えば多忙の中を信州飯田の在からバスを乗り継いで訪ねてきてくれたのは彼の思いやりです。それにしても彼は同じ胃を取った人間とは思えないほど、夜遅くまでよく飲み、よく話しました。私だったら必ず逆流してしまって寝るどころではないほどに。妹さんが「胃をとったら人並みになりました」と言っていましたが、トンネルズ流に言えば「なんで、胃をとったあいつが……」と思うほど元気でした。
　彼のやり方は徹底しています。入院中の治療法や投薬名まで彼は納得するまで1つ1つ問いただします。例えば病院の食事のまずさ。これには丸山昇さんも「日本一のコックがいたとしたら、彼は病院の厨房に入るのがよい」と言っておられましたが、全く同感。食欲のある病人にとっては食事は最大の楽しみです。まして食欲がないのに食べなくはならない病人に、まずい米、店で買ったままの生の食パン、くっついてしまった麺に何倍かに薄めただけの麺つゆ、抗癌剤ですっかり食欲を失った私は、「せめてジョアのクロワッサン、稲庭うどんだったら食べる気にもなろうに」とよく思いました。私は毎日朝夕巡回してくる若手の担当医にクレームをつけました。彼は「ここはいい方なんですがね。じゃあ、何を食べたいんですか？」と言うんで「宮鮨のにぎりを腹一杯食べたい」と答えました。「いいですよ」と言われて食べた鮨で人心地がつきました。
　さて、深井氏はどうしたかというと、事務長のところに行って生のパンを突きつけて「あなた、食べてごらんなさい」とやったそうです。次の日から改善さ

れたので患者たちは大喜び。「いつまでも入院していてくださいよ」と言われたとは彼の弁。

＊　5月に福井放送でラジオ特集「裏日本―知られざる豊かさの国」という1時間番組をやりました。この番組が日本民間放送連盟の中部・北陸地区教養部門で1位に選ばれました。8月に行われる全国大会にエントリーされるとのこと。番組制作者の工藤さんの力によるところが大きいのですが、審査評の中に話者の声に「温かさとやさしさ」が感じられる、というのがあったとのこと。自分の声はあまり好きではなかったのですが、少し大事に発声しようかと思いました。因みに、NHKのローカル番組「新潟・映像の20世紀」に出演した時にも、NHKホームページに養老孟司番組審議委員長の「お誉めの言葉」が載っていました。養老氏の思想については鶴見君という高校時代の友人が食いついていて、時々コメントが来ますが、私はどこかおかしいなと思いつつあまり真剣に検討していません。

＊　参議院議員選挙は久しぶりに痛快な選挙でしたが、それに続く自民党総裁選、それ自体うんざりしましたが、それを巡るメディアの対応にむしろ恐さを感じました。小淵がなろうが、梶山がなろうが、それほどの違いはないはずなのに、マスコミは天地の差があるかのように小淵たたきをやって「民心」を誘導し、あまつさえ為替や株価までそれにひきづられて乱高下する異常さは何でしょうか？　小選挙区制の時はこれに賛成しないものは保守反動だと言い、後になって平気で反対のことを言う、行革の時も「火だるまになってやれ」とけしかけて景気が悪くなるとあれが元凶だと言い、ひどいものです。せめてもう少し長期的な視野でみる見識を期待したいのですが、テレビ時代には無理なのでしょうか？　私の記憶するテレビの魔女狩り被害者第1号は「ロス殺人疑惑」の三浦和義です（第2号が大場雅子）。ちょうどロス・アンジェルスを訪ねたおり、事件現場を通ったことがあるから、あれは1986年のことです。『週刊金曜日』によると、彼は486件ものメディア訴訟を起こしており、時効にかかってしまったものを入れても6割が三浦勝訴になっているそうです。さもありなんと思いました。ではまた。

F ゼミ通信 No.20

1999.01.01

上海がどう変わってるのかを見るのが一番の楽しみであった。5年前に書いた「クレオール上海1993年」の検証も兼ねた続編である。

　明けましておめでとうございます。

＊　1999年を迎えると、単に数字の順番に過ぎないにも拘わらず、世紀末ということで過去百年を振り返ってみたくなります。記号上の区切りであるだけなのに、世紀末というのは得てして、1つの歴史的時代の終わりであることが多いようです。私の場合、病いを得たことから5年ほど早く20世紀を振り返る機会を得ました。以下は『裏日本』を書いた時のメモです。

　最近、日本型システムの揺らぎとか崩壊ということが盛んにいわれる。バブルの崩壊、官僚制の腐敗からオウムそして神戸の少年の殺人事件に至るまで、みんなが何かおかしくなった、と感じている。揺らいでいるシステムとは何だろうか？　あるいは「日本型システム」の問題性が言われるが、「日本型システム」とは何だろうか？

　最もよく言われるのが「55年体制」の崩壊である。当初、自社二大政党の枠組みに代表される政治体制をさして言われたが、これは一部に過ぎない。55年体制（中村政則氏によれば60年体制）とは戦後の高度成長を支えたシステム全体をいう。その要素は経済で言えば高度成長主義、それを支えるものとしてのマンパワーポリシー、大学の急増に見られるテクノクラート要請、労働力の選別システムとしての学歴社会、勤倹節約に代わる大衆消費社会化、外交でいえばこうした国内システムを保障するための日米安保体制など。これらを従来か

らの勤勉・努力・進歩発展信仰（今は「稼ぐに追いつく貧乏なし」とか「正直の頭に神宿る」などというカルタはなくなっちゃったね）などで支えたきたのが55年体制でしょう。しかし根はもっと深いようです。「問題だ」と言われた自社体制は、社会党の崩壊という形で崩れたが、政治は悪くなりこそすれ、いっこうによくならない。経済も社会も混迷が深い。

　その後、「1940年体制論」が出てきました。一橋大学にいた野口悠紀雄さんなどが代表です。昭和15年ですから言い換えれば戦時体制です。新潟でいうと沢山あった新聞が統制しやすいように「新潟日報」1紙に統合された、あるいは1県1行主義に基づいて銀行が統合された（新潟の場合はいきさつがあって第四と六九＝北越の2行になった）のが1942年、電力も東北配電など八社体制になった。戦前は県知事も官選だった。このような独占体制を作って、これを中央から任命された知事が中央の指示に従って操縦するシステムです。これが高度成長を支え、今日まで続いて制度疲労を起こしている。だから、1940年体制を解体して、一口に言えば規制緩和し、市場原理に基づいた社会に立て直せばうまくゆく、というのが主旨です。中央集権的なシステムの指摘はその通りだと思いますが、1940年以前がうまくいっていたわけでもありません。また、私は市場原理なるものをそれほど信仰していませんし、経済だけの問題でもないと思います。

　さらに、司馬遼太郎のように、輝ける明治とダメになった昭和を対比させる考え方があります。これについては、私はむしろ明治から昭和に至るまでの連続性の中に基本的問題が潜んでいる、と思います。

　かつて授業で福沢諭吉の以下の「貧富論」（「時事新報」1891年連載）を紹介したことがあります。

　「既に国を開いて海外と文明の鋒を競ひ競争場裡に国家の生存を謀らんとするには内の不愉快は之を顧るに違あらず。仮令へ国民貧富懸隔して苦楽相反するの不幸あるも、瞑目して之を忍び、富豪の大なる者をして益々大ならしめ、以て対外商戦に備へて不覚を取らざるの士風こそ正に今日の急務……」

　「教育の過度を防ぐは財産の安寧を維持するの一方法にして……人の貧富と教育の高低とを平均して貧者の教育を高尚に過ぐることなからしむ」

以前「天は人の上に人をつくらず……」とか「学問のススメ」を論じていた人が、このような論調に転じたこととともに、私はその70年後に高度成長政策を仕切った池田勇人首相が「貧乏人は麦を食え」、「中小企業の1つや2つ潰れても……」と言い、首相になると「国際競争力強化のために」を唱え続けた姿とそっくりなことに驚きました。やはり、日本の近代というのは「外圧」にどう対処するかが一貫して基本にあり（今日ではそれがグローバルスタンダードというスマートな言い方になっていますが）、そのために殖産興業・富国強兵政策、今日のアジアにも共通する言い方をすれば、「圧縮型工業化」（中国の大躍進時の「多く・早く・立派に・無駄なく」というスローガンを思い出します）路線をとり続けてきた。明治以来の中央集権的（兵営的）分業システムとも言える日本型システム（それを効率的に操縦する日本的官僚制を含む）こそ、「圧縮型工業化」に適合的なシステムであった、と思います。だから、日本は西洋が300年かかったとされる近代化（といっても経済発展の面だけですが）を100年で成し遂げられたとも言えます。実際、日本の中央集権性、濃密な官僚支配システムには、「独裁制」の国から来た中国人留学生が「日本こそ社会主義だ」と驚くほどです。
　その歪みが一気に出てきていることは間違いありません。20世紀を総括して見えてくるのは、限りない産業主義、経済効率至上主義、高度成長主義です。これほど異常に生産力が発展した世紀はありません。だから、今、不景気で閉塞状況にありますが、消費拡大が声高に叫ばれることにどうも違和感を憶えます。我々の消費はほんとに不十分なのでしょうか？　環境問題などに現れていますが、20世紀は地球が有限なことを人々がはっきり認識した世紀でもあると思います。21世紀はこうした20世紀の反省の上に出発したいものだと思います。
＊　数年間2人暮らしが続いていましたが、3人暮らしで正月を迎えました。親孝行の機会が与えられたということになりますが、けっこう大変だな、と思います。私がそう思うからにはかみさんはもっと大変ですが。子供なら1歳はこんなもの、と分かるが、年寄りは老化の度合いも有様も違うからマニュアルが通用しない。風呂の入れ方1つとっても1人1人違います。老人グッズは高い

割に役に立たないことが多い。しかも、子供と違って発達がなく、退化のみがある。個人差が大きいのに、育児の本の充実に較べると、老人介護用の本は少なくて、ぴったりのものが見つからない。「がんばりな」というか、「無理しないで」と言うかは、人によって違うのだから、1対1の対応が必要なのでしょう。

　母親の時代は多くの人が「人の一生は重き荷を負いて、遠き道をゆくがごとし」と思っていた時代でした。そうした人が背負う荷がなくなってしまった時には、何をしてよいか分からなくなります。「いかに成人になるか」は学校や家庭で教育してくれますが、「如何に老いるか」は自分で修得しておかなければならないようです。夏、最後の？信州に連れていった時、用足しのため姥捨のサービスエリアで休みました。その時「ここに置いてってもらってもいいね」と冗談に言っていましたが、何となく解る気がしました。姥捨て伝説というのは年寄り虐待の話のように聞かされていましたが、違うのではないかと思って、図書館に調べに行きました。「枝折り型」などのこと、いずれまた書きます。

＊　昨年夏の「Fゼミ通信」に私の「病状」について書かなかったら（実は書いたのだが、他のことを書いたのでカットした）、（比較的）年配のゼミ生より「病気のことが書かれていなかった、ということは順調に回復したということでしょうね」との便りを頂きました。胃袋がないことのハンディはありますが、再発せずに4年半が過ぎたということは、やはり予想以上に順調といってよいと思います。「第1次5カ年計画が進行中で、5年区切りで考えます」と言っていたのに、最近は「定年になったら……」などと口にして、自分で苦笑することがあります。「予想以上」とは、私の現在の主治医鈴木力氏の弁。彼は胃を専門とする経験豊かな医師ですが、その弁は概ね次のようなものです。

　こういう言い方は不見識と言われるかも知れないが、患者の中には、あれ、この人どうして生きているのだろう？どうして転移しないだろう？と思う人がある。逆にあの人なんで死んじゃったのだろう？と分からない患者もいる。正直なところ、分からないんです。近藤誠さんの言ってること、反駁はむずかしいんです。先生の場合も内視鏡見て、執刀医の武藤先生に早期の状態だから、他の臓器は取らないで大丈夫です、と断言したんです。あとで、胃袋刻んでみてリンパ管から出てきたもんだから、びっくりして、申し訳ないと思いました。

先生の場合、おそらく癌細胞が全身をぐるぐる廻っている、無宿者みたいなもんで、定着しなければ悪さしないんです。それが、わらじを脱いで居着くとそこで再発ということになるんです。先生はこれまでのところ、居着かなかったんですね。なぜか？と訊かれても分からないんですね。抗癌剤が効いたのかもしれないし……、先生の場合、白血球が減ってまずかったんだが、幸いリンパ球の方はそれほどではなかったし……。

　ざっとこんな風でした。高校時代の同窓生からの話では、ここ数年間に様々な癌で手術した同級生が数名いるとのこと、ちょうどそういう年頃で、私もその1人だったということです。

＊　11月初め、一緒に頑張っていた「戦友」の1人、足立さんが亡くなりました。9月に検査した時には異常は出なかったのに、10月に再発が発見され、11月8日に亡くなりました。足立さんは帯津病院に通いながら、漢方を取り入れてかなり元気になり、山登りまでするようになったと聞いておりましたので、その突然の死はかなりショックでした。帯津病院は、私も再発したら御厄介になろうと考えていた病院の1つでした。

＊　夏の「通信」を出した後、アメリカを知る上で大変興味深い番組を観ました。「我々はなぜ戦争をしたのか」というタイトルで、ベトナム戦争当時のアメリカとベトナムの戦争指導者達の対話を紹介したものです。高校時代の同級生の山岸さんというベトナム在住の友人がこの番組を観て、メールで感想を送ってくれました。私はこの番組を観られず、残念に思っていたところ、8月29日に再放送されました。

　ベトナム戦争ではあの狭い国土に第2次大戦の2倍の爆弾が投下され、360万人のベトナム人が犠牲になり、アメリカも5万8千人が亡くなった、そして日本が爆撃機や戦艦の基地になった戦争でした。1975年4月30日にサイゴンに解放戦線の戦車が入っていくのを見て「ああ、愉快なり、愉快なり」を唄った記憶があります。今でも伊東祐之君は「あの時の東洋史の授業が一番印象に残っている」と言っています。私が心から喜んだ戦争の勝利というのは、あとにも先にもベトナム戦争だけだろうと思います。ベトナムが独立・自由・統一を目指して戦った、その意味で心から「正義の戦争」と信ずることができた戦争で

あり、またそういう時代でした。

　この戦争は「マクナマラの戦争」とも言われるほど、当時の国防長官マクナマラが強硬に推進したことでも知られています。そのマクナマラが『マクナマラ回想録』を著し、アメリカの過ちを認め、戦争をしなくても済んだのではないか、と考えて当事者同士の対話を求めたのです。遅きに失したとは言え、率直に過ちを認めたこと、そしてどこでどう間違えたかを知りたくて対話を求めたこと、この辺はアメリカらしいところで、細川首相がちょっと発言すると大騒ぎになる日本との違いだと思います。

　「我々には共に間違いがあった」と言うマクナマラに対して、ベトナム側は「ベトナムは小さくて貧しい国で、ただ独立したかっただけだ。それなのに、北爆を続けてベトナムを石器時代に戻そうとした。間違ったのはアメリカだけだ」と言います。するとマクナマラは「我々は真剣に、ホーチミンはソ連や中国など世界制覇を目指す共産主義勢力の手先だと考えていた。あなた方はそうでないことを、今日のようにもっと説明すべきであった。その点であなた方にも落ち度があった」と言います。自分のやったことを相手の弁明不足にする、このあまりに身勝手な大国主義の傲慢さもまことにアメリカ的で、スーダンにまたイラクにミサイルを打ち込んだ今日まで変わりません。いや、冷戦時代に較べて唯一の超大国になった昨今はもっとひどくなっていると言うべきか？　それに追従一辺倒の日本には切なくなります。山岸さんは「より対米一蓮托生的にみえる韓国の方が日本より自主的だ」とベトナムからメールをくれました。

　最後にマクナマラは「我々には和平を実現し、尊い人命を失わずに済んだ道が多くあったことを知り、愕然とした」と言います。ベトナム側が「そう思うようになったのはいつ頃からか？」と聴くと「一昨日の夜だ。ちょっと遅すぎた」と答え、笑いが広がりました。ベトナム側の笑いの中には、あまりにも遅いではないか？という哀しさと、嘘をつきまくるクリントンにはなくなってしまった、アメリカ人の率直さへの共感があるように思えました。

＊　以下は某雑誌に書いた「クレオール上海　1998年」という1文です。

　上海に行ってきた人は、異口同音に上海の変容ぶりはすごいと言う。「半年行かないと、上海はもう変わってしまう」と日本在住の上海人がそういうのだか

ら間違いない。上海社会科学院設立40周年記念の3つの国際シンポジウム（21世紀の日中関係、経済史、都市発達史）に招かれて5年ぶりの訪滬であったが、上海がどう変わっているのかを見るのが一番の楽しみであった。5年前に書いた「クレオール上海　1993年」の検証も兼ねた続編である。

　虹橋地区を始めとする高層ビルの群立、新宿を思わせる徐家匯の地下街、そして何より浦東の発展、上海の街は大きく変わった。特に高架・環状線ができ、地下鉄ができたことによって、1930年代以来変化がなかった交通体系が抜本的に整備され、降りるに降りられぬあの満員バスの苦しみ、いつ動くとも知れぬひどい渋滞などから解放されたことは大きい。上海は、明清代に栄えた南市、阿片戦争後に形成された租界地区、第1次大戦後に発展した閘北や滬西等、人民共和国時代に建設された郊外区、そして改革開放期の浦東など、各地区がそれぞれモザイクのように独立し、別個の特色を維持したまま推移してきた。いま、初めて各地区が体系的交通網で結ばれ、融合し始めたようである。これは開港以来の変化である。

　北京より渋滞が少ないのは市政府の政策によるところが大きいようだ。現在上海の車は総数を抑えて40万台、その1割の4万台がタクシーで、自家用車は1万2千台に抑えているという。バスもなお基幹的公共交通機関である。普通車が5角なのに、空調がある車は2元と4倍なのは高すぎると思ったのだが、わざわざ空調車を待って乗る人もいた。

　上海史研究の御大である唐振常先生（上海食文化研究会副会長でもある）と会食した。成都出身の先生に、南京路の四川飯店の話をすると「もうなくなった」とおっしゃる。「以前連れていって頂いた梅龍鎮は？」と訊くと「あそこはコックがやめて駄目になった」。「抗日七君子が出入りしていたという功徳林にはよく行きました」と話すと「あれもなくなった」。「昔の上海らしいところがみんななくなってしまって寂しい。これでいいんでしょうか？」と尋ねると、「お前はよいところをみている」と堰を切ったように弁じ立てた。上海の料理の値段は高くなったが、肝心の味は低くなる一方だ。建物は高くなったが文化は低くなった。上海に世界一高いビルを建てるというが、香港は土地がないから高層建築を建てざるを得ないのだ。そんなものを造って上海の地位が高まると

思っているのが情けない、表面の変化に気をとられてはならぬ……と。一緒にいた歴史研究所の若い人々は必ずしも完全同意ではないようで、苦笑いをしていた。

　私の関心はそうしたハードの変化の中でのヒトとその営みの変化にあった。飛行場で熊月之・歴史研究所副所長の出迎えを受けて錦江飯店に到着すると、門前にすらりとした女性が立っている。早速「声をかけられても知らん顔して下さい」と注意される。後日談だが、同行の若いＳさんは外灘で何人もの女性から声をかけられた。「研究心」旺盛な彼は「あなたの出身地は？」などと聞き取りを開始、百メートルほど寄り添って歩いた後「謝々、再見」と別れようとした。「意気投合」したと思っていた彼女はいきり立ってＳさんを追いかけ、罵りながら思いきり太腕をつねり上げた。翌日、彼の腕には紫のあざがくっきりと浮かび上がった。話によれば、理髪店・コーヒー店・カラオケ（ＫＴＶ）などにその手の店が多く、よくしたもので、乍浦路のように昔そうだった所は今日もそうだという。郊外にはモーテルのようなホテルができ、総経理クラスは週末に愛人とそういう所に行くのだという。

　夜散歩に出る。錦江飯店付近や匯海路の建物はほとんどが建て替えないし改修されている。でかでかとサントリーやペプシコーラのネオン広告、シーメンスのアーケード風のネオンが輝く。ふとそのたもとを見ると、やや暗めの「軍政、軍民の団結を強化し……」とか「環境衛生を守り自信に満ちた１日を」といった修身的標語が目に飛び込んでくる。地下鉄に乗る。李大釗の「１日の勤労こそ人間を作る」という「労工神聖」を引用した標語が達・芬気（ダ・ヴィンチ）の標語と共にドアの脇に貼られている。その脇でミニスカートの女の子たちがなにやら遊びの話を喋りまくっている。ホテルでテレビを観る。ＣＭが多い。観ているうちに「太陽が西から昇ろうが、天が落ちて来ようが、祖国を愛す。紅旗は私の血、五星は私の魂」などという凄い歌詞のＣＭソングが出てきて目をパチクリ。何でもありで、アンバランス、これこそ芥川龍之介が「三角の家だってある」と言った上海だ。上海はいま、ますます元気になって何でも飲み込んでいる。

　匯海路を社会科学院に向かう途中に大きなビルがあった。ビルの前にはかつ

て毛沢東と鄧 小平と江沢民の像が建っていたが今は取り払われ「買ＶＣＤ機、請認准此標志」と大書した大きな円筒型広告塔に替わっていた。

　匯海路を西へ、12年前に住んでいた上海音楽学院を訪ねてみる。中国の西洋音楽揺籃の地で、胡耀邦が失脚した民主化運動の際ここの学生たちは「第九」を唄いながらデモをしていた。音楽学院は改装され、「国際芸術センター」という看板が目に入った。音楽学院は楽器工場とその販売店、ＣＤ販売店、幼児教育センターなどを擁する音楽資本集団へと、見事に変身していた。これが潜在的技術力・文化力が開化した上海12年間の変化だと感心する。芸は身を助けている。それほどの「芸」を持たぬ向かいの上海教育学院はカラオケなどで稼いでいる。孔子の国の学校教育の場がカラオケの場にもなる奇妙な取り合わせも改革開放の産物だ。

　出かける前、申新紡第９工場が遂に操業を止めて大食堂に転換したというニュースをテレビで観た。同工場は民国時代中国最大の民族資本家・栄家の経営になり、中国最新鋭の紡績工場として名を轟かせた。12年前学生を連れて、1948年の7000名の大ストライキの聞き取りに来たことがあったので、その変容を自分の目で確かめたいと思って出かけた。工場の建物がそっくり内部改装されてレストラン「紅子鶏」になっている。ライトアップされた外壁いっぱいの壁画を見上げて門をくぐると「歓迎光臨！」の合唱につつまれる。中に入ってアッと驚く。2階建ての工場がそのまま大食堂になっている。バイキング形式まがいで、ショーウィンドウでこれとこれと注文して待つことしばし、遙か彼方からローラスケートに乗ったボーイがさっそうと現れる。随所に有り余るほどの小姐がいて、手を挙げるとさっとやって来る。

　味も悪くない上に、サービスが抜群、値段も３人で適度に食べて300元余、匯海路よりも安い。驚いたことに2,000席というこの広い食堂の7、8割の席が埋まっている。新しがりやの上海っ子に新方式が人気を博しているのだろうが、確実に裕福な人が増えている。ただ、気になったことは客のほとんどが若者と若い家族連れだったこと。老人はどこに行ってしまったのだろう。上海は一方で開発途上国の特徴である人口増加問題を抱えると同時に、すでに「先進国」的高齢化問題も顕在化しつつある。かつて社会主義の申し子のように交通整理

をしたり、バンドを闊歩していた人々は、すっかり変わった表の街から裏舞台に退いたのか、今回の旅で気になったことの1つである。

　つい癖が出て、服務員の小姐に質問する。チェックの制服が初々しい彼女は2カ月前、湖南省湘潭から出てきたと言う。紡績工場が変じたレストランに、毛沢東の故郷から来た小姐という取り合わせが面白い。安徽省、蘇北の出身者もおり、供給源は昔と変わらない。9時間労働。「給料はいくらか」と訊くと「600元だが、今は見習い中なのでまだ300元だ」という。「親に仕送りしているのか」と訊くと、何と200元送っているとのこと。宿舎は紡績工場時代の寄宿舎があり、食事もここで食べられるからあまりお金も使わないというが、もう日本にはいなくなってしまった若者が上海にはまだ沢山いる。色々尋ねたので帰りがけにチップを渡したが、彼女は固辞して受け取らなかった。1年後彼女はどう「成長」しているのだろう。

　「紡績工場で働いていた人たちもここで働いているのか？」と尋ねたが、新米の彼女は分からなかった。すると、黒い服を着た年配の女性がさっと寄ってきた。そして、「紡績工場時代の労働者も一部います」と答える。彼女は上海人、給料は月1,000元。「領班」と呼ばれ、大勢の服務員の背後で手を後ろに組んで胸を張って見張っており、何かあるとさっと寄ってくる。先ほど入口で「歓迎光臨」と合唱した「迎賓」は赤い服。「厨師」は白い服。実に統制がとれている。

　彼方の突き当たりに舞台があり、「支援災区」、「賑災慈善義拍会」の看板が掲げられている。その看板の前で演じられたのはレオタード姿のダンサーによる華麗な踊り。第9紡績工場の印象が強いので何ともミスマッチ。霞んで見えないが、ふと頭の上を見ると、大型テレビにクローズアップされたにこやかなレオタード姿が映っていた。彼女たちは何カ所か巡回しているようで、時間が来るとさっさと次の舞台へ去っていく。舞台の上の営業用のにこやかさと、終わった途端に戻る仏頂面との対比があまりにも極端だ。湘潭の小姐の笑顔とは違う。続いて歌唱。「支援災区」の前で「夜来香」が朗々と響く。

　少しまじめな話。今回の会議で印象に残ったのは、台湾問題で日本が三不政策に同調しなかったことへの不満と、大洪水が想像した以上に大きな社会問題になっていること。社会科学院も40周年記念大宴会を取り止めて、そのお金を

災害地に寄付した。我々もカンパを出した。「紅子鶏」でもそうだったが、街の至るところで災区支援のスローガンをみた。それら全ては愛国主義ナショナリズムに収斂するように方向付けられている。同時に現在の指導者たちはいま、その力量を問われている。こんなジョークを訊いた。ある幹部が江沢民に「あなたの名前がいけない。江も沢も水だ。水が民を苦しめると読める」というと「三峡ダムを造り、樹木を伐採してしまった李鵬こそ責任重大だ。お前は太っているから行って土嚢の代わりになればよい」と答えた etc。江沢民は今回初めて軍隊を直接指揮して成果を挙げて「俺も軍を指揮できた」と自信を深めた、という話などを聞くと、これはとても訪日どころの話ではなかった、ということが実感された。そういえば小淵首相もサンズイがある。大淵でなくてよかった。

上海のこの手のジョークは面白い。例えば「昔青紅幇、今清黒幇」。青紅幇は周知の通り杜月笙らの支配を指す。今の清は清華大学出身者、中央だけでなく上海でもハバをきかしているという。黒は文革中黒龍江省に流された人達。その時苦労を共にした繋がりから今連れだって幹部になっている、という話だ。

汪精衛もすでに忘れ去られようとしており、彼が住んでいた愚園路の邸宅を見つけだすのに一苦労した。年配の老人に教えて貰って行ってみると、そこに居た老人はこれは王伯群の屋敷だ、汪精衛のものではない、と言う。確かに、レリーフには王伯群邸宅と書かれている。いろいろ尋ねてやっと管理者の1人から、今児童館になっているこの屋敷が確かに汪精衛が住んでいたものであることを確認した。要するに租界の交通部長をしていたアメリカ人王伯群が建てたものだが、それを日本が接収して汪精衛に与えたのだ。この邸宅は奥まって広い庭を持ち、二重の階段があり、3階建ての各階から外に逃げられるようになっており、防衛上優れた設計がなされている。周囲には大小の「漢奸」たちが住んだ洋館が取り巻いている。

話によれば今上海ではかつての包（一括請負）方式を排して、細部まで見積もりをするやり方が徐々に浸透し始めており、それに合わせて税制も改まり、包のうま味がなくなりつつあると言う。包こそ中国の特質だと強調されてきた、その包がなくなるとすればこれは大きな変化だ。そして、交通体系の変化に象徴されるように、上海の変容はこれまでにない根本的なものである。しかし、

どうしても気になるのはバブルである。浦東にとどまらず、街の至る所でビル建築ラッシュが続いている。すでに完成しているビルも空き間がいっぱいだという。日本ならもう完全にバブルは崩壊している。でも、8パーセント成長を維持するために上海は止まることができないという。少なくとも建国50周年の99年10月1日までは動き続けなくてはならないとも言う。やはり日本のモノサシでは計りきれないところがある。そんな質問に、上海史研究の大家唐振常老は上海蟹をほおばりながら「上海は放の時は活き、収の時は死ぬ」と述べた。

＊　先日、新潟県知事より「環日本海賞」というのを授与するとの通知が届きました。ではお元気で！

Ｆゼミ通信 *No.21*

1999.08.01

術後5年目の6月23日はウラジオストクで迎えました。「21世紀の東アジアにおける歴史教育交流の展望」という国際シンポジウムに参加するためです。

　暑中お見舞い申し上げます。
　おかげさまで、6月23日術後満5年を迎えました。出所した時はこんな気分かな、と思っています。5年ぶりに我が家の松葉菊がよく咲いています。5年前は、私が入院した時から退院した時まで、松葉牡丹ともどもよく咲いていました。松葉牡丹は中国語では「死不了」とも言います。私は幸い「死不了」でしたが、この5年間に幽明境を異にした少なからぬ「戦友」のことも思い出しています。「行く我にとどまる汝に秋二つ」という子規の句の我と汝を逆にした感じです。とどまった私は、一応危険な段階を脱し、やり残しがあるものの、第1次5カ年計画を終了しました。現在、第1次のやり残しを含めた第2次5カ年計画に入っております。いろいろ不便がありますが、こうなったのも悪くないな、と思ったりします。健康だった時代には見えなかったものが見えてきたりします。そうなると、何か2つの人生を歩めたようで、何だか得したような気分になるから不思議です。
　なぜ、再発しなかったのかは分かりませんが、手術をしてくれた先生方の適切な判断（抗癌剤の停止を含む）と免疫力の維持強化の故と思っております。免疫力に関しては、十全大補湯を中心とする漢方薬、毎朝の人参ジュース、毎夜のケーフィアヨーグルト、ハイゲンキ、プロポリス、それに電磁気マット等々、よく頑張ったものです。と言っても、頑張ったのはかみさんかな。

この間いろいろな励ましをありがとうございました。

＊　身辺状況をもう1つ。新潟の冬はやはり厳しいというべきでしょう。新潟で一緒に暮らすようになった母親、あれやこれやありましたが、落ちついたかなと思った2月、肺炎を起こして入院、心不全状態に陥り「いつ何があってもおかしくない」と言われ、じっと待機しつつ5カ月あまりがたちました。

人の最期についていろいろ考える機会ともなりました。添田さんが「確実なことは病院に入ると痴呆が進むこと」とのメールをくれましたが、それは確かです。時には、私がそれと確認できる唯一の人物となります。ただし舞台は信州であったり、東京であったり、新潟であったり、日によって異なります。母は今や自由自在に天空を駆けめぐることができます。幸せなものです。「今、着いたの？」と言われると、「あ、今日は東京だな」と思い、「お帰り」と言われると「今日は新潟だな」と判断して、それに合わせることにしています。もちろん全然応答無しの日もあり、徐々にその割合いが増えています。

そんなわけで、私は毎日病院に行くことが親孝行と言い聞かせて（自分で気がすむからと言った方がよいかもしれません）、新潟にいる日は小針病院に通いました。これは、お百度みたいなもので、けっこう、大変なことです。ここ2カ月は専ら大好物のメロンを6分の1持っていって食べさせることが日課です。一時、食事ができなくなりましたが、現在はミキサー食を流し込んでいます。旨いはずがありません。メロンを食べる時は「メロンてどうしてこんなにおいしいのかねえ」などと言います。少しでも皮に残っていると見ると、そこを指さします。スプーンでかきとって口に入れてやると安心します。子供にかえっています。

いま、メロンが唯一の楽しみかも知れません。1つでも楽しみが確認できればそれでいいと思っています。周囲をみているとターミナルへの道が手に取るように分かります。この後、食べられなくなると管による栄養分流し込み、やがて点滴へ、肺炎などを機に人工呼吸、そして腎臓障害で人工透析へ……。管と装置の数がだんだん増えていき、終焉を迎えるのです。

母は2月の入院以前に「もう何もしないで欲しい」と言っていましたが、これは無視しました。今後、私は上述の進行過程のうち、点滴以降の措置は断ろ

うと思っています。しかし、病院側は入院している以上、命を長らえさせる措置をしなければならないと言います。私が一番的確な判断者だと思うのですが。

　もう1つ、老人医療費は1日1200円ですが、大抵の病院は、ベッドの多くが差額ベッドで、これで稼いでいます。小針病院の場合、4200円／日。差額のないベッドは非常に少ない。それに、食費、おむつ・病衣代等々で、1カ月約20万円かかります。退職後夫婦の片方が入院したら、どうなるのでしょうか？死んでいくのもただではない、と実感しています。

＊　ところで、術後5年目の6月23日はウラジオストクで迎えました。「21世紀の東アジアにおける歴史教育交流の展望」という国際シンポジウムに参加するためです。9年ぶりのウラジオストクでしたが、街は人口が公称69万人（実際には農村部からの流入で90万人ぐらいにふくらんでいるとのこと）に増えているもののたたずまいはほとんど変化していませんでした。ここは、中国とおおいに異なるところです。ただし、車の量はおそろしく増えていました。それも、ほとんどが日本から持ち込まれた中古車で、「陣屋どうふ」とか「仕出しの××」、「赤だし一番〇〇」、さらには「新潟市民生協」などと大書した自動車がそのまま町中を走り回っているので、「あれ、ここはどこだったかな？」と錯覚してしまいます。「屑鉄」として輸入された車の洪水は、日本がいかに多くのまだ使える車を捨てているかを示してもいます。20世紀初頭にヨーロッパ資本が建てた西洋建築、その前を行き交う日本車、ここは西洋と東洋の出会いの場、日本に一番近い西洋です。

　人口急増に都市設備が追いつかず、海はどぶ臭いし、水道をひねると真っ赤な水が出てくるし、シンポジウムに参加した方々も環境の悪化を訴えていました。

　シンポジウムで印象に残ったのは、ソビエト時代の否定が根底にあるということ。87年から一切の指導要領が廃止され、指針がなくなり、歓迎されたものの、当事者の教員達は戸惑いが大きかったそうです。歴史学でいえば、社会構成体の継起的移行といった方法論を否定する余り、時代区分も廃してしまうケースもありました。中国史の場合を例にとると、王朝交替史を教えたとのこと。私は「時代区分論のない歴史学は、黒パンのないロシア食のようなものではな

いか？」と疑義を述べました。文明生態史観が人気を呼び、封建制といった括りは避けられているようです。

　中国で感ずることは毛沢東時代が否定された後、戦前の旧社会の地金が露出してきたことです。中国の場合49年革命後40年足らずで改革開放時代を迎えました。ところが、ロシアは革命後70年を経てペレストロイカが始まりました。掘っても掘っても地金が出てこない、70年はそういう長さであったようです。それだけに、さまざまな議論がまさにラディカルに熱気を帯びて進められました。

　もう1つの感想は、日本語熱の高さと日本語教育の水準の高さです。例えば、日本語における敬語に示される文化を会得するために、単純に教科書を教えるだけでなく、多くは大学ではシチュエイションを設定した実践会話を重視しているとのこと、私はコメントの中で「実際には、日本の若者は敬語を使えなくなっているし、"ら抜き"をはじめ、どんどん言葉が変化している。私は学生の乱れた言葉遣いに出会ったら、"ウラジオストクに行って勉強してこい"と言おうかと思う」と冗談を言ったら、真剣な顔で「正しい、美しい日本語をなくさないで下さい。日本の文化ですから」と言われました。

　新潟からウラジオストクまでは、飛行機で85分。ウラジオストクからモスクワまでは8時間。この地の人々の対岸に対する期待の強さを感じてきました。

＊　以下は読者諸氏からの便り。名前は出さぬことにします。
（a）「覇王別姫」ついに見ました。東京に出てきて11年、映画を見る本数は実に10分の1に減りましたが、昨年は「プルガサリ」（北朝鮮）、「ねじ式」（日本）以外は全て中国系のモノしか見ていないのです。台湾モノがお気に入りです。「Ｊａｍ」「愛情来了」「あひるを飼う家」……絶対ハズレなしと言っていいくらい、「台湾電影是世界最美好的！」であります（台湾の人は香港の映画ばっか見てるんだそうです）。絵はがきは「東邪西毒」（1994、香港）。「楽園のきず」の邦題でビデオレンタルがでています。これが映画です。先生!!
　　祝　王菲来日・燃えろドラゴンズ・水
（b）1999年もはや5日が過ぎました。世紀末もノストラダムスもあまり関心ありませんが、中学生の頃に、この年に私は34歳になるのだと友人と話したこと

をはっきり憶えています。当時の私にとって永遠に訪れることのない年齢でしたが、あっという間のことでした。34歳の自分を想像した当時の自分にくらべ、34歳になる自分の薄く希釈されたような日々に溜息が出ました。

　○○君の年賀状に「相変わらず先の見えない日々」と書かれているのを見て、思わず「何を言っているのだろう」と思い、それから彼の感じている焦燥感はどんなものなのだろう、と少し考えてしまいました。

　最近の私は（子育てを始めた時も、確かこんなことを言ったと思いますが）、自分が薄っぺらになっていくような焦りや、常に満たされていない、あるいは、不当になにかに従属させられているような不満感が心のどこかにあって、何かの拍子に噴き出したりすることがありました。……同世代の人と話して、同じように感じている人が多い（最近「朝日新聞」の特集にも恐いながらも頷いている私です）。キーワードは"ここではない何処か""もう1人の自分"ということでしょうか。カラッカラの関東にいると年々雪が恋しくなります。

　私のこの感じが30代という年回りで皆感じる気分なのか？　1960年代生まれ（高度成長期）に共通するものなのか、それとも……。私は近年「幸福な生い立ちが苛む」こと、を考えたりします（不健康だな、とは思うのですが）。物質的・金銭的に充足されていることが幸福であるという観念から解放されなくては次の段階に進めないのは分かっているのですが、その方法が判らない、納得して取り込めないという感じなのです（亭主はしばし絶句した後「それが人間なんだ」と言いました）。……公園のお砂場はどこまで掘っても乾いた白い砂しか出てこないので、プリンが作れないと娘が不満そうです。　ではまた。

（c）「ゼミ通信」ありがとうございました。内容濃い「通信」にいつもながら圧倒されます。日本文化論、家族問題、闘病報告、上海紀行とどれもこれも生々しいテーマばかりで、新年早々息苦しくさせられます。それもこれも貴兄が実に深く現実と対峙していらっしゃる、その姿勢と頭脳がそうさせるわけで、逃げまくっている小生には、えらい重圧を与えてくれます。

（d）〔これは年賀状の内に入るのか分からんが、1月11日、20時30分記〕

　先生!!　大事件です。まだ興奮がさめない。

　昨日、家のプリンタが動かなくなりました。今日は3時頃までには提出する

予定で昼前に大学にきたのに、今度は研究室のカートリッジにやられた。生協でも在庫なし。
　この危機を救ってくれたのは、ナント、西洋の若者＆先生でした。この見ず知らずのすっとこどっこいに一致団結の協力体制で愛を与えてくれました。もう涙が出そうです。とにかく出せば何とかなる、と学部生に教えられてしまいました。……一生治らないんだろうか、この間抜けさは。
　という訳でけっこうなシロモノが届いていることと思います。
　今日は一生の思い出に残る日でした。世の中に恩返しをしていかねば。うーあの西洋の先生、名前も覚えていない。……つくづくすごい１日だった。とにかく今日は帰ってねます。

（e）「Fゼミ通信」ありがとうございます。楽しみに読ませていただいています。私の方は、子供も今年から小学生、じっくりこれからの自分の生活、人生を考えなければなあと、子供離れ以後を思案しているところです。昨年から共同保育で知り合った仲間と小さな新聞を作り初め、毎月の取り組みが大きな心の支えとなっています。この年になってようやく"自分こそ悲劇の主人公"的思い上がりから解放されてきたような、体力は落ちても、気分は日々開放的・建設的というところ？　今年からもう１つくらい、自分のテーマを創って活動できるよう（社会的に）にしたいと思っています。
　先日、Ｓさんからの電話で、山田先生の奥様のご不幸を知りました。遠方からでこんな事くらいしかできませんが、僅かばかりのお見舞いをお送りしたいと思い、同封させて頂きました。
　もう１つ、送るべきかやめるべきか迷って、何年も経ってしまいましたが、建設省のお役人さんが書いた「川の三部作」の１冊『天空の川』に癌治療薬に関する一文がありました。何のお役にもたたないかも知れませんが、そのコピーを送ります。

＊　『天空の川』は私も読んでいました。自己の体験から市川市にある病院で受けたバスという薬の絶大な効果のことが書いてありました。私も肺に転移した時はここにお世話になろうと思っており、ある重傷の肺癌の方に紹介したこ

ともありました。ところが、です。ある人にこの『天空の川』をプレゼントしようと思って購入した時、何気なく奥付をみたところ、著者の関さんはすでにこの世の人ではなくなっていました。もう1つの候補であった帯津病院に世話になっていた足立さんの逝去とともにショックだったことを思い出します。

* 山田英雄先生、年配の方は授業を受けたことがあると思います。2月6日台所から出火して全焼、奥さんが亡くなりました。娘さんがおられますが、海外旅行中で、山田先生はひとりぼっち、我々教員も手伝いましたが、同窓会の教え子たちが傷心の先生をいたわりながら、葬儀や当面の住まい、焼け跡の始末まで献身的にやってくれました。全く頭の下がる思いです。山田先生は退職後「ようやく勉強ができる。宮仕えはもう沢山だ」と年金で生活を支えながら、万葉集の歴史学的研究に打ち込んでおられました。今年中に岩波書店から出版の予定です。出版されたら、それを理由にみんなで集まって励まそうと話しています。以上は13年以上前に在籍していた諸君への話。

* 今年の天安門10周年は「平穏」に過ぎたようですが、この10年間の中国社会の多様化を示す事態はありました。法輪功の中南海包囲のように、人々が共産党・社会主義に代わる拠り所を求める動きがいろいろな形で出てきている、中国社会の地金が見えるようになった、そういう意味で中国はますます面白くなったと言えます。しかし、気になることもあります。

いま、私のゼミの学生も北京大学・黒龍江大学などに在学しています。彼らにとって、ＮＡＴＯとりわけアメリカの横暴な空爆に対する中国学生の怒りの爆発は最も衝撃的であったようで、時に恐怖感も感じたその様を書いてきました。ゼミ生以外の知り合いの留学生からはより衝撃的なレポートがメールなどで入ってきました。人民大学に留学している水谷尚子さんのレポートは、短縮されて「週刊金曜日」5/28号に掲載されていますから、公表してもよいでしょう。彼女によれば、外国人留学生特にアメリカ人に対する憎悪とも言える反感は激しく、留学生寮は連日デモに見舞われ、ストレスでいつも夜8時頃には寮売店のアルコール類が売り切れるようになった、体調を崩して入院する女子留学生も出た。米中青年の争いを仲裁しようとしたら「日本人と韓国人は米国の妾だから用はない」と言われた。人民大学だけでなく、北京大学でもアメリカ

人留学生の部屋に押し入ったデモ隊が真っ赤なスプレーで部屋を塗り、卵を投げつけた、ということだし、浙江大学ではビラにサッカーボールを当てた日本人留学生に対して1000人規模の排日行動が起き、日本人留学生が除籍になった（これは日本の新聞にも大きく報道されました）などの動きがあったことから、全国的な「愛国主義」的動きでしょう。社会主義が変容してナショナリズム的要素が強くなりました。今後中華を束ねていける思想的拠り所はナショナリズム以外にないでしょうから、気になることです。

　もっとも「日本はアメリカの妾」という指摘は、言い得て妙なところがありますし、日本のマスコミのこの問題の扱い方は、おしなべて、ＮＡＴＯ・アメリカの空爆をどうみるか、はそっちのけで、中国の動きが国内矛盾にどうはねかえるか？という憶測ばかりでした。これでは、両国の間に共通の言葉がない、両国・両社会の間のずれは相当に大きい、というのがこの問題を通じて痛感したことです。Ｆゼミには今北京大学・黒龍江大学・天津南開大学・上海復旦大学からの留学生6名が参加しています。一時南アフリカの留学生も参加していました。よい機会だったので、日本の新聞を材料に討論してみようと思いましたが、日本人学生からはあまり意見が出ませんでした。訊いてみたら、新聞を読んでいる学生はたった2人!?　中国人留学生の方はナショナリスティックな意見もシニカルな意見もあって面白かったのですが、日本の学生との間には、論争はもちろん対話が成り立ち難くなっている。留学生にとってはこの無政治性が一番驚きであったようです。私には何か、30年前の学生と今の学生が相対峙しているようにも見えました。

　その一方でガイドライン法、盗聴法、国家・国旗法などが次々スーッと成立してしまう、戦後50数年あり得なかった事態が進行しています。みなさん、この不気味さ、どう考えますか？

　大学時代の同期生であった川上徹氏が一昨年『査問』（筑摩書房）という本を出しました。川上氏は学生時代全学連（いわゆる代々木系）委員長をやっていた活動家で、彼が共産党を離脱するに至る過程を生々しくかつ淡々と書いたものですが、その中に70年代のパンフに載っていたこんな文章を引用していました。「大都会のデパートが、きらびやかで退廃的なぜいたく品を飾り窓に並べ、

女性たちを誘惑する若者が腕輪をぶらさげ、きゃしゃな指輪をはめ、目に青い隈をつけて、女性のように腰を振って街を歩くとき、一部の女性たちがウーマンリブの叫び声をあげるとき、フリーセックスが各階層で話題になるとき、解放された女性が、結婚は売淫であると罵倒するとき……」

じつはこの文章はナチスの御用学者が1930年代のドイツを描写したものである、日本はナチスが登場した時代のドイツとそっくりではないか？ というのが『君の沖縄』というパンフの主旨（パンフの著者の1人はテレビで活躍している高野孟）。思わず、思い出しました。

我らの時代には、時代とはまわるものであり、中島みゆきを聴いて、フムフムとうなづいていました。昭和ヒトケタはファッション化の時代、10年代は戦争の時代、20年代は戦後民主主義、30年代は高度成長、40年代の大衆消費社会を経て脱政治化が進む……。しかし、いま20歳の学生は1979年の生まれ。ちょうど、『ジャパン・アズ・ナンバーワン』が出た年です。自分の生まれ育った時代がのっぺら棒に見えます。1989年という世界史の画期を体験したはずですが、これは10歳の時であり、世界が揺れ動いたその時、日本の民衆社会はさして変化しませんでした。歴史概説の授業でＶＴＲを見せても、「へえ、そんなことがあったんだ」という感覚です。お伽噺の世界のようでもあります。これはどの世代も同じかも知れません。私も第1次大戦なんて教科書に載っている遠い昔のことと思っていましたが、生まれる20年前のことで、今の学生の生まれる20年前は60年安保に相当しますから。

この別世界性をどうやって乗り越えるか、対話を成り立たせるか、これまで以上に根気と時間がかかります。今年になって新聞に大学生の「学力低下」の記事が盛んに載りますが、「学力」といった次元の問題ではないように思います。子供が学校に行っている世代の方、どう思いますか？

しかし、かくあるべし、と考える前に、かくありたいという自分を信じて行動する時はすごいな、と思います。先ほどの「年賀状」ｄ１月11日の女史は大学院修士在学期間をフルに活用してフランスに行き、イエメンに行き、タイに行って、私に罵られながらギリギリで修了、この間、白内障の手術2回をはじめ、病との付き合いも短くはありませんでした。今「国境なき医師団」などに

出入りしていますが、またこの8月から1年間パリへ。国際衛生士の資格を取ってアフリカかアジアで活動する予定とのこと。まったく、気負いのないところがいいね。
＊　会ったことのないメール友達に和田さんという人がいます。サラリーマンをやりながら、岩波書店の向こうを張って？泡波書店を「経営」していましたが、この度、「時代を先取りして」40歳にしてサラリーマンと都会住まいをやめ、島根の田舎に帰って農業をやることにし、只今準備中。
　和田さんの「泡波連載」22回にこんな文章があります。
　「鏡の中の自分に、ふと老人の顔が見える瞬間がありませんか？　普段、鏡なんて見ないので、たまに風呂屋で眼鏡かけて、裸の自分をじっくり見ていると、誰だこいつは？と思う」「年寄りになった自分を鏡で発見するのは、想像力のなせる一瞬の錯覚だから、イメージは永く定着しない」
　読んでいて、私は学生諸君と話す時、自分がいつも20代であるかのように錯覚して喋っていることに気づきました。私はもちろん、鏡の中の自分を見るなんて、ばかなことはしませんでした。鏡はなるべく見ない、というのが処世術でした。ところが、このところ、環日本海だなんだとやっているため、テレビに映ったり「新潟日報」などに載ることが多くなりました。特に日報には8回ほどの連載鼎談でいやというほど顔写真を、しかもかなりでかいのを載せられました。20代だと思い込んでいた私は、その度に「俺、こんなに年とっていたかなあ」と幻滅し、この頃はやはり60に近づいているんだな、と思わざるを得なくなりつつあります。軽快なフットワークは失いたくないと思いつつ。
＊　今「裏日本」という講義をしています。今年は聴講者210人。例えに、月見草野村とひまわり長嶋は「裏日本」と「表日本」だ、という話をしたことがありました。野村がいくら活躍してもいつもスポーツ新聞の見出しは長嶋。やがて、野村は戦後初の三冠王になった。「明日こそ俺がトップ記事になる」、野村は翌日楽しみに新聞を広げた。トップ見出しは「長嶋婚約」だった。顔からしても原・高田・篠塚といったマスクと掛布・平田・岡田・川藤のそれと並べたら一目瞭然だろう、やはり松井は顔からして阪神に入るべきだった、といった他愛ない話。

久しぶりにその阪神がトップに並んだことがありました。ちょうど「裏日本」の授業があった日（6/10だったかな）でした。世間のあまりの騒ぎに、藤村富美男以来50年前からのファンである私は、落ちついて「阪神が優勝なんてとんでもない」と一席ぶちました。しぶちんの阪神が、えげつなくよそのスターをかき集める巨人に勝つためには、①スカウトがよい新人を発掘し、②外人が当たり、③よそから回収したぽんこつが回生するという3要素が一致して揃う偶然がないとだめだ。85年はその3要素が偶然に一致して爆発した。外人はバースとゲイルの投打、ポンコツ再生は弘田、福間、野村、山内、池内など、中西・池田・仲田の前年ドラフト1〜3位が揃って活躍した。それに引き替え今年は、3要素ともまだまだだ、というのが主旨。そしたら、私がウラジオストクに行っている間、阪神は全敗、あまりにもあっけなく転げ落ちました。

＊　もう1つ「裏日本」と無関係ではない話。1月31日、ノーベル賞作家川端康成の小説「雪国」の駒子のモデルとなった小高キクさんが胆管癌で亡くなったというニュースが新聞に載りました。「朝日新聞」は比較的大きく、それらしくいろいろと書いていましたが、目に止まったのはこじんまりとした「新潟日報」の記事の次のようなくだりでした。本人は町の人から言われて初めて自分が小説の主人公になっていることを知ったとのこと。そして「（モデルになったことを知り）"気に入らない"と怒って、川端先生からわび状をもらった話を覚えている」（夫久雄氏談）。

　キクさんが川端康成と出逢ったのは19歳の時でしたが、年季が明けた25歳の時、三条に戻り、やがて久雄さんと結婚し、和裁店を営んでいました。キクさんにとって、それと判る小説を書かれて大変迷惑であったはずです。『裏日本』の中で川端康成の描写にふれて、「やはり表日本の人」と書きましたが、記事をみて改めてそう思いました。ただし、実際には雪が降る頃に湯沢に来たことがないとのこと。真偽のほどは知りませんが……。

　それに「雪国」というとなぜか竹内好の竹山道雄『ビルマの竪琴』批判を思い出します。「文章は優れているが、どうにも健康でない。……超越的なもんを感じた。天上から見おろしているような、また、ほろびるものをたたえるような、孤立と退廃の雰囲気を感じた。……ビルマ人はすべて無智で、怠け者で、

現代生活に適しないという印象を与える。……ビルマ人以上に蔑視されているのがカチン族である。カチン族の描き方はほとんど伝説的である。……その根本にひそんでいる人間蔑視と、一種の退廃思想とは、それとして指摘しておかなくてはならない」(『竹内好全集』第7巻)。

　メールが多くなり、返事が出せなくなりました。ご容赦下さい。では、また！

第7回「環日本海新潟賞」受賞。研究・行動がまるごと評価されたと喜んだ。〔1999.2.8〕

F ゼミ通信 No.22

2000.01.01

この「日本海」の呼称問題のように、今日でも様々な局面を規定する「過去に対する現在の認識」つまり現在の問題です。

　明けましておめでとうございます。

＊　2000という数字の上の区切りをミレニアムとか言って騒ぐのも馬鹿らしい話ですが、そう言い始めると元旦だって同様、やはり区切りは必要なのでしょう。私は術後5年を経て、第2次5カ年計画期に入りました。5年経ったという気持ちもあって、積極的に招きを受けたシンポジウムなどに出かけました。しかし、12月に至って、上海市档案館設立40周年記念国際シンポジウムへの参加だけは諸々の事情があって、残念ながら直前に取り止めました。6月のウラジオストク国際シンポジウム「21世紀の歴史教育における東アジアの歴史」に参加。9月には、北京大学との科研費国際学術研究で瀋陽・大連へ、瀋陽では江沢民の肝いりで建てられたという「九・一八記念館」の大きさに圧倒されました。私は館内で同僚にはぐれて迷惑をかけたほどでした。大連は老朋友北京大学宋成有先生の故郷、旅順へ行く途中の海端の食堂で採れたての海産物をたらふく食べたのが印象に残りました。

　そのあと、北京大学で集中講義をし、建国50周年の空気を吸って帰国しました。以下は「新潟日報」に載せた50周年印象記。

　中華人民共和国50周年の10月1日を北京で迎えた。交流協定校・北京大学歴史系の宋成有教授のご配慮で、この時期に特別講義を依頼されたからである。訪問学者として、人民大会堂の招宴にもお招きを受けた。

あの大がかりなショーを世界に披露するために、当局は大変なカネとヒマをかけ、庶民をよせつけない厳重な「戒厳状態」を維持した。当地での感触と日本のテレビ中継と比べて一番違うと思われるのは、そのお膳立ての部分であろう。

　北京に着いた9月25日、北京進出企業に勤める教え子から「午後から何の予告もなしに、突然北京市中心部を通行止めにし、パレードの予行演習を行った。所長は結局2時間歩いて帰宅した」という話を聞いた。万事こんな調子である。

　警戒の厳重さは想像以上で、北京大学でも各門でチェックが厳しく、私も身分証明書を作ってもらって携行したが、これは初めての経験だった。人民大会堂では成田空港並のセキュリティ・チェックを受けた。天安門には40匹の警察犬が爆発物の摘発のために動員された。

　北京市民の苦労も大変である。雨が降るのを避けるために、前日大量の塩化物？を空中散布して、前日の内に雨を降らせてしまった。その結果最悪の空気汚染都市北京の空気もだいぶきれいになった。しかし、王府井などの街道の人々は早朝から総出で、モップで水を排出せねばならなかった。人文字を作るための10万人の若者たちは9月30日の午後3時から位置について演習をした。知人の息子の北大生も、前日から天安門に泊まり込みで、1日の夕方になっても帰ってこず、ご両親は大雨で濡れたのにどうしているんだろうと気遣っていた。

　95パーセントが新装備だという軍事パレード中心のあのパフォーマンスは、完全に外国を含めたテレビ用のもので、北京市民のものではなかった。むしろ、私にとっては前日胡同で、五星紅旗と灯篭を飾った各家の前に満足そうに座っていた年寄りたちの中に、50周年の喜びをみたように思った。頤和園でも町内会毎に、秧歌（やんこ＝民謡）や太極拳を演じる姿が印象に残った。中国は1日から7日まで休み、従来春節・メーデー・国慶節に各5日間の休暇があったが、7日間連続休暇は初めてだという。これが国家最大の贈り物だろうという。

　ちょうど、ガイドライン法案や国旗・国歌法案が通った後だったこともあって、緊張感がありました。瀋陽では9月18日の夜、留学生宿舎に反日デモがかけられた、とのこと。北京では、親しい先生から「日本が再び派兵をする可能

性がありますか?」と訊かれました。
＊　ソウルでは「日本海の呼称」に関する国際シンポジウムに参加しました。韓国のシンポジウムには日本語はほとんど出てこない。私も英語のペーパーを用意しました。「日本海」に関する韓国の主張は次のようなものです。

　かつて、「日本海」は「東海」「朝鮮海」などと呼ばれていた。日本の地図の中にも「朝鮮海」と書いたものがある。それが、19世紀後半、日本が朝鮮半島・中国などへの侵略を企図してから以後、この海を「日本海」と呼ぶことを強制するようになり、国際的にも、Sea of Japan という呼称を定着させた。今や、本来の「東海」という呼称に戻すべきである。

　こうした見地から、韓国政府は昨年早々に、国連の「地名に関する専門家会議」という機関に、日本海の呼称を改称するよう提訴しました。それは、国を挙げての運動といってよい、本格的なものです。
　招かれていた中国・ロシアの報告者はみな韓国の主張を支持。国連「地名に関する専門家会議」議長、アメリカ、南アフリカなどの報告者は話し合いを主張しました。
　シンポジウムで私は次のような見解を述べました。

　日本海という名前は、例えば新潟市の中学校の3分の1が校歌の歌詞に用いており、これらは戦後の平和を願った時代に作られたものである。地理的呼称というのは1つの文化でもある。だから、その国で何と呼ぶかはその国の住民に任せよう。ただし、国際的呼称は周囲の住民が心おきなく呼べる名前がよい。その意味で Sea of Japan という名前は代えたらよいと思う。しかし The East Sea というのでは、新潟の子供たちは西にある海なのに、「何で東の海なの」ということになって困る。お互い相手の立場を考えようではないか。新しい第3の名前、例えば平和と環境を目指すという意味で The Green Sea というような名前はどうか。かつ願わくば国家間で争うのではなく、周辺住民みんなで議論して合意を形成しようではないか。
＊　歴史というと「過去の問題」と思うかも知れませんが、この「日本海」の

呼称問題のように、今日でも様々な局面を規定する「過去に対する現在の認識」つまり現在の問題です。そして、対岸の人々は注意深く日本の対応を見守っています。国旗・国歌の問題などに関して、若い韓国人から「自分は、日本の民主主義を評価し、信頼をおいてきた。しかし、今年になってそれがなんと脆いものだったのか、思い知らされた」と言われました。

私は「自分は物ごころついた頃今の平和憲法ができ、憲法とともに育ち、年をとってきた。憲法の申し子のようなものだ。病気をしたこともあって、最近までこの憲法の下で死んでいくものと思っていた。しかし、今年になって初めて、私が憲法を見送ることになるだろうと思うようになった。50年しか持たないのかと思うが、あるいは50年もよくもった、というべきか？」と答えました。明治憲法の寿命が57年、今の憲法もあと5年で57年となる由。

最近、中国人も（天皇による）叙勲の対象になっていることを知りました。

＊　これは、「朝日新聞」の記事で知ったこと。

上海で開かれた日本語弁論大会で日本の外交官が来賓として挨拶した。「みなさんの中から将来の親日派、日本通が生まれてくれば……」と。途端に会場に大きなどよめきが走った。ざわつきは暫く止まなかった。それはそうでしょう。朝鮮半島はもちろん、中国でも「親日派」とは「売国奴」、「漢奸」の意味に使われていたのだから。人民共和国になってからも、例えば毛沢東「人民内部の矛盾を正しく処理する問題について」をみると「（抗日期には）日本帝国主義、民族裏切り者、親日派はみんな人民の敵であった」と明記しています。何と無神経な日本人、しかも外交官が！

新潟国際情報大学の石川真澄氏によれば、交流協定を結びに北京師範大学に行って話をした。「日の丸」問題の話をした時、みんながくすくす笑ったので、あとで通訳に訊いてみたら、「膏薬旗」と訳したからだという。戦前、中国の人々は日の丸をこう呼んでうさを晴らした。今も、日章旗といっても誰も知らないが、膏薬旗といえば分かるのだ。

＊　帰ってきたら間もなく、新潟大学が全国の国立大学に先駆けて、常時日の丸を掲揚すること、妨害があれば警察権力を導入すること、を表明したという、全国ニュースに接しました。中国・韓国に行く前でなくて、よかったと一瞬思

いました。久しぶりに卒業生から「新潟大学は一体何やってるんですか」という電話がかかってきました。私自身は「白地に赤く、日の丸染めて、ああうつしや」と大声で歌った最後の世代です。やがて、日の丸の色が血の色に見える人々がいることを知り、以後日の丸、君が代とは縁を切りました。高校時代にブギ調で君が代を歌って体育の先生に怒鳴りつけられたことがあるぐらいです。ここへ来て学長通知で命令されるとは思いもよりませんでした。

　決定は、学長と副学長2人と事務局長のたった4人でなされました。前代未聞のことです。私は同時に、4人も有力者がいてどうしてこんな拙劣で、見識のひとかけらもない決定がなされたのか、二重に衝撃を受けました。「4人で決めたのは事務的管理事項だから」という理由です。しかし、「大学の自治」はさておいても、思想信条に関わることを簡単に「事務的管理事項」と片付けてしまう感覚。韓国や中国の教員や留学生が200人以上おり、彼らにとって日の丸がもつ意味はカナダやスイスの国旗が持つ意味と全く違うことを、教育者だったらすぐにも気づくだろうと思いますが。

＊　毎回、8月15日には甲子園で黙祷がありますが、今年の甲子園では「今日は何の日？」「え？　終戦記念日？　ああ、ハーイ、ハイ」という会話が記憶に残っています。わが新大生諸君はどう考えているんでしょうか？　学長通知に賛成している学生は少ないようです。戦無派なのか、それとも、今は再び戦前なのか？

＊　新潟大学が国旗・国歌の先駆けになったのは、今盛んに言われている大学の独立法人化、リストラが関係していると思います。旧帝国大学及びそれに続く大学は大学院大学になっており、大学院を主体とする教育と研究の機関として位置づけられます。その他の大学は教育機関として位置づけられ、条件が悪化します。新潟大学は博士課程をもっており、これを拡充して前者の仲間入りをしたいというのが、切なる願いで、そのため文部省の覚えをめでたくしようということでしょう。大学も企業と同様になりつつあります。

＊　かくいう私もだいぶ大学に奉仕しました。6月には「開学50周年記念シンポジウム」のコーディネーターを務めたし、秋には8回シリーズのテレビ講座を担当しました。「裏日本で考える」というタイトルですが、県内を走り回るこ

とになって、これが大変時間を食いました。しかし、新潟放送のスタッフの努力でなかなかのものに仕上がったと思っています。私にとっては5年目の締めくくりでもありました。1月22日（土）から再放送が始まります。新潟県内のみなさんは、興味があったら見て感想をお寄せ下さい。

　嬉しいのは、視聴者からの反応で、以下のような記事（「新潟日報」）を見るとしんどかったが、やってよかった、と思います。

【新潟の20世紀十分学びたい】
　10月の下旬に、新潟大学テレビ（ＢＳＮ）公開講座「新潟の二十世紀『裏日本で考える』」の受講案内が届いた。
　毎日が日曜日になってからは、朝寝坊は主婦の特権とばかり、早起きが苦手になった。だから、毎土曜日、早朝6時のテレビ視聴は苦労に感じたが、文明の利器ビデオのタイマーセットで解決することにした。ところが、前日になって夫がビデオの調子が悪くタイマーが効かないという。
　さあー大変！　用心して前夜は特別に目覚ましをセットしたが、アラームがなる前に目が覚めた。11月6日（土曜日）、夜明け前の静かなひととき、無事にテレビの前で自学自習できた。
　テキストになる『裏日本―近代日本を問いなおす―』の本は、本紙記事で購入した。視力・読破力、共に弱った私は、一気に本が読めなくなった。第1回目のテレビのお話は、本からよりも、とてもわかりやすかった。お話と資料が同時進行で紹介され、歴史に残っている場面が放映されて、説得力が増す。
　講師の古厩先生の穏やかなお話と知的なスマイルは、視聴者の一人として親しみが伝わった。
　私は「過去の歴史を知ることは、未来を想定して、現状を改善することである」という書物で出合った言葉が好きだ。21世紀に小学校へ入学する孫に、おばあちゃんが生きた新潟の20世紀の足跡を、講座でしっかり学び、何かを伝えられたらうれしいと願っている。（無職・64歳）

＊　私は巻町の話に一番力が入ったのですが、戦後の高度成長期＝未曾有の人口大移動期の話を田中角栄と「木綿のハンカチーフ」と中島みゆきとで語ったことについての反応が一番多かったように思います。「古厩先生が中島みゆきとは知らなかった」といわれました。中島みゆきは毎日聴いていると胸やけがするし、あの顔は好きになれないので、「ミユキスト」の資格はないかも知れませんが、例えば「ホームにて」はなかなかすごい歌だと思います。「走り出せば、間に合うだろう……かざり荷物を振り捨てて、街に、街に挨拶を……振り向けばドアが閉まる」なんてくだり。男は「志をはたして、いつの日か帰らん」と歌って故郷を出られますが、女は一度故郷を出ると、夢やぶれても戻れない。今の若者にはもう分からないかも知れない。

ふと想い出したのは坂口安吾の「他国では誰しも生まれた土地で芸者や女郎に出たがらないものだ。ところが越後では土地の女でないと芸者や女郎のハバがきかない。親子代々芸者というのがザラであり誇りですらもあるのである」というくだり。実はしばらく前に、新潟生まれの方に「鍋茶屋」に招待されたことがありました。そしたら、ほんとに同級生が出てきて接待しましたから、安吾の言うとおりなんだな、と思いました。これは余談。

＊　「森の水車」も引き合いに出しました。手術の麻酔から覚めて、ラジオを聴いていた時、この歌の歌詞に「もしも、あなたが怠けたり、遊んでいたくなった時」、森の水車の歌声を聴きなさい、水車は「コトコトコットン、仕事に励みましょ」と言っている、というくだりがあったことに気づきました。この歌は戦前に作られて、最初高峰秀子が歌ったが、バタ臭くて敵性があるというので、発禁になった。私が聴いたのは、戦後のど自慢で優勝した荒井恵子が歌っていたものです。「美しき水車小屋の娘」のあの水車の音を「仕事に励みなさい」と聞かせる感覚に異常を感じたのです。それ以上に、そんな歌詞をおかしいとも感ぜずに聴いていた自分は何だったんだろうと思ったのです。

もっとひどいのは、武田鉄矢「母に捧げるバラード」。「働いて、働いて、働きぬいて、遊びたいとか、休みたいとか、そんなことおまえいっぺんでも思ってみろ。そん時きゃ、そん時やテツヤ死ね。それが、それが人間ぞ。」非人間の極地。私の世代はそんな歌詞にのってせっせと働いた世代です。昨年、11月頃

の数字だったと思いますが、自殺者の数が 31,755 人に達した、50 代の自殺者は前年の 1.5 倍に達したと報道されました。五木寛之ならずとも、これはすごい数字です。大企業も含めてリストラの嵐が吹きすさび、隅田川のほとりのホームレスにくびになった 50 代の男が増えているそうですが、学生運動以来、我らの世代はいつも世相を象徴してきたように思います。

　日本人の得意とする「勤勉」とは何だろうか、ということもテレビ講座のなかで問いかけたつもりです。ホイジンガーがオランダの歴史家ということを認識したのは、甥がオランダ人と結婚した後のことですが、ホモ・サピエンス（知恵のある人）、ホモ・ファベル（作る人）からホモ・ルーデンス（遊ぶ人）へということかと思いますが、私には「勤勉」を捨てきれないようです。

＊　大学の教師をやって 27 年になります。城谷さんという北海道の友人の示唆もあって、この数年は「次世代への受け渡し」を心がけてやってきました。しかし、この 1 年は、学生諸君とどこかで交わり、あるいは興味のあり方、価値観を含め、接点があるのかどうか、立ち往生することの多い 1 年でした。こういうことは、27 年間あまりありませんでした。一番の共通項は「学問」ですから、一生懸命授業をやるのですが、講義形式のものは大抵空しさが残ります。恩師の古島敏雄先生が「1 人でも、2 人でも聴いてくれたらそれでいい」といわれたのを別の意味で噛みしめることが多い。ノートだけでしゃべっていた以前と比べると、レジュメを作り、ＯＨＰやビデオを使い、はるかにサービスは向上しているのですが、勉強しに来ているのでなければ、あまり意味ある改善ではありません。変化は女子学生の方に大きいと思います。

　で、結局、大学の外で話をするとちゃんと吸収してくれて、気持ちよく話ができるので、逆に学生に失望してしまうのだが、問題は、ジェームズディーンならいいが、デカプリオだとなぜかお子さまランチを思い浮かべてしまう私の方にあるのかも知れません。

　先日、よく休む女子学生をつかまえて、訊いてみたら、今、授業に出ても何も頭に入らない状況にあることを涙ながらに述べました。そうか、みんな一生懸命生きているんだと思ったが、教師というのは、授業の時間だけで接しているから、残りの 20 余時間に何があったのかを知る由もありません。自分にも経

験がありますから、30分ほどだべり、「こもっていないで出てきて、天井でもみていなさい」と言いました。10年後の彼女の脳裏に残る私は、授業のそれではなくて、この30分でしょう。いまどきの大学教師というのはそんなもんです。学生生活の中に占める「学問」の比重は確実に小さくなっています。しかし、考えてみると自分の大学時代も同様でした。

　3年生に来年の卒論で何をやりたいか、訊いてみました。今年の3年生は6人もいるのですが、映画でやりたい、服飾をやりたい、食文化で書いてみたい etc。自分の好みに引きつけて、大変面白いと思うが、大変難しい。私の役目は何かな？と思いつつ、みています。

＊　喪中の葉書が例年になく多い年でした。12月初め、上原淳道先生の訃報を奥様よりいただきました。78歳、9月28日付けの「読書雑記」を頂いたばかりだったので驚きました。上原さん（と呼ばせてもらっていました）は、私が大学に入って最初に中国近現代史（スメドレー『偉大なる道』）の講義を聴いて影響を受けた、中国古代史の先生。本郷に進んでからは、生協の理事仲間。先生はヒラだったが、私は全国常任理事で「古厩さん、エラくなったね」と冷やかされました。東洋史の先輩でもあり、「史学会」問題で批判を続けていました。その影響を受けて私も史学会には入らずじまいでした。「史学会に入らないと、東大東洋史の先生にはなれない」と言われました。「雑記」に東大東洋史に関して「権威主義・権力主義むき出しの某教授（当時）に結びついて、博士になったり、著者になったり、助教授になったりしているのが元造反（正しくは、ニセ造反、投機造反）の連中である」とも書いています。1人の人間としての生き方に非常に厳しい人で、定年に際しての挨拶で「あと10年経つと、私に対する叙勲の議が起こり……、そのような場合には"この人は叙勲を受けないはずだから、書類は書きません"と言って下さい」と述べています。上原さんは名誉教授の称号も辞退しました。上原さんは「雑記」読者、投稿者に対して10周年と20周年に表彰をしたことがあります。叙勲を辞退したが、名誉教授は辞退しなかった江口氏に対しては、"準"殊勲賞を贈っています。因みに私は敢闘賞を受賞したことがあります。最も嬉しい表彰の1つです。

「読書雑記」というのは私家版ニューズレターで、1963年に中国学術代表団が来日した時に、「活躍」した貝塚茂樹氏らを批判したのが発刊のきっかけでした。貝塚氏に限らず、中国に対する態度の無節操な人に対しても厳しく批判していました。「日中両国の国交が正常化すると、もうそれで侵略の責任はすんでしまったように思い、学問研究とか国際交流とかの名目を掲げただけでエラクなったような気になり」「"百聞は一見にしかず"という低俗な常識以外には思想も哲学ももたず」「チョロチョロ、ゾロゾロと中国にでかける連中には、自分自身の姿も自分の足もとも見えなくなっている」と書いており、上原さん自身中国に行きませんでした。私が初めて中国に行って『近きに在りて』3号に訪問記を書いた際、このくだりを引いて「100％同調はできないが、耳を傾ける」と書いたら、引用の順番が違っている、との「批判」が「雑記」に載りました。私の拙い文章にも目を通してくれました。『裏日本』なども読んで下さり、「雑記」に「"裏"の存在を忘却しているのはわれわれ（上原さんは神奈川県住まい）の怠惰、傲慢と言うべきか。「歴史学研究」610号の"表アジア"の"裏日本"」とあわせて読むべきものであろう」と書いてくれました。「読書雑記」は購読したくてもできず、上原さんが読ませたいと思う人にだけ送っていました。上原さんを想い出して身を正したことも少なからずありました。ご冥福を……。
＊　この5年間、新聞の死亡欄の死因をよく見るようになりました。癌患者の中で「この人、よく生きてるな」と思う人がいます。池田貴族もその1人でしたが、3年の闘病の末、年末に亡くなりました。36歳。私は癌とつき合おうと考えてきましたが、彼は癌と闘いました。彼の場合はステージⅣもいいとこですから、5カ年計画どころではない。「大生前葬」ライブを開き、アルバム「天国なんか」を出し、ああするのがよく理解できました。

＊　母親は昨年2月入院以来、「いつどうなってもおかしくない」と言われつつ、越年しました。最初の半年は、できるだけ毎日行くようにしていましたが、8月からは私とかみさんのどちらかが看に行くようにしています。もう、ずっと大静脈から栄養摂取をしており、行ってはほんのひとくち好物だったメロンや鰻を口に入れてやって、かすを出させながら、「どうぞ、おこたつにあたって」、

「はい、ありがとう」といったちんぷんかんぷんの会話をしてくるだけ。時々正気の時「いつまでこうして迷惑をかけるのかしら」というので「楽しかったことを想い出したら」というと「みんな忘れちゃった」。「孝行息子や嫁にメロン食べさせて貰って、幸せだと思わなかったら罰が当たるよ」というと、にっこり笑いました。いずれにせよ、充分親孝行をした感じです。忙しく走り回っている時には「何で」と思いますが、人間らしさを失わないためには良いのかも知れません。

＊　昨年は結局スキーをせずに終わりました。全然やらなかったシーズンは、30代にスキーを始めてから2回目。一度は中国に留学していた13年前。アメリカに渡ってから、何とか1回でもと、ヨセミテの裏のマンモススキー場へレンタカーを借りて出かけたのですが、もう地肌が出ていました。昨シーズンはそんな努力もしませんでした。これではいけない、今年は珍しく早くから雪が積もり、近くのスキー場も滑走可能になっています。まず、この「通信」がみなさんに届く頃、1月2日に出かけようと子供たちと電話で話しています。

　それではまた夏に。

Ｆゼミ通信 No.23

2000.08.22

私にとって中国映画は、中国を知る、中国の社会状況を照らし出してくれる絶好の史料でありました。

シンポジウム「東北アジア歴史像の共有を求めて」であいさつ。最晩年の３年間はこのテーマに情熱を注いだ。〔2000.7.29～30〕

　残暑お見舞い申し上げます。
　少なからぬ人から「お盆過ぎてもゼミ通信がこないが、お変わりありませんか？」という問い合わせを受けました。お変わりはないのですが、ゼミ通信を書く余裕のないまま、今日に至りました。23日から中国にでかけますので、短くても出さなくてはとパソコンの前に坐っています。余裕のない原因の第１は、７月29・30日と国際シンポジウム「東北アジア歴史像の共有を求めて」を主催したこと、今年からセメスター制なるものが採用されて、前期が４－７月末（試験が８月第１週）、後期が10－２月と明確に区分されたことです。こうなるとお盆が来るまで夏休みという気がしません。
＊　今年のＦゼミは修士の２名及び４名の短期（１年間）留学生を含めると18名、博士課程の３人の留学生を加えると21名とかつてなく大所帯です。よく遊びました。２月にはスキーに行きました。古色蒼然とした胎内の研修所を久しぶ

りに使いました。芳井ゼミなどはけっこうスキーの達人が多いのですが、なぜかFゼミは上村君が抜群の技量をもっているぐらい。留学生を含めて初心者が多く、一度でもてっぺんまでリフトに乗せようとかなり頑張りました。スキーで疲れて宿に帰りましたが、院生の渡辺さんを中心にみんなで協力して夕食を作りました。酒が足りなかった。

　4月の花見に続いて、5月初めのゼミコンは巻町福井の大庄屋佐藤家を借りて1泊、きっかけは昨年テレビ講座をやった際、写真をお借りした写真家斎藤文夫さんがNPOを組織して、民家として催し物に利用しながら保存しようと熱心に取り組んでいることを知り、応援を兼ねてここを借りることにしたもの。佐藤家は江戸時代の建物で、勝手だけは手を入れてありますが、あとはトイレなども昔のまま、今Fゼミは8割が女子学生ですが彼女たちがどう言うか気がかりでしたが、「案ずるより産むが易し」でけっこういろりなど気に入っていました。とくに、留学生にとっては江戸の民家はよい記念になったようです。この時は管・渡辺・小柳さんらで10種類近い料理が次々と手際よく作り上げられました。手伝いに来てくれた斎藤夫妻も、「みんな礼儀正しく、よく動く、若者を見直した」と言ってくれました。ゼミコンの狙いもそこにあるのですが、嬉しい評価でした。斎藤さんは蛍の繁殖にも意欲を燃やしており、ちょうどひと雨あったこともあって、幼虫が光りながら川から上がるのを観察することができ、幻想的世界を味わうことができました。

　6月は井村ゼミと共同で恒例の浜コン。大学付近が立入禁止になったので、西スポーツセンター裏で。この時は3年生が活躍しました。昨年までは私が陣頭指揮して（そうしないとなかなか進まないので）、「先生好きですね」などと学生に言われて憮然としていたのですが、マニュアルをしっかり作って、指揮系統をきちんとしておけば、私などが手を出さない方がスムーズにいくものだと思いました。

　7月は集中講義の歩平先生（黒龍江省社会科学院副院長）、李埼錫先生夫妻（ソウル大学教授）、それに人文学部が交流協定を結んだウラジオストク極東総合大学のハマトワ東洋学院長らを迎えて、それぞれの国の酒を買い込んで歓迎コンパを催し、管さんが大活躍。ゲストも大変喜んでくれました。

8月は帰国する鮑さん、郭さん、北京大学留学の柴田君の卓球大会と歓送会、日中対抗戦は11：8で中国の勝ち。私？私は4戦全勝でした。まだ、若いね。この日のシェフは王さん。熊木さんたちが手伝って、ビア樽を据え付けて乾杯。ざっとこんな調子。少々くたびれました。

＊　同僚からなぜ、そんなに張り切るんですか？と訊かれました。自分でも不思議に思うこともありますが、理屈をつければ以下の通り。

　先日の教授会で「新潟大学でも授業崩壊が起こりつつある」という話が出ました。新入生の中には、90分の授業中じっと坐っていられなくて、教室内をのそのそ歩き回る学生が出てきたといった具合。このところ学生が表面一緒に群れていても実際には孤立している。一緒にいても「疑似個室化」しているような事態によく出くわしました。学生間のクチコミ能力が衰えて、誰かに言っておけば伝わるという状況がなくなったこと、卒業間際になって単位が足りないことが判明するような例が増えていることなど。また、寮に入っていつも2人でないしは大勢で議論していた我らの時代からすれば、対人関係が「間接化」されていること。あの電車の中で「なにしてる？」とやっている携帯電話でのコミュニケーションは「孤独」と「間接化」の典型的表現かも知れません。彼氏、または彼女という形の二者関係がどうなのかは分からんのですが。ウォークマンの出現以来『J-POP進化論』（佐藤良明）流に言えば我らの時代の「ヨコノリ」から「タテノリ」の時代に入ったということでしょうか？　「疑似個室化」状態を打ち破る機会をできるだけ多くもつこと、がコンパの狙いです。

　かつて浜コンで私がせっせと鍋汁をよそっていると、何人かの3年生がさっさと持っていって食べ始めた。やがて「先生、私のところにお餅入っていません」「先生、お代わり」と言う。「きみ、田口先生にあげたか？」「田口先生、お椀ありますか？　ああ、まだいってないそうです」「みんなに、まず、1杯ずつ廻すべきじゃない？」「だって、分からないもん」。人と人の関係を作っていくのが意外と不得手なばかりでなく、自分以外のことを考える習性のない（1人っ子が増え、受験のため勉強以外のことは親がやってくれれば、当然そうなるのでしょうが）彼らを見て、大学でやるべきことは高邁な授業よりもコミュニケーション・共同作業の場を作ることではないかと思うに到った次第。そういう

話をしたら「先生も気の毒ですね」と言われましたが、あまり「気の毒」だとは思いません。大学がそういう状況になっているのが現実である以上、それに対応していかねばならないでしょう。

＊　卒業論文の必修もいつまで続くのかな、と思います。今年の4年生の卒論テーマは映画あり、音楽ありでだいぶ様変わりしています。テーマについては本人が強い希望を持っている場合にはそのままやらせています。卒論構想発表会では「就職が決まっていても、だめなものは落とす」というコメントも出されました。

　「馬を水辺に連れていくことはできるが、水を飲ませることはできない」というところでしょうか？

＊　ただし、やり方によっては、彼らもなかなかやるなと思うことがあります。いま、教養第2種という3・4年生向けの授業で「裏日本と環日本海」という180人ほどの授業をやっています。地域づくりの話の中で、新潟大学と周辺商店街の関係に話が及びました。新潟大学がこの地域に移ってから間もなく30年になろうというのに、大学と街のコミュニケーションはそれほど十分ではありません。学生も不満をいうものの、積極的に自分たちの街にしようとはしないし、商店街も高齢化に悩んでいるものの、この1万数千人の大学関係者を町づくりに取り込もうとはしていません。それで、学生に周辺商店街に対する要望を書かせました。なかなかの面白い意見が出されました。そこで、そのアンケートをコピーして内野商店会に持っていきました。責任者の1人がかの酒屋「やしち」の店主だったこともあって、学生の意見に大変感心し、対話集会を開くことになりました。

　「鶴の友」のおやじさんが、感心して3,500円の「諸白」10本を寄付してくれたので、優秀作に賞品として授与。若者が行ってみたくなるような場所が欲しい。例えば銭湯「旭湯」の改装についての要望、内野駅に内野の野菜を使ったジューススタンドを、15日の市にフリーマーケットを、内野タウンマップを、ホームページを作るなら協力する、一緒にFM内野をやれないかなどなどです。コンビニや大型CD店スーパーを望む声もあれば、「買う」は「交う」でもあり、人と人の繋がりを大事にとの反論もあり、賛否両論というところ。この授業の

成績はレポートにしましたが、インターネットで資料を収集したものが多く、10枚を超える力作がけっこうあり、私にも大変勉強になりました。彼らに探究する力がなくなったのではなく、その力を引き出すのが難しくなったのだ、ということでしょうか。

＊　もう半年前になりますが、今年の1月16日にBSN新潟放送局で昨年末実施したテレビ講座『裏日本で考える』の「受講者の会」が開かれました。大学当局はスクリーニングに消極的だったのですが、私は率直な意見を訊くことができるまたとない機会だと思い、BSNと相談して開催したものです。受講者との初対面。驚いたのは、遠方からの人を含め、参会した200余名のうち150余名が男性、その少なからぬ人が60代、多分定年前後だったこと。公務員・中小企業で働いていた人の外、講座の中で批判した東北電力やJRに務めていた人もいました。彼ら自身、同年輩が多く参加していることに「大変驚いた」と感想を述べています。（確かに、少し前までこの種の集まりに参加するのは年輩の女性で、感度も一番良かった。）その吸い付くような目は、高度成長を支えてきた層が定年を迎えて、20世紀後半を振り返り、自分の生きてきた道・生き方は何だったのかを振り返ろうとしている目だと思いました。多分、これをきっかけに「自分史」を書く人が出てくると思いました。テレビ講座の感想文、これほど共鳴・共感を得たこと、勇気づけられたことはかつてありません。こうしたエネルギーの中で話をすると、やはり大学で焦点の定まらぬ目を前にして話すのとは違うな、と思ってしまいます。

＊　「受講者の会」にはFゼミ卒業生も何名か参加してくれました。日本近代史専攻でFゼミではなかったが、昨年私の「裏日本と環日本海」の授業を覗いてくれたりしていた橋爪法一さんも参加してくれました。私が新潟大学で知り合った最初の学生、1950年生まれといいますから、41年生まれの私とは9歳しか違わず、同世代といった方がよい。いま、吉川町で共産党の町会議員をやっています。その彼から数日前自著『幸せめっけた　忘れられない故郷の記憶』（恒文社）が郵送されてきました。彼が育った中頸城郡吉川町大字尾神字蛍場の1950～60年代の自然と人の交わり、人と人の交わりを書いたものです。「夕焼け小焼け」や「春の小川」などにある「ふるさと」へのパトリオティズムとも

いうべきものが綴られています。春がどこに来るのかは人によって違うでしょう。私の春はいつも雪が解けて黒土から湯気が立ち昇り、福寿草のつぼみがほころびる裏の畑にありました。彼の育った時代は「いつも空腹感を抱いて」いた時代、「遊び道具をほとんど手作りし」た時代、「家族みんなで協力し合って農作業をしていた」時代の最後の部分でしょう。私も読んで同時代を感じ、たまらなく懐かしく感じました。そんな中で、ひたすら「幸せ」を求め続ける姿のなかに幸せがめっけられる、というのがタイトルの主旨です。彼はこの本を書いている時に起こったバスジャック事件など、一連の「体だけ成長してしまった」17歳の少年犯罪に触れています（今年前半に殺人容疑で捕らえられた少年は53人に及ぶとのこと）。彼は蛍場という地域のなかにその処方箋を見出しています。そういえば、いま「ぼくのなつやすみ」という魚採りや虫取りをする他愛ないゲームソフトが、30万部の爆発的売れ行きを見せているが、その購入者は大人が多いとのこと。

「あとがき」で彼は、私のテレビ講座の中の言葉に「心をつよく動かされ」、「オレがまとめたいと思っているものも役に立つかもしれない」と思い、「にわかに元気がでてきました」と書いています。私にとって教師冥利に尽きることばです。

＊　そういえば「しあわせ」という言葉を久しく忘れていたように思います。私も孫を持つ身になりました。東京にいるその孫がしゃべるようになって頻繁に電話をかけてきます。関係からすると私は「おじいちゃん」ですが、まだ生理的にこの呼称を受け入れられない私は、彼が電話をかけてきた時に、彼の好きなＣＭを真似て「もしもし、タムラです」と答えました。彼はすっかり気に入って、それ以後私は「タムラさん」になりました。母親である娘が小さな「タムラさん」の人形を私の携帯につけてくれました。ある時、その孫が電話をかけてきていきなり言いました。「タムラさん、しあわせ？」。一瞬、どきりとして、ひと呼吸の後、「うん、しあわせだよ」と答えました。坂田修の「しあわせ」という歌を聴いてのことのようですが、さて、あの一瞬の「間」は何だったのだろう？と思いました。

＊　6月に10日ほど、コペンハーゲン・ブダペスト・ウィーンに行ってきまし

た。目的はブダペストで開かれた中国人の移住に関するシンポジウムに参加することでしたが、ウィーンではなぜかイエメンをやったFゼミの卒業生小林朋子さん、それに高校の同級生の娘さんと一緒にウィーンのザッハー家とドーメル家のザッハトルテを食べ比べたり遊んでも来ました。もっとも、ウィーンに行ったのは中世の街、ブルジョアジーの街、労働者の街とドーナツ状に作られた街の景観を見るため（上海や東京との比較が面白く、授業でしゃべったことがあるが、「見てきたようなうそ」でないことを確かめたかった）という立派な理由をつけています。でも、こうした町並みへの配慮はウィーンに限らずすごいものでした。例えば、ブダペストでは街の中心部は、第2次大戦初め何回も焼け落ちたにも拘わらず、15世紀頃の装いを維持して立て直されています。住む人には不便がありますが、街全体を文化と考えています。ブダペストという街は一見の価値がある素敵な街でした。そこへ行くと東京に限らず、新潟も効率優先、堀も埋め立て、柳も切り倒して便利な道路が造られています。そうしておいて「柳トピア」なんて言ってます。これまで30年代がそのまま残されていた上海はどうなるのでしょう？

　オーストリアではハイダー発言があり、自由党の政権参加を巡って揺れていました。ちょうど石原慎太郎の「第三国人」発言があり、他人事ではない気持ちでした。ウィーンに限らずヨーロッパの混住化の進行は、実際目で見ると「聞きしにまさる」もので、中東・アジア・アフリカ・中南米からの移住者が満ち溢れています。コペンハーゲンの支庁前広場に行ってみたら、中南米からの移住者が広場で露店を開き、周辺の商店街は中国人が多く、ビルの屋上には「SONY」「FUJITSU」といったネオンの看板、それぞれの進出の仕方を象徴しているようです。日本はまだ壁を高くしてこういう状況になるのを防いでいますが、ヨーロッパのような混住状況になったら、多文化主義を否定する石原慎太郎的人物は何と言うのだろうか？　恐ろしくなりました。

　今回の中国人移住者に関するシンポジウムも、ヨーロッパでも最も旺盛に活躍する中国人に焦点を当てたものでした。一、二の例を挙げると、ブダペストにある「四虎市場」、2キロほども延々とコンテナが並んでいます。1つ1つのコンテナを中国人が借りて、衣料品を中心として商売をしています。壮観です。

国境の低くなったヨーロッパですから、安くて、品質もまずまずの中国商品を求めて、ウィーンから買い出しのバスがやってきます。ヨーロッパ人の商店にとってはこれは脅威です。コペンハーゲンはトランジットの為でしたが、往復で2泊しました。街の中心部に上海飯店がありました。有名なチボリ公園はテーマパークだったからでしょうが、舞台でやっているのは中国の雑技、公園には「牀前看月光」といった詩の看板が掲げられ、兵馬俑が飾られ、という具合で中国一色でした。
　ブダペストではブダ・センターホテルという所に泊まりましたが、なんとそこに入っている食堂も「上海飯店」。訊いてみても特に上海と関係があるわけでもありません。「上海」というのは地名ではなく、「中華」を示す代名詞のようです。そういえば、最近大学の近くにも「上海餃子房」という店ができました。何で、北方の餃子が何で上海と結びつくのだろう、と入って訊いてみたら、実は上海とは無関係とのこと。上海というのはブランドなんだと改めて思いました。私はいま日本上海史研究会の代表なるものを務めています。
＊　で、中国についても書かねば。忙しさに追われてゆとりのない生活が続いていますが、その中で無理矢理「忙中閑あり」にして出かけていったのが、毎年2月に行われる新潟国際映画祭でした。私が観たのは大陸の「愛情麻辣湯」、台湾映画「海上花」、香港映画「玻璃之城」の3本。ラブロマンスの「玻璃之城」はまずまず久しぶりにロマンチックな気分に浸ることができました。多分中学時代に観た、私にとっては何本目かの「総天然色」で、シネマスコープのスクリーンいっぱいに映し出されて圧倒された、ウィリアムホールデンとジェニファージョーンズの「慕情」と重なり合うものがあったからでしょう。あの時は香港に遊びに来た白人が主人公だったが今回は香港人が主人公で、97年という香港の中国回帰に対する香港人のアンヴィヴァレントな心情が影を落としており……。「海上花」は1880年代上海の舞台装置と紳士たちの生態を若干垣間みることができたので上海研究をやってる私にはそれなりの意味がありましたが、映画としては折角のトニー・レオンも活かされず全く期待はずれ。
　考えさせられたのは北京を舞台にした「愛情麻辣湯」(Spicy love soup)、5組ほどの老若男女の愛と破綻、結婚と破綻をオムニバスにして軽いタッチで描い

たもの。少年の音の世界を通して描いた初恋と失恋、若い男女の出会いと幻想的な別れ、もろく傷つきやすい愛を描いた最終篇はまずまず。

さらに定年を迎えた老婦人がパートナーを探す話も、大躍進と文化大革命に青春を投じた、したがって恋を箱詰めにしたまま年齢を重ねざるを得なかったその背景を知る者にとっては、ある種の共感を持ち得る話でした。昨年秋北京に滞在した際、夜テレビをつけて驚いたことが3つほどあります。1つは株式市況を四六時中やっている専用チャンネルがあったこと（これはもう日本を超えている。バブルが崩壊したら庶民はどうなるのだろう。）、1つは北京各区毎の大気汚染状況などを頻繁に報道して環境浄化キャンペーンをやっていたこと（実際に北京の大気汚染はひどい）、そしてもう1つが結婚相談チャンネルで、結婚相手募集者の条件などを常時流していたこと、その条件というのが年齢が何歳まで、学歴がどうで、収入がどのくらいで、容貌がどうで身長が何センチ以上など、極めて具体的だったことです。募集者の中にはかなりの高齢者も含まれており、その時に「四好」青年であったろう彼らにも恋のできる季節が来たのだ、と思ったのでした。

しかし、倦怠期の中年夫婦を描いた第3話と第4話は今の中国を象徴しているように思えました。第3話は危機を迎えた夫婦がよりを戻すきっかけとなったのが共にレーシングカーなどのおもちゃに打ち興じること、第4話は「子は鎹（かすがい）」という万国共通のパターンかと思ったらそうでもなく、結局この夫婦を結びつけていたのは何だったんだろうと思ってしまったことです。中国は少なくともこの20世紀において常に何か共通の目標・理想をもつ社会であり続けました。ある時は革命であり、ある時は国家統一であり、ある時は抗日であり、社会主義でありましたが、恋もそうした社会の中に存在していました。改革開放の社会というのは、20世紀で初めてそうした目標・理想が失せて「向銭看」になった時代といってよいでしょう。「愛情麻辣湯」はそうした時代の「愛情」の諸相を描いた映画で、そこでは「社会」は意識的に排除されていました。私が大学に入学して真っ先にあらためて「発見」したことは「人間は社会的存在である」ということ、それを明確に認識せずに『チボー家の人々』などを読んでいた自分はなんと未熟だったことか、と思いました。中国についてい

えば、1970年代に「今天」という雑誌が出ていました。雑誌の誌名の意は、文革の真暗い過去を呪い、かといって未来は未だ見えない、今日と懸命に立ち向かうしかない、といったことかと思いますが、当時は社会批判の書は公刊のしようがなかったから、ガリ版の地下出版しかできなかったのですが、我らの世代はそこに中国の理想を見出していました。そうした世代にとっては「この映画は一体何を言ってるのだろう」と考えてしまうのです。

私にとって中国映画は、中国を知る、中国の社会状況を照らし出してくれる絶好の史料でありました。その意味では、1980年（名優趙丹逝去の年）代、特にその後半は中国映画の黄金時代だったと思います。私もせっせと今はなき池袋の文芸座に通って3本立てを観ました。84年の「黄色い大地」、85年の「大閲兵」、「胡洞模様」、86年「簫簫」、87年の「古井戸」、「芙蓉鎮」、「子供たちの王様」、「紅高梁」など……、87年がピークだった。88年の張芸謀「ハイジャック」はその後の変容を予知させる妙な映画だったが、90年代に入っても「青い凧」（その女主人公呂麗萍が「愛情麻辣湯」にも冴えない役柄で出ていてがっかり）など80年代映画の余韻は残り、93年の「覇王別姫」がそのフィナーレであった、というのが私の勝手な中国映画論。

しばらくして、新潟の市民映画上映機関のシネ・ウィンドの橋本さんから「榕樹の丘へ」（原題「安居」）などを上映する中国映画祭をやりたいので、中国映画の好きな人から話を聞きたいという電話があり、中国人留学生を含め6人ほどの学生たちと「どんな映画をもってきたいか」を話したことがあります。その時、中国映画を観る視線が若者と我らの世代ではかなり違うということを再認識しました。私が挙げるような重たい、正座をして観るような映画より、軽いタッチで日常生活の細やかなひだや、その中の非条理（こんな言葉はもはや死語か）を描いたものが好まれるようです。そして、90年代の中国映画もそのような流れの中にある、「愛情麻辣湯」もその1つなのだ、ということが分かりました。

手術をしてからのここ5年間、私は中国の「ポスト・レヴォリューション」の社会状況を捉えられていなかったようです。実は、私の予測が狂ったことがあります。それは、「ポスト天安門」、「ポスト六四」です。あの時久保亨さんが

音頭をとってくれて『中国－民主と自由の軌跡』（青木書店）という本を出しました。しかし、80年代に鬱積して6月4日に一気に爆発したあの民主化のエネルギーは、90年代に入ると予測に反してスーっと吸収されていってしまったように見えます。昨年、BSで天安門事件で海外に逃れた人々のその後を追った番組がありましたが、旗を掲げ続けようとした人々の多くが違った道を歩むようになっていたことが印象的でした。60年安保を経験した者にとって、改革開放はアナロジーとしての高度成長であり、庶民が「向銭者」の道を歩むであろうと予測することはそれほど困難ではありませんでしたが、中国の知識人の動向は不気味に静まり返っていて不思議でした。

　でも、私は例えば劉再復・李沢厚『告別革命』などにもっと注目すべきであったようです。彼らは自分たちを抑圧する「革命」だけでなく、一切の革命に告別を宣言していました。ちょうど、1989年はフランス革命200周年でしたが、200年たってフランス革命の相対化が急速に進んだことが印象に残っています。近代社会を招来した「栄光の革命」は、その凄まじいテロや却って女性の権利が後退させられたことなどを告発し、革命的変化そのものがもたらす後遺症の大きさを糾弾されました。そうした世界的風潮の影響があるかないか分かりませんが、中国においても20世紀に入ってずっと続き、至上の価値を与えられてきた「革命」が初めて疑われた、それが「ポスト天安門」だったようです。

　3月に復旦大学の厳鋒先生の90年代文学についての話を聞く機会がありました。文学の世界での「革命離脱」の風潮は歴史の世界では考えられないほど強烈だったようです。毛沢東に抑え続けられた知識人にとって1980年代は黄金時代だった、90年代にはいると彼らの啓蒙主義・理想主義は、今度は享楽を好む老百姓の大衆文化・商業主義によって葬り去られてしまった、と言います。その中で上海の蕭功秦は「新保守主義」という概念を提起し、否定的に用いられていた「保守」という概念を肯定的な概念に転換しました。かつての「革命」は消え去り、本土主義、伝統尊重の雰囲気が全体を覆い始め、「激進主義」が攻撃され始めます。香港で発刊された『二十一世紀』に林崗「中国における急進主義」、余英時「中国における急進と保守再論」など。五四運動70周年だった1989年の弾圧を境に五四や新文化運動の理念は否定され、少なくとも極端に相

対化されつつあるようです。

　1993年には陳忠実の『白鹿原』という小説が話題を呼びました。そこでは、かつての伝統文化の中の仁義礼などの徳目が称揚され、地主の行動が肯定的に描かれます。魯迅が懸命に否定した「封建的なもの」が賛美されたのです。保守主義の「2張」の1人張偉は「保守主義の不足」を唱え、ラディカリズムを批判するだけでなく、歴史的に変わるものを否定し、時空を超えて変わらぬものこそ真なるものであるとし、静態的な農村文化を高く評価しました。かつて紅衛兵の名付け親などとして名を馳せたイスラム教徒のラディカリスト張承志、つまりもう1人の張はジェフリーヤ教のなかに真なるものを見、現代文明批判を行うに至りました。修士論文で水田さんがあつかった賈平凹もその1人でしょう。むきだしの暴力や性が描かれるのも1つの特徴です。

　もう1つの潮流は古い言葉でいえば小市民主義です。昨年卒論で扱われた池莉という作家などは、赤ん坊のおむつの当て方やミルクの与え方を淡々と描いていおり、かつて日本で言われた「天下国家か身辺雑事か」がもっと極端な揺れ幅をもって進んでいったのが1990年代だったのか、と思いました。

　私は、手術から5年間、チャイナウォッチングをしていたつもりでしたが、これほどの変容は見えませんでした。「革命史」の急速な衰退と伝統的なるものへの注目、社会史の盛行など歴史学へもそれは反映していましたが、それは文学などに比べるとゆるやかだったようです。やはり、映画も見続けなくては。

＊　確かに、20世紀は革命や戦争、そして病や飢餓によってあまりにも多くの人命が失われました。昨今、そうした人命喪失は減少したかに見えますが、逆に最近の様々な事件（理由なき殺人？や自殺）をみているとあまりにも簡単に命が失われ、命の尊さが見失われてきている、これも恐ろしいことだと思います。

＊　もはや時間切れとなりました。今期最も力を注いだ国際シンポジウムのことを書きたいのですが、付録にシンポジウムのチラシをつけておきます。

＊　もう1つ、5月9日私の母が亡くなりました。新潟に来て2年弱。94歳。次号で少しく書きたいと思っています。残暑厳しき折、ご自愛下さい。

国際シンポジウム 東北アジア歴史像の共有を求めて

主催：同シンポジウム実行委員会・新潟国際情報大学

日時・会場／**7月29日(土)**13:00～ 新潟会館3Fホール （参加費無料）
JR新潟駅よりバス「昭和大橋・古町・入船町」行きで「南高校前」下車、駐車場あり

30日(日)10:00～ 新潟国際情報大学 （ 同 ）
JR越後線「越後赤塚」駅下車、徒歩10分、駐車場あり

東北アジアの社会・文化は極めて多様で、相互理解には大きな努力を要します。この地域には、過去においては周辺諸国が平和な交流を積み重ねた歴史がありますが、残念ながらここ100年あまりは敵対・断絶した関係となり、互いの歴史認識にずれが生じて、それが今日まで続いています。
このずれをなくすためには、まずこの地域に暮らす人々が個々の歴史的事象をどのように認識しているのかを、正確に知りあうことが大切です。その第一歩として、このシンポジウムを企画しました。どなたでも、ご自由にご参加ください。また、招待報告者らとの交流を深めるため、レセプションにもどうぞご参加ください。

第1日（7月29日） 総合司会：市岡政夫（新潟国際情報大学教授）
　　開会挨拶　古厩忠夫（実行委員会会長、新潟大学教授）
　　　　　　　武藤輝一（新潟国際情報大学学長）

　　第1報告：V.V.コジェヴニコフ（極東総合大学東洋学院助教授）
　　　　　「口日関係の光と影 ―日口戦争から第二次世界大戦まで―」
　　コメント：小澤治子（新潟国際情報大学教授）

　　第2報告：李 琦 錫（ソウル大学校教授、東海学会副会長）
　　　　　「韓国における東海*の呼称に関する議論」（仮題）*日本語では「日本海」
　　コメント：吉田 進（(財)環日本海経済研究所(ERINA)所長）

　　第3報告：歩 平（黒龍江省社会科学院副院長）
　　　　　「日本軍の遺棄化学兵器の状況と中日の歴史認識」（仮題）
　　コメント：松村高夫（慶應義塾大学教授）

　　第4報告：宋 成 有（北京大学教授、北京大学東北アジア研究所長）
　　　　　「東北アジアの歴史と未来」（仮題）
　　コメント：康 煕 奉（朝鮮大学校講師、朝鮮民主主義人民共和国社会科学院兼任研究員）

　　総括コメント：渋谷 武（新潟大学名誉教授）

　レセプション（18:00～）　会場：新潟会館1階宴会場（参加費 3000円）

第2日（7月30日）
　　分科会（10:00～12:00）
　　　1：V.V.コジェヴニコフ・宋成有報告をめぐって　座長：若月章（県立新潟女子短期大学助教授）
　　　2：歩平報告をめぐって　座長：兒嶋俊郎（長岡短期大学助教授）
　　　3：李琦錫報告をめぐって　座長：古厩忠夫（新潟大学教授）
　　全体会（13:00～15:00）　コーディネーター：市岡政夫（新潟国際情報大学教授）
　　新潟環日本海研究ネットワーク（仮称）総会（15:00～16:00）

●お問い合わせ：furumaya@human.ge.niigata-u.ac.jp、025-262-6447（新潟大学環日本海研究会会長　古厩忠夫）
　　　　　　　　kushiya@eng.niigata-u.ac.jp、025-262-7188（新潟大学環日本海研究会事務局長　櫛谷圭司）

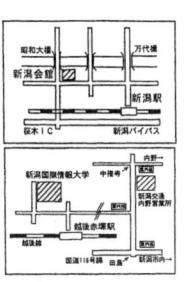

Fゼミ通信 No.24

2000.11.15

私はいまなお、母に呪縛され続けている自分を感じています。そして、「故郷」の中で、魯迅が閏土に感じたあの気持ちと同じで、母の言動を生み出す鋳型は……。

父母に抱かれて生後1ヶ月の忠夫。父親と一緒の写真はこれ1枚のみ。父親の勤務地、長野県・須坂にて。〔1941.6.12〕

＊ 本年5月9日、母きみが亡くなりましたので、喪中につき欠礼します。少し私からみた母について書かせてもらいます。最も近くにいながら、最も理解が難しい人でもあったからです。

＊ 母は1906（明治39）年2月、丙午の年、信州東筑摩郡筑摩地村に信濃の国二之宮宮司立澤孝雄・しん夫婦の長女として生まれました。「お嫁に行くまでボーッと過ごした」というのが母の弁です。何不自由なく、両親に可愛がられながら育ちました。「みんなは腰巻きもしていなかったが、私は腰巻きをして、袴

をはいていた。みんなと違うのが嫌だった」「休みにはよく浅間や山辺の温泉につれてってもらった」とのこと。1918年、松本女学校に行きましたが、「村からはツネ子さんと私の2人だけだった」とのこと、「日独戦争で景気がよかった」頃でさらには東京の現家政大学にまでやってもらい、伸び伸びした生活を送ったようです。おそらく、人と競争して欲しいものを取り合うことなど経験しなかったと思われます。一度ラブレターを貰ったことがあり、どうしていいか判らず、父に相談した。父は「御免下さい」と書け、と言ったとのこと。

　製糸の村だったので、卒業後は当時最盛期の組合製糸共栄社の事務をやったり、女工に裁縫を教えたりした。妹のすみえは気性が強く、親戚の紹介でまとまりつつあった縁談を嫌って、製糸組合産業部にいた相愛の人と駆け落ちした。両親は青くなって、易者にみてもらったりして一生懸命探した。1週間ほどして上山田温泉にいる2人を発見したが、父親は寛大でそのまま松本で暮らすことを許したという。同じ姉妹でも性格は対照的でした。

＊　母の方はおとなしくて、親に言われるとおり、歩いて1分ほどのすぐ近くの小地主の長男のイエに嫁ぎました。それが古厩家でした。この「嫁入り」後環境が一変しました。夫の清（私の父）は、農学校から東京文理大（東京教育大学の前身）を卒業して、中学校（現在の高校）の数学教師を務めるという、典型的な地主の長男で、「くそ真面目で、融通のきかない、堅物」（母の弁）でしたが、姑が厳しい、「意地の悪い人」で徹底して「鍛えられ」ました。馴れない野良仕事、全く違う習慣。「辛くなって、実家に寄って一息ついて帰ったら、しんばり棒がかかっていて家に入れて貰えず、仕方なしに実家の父に謝って貰ってようやく入れて貰った」というような話をよく聞かされました。毎年冬になると、母親の手がひびとあかぎれでぱっくり割れ、毎晩「水絆創膏」で割れ口を塞いでいたことを記憶しています。祖母が悪い人だったかというと、必ずしもそうではなく、孫の私には「よいおばあちゃん」でした。人一倍姑として嫁を鍛えた＝いびったということでしょう。反抗することを知らない母もいじめを受けやすい性格でした。

　農家の嫁というのは、宇宙飛行士のようなもので、できれば飲食も排泄もせず、四六時中与えられた仕事に使命感をもって黙々とこなす、人格としては存

在せず、労働力としては120％の力を発揮する、そんな人物が理想的だったのでしょう。母はここで、徹底して自分をおし殺すことが良い嫁であることを叩き込まれました。自分の欲求が何かは問題にならない、むしろ欲求はもってはならない、周囲の人が何を望んでいるかだけが、関心の的、行動の基準となりました。小さな頃母親と花札をしたことを憶えています。私が雨の二十が好きだということを知っていて、その札が自分の所へ来ると私がとれるように場に捨ててしまうのです。「これじゃあ、勝負にならんよ」と頭にきて怒鳴りましたが、それがおふくろの行動規範であり、相手を喜ばせることだと思っていたようです。

＊　戦時中に結核を患った父は、敗戦の翌年、母が40歳の時（私が5歳の時）に亡くなりました。私には父の記憶はほとんどありません。唯一鮮明な記憶は隔離されていた奥の部屋から出てきて母親をなぐっているシーンです。後で母親から「あれは結核菌が頭に入って気がおかしくなったからだ。それまでは決して手を挙げるようなことはしなかった」と聞き、ほっとしたことがありました。当時肺病人がいる我が家には従兄弟達も決して遊びに来ませんでしたし、友達も親に言われて、我が家の前を通る時には息をしないで駆け抜ける、といった時代でした。「未亡人」になると同時に、農地解放で貸していた土地がなくなりました。「土地をなくし、厳しい姑と小さい子供を抱えて……」という「涙の物語」が始まりました。女であることをやめて、一家の柱となり、子育てを全うすることに専念したわけです。よく俳句を作っていました。お墓の前で「さくひとへ　あの世この世の遠さかな」とつぶやき、「これじゃ、季語がないね」といって後に「芙蓉垣　隔つあの世の　遠くして」になったのを記憶してます。

夕飯の時、よく「今日も雨露を凌げ、3度の御飯が頂けて、ありがたい、ありがたい」と繰り返しつぶやいていました。そこには、雑草まで食べながら、戦争をくぐりぬけ、夫の死後もイエを支えてきた母親の重みがありました。一緒に暮らした最近まで「おばあちゃん、ケーキどれがいい？」「小さい方でいい」といった会話が続きました。大きい、小さいの問題ではない、せっかく、一番好きなのをあげようと思っている相手をがっかりさせていることには気がつき

ません。「その煮物一つくれてやっておくれなすって」という言い方もいやでした。

＊　子育ての責任を一身に負った母は「父親がいないから」と言われぬようにと考え、「人様にうしろ指を指されるようなことをするな」と繰り返し言いました。母の「子育て」の行動原理はこれに尽きました。他人に対する対応は、「嫁入り」後習得した「自分を無にして懸命に努める」という母にとっての「通俗道徳」そのものでもありました。私は小学校5年くらいまではそういう母を尊敬しておりました。4年生の時「お母さん、ありがとう」という作文を書いて表彰された記憶がありますから。しかし、やがて自分が何かをしようとする時、「人様にうしろ指」という母の呪縛に縛られることに苛立ちを感ずるようになりました。

　中学校に入った頃から、私は母親と話をしなくなりました。母親の呪縛から逃れたいという気持ちがだんだん強くなったのです。以後、進学にせよ、就職にせよ、結婚にせよ、母には「事後通告」で、一切相談しませんでした。母はおろおろしていましたが、それを見ると私は苛立ちました。私の親離れは即この母の呪縛から解き放たれる過程でありました。戦後民主主義の中で育った私には「人にうしろ指を指されるようなことをするな」は不条理に思われました。自己主張をすることは「ひとさまにうしろ指を指されるようなことなのか」。「わがままを言ってはいけない」と言われたが、「わがまま」＝自分のまま、を表現することはいけないことなのか。大学に入ってからは、自活しました。週6回の家庭教師はデモにも行かねばならぬ身には辛いものでした。やがて私は母親無視への罪の意識もあったか、大学2年の時から母に仕送りを始めました。立派なもんです。ところが、私が結婚することを「通告」した時、私の仕送りした金を全額貯金にしておいたからと通帳を渡されました。何にも使ってなかったことに私は頭にきました。考えてみると、怒ってもしょうがない、母はそのようにしかしない人でしたから。

　とは言え、私はいまなお、母に呪縛され続けている自分を感じています。そして、「故郷」の中で、魯迅が閏土に感じたあの気持ちと同じで、母の言動を生み出す鋳型は何があっても変わることはなかったようです。母は自己主張をし

ない、その意味では強くなかったけれども、自分の行動規範を変えなかった（変られなかった）という意味で大変強かった、というのが姉の母親観です。母の行動規範を否定することは90年の生を否定することでもあり、できないことです。

　ある時、「ジャータカ」（仏本生談）の「月の兎」という仏教説話を読んで、「あ、これだ」と思いました。月からの使いが汚い年寄りに姿を変え、地上の森にやってきます。「誰が一番心がきれいか」を試すためです。猿など色々な動物が老人をもてなすが、何も取り柄のない兎は「何も差し上げるものがございません。私の体を差し上げます」と燃え盛る焚き火に飛び込みました。老人はその兎を連れて月の世界へ連れていった、と言うものです。布施・持戒・忍辱・精進・禅定・知慧の六度万行が彼女の体にしみついていたようです。小さい時にはよく一緒に仏壇の前で般若心経を唱えさせられました。「ぎゃあていぎゃていはらそうぎゃてい、なんじゃこりゃ」と思いながら。

＊　だが、自分を無にすることに徹した時、「自分を無にすることに徹する」強烈な自己が存在していること、これほど強烈な「我」はなく、それが相手に大きな負担・圧迫を感じさせることがあるということ、自分の感情を殺して相手の立場に立とうとすれば、相手が気に入ったかどうかの成果を確かめなければならない、自分を殺すから他人のことしか考えられない、その感情が相手を息苦しくするという事を母は最後まで理解することができませんでした。

　母は子供の頃から親の言うことをよくきき、結婚してからは夫に尽くし、しゅうとに尽くし、その後は子供に尽くしました。悲劇は尽くす相手がなくなってしまった時＝子供がみんな独立した時に到来します。信州で1人住まいをしていましたが、やがて東京の兄のもとに身を寄せました。「しゅうとで苦労した自分は絶対いいしゅうとになれる」という強い自信をもっていました。それがあだでした。私は「余計なことには口や手を出さないように」と注意しましたが、体に染み着いた感覚を、そんな言葉で取り去ることは不可能でした。私の家に滞在している時も、訪ねてくる学生に「息子がお世話になりまして」と言って面食らわせましたが、兄の家でも布団の上げ下ろしから、兄の靴磨きまで、みんなやってしまいました。子供への執着が背景にありますから、おくさんは

たまりません。居場所がなくなります。しかし、母にはどういうことなのか理解不能でした。「うんといいしゅうとになれる」という自信は崩れさってしまったようです。戦前と戦後の価値観の転換も含めて「世間が変わってしまった。自分たちは損な時代に生まれた。若い時は年寄りが威張っていて、年をとったら年寄りが小さくなってる時代になって」と言ってもいました。

　子育てが終わった頃から、「お父ちゃんに早く迎えに来てほしい」「不満はないし、もったいないことだが、皆に迷惑かけながら生きているのは切ない」と言い続けました。丙午＝ひのえうまの生まれであることもけっこう気にしていたようで、息子である兄を亡くし、その後も年下の身内が亡くなっていくので、「私は人をみんな殺してしまう。お父ちゃんだけでなく清ちゃんまで」と嘆いていました。私は胃癌の手術をした時、母には黙っていました。半年余り経って母に会った時、「忠夫君、親不孝しないでね」と言われてドキッとしたことがありました。古厩家は祖父忠太郎が36歳で、父清が47歳で、兄清夫が63歳で亡くなっています。私は？　祖母は82歳、母は94歳。女が長生きするようです。

＊　母の生活者としての感覚で戦後民主主義の中で育った私にとって、違和感があったのは「何も役に立たない者は、無駄に生きている」という感覚でした。人はみな平等ではなく、種の保存から見た重要性の尺度があるのです。最近も「疲れたでしょう」というと「何もしてないから疲れようがない」「働かないからおなかすくわけがない」と答えていました。しゅうとの口癖でもありましたが、「働かざる者食うべからず」なのです。

　長野・山梨に多い伝説に姥捨て伝説があります。『日本昔話通観』によれば、枝折り型・難題型などヴァリエーションがあるが、一般的には年寄りを粗末にすることを戒めたものとされており、それはよく知られている難題型に典型的に示されます。だが、母を見続けた私には、むしろ、飢えと常に直面していた時代の処世術として、「役に立たなくなった」時（多くの地域で大体60歳で山に行くようになっている）には、山の中で静かに生を終えていく、慣習を物語化したように思われます。枝折り型の場合、老婆は目印に道々枝を折って行くが、それは自分の生還のためではなく、息子が帰りに道を間違えないための作業である。「自分はもういい。背負ってきた息子が迷わないように」という方が

真実味が感じられる。種の保存のための営為に自ら進んで参加する、しきたりではないか。象が死期を悟ると誰も来ない奥地へ移動して死を待つ、という話に似ています。昨年夏、故郷に墓参りに連れていった時、姥捨てのサービスエリアの手前でおしっこに行きたいと言い出しました。「姥捨てだよ」と言ったら「ここに置いていってもらえりゃいいのだが」と言って笑っていましたが、半ば本心だろうと思いました。

＊　母の趣味は読書でしたが、五木寛之の『大河の一滴』を読んだ時、母の感覚に一致するものが多いのに驚きました。曰く「人生は苦しみと絶望の連続である」との佛陀の「究極のマイナス思考」、「世間虚仮」と溜息ついて死んだ聖徳太子のこと、「人生の苦しみの総量は文明の進歩と関係なく一定である」、「なにも期待しないという覚悟で生きる」、「最後は結局ひとりで死ぬのだ」、「滄浪之水濁　可以濯吾足」、「これから先の人生が短くてよかったなあ」、「ほんとに。お互いこんな世の中に長く生きなくてすむのは幸せよね」などなど。

＊　兄の死後自宅に引き取って2年弱。何十年ぶりかで一緒に暮らし、たまっていた親孝行ができた、とやや満足しています。以下は身内に出した近況報告の一部。

▽古厩きみ近況　1998.10.04

秋になりました。おばあちゃんが新潟に来てから間もなく3カ月になります。気にかけて下さっている方々に、近況を伝えたいと思いつつ、忙しさにかまけて失礼しておりますので、この際ご報告申し上げます。

1、身体的にはやはり足の衰えがみられます。杖が離せなくなりましたが、家の中の歩行は可能です。車椅子を用意しましたが、あまり外に出たがらないので利用する機会は多くありません。排泄面も気づかれない内に漏らしてしまうので、1月ほど前からそれ用のパンツをするようになりました。自分でがっかりするかと思っていましたが、むしろ気が楽になったようです。来て暫く心臓の調子が悪く足がむくみましたが、薬を飲んでだいぶ回復しました。一度、私が中国に行っている間に胸が苦しくなって、医者に駆けつけましたが、大したことはなかったようです。2週間に1回往診をしてもらっています。心臓以外はき

わめて健康とのこと、本人は「困ったもんだ」と苦笑しています。

　2、食欲はあります。多くはありませんが、例えば朝御飯は、ご飯軽めに一膳、味噌汁、納豆、おひたし、魚干物（ここまで定番）＋α、昼はパン・ジャム、牛乳＋αなど、朝は5時頃には目が覚めるようで、我が家の朝飯まで3時間弱お菓子を食べながら昔の日記を読んで待っているようです。体重も1キロ増えて29キロになりました。

　困ったことは、1人でなかなか食事をしなくなったこと。昼飯を用意しておいても、かみさんが2時過ぎに帰って来てみたら、「1人で食べる気がしなかった」と言って待っていたり、2人とも出かけなくてはならず、冷めないようにと保温器に入れておいたら、「開けられなかった」とそのままになっていたり……。おばあちゃんにとっても、この半年間の変転は何が何だか分からず、なかなかきつかったようです。

　3、ぼけは少しずつ進行しています。最近は積み木のカレンダーを毎日並べるようにしていますが、29日を2月9日と読んで、今何月と訊くと2月と答えます。何かをしようという意欲はほとんどなく、じっとソファーに座っています。「おばあちゃん、庭の花でも見てきたら」と言っても「また、あとで」、山口さんちのツトム君でもあるまいに。

　4、外からの刺激が必要なようで、この夏小野へ帰った後はだいぶしっかりしたかな、と思う面もありました。「節ちゃが、喜んでくれて、よくしてくれて、行った甲斐があった」と盛んに言っていました。

　今、毎週1回デイサービスを頼んでいます。「おっくうだ」と言っていますが、行って来ると少しシャキッとします。我々にとっては、入浴をさせてくれるのが一番ありがたい。寒くなってくると自宅での入浴はかなり難しく、馨鴻夫妻からのものを含め入浴グッズを用意したのですが、入浴はおまかせすることにしました。

　5、昔からの性格は変わらず、あれを食べろ、これを食べろとくどくど言って息子に叱られています。「おばあちゃん、しゃけとぶりとどっちがいい？」「喜美子さんの好きな方でいい」「おばあちゃんの好きな方にしようと思って訊いているのよ」「じゃあ、小さい方でいい」　遠慮することだけで、人の好意の受け

方を学ぶことのなかった人生。こんな会話を毎日聞いていると、気分が萎えてきます。1ヶ月で、長い新潟の冬が始まります。

▽古厩きみ近況　1998年歳末
　色々なことがあった1年が終わろうとしていますが、皆様お元気でお過ごしのことと思います。母が来てから間もなく半年が経ちます。日頃ご無沙汰しておりますので、簡単に近況をお知らせいたします。
1、自立の三原則は、①自力で移動できる、②食事が出来る、③排泄ができるですが、何とか頑張っています。自力移動は辛うじて可能。時々椅子から立ち上がれずに「手を貸して」と言われますが、「自分で頑張りな」というと、頑張って立ち上がります。ただし、庭を見てきたらと言っても、まず行くことはありません。

　食事はよくこぼすようになりましたが、よく食べます。今、唯一の楽しみです。親は好き嫌いなどないと思っていたが、野菜、特にホーレンソウが嫌いだというのは知りませんでした。食べないので注意すると「いっぱいあって食べ切れなんだ」と弁解。しかし、いつも残すのは野菜。刺身などは絶対残さない。子供なら「ガタガタ言わずに食べなさい」と言うところだが、親はこれでいいか？　意外に肉が好きで歯がだめでもせっせとしゃぶっては出します。おやつには好物のさつま芋にバナナに……、お菓子食べた上に、純一たちの土産の神戸はアンリシャルパンティエの洋菓子フンギを一度に2つぺろりと食べた時はびっくりしました。新潟に来たとき27.0kgだった体重が30.7kgになりました。この歳で一貫目増えるとは！「また、増えたよ」と言うと「これじゃ、まだ死ねないかね」
2、排泄。床に液体。「やったな」と思ったが、おばあちゃんは分からないのか、「何だろうね」と言うので、そのままにしておきましたが、次の日も同じ。やはりおしっこ。あちこち漏らして気が付かない。10月風邪を引いたのをきっかけに、急遽簡易トイレを購入。それからは簡易トイレに依存するようになりました。これはショックだったようで、「こんなになっちゃっちゃ、生きててもしょうがないね」。やがて、そうは言いつつ、けっこう気に入ったようで「喜美子さ

ん、水換えといて」などと催促します。

　11月25日のこと　朝起きたらベッドの上に何かおいてありました。チョコレート色だったので、てっきり例のアンリシャルパンティエのフンギだと思っていました。やがてかみさんが何だか変な臭いがするという。はっと思ってさっきの「何か」を確かめたところ、固くなった大便でした。話には聞いていましたが、さすがにしばらく呆然としていました。洋菓子と間違えるとはお笑いもいいとこです。夜になっておばあちゃんに話してみたが「私はそんなことしていない」。

3、寒さを迎えるに当たって和服を諦めさせ、ズボンとセーターなどを買い求め、全面的に洋装に変えた。その度「すみません」「すみません」でいささかうんざり。年金が出なくなって「無収入」状態になったので、余計そう思うようです。年金の「狭間」世代ですが、高齢者には些少でも必要です。新潟市は税金は高いのですが高齢者サービスが不十分で、ベッドを借りようとしても、理髪券にしても全て「所得制限」にひっかかって、だめです。前に住んでいた日野市とは雲泥の差。

　立澤から長芋送ってもらったので早速とろろを作りました。「あれ、めずらしいねェ」と言ってよく食べました。よく食べたので、次の朝残りを出しました。また「あれ、めずらしいねェ」!?　「夕べ、食べたジャン」「そうだったかね」金沢出張の折り、水飴を買ってきましたが、これも出す度「めずらしいね」。しあわせもの。

　家から出るのは、週1回のデイサービスだけ。これも本人は気乗りしないが、他人の中に入ると気兼ねして声の調子まで変わるので、単調さを変えるために可能な限り行かせています。普段は積み木のカレンダーで日にちを覚えさせようとしてもなかなかできませんが、行って来るとぼけもよくなるようです。あとは月2回の往診。血圧も良好、心臓肥大以外は問題なし。耳もだいぶ遠くなって、放っておくと、とんでもない音でテレビを観ます。穂波のプレゼントの補聴器を勧めるがあまり好きではないようで、めんどうがります。

4、昔からの癖はもうなおりません。せっかくおいしいお茶を丹精込めて入れても、ご飯茶碗に移して濯ぎます。いくら言ってもその時は「すみません」と言

うが、次回はまた同じ。残したものは煮物もなま物も一緒にして1つのお皿にまとめるので、「止めてくれ」というと「すみません」。次の日もまた同じ。ティッシュペーパーも捨てずにポケットに入れておいてはまた出しては使うので、注意するが何回言っても駄目で、こちらが疲れるだけ。「丙午（ひのえうま）の耳に念仏だ」と戯れごと言って溜息。子供達はティッシュペーパーを一度に何枚も引き出して使うので、無駄使いし過ぎだと思っていたが、おばあちゃんはその逆。我らの世代が最もリーズナブルだ、と判定。

5、困るのは、「孤独への恐怖」とも言うべき心境で、昼寝している間2階で仕事をしていると、目覚めた時に「喜美子さん、喜美子さん」と呼びまくります。昼間留守をする時は「いいよ、お留守居してるから」と言いますが、1人だと昼御飯を用意していっても、ほとんど食べません。「1人で食べてもおいしくないし。」かほちゃんと真人君が苦労して運んでくれた本を出して「おばあちゃんに一番広い部屋上げたんだから、少しは昔の手紙読んだりしたら」と言ったり、かみさんがテレコ持ってきて昔の歌でも聞いたらと勧めるのですが、「もう、何にもする気がしない」と、眠るとき以外は居間にべったり。豊田で1人暮らしをしていた頃、ふと見たら「寂しさに、叫びだしたき……」という和歌のメモがありました。考えてみると40歳で亭主と死に別れて以来かな、と思いますが、自分では何もしないおばあちゃんの凝視を浴びながらずっと一緒にいるというのは、けっこうな拘束力で、精神的にかなり疲れます。率直なところ、1人の人間の存在感の大きさを感じます。おばあちゃんは自分の存在を小さくしようとばかりしていますが、結果としてそうしようとする自意識の強さに辟易します。自分の存在が決してゼロにならない、自己を無にするということは他人に寄生するしかなくなるということが分かりません。麗子さんも苦労したろうな、と思います。日本の近代（農村）の産物だとすれば、もうこういうおばあちゃんは今後は出てこないだろうと思います。

　子供なら1歳はこんなもの、と分かるが、年寄りは老化の度合いも性格も違うからマニュアルがない。風呂の入れ方1つとっても1人1人違います。老人グッズは高い割に役に立たないことが多い。しかも、子供と違って発達がなく、退化のみがある。個人差が大きいのに、育児の本の充実に較べると、老人介護

用の本は少なくて、ぴったりのものが見つからない。「がんばりな」というか、「無理しないで」と言うかは、人によって違うのだから、1対1の対応が必要なのでしょう。辛うじての「自立」が続くことを願う毎日です。向寒の砌、ご自愛を。

▽古厩きみ近況　1999.2.27
不安定な気候が続きますが、みなさんいかがお過ごしでしょうか？
　新潟も今年は雪の多い冬でした。おばあちゃんはぼけの進行を除けば、秋口よりむしろ元気で正月を迎え、孫たちにも会って、せわしく動き廻る皓太朗をじっと見て楽しんでいました。穂波が風邪を置き土産にしていき、われわれもその洗礼を受けましたが、みんなが一番心配していたおばあちゃんだけは元気でした。朝納豆をかき回すこと、野菜ジュース用のりんごをむくこと、牛乳のパックを斬ること（これは苦手でした）、洗濯物をたたむことなどをこなしていました。ただ、新潟の冬の厳しさもあってか、時々心臓が痛み、「いてもたってもいられない」ということがありました。レントゲンをとってもらったら、動脈瘤はできていないものの、血管が細くなっているところがあるが、この年齢でペースメーカーを入れるのも無理でしょうから、とのことでした。
　しかし、2月に入って7日の朝、転んで頭と腰を打ったのがきっかけで、起きるのが困難になり、自分の始末ができなくなりました。ちょうど、お世話になった先生の家が全焼したり、私が環日本海賞なるものの授賞式でバタバタしていた時で、そういう時にかぎって何か起こるようです。寝たきりになることはおばあちゃんが一番恐れていたことで、前々から「ころっと逝けたら」と繰り返し言っていました。尿意ははっきりしているので、おむつを避け、夜中も喜美子が抱き上げて簡易トイレに腰掛けさせて用を足しました。それからは、口を開けば「世話をかけるだけだ。早く楽になりたい」「下の世話までしてもらっても、もう何の役にも立たない。このまま放っておいてくれない？」と言い、心臓の苦痛が出た後などは、かみさんが呼ばれて、行ってみると「首を絞めてくれないか」などと言うようになりました。「そんなことを言うもんじゃない」と叱りつけ、「美味いものを食べるなり、1つでも楽しいことを探しな」「誰でも

いつかは迎えがくるんだからあわてることはない」「たまってた親孝行してるから」と言い聞かせる毎日が続きました。訪問看護センターにお願いして週2回看護婦さんに来て貰い、体を拭いたり、リハビリ体操をしてもらいました。

　食欲のない時でも、うなぎはよく食べました。2月13日の朝からはベッドに腰掛けて食事をとるようになり、快方に向かっているなと思っておりました。2月15日の往診の際には、血圧が180まで上がりましたが、降圧剤を飲ませるとすぐ下がりました。ところが、2月17日の早朝、母の部屋の戸を開けてびっくりしました。素裸でうずくまっているのです。「どうした、おばあちゃん」と言っても返事がありません。夜のおしっこの時は、穂波たちが持ってきてくれた呼び出しブザーを押して呼ぶことになっているのですが、夜中にブザーを押して起こすのが申し訳ないと思うようで、自分で起きてやろうとして動けなくなったようです。そして、漏らしてしまったので裸になったのでしょう。長年の悲しい性（さが）で、ぼけが進んでも「人様に迷惑にならぬように」という意識だけははっきりしていたようです。慌てて湯たんぽを2つ抱かせてマッサージをしたりしているうちに冷たかった体が暖かになりました。厳冬のことですからよく肺炎にならなかったもので奇跡的でした。その日の午後になってから、よく言い聞かせたのですが、何が起こったのか、本人の記憶にはあまり残っていなかったようです。

　次の夜、1時半頃、呼び声がするので喜美子が行ってみると、おしっこの海の中に倒れていました。またまた、自分で用を足そうとして転んで簡易トイレもろともひっくり返ってしまったのです。一瞬立ち尽くした後、母の体を拭いてベッドの上に運び上げ、それから部屋の始末をしました。母はその間「ごめんなさい。迷惑かけないように遠慮しすぎて、ごめんなさい、ごめんなさい」と繰り返していました。これがきっかけで、ちょっとした音にもビクッとして安眠できぬ夜が続きました。

　それでも、2月22日の誕生日には、かほちゃんからの電話に「きれいなお花ありがとう」とちゃんと答えていましたし、ソニアたちの写真を見せながら「カードがきたよ」と話したら頷いていました。しかし、大部分の時間は眠っています。上半身を起こしていることも困難になりました。時々、発作症状をお

こすようになり、デパスを飲ませて落ちつかせる毎日でした。このままでは我々ももたないなと考え、ショートステイを利用することにしました。

1泊した25日の朝、ステイ先から「難儀がっていますので、診療所に連れていきます」との電話。診断の結果、入院と相成りました。「鬱血性狭心症」と腰痛症ということでした。心臓はかなり肥大化しており、少し水が溜まり始めている、とのことです。食欲はありますが、しばらくは、病院生活が続くものと思われます。

以上、この間の状況をかいつまんでお話ししました。いろいろ、ご心配かけるかもしれませんが、むしろ状況を知っていただいた方が心配を少なくできるのではないかと思い、お知らせ申し上げます。早く、暖かになればよいと思っております。なお、寒さが続きます。みなさまもご自愛下さい。

▽古厩キミ近況　1999.5.26

おばあちゃんが入院してから昨日で3カ月になりました。

一進一退の毎日です。きざみ食が喉を通らなくなり、再びミキサー食にしました。それも3～4分位しか食べられなかったのが、5月に皓太朗君がやって来て握手した頃から元気になり、最近は7～8分食べるようになりました。

味が分かるようになり、ミキサー食はまずい、と言います。最近はメロンが一番のお気に入りで、「メロンてどうしてこんなにおいしいずらね」などと言います。あの「好き嫌いはわがまま」と考えて何でも食べたおばあちゃんが、嫌いなものは口をふさいで横を向いてしまうので、おかしくなります。歳をとるとだんだん子供に帰っていくようです。痴呆化は進んでおり、喜美子はミホさんに間違えられたり、「宮どこのあね様」に間違えられたりします。調子の悪い時は、何を訊いてもボーっとしていて、何もしゃべらない時もあれば、「絶好調」の日にはメロンを食べながら、「カネナカはメロンで身上つぶしただよ」などとびっくりするようなことも言います。父親が散財したあの温室のことです。

排泄の処理に来る看護婦さんにも「いやなことさせてごめんなさいね」などと言うものだから、「品のいいおばあちゃん」ということでなかなかの人気。これは拓史君の中学時代の同級生の看護婦さんの話。24時間付き添っていない限

り、後に悔いは残るのでしょうが、とにかく短時間でも毎日病院に行くことにしてます。意識がはっきりしている時は「忙しいだろうから、毎日来なくてもいいよ」「入院費用が大変でしょう」「喜美子さんも洗濯や何やらせて悪いね」「そこらにあるもの食べたら」「私はもういいから　あとで食べて」などが、毎日の「講話」。ますます性格の原型が鮮明に現れてきています。調子がおかしい時は見舞客がくると、「家の者はどこへ行ってしまったか、お茶も出さないで」と言ってみたり、私に「ご飯食べる？」と訊くなど、ある時は豊田の家に居るつもり、ある時は小野に居るつもりになったりします。

　ただし、痴呆化が進んだおかげで、以前のように人の世話になることを苦にする苦しみはなくなりました。骨折のあとの痛みも、心臓の痛みもほとんどなくなり、「調子はどう？」と訊くと、大抵は「中ぐらい」。「何か欲しいものある？」「みんな、よくしてくれて何にもない」。今は、やすらぎを得て、幸せな日々を過ごしていると言ってよいでしょう。

　毎日、点滴をしており、頻繁に漏れるので、腕がいたるところ紫になり、足から入れたり、これが唯一気の毒なことです。これが続いている限り退院は無理なようです。以上が近況です。

＊　頼まれて「新潟日報」に、前号でちょっと紹介した橋爪法一『幸せめっけた』（恒文社）について以下のような書評を載せました。

　　ふるさと、かつて、それは誰もが暗くなるまで遊び呆けた地域であり、自然であった。そこには尽きることのない無限の時間と空間があった。そうした「自然」に育まれて私たちは育った。「遊び」というが、それは同時に勉強であり、実習であった。自然とのかかわり方、人との付き合い方、細かなノーハウに至るまで、多分、先生より、仲間の上級生や同級生から学んだものの方が多かった。

　　生産力の巨大な発展を特徴とする20世紀にあって、私たちはともすれば不遜にも「人間は自然を克服した」と錯覚しがちである。そうした私たちに自省と共鳴を与えてくれるのが本書であろう。橋爪さんの故郷は中頸城

郡吉川町尾神字蛍場、その故郷からやってきて新潟大学人文学部で学び、また故郷に帰って牛を飼った。工業中心の高度成長期の日本で、それは辛いことであった。にも拘わらず橋爪さんはやめなかった。それは彼の信念の強さによるものであろうが、本書を読んで「ああ、故郷が彼を支えてくれたんだ」と思った。故郷が与えてくれたものはそれほど大きかったのだ。

　春がどこに来るかは地域によって違うのだ。彼の春は釜平川のネコヤナギにくる。「夕焼け子焼け」や「春の小川」を歌った時浮かんでくる一つ一つの場面が「ふるさと」だ。そうした父祖の地への思いは、国家への忠誠を求めた日本のナショナリズムとは異なる「ホームランド」へのパトリオティズムである。蛍場だけではなく川の名前や字の名前を入れ替えれば、みんなが共鳴できるものである。

　耕運機が入り始めたころ、農道など整備されていないので、橋爪兄弟は縄で耕運機を引っ張り、父親が下から押し上げて土手を引き上げた。手を滑らしたら父は下敷きになる。生死を共にする共同作業。子供は大事な役割を分担させられる。橋爪さんは、執筆にあたってもう一度「お盆泊まり」の道を歩き、「泥棒」した梨の木に登ってみ、父母や地域の人々に聞き書きをした。だから、極めて子細でビビットである。挿入された写真がいっそうそれを助けている。

　橋爪さんは本書をまとめているときに起こった、一連の「体だけ成長してしまった」17歳の少年の犯罪に触れつつ、かつて自分が育まれた地域を対置している。橋爪さんは「あとがき」で、私の『裏日本』（岩波新書）のテレビ講座が本書を書いてみようというきっかけになったと書いておられる。望外の幸せである。

Fゼミ通信 No.25

2001.08.15

日本は上から反動化されたことはあり、それに対する免疫はある程度あろうが、下から反動化したことはないので免疫はない。

＊　残暑お見舞い申し上げます。

　新潟大学がセメスター制を取り入れたために、前期授業の終了が7月末、期末試験の終了が8月6日となりました。猛暑の中、クーラーのない教室での授業は大変で、その後、なおオープンキャンパスなどの行事があり、お盆を迎えてようやく夏休みがきたという感じです。それで、いつも8月1日に出していた夏の通信が半月遅れとなりました。「今年はゼミ通信ないのですか？」と訊かれて「中国に発つ前に」と、いま慌てて書いています。いろいろ書きたいことがありますが、時間が押しておりどこまで書けますか。

＊　7年ぶりの猛暑（といっても東北・北海道は冷夏ですが）とのこと、7年前の夏は病院で過ごしていました。病室のクーラーは午後9時には消されるので夜が寝苦しかったことを思いだします。さらに歴史教科書問題に続いて靖国神社参拝問題で不快指数が高くなりました。私にとって何とも解せないのは「アジア近隣諸国に対しては、誤った国策にもとづく植民地支配と侵略を行なったこと」を反省する小泉首相談話とA級戦犯を参拝することが何で同時に行えるのだろうか？ということです。首相はA級戦犯に、何といって頭を下げたのでしょうか？「仇は必ず取ります」とはいわなかったでしょうが、「あなたがたは国策を誤った」ともいわなかったでしょう。A級戦犯にいかなる「哀悼の意」を表したのでしょう？　唯一あの侵略の責任をとって処刑されたA級戦犯を免

罪すると結局誰にも責任がなかったことになってしまいます。

　餓島と言われたガダルカナル島に代表されるように、第2次大戦における日本軍の戦死者の60％は餓死だったといいます。それだけ指導部の無謀さが問われます。自決者が非常に多かったことも特徴です。生き延びることを許さず自殺を強要するシステムができていたからです。彼らは「天皇陛下万歳」と叫び「靖国で会おう」と言って旅立った。「天皇」と「靖国」は彼らを無謀な死に易々と追い込むシステムの2つの道具立てだった、ハーメルンの笛吹き男だったと思っています。1972年に、横井庄一さんが「天皇陛下に鉄砲をお返しに出てきた」と弁明しつつ、27年間隠れていたグアム島のジャングルの中から出てきた時の驚きを覚えていますか？

　A級戦犯を合祀した時から「靖国」派は復権を企ててきました。さすがに天皇はA級戦犯合祀以来靖国参拝を取りやめました。A級戦犯を免責したら天皇に火の粉が降りかかってくることを恐れたからでしょう。靖国側は代わりに首相参拝を取り付けよう、それによって新しいナショナリズムのシンボルの位置を獲得しようとしています。救世主を装う殺人鬼麻原彰晃のようです。

　そして時と共にあの戦争の具体的な残酷さは「忘却」させられていきます。そして「こころの問題」といった小泉流三文セリフがまかり通る時代がきています。靖国神社が戦前に果たした役割についても忘却させられ、「英霊」といった言葉で新しい物語が作られつつあります。他でもない8月15日に参拝するということは、戦争を反省してきた戦後を否定して、靖国の復権を狙うものだと思います。

　東京裁判に対する批判の当否は別として、日本は天皇を免責し、東条らを戦犯として処罰する裁判を受け入れて、講和条約を結び、日中国交を回復しました。首相がその戦犯を参拝するというのは明らかな国際的公約違反でしょう。約束を反故にしておいて「内政干渉だ」というのもひどい話だと思います。

　もう1つは、戦争責任の問題は過去に対する歴史認識への批判であるとともに、実は「現在」に対する批判でもあるということです。1987年に中国に留学しており、2年前にできた南京大虐殺記念館を訪ねたことがあります。宿舎から記念館までタクシーに乗ったところ運転手は煙草をくわえた若いお兄さんでし

た。ちょうど教科書問題が話題になっていた頃だったので、彼に「教科書問題をどう思うか?」と訊ねました。すると彼は「われわれは、日本の侵略といっても昔の話だと思っていた。ところが、日本政府は教科書に侵略と書くことを禁止していると聞いた。そこで、これは昔の話でなく、今の日本政府の問題だと思い関心をもつようになった」と語りました。南京大虐殺記念館が1985年に造られたことに象徴されるように、中国が戦争責任の問題に強い関心をもつにいたったのは1982年、日本で教科書問題が起こってからのことです。かように中国や韓国の日本批判は過去の歴史認識への批判であると同時に、集団自衛権にみられる日本政府の「ふつうの国」への意欲、さらに文部省を「左翼的」と批判するような民間におけるファナティックな民族主義の横行など、日本の「現在」に対する不安が基礎にあります。そして、それが中国や韓国内にある民族主義を刺激している（韓国では「右翼」が指を切断して靖国参拝に抗議しているというニュースを見ました）「ナショナリズムの衝突」の構図に不安を感ぜずにはおられません。

それにしても靖国神社の売店の「純チャングッズ」が作っても作っても売り切れ、「純ちゃーん」と叫び、「横顔がチラッと見えた」と喜ぶおばちゃん。この深刻さの微塵もない「ヘイワ」さは何でしょう。あまりに「内向き」に思います。そうした疑問、危機感は小泉首相誕生以来のバカ騒ぎ以来のことです。「国民の怒り」が頂点に達し、森内閣支持率がヒトケタになり、自民党も命脈尽きるかと思われていたのが、中味がそう変わらない、大衆受けするパフォーマンスのうまさだけが目立つ小泉首相に代わった途端、90％近い空前の支持率に変わるこの「軽さ」に怖さを感じます。アメリカには、あるスピーチが人を感動させるかどうかの要素のうち、話の中身が占める比率はわずか8％か12％でしかないという調査があると聞きました。小泉人気はこの通信でしばしば触れてきたテレビというメディアの刹那的付和雷同性、ワイドショー人気に支えられていると思います。テレビが魔女狩り的糾弾と熱狂的フィーバーとで人々を情緒的に動かすようになったのは、早くは1959年のミッチーブーム（テレビ急増、視聴者推定1500万人）、本格的には1984年の三浦和義ロス殺人疑惑事件からだと思います。

ある集まりで「日本は上から反動化されたことはあり、それに対する免疫はある程度あろうが、下から反動化したことはないので免疫はない。草の根的に、革新的ポーズをとって出てくる反動化＝ポピュリズムが怖い」「戦後民主主義は戦前派からもポストモダンからもいろいろ叩かれているが、私が体験した戦後民主主義は単なる手続きとしての民主主義ではなく、少なくとも参加する民主主義であり、主体的民主主義だった。"国民"の支持というが、熱狂的小泉人気を支えているのは"おまかせ民主主義"というか、"サポーター"民主主義というか、自らは観覧席にいて、ヒーローが出てきて何かしてくれるのを期待する民主主義ではないか？　そこに不安を感ずる」という話をしました。そのあとマスコミにも多くのポピュリズム論が出てきました。若者の教育に携わっている1人として、若者が信頼できなくなったら、終わりだと思っていますが、いまの若者のナルシズムに一抹の不安をもちながら、期待をもって「世代の受け渡し」をやっています。以上は近況報告。

＊　7月14、15日の両日、昨年に引き続き国際シンポジウム「東北アジアにおける歴史像の共有を求めてⅡ」を開催しました。昨年もそうでしたが、ゼミ生や留学生の手伝いがあって可能になっています。
　今年の「開催趣旨」は以下の通り。

　　　新潟県下各大学の環日本海地域研究者は、これまで共同研究の組織化を目指して、新潟大学（97年）、新潟産業大学（98年）、新潟県立女子短期大学（99年）でフォーラムを開いてき、昨年は新潟環日本海研究ネットワークを創設し、新潟国際情報大学において、国際シンポジウム「東北アジア歴史像の共有を求めて」を開催した。
　　　冷戦体制が崩壊して「環日本海時代」が謳われてから10年余りの歳月が経ったが、この間、当初の期待に応えるような推移をたどったとは言いがたい。この地域でなお冷戦体制の構造が溶解するには至っていないことが大きな要因であろうが、より長期的に眺めれば、政治的・経済的努力のほかにこれらの地域の社会的・文化的多様性の次元まで掘り下げて検討する必要が見えてくるのではなかろうか。そうした検討課題の1つに歴史の問

題があるというのがシンポジウム開催の意図であった。シンポジウムには研究者・市民150名の参加を得て多くの成果を上げた。

　私どもは本年も引き続き同じテーマのもとに敬和学園大学との共催で国際シンポジウムを開催する。本年は村山首相の時代に創設された日中歴史研究センターおよび国際交流基金の助成を受けて行われる。

　議論を呼んでいる「新しい歴史教科書」を巡る問題は、「国」の違いによる歴史認識の「ずれ」の深刻さを明確にし、あらためてその「ずれ」をせばめていくための努力が必要であることを痛感させられた。この「ずれ」をなくす作業は一朝一夕にできるほどたやすいものではない。しかし、その作業はまず日本海を取り囲む諸地域あるいは住民が1つ1つの歴史的諸事象をどのように捉えているのかを、相互に、正確に知りあうことを出発点にするべきであろう。この地域は近代において日本の侵略・進出の主要地域となった地域であり、その後も冷戦のなかで敵対と断絶が長く続いた地域である。またより長期の歴史のなかでみると多様性を特質とする地域である。こうした地域にあっては、とりわけこうした努力が必要であると考える。それは、自らの認識を対象化・相対化して再点検する作業へと続くであろう。

　教科書問題に限らず、このところ、東アジア・東北アジアではハンティントン流にいえば「文明の衝突」ならぬ「ナショナリズムの衝突」を危惧させるような事態が少なからず見受けられる。それはこの地域の近隣関係が断絶の時代を終えて緊密化してきたことの現れでもあるが、同時に諸国のなかに自国のアイデンティティをナショナリズムに求めようとする衝動が強くなっていることの現れでもあると考える。こうしたナショナリズムの問題についても冷静に議論してみたい。

報告者等は以下の通り
　第1日　基調報告・司会　古厩忠夫シンポジウム実行委員会代表
　　パネリスト報告
　　李啓煌（仁荷大学校副教授）「記憶の捏造と暗殺－歴史教育をめぐって」

趙煥林（遼寧省档案館副館長）　　「中国東北における歴史教育」
歩　平（黒龍江省社会科学院副院長）　　「21世紀の中日関係と歴史認識」
ボリス・スラヴィンスキー
　　　　（世界経済国際関係研究所日本太平洋研究センター主任研究員）
　　　　　　　　　「第2次大戦におけるソ連の対日参戦問題について」
第2日　パネルディスカッション　司会：松本ますみ（敬和学園大学助教授）
　パネリスト報告
　浅倉有子（上越教育大学助教授）　「日本と韓国の博物館展示と歴史認識」
　呉文星（台湾師範大学教授）
　　　　　　　「台湾の国民中学校教科書『認識台湾歴史編』をめぐって」
　鹿錫俊（島根県立大学助教授）
　　　　「日中関係の齟齬を招くもの－日中関係前夜の日中外交を例として」
　田中利幸（敬和学園大学教授）　「加害と被害－歴史認識の共有を求めて」

《「新潟日報」に載せた総括記事》
【国際シンポジウム「東北アジア歴史像の共有を求めてⅡ」を終えて】
　小泉自民党の圧勝で終わった参院選だが、今後の展開について、欧米が「構造改革」を中心とする経済に注目するのと対照的に、アジアはその政治姿勢の方向性に注目している。小泉首相のもう1つの特徴である靖国・歴史教科書問題に象徴される姿勢を、近隣諸国はアジアに対して背を向けるものと見なしているのだ。
　去る7月14、15の両日、新潟環日本海研究ネットワークは敬和学園大学との共催で国際シンポジウム「東北アジア歴史像の共有を求めてⅡ」を開催した。このシンポジウムは村山首相時代に戦争責任問題処理の一環として設置された日中歴史研究センターと国際交流基金の助成を得て、また教科書採択問題で一躍脚光を浴びることとなった教育委員会（新潟市・新発田市・聖籠町）や「新潟日報」をはじめとする地元報道関係の後援を得て開かれたもので、県民・市民を中心に全国から延べ300人を超える人々が

参加し熱心な議論が展開された。

　この夏を暑いものにしている教科書や靖国などの問題での中韓両国の反応は日本国民の想像を超える厳しいものであった。端的に言えば、近隣諸国の人々は「8月に日本人が広島・長崎を悼み、戦没者を慰霊するのはけっこうだが、なぜ日本人は戦争の"被害"だけを強調し、日本の侵略の犠牲になったアジア数千万の人々への"加害"に目を向けないのか」と問いかけている。歴史教科書や首相の靖国参拝は、それにとどまらず、"加害"の事実を否認するものである、と隣国の人々は考える。

　韓国・中国はもとよりベトナムもインドネシアも、近隣諸国はいずれも日本の支配からの独立が建国の出発点であったから、"侵略"の否認は建国の基礎の否定につながる。遼寧省公文書館副館長趙煥林氏は、中国の多くの展示館がまさに日本に抵抗するなかで形成された「民族」と「国家」をキーワードにしていることを強調された。博物館といえば「古色蒼然」といった印象を持ちやすいが、実際には展示物の選択を通じて、明白な歴史認識が示される空間である。日韓の博物館の展示に表れた歴史認識についての浅倉有子上越教育大学助教授の興味深い報告に拠れば、韓国の博物館もまた「民族」と「国家」が前面に押し出されている、日本はといえば戦争の時代が見事に隠され、「忘却」されている。

　近隣諸国といっても国によって社会環境はまるで違う。異なる環境の中で、異なる歴史教育を受けて育った人々が、それぞれのナショナリズムを背負って異なった歴史認識をもつのはある意味で当然かもしれない。例えば、歴史教科書の問題でも文科省が検定合格にしたことは知られているが、実際に採用されるか否かは各地区教育委員会の裁定に拠るということはあまり報道されない。私はこの間、何回もそうした仕組みを説明し、「きっと良識ある裁定がなされると思う」と述べ続けねばならなかった。韓国の学者も「日本ではセンセーショナルな面だけが報道されているが、むしろ冷静に日本の動きを見ようとする人が増えていることが今回の特徴だ」と語っておられた。

　壁を少しでも取り除いてお互いに何をどのように感じ、考えているのか

を知り合い、そして、できれば理解し合いたいというのがこのシンポジウムの目的であった。先頃、歴史教科書問題に関わって一部国会議員は「外国の意見に惑わされるな」との声明を出した。これは政府のいわゆる「近隣諸国条項」に反することはもちろんだが、国際化が進展する今日、隣国の意見に耳を傾けない国が国際的信頼をかちとることなどおよそ不可能だと言わざるを得ない。もちろん、最終的には自分たちで決めることであるが。

　ところを変えて見ると、見えないものが見えてくる。今回のシンポジウムでは、そういう楽しさを味わうことが多かった。報告者の１人、中国黒龍江省社会科学院副院長の歩平氏はこのことを「自分史」として語られた。自分たちは、中国が如何に日本の残虐な侵略と闘って独立と統一を達成したかを親から聞かされ、学校教育で学んできた。だから、「日本人は鬼だ」と思っていた。「なぜ２千万人もの中国人を殺しておいて、それを頬かむりして自国の原爆犠牲者だけを悼むのか」そういぶかっていた。

　しかし、化学兵器の調査で大久野島を訪れた際、広島の原爆記念館で罪のない子供たちが焼き殺された写真をみてやっと「広島」の気持ちを理解できるようになった。相手を理解しようとする気持ちと実際の交流経験が双方の人間の認識の壁を突き崩すことを実感した歩平氏は、以後「300万人の日本人を含む数千万人のアジアの戦争犠牲者」と表現するようになった、と語った。

　韓国仁荷大学副教授李啓煌氏は、韓国における最近の歴史認識の変化について報告した。かつては日本の侵略の被害のみを批判していたが、最近は同時にベトナムに出兵した韓国兵士の残虐行為＝加害にも言及するようになった。李舜臣は秀吉の朝鮮出兵を撃退した民族英雄であるが、朴政権時代にはそれが独裁政権の基盤強化に使われたこともクールにみつめるようになった。自国のみを正当化する国家史観でなく、被害と加害の交錯するものとして歴史を省察する冷静な態度を氏は主張する。「新しい歴史教科書」にはそうした倫理感が欠けている、とも。田中利幸敬和学園大学教授は「慰安婦」問題を特殊性と普遍性の観点から論じた。

今年『中国国民政府の対日政策』（東大出版会）を世に問われた鹿錫俊島根県立大学助教授は、日中全面開戦回避の最後のチャンスが双方の強硬論のなかで消滅していく過程を原史料に拠って明らかにされ、著名な日露関係研究者スラヴィンスキー・ロシア世界経済国際関係研究所主任研究員はソ連の対日参戦の過程を原文書を使って実証的に論じた。台湾の歴史教科書執筆者呉文星台湾師範大学教授の報告については台湾アイデンティティの所在を巡って海峡両岸の熱い議論がおこなわれた。環日本海と同様に準閉鎖水域である地中海、その南側のヘソにあたる50万都市という点で新潟市とよく似た位置にあるチュニスからやってきたサラ・ハンナシ・チュニジア大使の地中海沿岸諸国の共生への努力をめぐるスピーチもまた示唆に富んだものであった。歴史認識の多様性、相違点を唯我独尊でなく相互尊重の態度で理解し合うことの重要性、それが可能であることをシンポジウムは教えてくれた。

新潟環日本海研究ネットワーク（仮称）代表　古厩忠夫

　上述の「自分史」を語ってくれた李啓煌先生と歩平先生の報告への司会としてのコメントを摘録しておきます。
　韓国の仁荷大学からお越し下さった李啓煌先生のご報告は多岐に亘るものでありましたが、最後の坂本多加雄批判が白眉であったと思います。『新しい歴史教科書』の1つの特徴は小林よしのり氏にせよ藤岡信勝氏にせよ歴史研究者でない「素人」が執筆していることです。そのため初歩的誤りが非常に多いのですが、そうしたなかで専門家として理論的基礎付けをした1人が坂本氏だと思います。氏は「歴史とは国家の歴史であり、国家の歴史とは国民形成の物語である」と言います。私を含めて私たち1人1人は、生まれながらにして国民であるわけではなく、国民になっていく。その際教科書は重要な役割を果たすということだろうと思います。李先生はその物語性を全面否定するのではなく、その物語には倫理性・道義性がなくてはならないと提起します。
　先生のご報告のタイトルは「記憶の捏造と暗殺」、つまり国家の歴史による個人の記憶の捏造と暗殺を問題にしておられます。李先生は韓国の事例に則して

この問題を語られました。例えば、李舜臣の例を出して、「朴正熙政権の時にもあの国民的英雄である李舜臣を出して自らの政権基盤の強化に使った」ことを問題にし、「そこには倫理性とそれから道徳性がなくてはならない」と批判します。そして、「坂本理論あるいは『新しい歴史教科書』には全く倫理性・道義性がない。この教科書の本質は、対外的には友好関係の否定であり、それから対内、日本国内の問題としては戦後50数年の歴史の否定、そこにおいて獲得されたものの否定、というところに本質があるのではないか。そういう意味でいえば、1945年以前に戻っているということで、これは『新しい歴史教科書』ではなくて『古い歴史教科書』である」というのが坂本批判の要諦であったと思います。

　冒頭で李先生は、ご自分の叔父さんの話をされました。「なぜ叔父さんが韓国に帰らなかったのか分からない、それは悲劇である」とおっしゃいました。私はそれを聞きながら、1昨日学生諸君と一緒に、授業で趙文相のビデオを見たことを思い出しました。趙文相というのは、日本の占領時代に「日本国民」として徴用されて、ビルマの泰緬鉄道の建設現場にイギリス人やオランダ人の捕虜監視員として動員され、それ故に日本の敗戦後、「日本国民」として戦犯にされ、死刑になった26歳の青年です。彼は殺されてしまったわけですけれど、生き残った彼の仲間（李鶴来さんたち）は日本に協力した後ろめたさから、いまも韓国の故郷に帰れないで日本にいます。日本人の戦犯は「国が破れて山河がある」のに、「日本人」にされた朝鮮人は帰るべき故郷も奪われてしまった。日本政府もまた責任を放棄し、彼らは「日本人」ではないとして補償を拒んでいます。故郷を含めすべてを奪われたいちばんの被害者であったはずなのに加害者として処刑され、どこからも見捨てられている。このやりきれなさに通じるものがあるのかなあ、と思いながら話を聞きました。

　それから、昨今の韓国は大きく変化していると思います。李先生はベトナム参戦の話をされました。つまり、日本の侵略の被害者としての韓国、それからベトナムでの加害者としての韓国、その両方を見つめていく、そういう視点に非常に感銘を受けながら聞きました。（中略）
　中国黒龍江省社会科学院の副院長歩平先生「21世紀に向けての中日関係と歴

史認識」、今文章を読み上げた渡辺さんは昨年の歩平先生の受講生で、現在一橋大学の大学院在学中ですが、歩平先生のためにシンポジウムに駆けつけてくれました。この学生の文章つまり昨年の答案ですが、歩平先生は全部パソコンに打ち込んで保存されています。これだけ学生の答案を大事にされる方に、私は初めてお会いしました。昨年、授業のあとで学生が加害と被害の問題について深刻に考えているのをみて、私にはとてもこんな授業はできないと思い、脱帽いたしました。

『新しい歴史教科書』に関連して、一部の国会議員が「外国の意見に惑わされるな」と言っていますが、この国際化の時代になんて内向きなことを言うんだろうと思います。いまのご報告をお聞きしながらお互いの意見を率直に聞くことから相互了解は生まれるのだと確信しました。歩平先生のご発言の中には、例えば「300万の日本人を含む数千万のアジア人の犠牲」というように、日本人のことも必ず付け加えておられます。せめて小泉首相にも、300万人だけではなくて数千万のアジア人の犠牲ということを同時に考えて欲しいと思いながら、ご報告をお聞きしました。

＊　昨年は術後6年目に入ったこともあって、いろいろなことに手を出しました。それだけ研究の時間が少なくなりましたから、それが良かったかどうかは難しいところです。その1つに、「留学生に本を贈る会」の結成があります。昨年、気がついてみたら私は8人の留学生を預かる身になっていました。博士課程在籍者3人、北京大学からの博士課程と修士課程の短期派遣留学生3人、黒龍江大学から教員と学部生計2名です。この外4名の副指導教官も務めていますから、なかなか大変です。みんな勉強熱心で、礼儀正しい。何とか勇気づけてやりたい、という気持ちで始めたものです。以下は寄付してくれた方々への挨拶状。

　　　現在、新潟大学には約350名の留学生がいます。その3分の2以上は、私費留学生です。奨学金等の援助が何もない留学生もおります。そういう学生は学費・生活費を自分で稼がなければなりませんが、中国語のチュー

ターなどに出会えなければ、皿洗いや３Ｋと云われる肉体労働に従事せざるを得ません。私の学生で、家賃を節約するために、3000円で小屋を借りている留学生がいます。夏は暑く、冬は寒いうえに、水道もありません。彼らは勉学意欲旺盛ですから、へこたれる人はあまりいませんが、ほとんどが親の仕送りを受けている日本人学生との格差は一目瞭然です。

　そんな折り、信州では藤本師の提唱ですでに12年前から留学生に１万円分ずつの書籍を送っていることを知りました。藤本師が新潟に来られた折り、お話をお聞きして、大変合理的なやりかたに感心し、「これなら私たちにもできそうだ」と思い、新潟にも「新潟大学の留学生に本を贈る会」を作りました。新潟大学も留学生センターを中心に、大学をあげて協力してくれました。とりあえず、50人の留学生に贈ろうと決め、県民に趣旨を訴え、カンパを呼びかけたところ、目標の50万円を超えるカンパが寄せられました。そのなかには匿名で30万円を贈って下さった方もいました。私たちも大変励まされました。カンパをお寄せ下さった方、本当にありがとうございました。留学生に感想文付の応募者を募ったところ、夏休み間近にもかかわらず、これも50名を超える応募者を得ることができました。早速１人１万円ずつの書籍をプレゼントしました。受け取った留学生のなかには早速礼状を下さった方もいます。実際に本を買えてありがたかったこと、それにも増して自分たちが日本で勉強することを日本の人々が支えてくれたことに対する感謝の念を述べています。

　「留米親米、留日反日」という言葉を聞くことがあります。日本では留学生が恵まれた状況になく、チャンスも得にくく、差別があるので、折角日本に留学しても帰る時には反日になってしまうというのです。「贈る会」のような運動が広まっていけば、こんな言葉は死語になっていくでしょう。

　今年は初めての試みなので、藤本師にもいろいろアドヴァイスを頂きました。感謝申し上げるとともに、だんだん一人立ちできるように輪を広げて頑張っていきたいと思っています。

　お世話になった方々にあらためて感謝申し上げます。
2000年12月　「新潟大学の留学生に本を贈る会」幹事

今年は留学生の応募者が130人に達し、選抜しなければならなくなりました。これとは別にソロプチミスト協会というところからアジアの国から来た女子留学生5人に年間奨学金を支給したいという申し出もあり、新潟も少しずつ国際化しています。

　留学生の世話を始めた頃、私は留学生を招いてあげるという気持ちでした。ところが、だんだん気が付いたのですが、留学生が来ることによっていちばん得をしているのは日本人学生ではないか、と思うようになりました。さまざまな国の留学生が来ることによって、「へえ、そういう考え方があるんだ」と驚きながら自分を相対化・対象化する機会が得られている、ということです。それで、このごろは留学生に来てもらっている、と考えるようになりました。いまでは留学生抜きのFゼミは考えられません。

　つい先日私自身も、自分の学生時代を振り返って「原爆許すまじ」の歌を留学生に教えてあげたのですが、歌ってみてびっくりしました。「ふるさとの町焼かれ身寄りの骨埋め……」という歌詞をみていくと、あの歌には自分に繋がる故郷や身寄りしか出てこない。あの歌を歌っていたころ、私は全然気が付きませんでした。留学生の前で歌って初めて気が付いたのです。やっぱり自分の中に、都合の悪いことは水に流してしまう、「忘却のメカニズム」が働いていたんだなあと思いました。そして、もう一度、自分としては一所懸命がんばっていた戦後民主主義の時代を対象化してみたいと思うようになりました。これも、留学生のおかげだと思っています。

　映画「チンパオ」上映に関わることなど、まだまだ書きたいことがありますが、機会を改めます。「世界」の9月号に、これまでに述べてきたことなどに関わる文を載せました。興味ある方はそれをお読み下さい。

＊　今年5月11日、私は60歳になりました。小さい頃童謡で「村の渡しの船頭さんは、今年六十のお爺さん」という歌を聴きながら、60歳というのは凄い年齢だと思っていましたが、なってみるとどうということはない。精神年齢はいまも30歳くらいのつもりで生きてます。私には60歳らしく生きるのはまだ

無理があるようです。ただし、手術をした時には「生きて21世紀を迎える、つまり60歳になるのは無理かな？」と思ったりしましたので、今生きて60歳を迎えたことに感慨がないわけではありません。

で、本当は冒頭に書いてお礼を言うべきことですが、芳井先生、石見さん、関本君らがお膳立てしてくれて、素晴らしい会を開いてくれました。私は他人を祝ってワイワイやるのは嫌いではありませんが、自分のことになると恥ずかしくて今までもこの手のつどいはみなお断りしてきました。今回は「やあ、卒業生もこれをきっかけに集まることができるし」という芳井さんに乗せられ、やってもらいましたが、遠路の方も含め50名もの人々が駆けつけてくれ、1週間前の留学生による祝う会とあわせて「教師をやっててよかった」と思いました。赤いチャンチャンコならぬジャンパーも「ここはのらなきゃアカンか」と思って着ました。

研究に傾斜していた時もあり、組合活動や学務行政に追われていた時もあり、私が学生指導にかけた（というより一緒に遊んだ）時間、エネルギーは時によってむらがありますが、今は私の財産です。最初の頃の学生がもう50歳、私と10歳しか違わない。20歳と30歳ではだいぶ違うが、50歳と60歳ではもう違いはない。同僚のようなものです。それにしても卒業生諸君もさまざまな面をもっている。例えば鈴木伸康という男はみかけによらずナイーヴで傷つきやすいところがあるヤツだ、と思ってますが、会うとたいていドジをふんだ話になってしまう。ここにも、「忘却のメカニズム」が働いて一面化されていくのだな、などと思いながらスピーチを聴いていました。それにしても我がゼミにはいくつになっても、マジメが服を着ているような女性が多いなとも思いました。

ありがとうございました。

＊　山田先生が5月7日に逝去されました。先生は2月17日肺癌のため新潟西中央病院に入院しました。すでに骨などに転移しており、半年の寿命だろうと言われました。

2月15日留守に電話があり。普段あまり自分のことを口外されない先生が、かみさんに「僕は癌だと言われましてねェ」といつになく弱気な言をはかれた

ということで気になりました。2月17日福甚マンションを訪ねると鍵がかかっていました。ちょうど居合わせた井上慶隆さんともども「もしや」とびっくり、あちこち探したら、ご自分でさっさと入院していました。先生は1人暮らしがかなりきつく、おそらく一刻も早く安心したかったのでしょう。一時、回復に向かい退院して、萬松堂に行って本を買ったり、古町の喫茶店に入り、大きなマロンチョコレートパフェを注文し、全部食べられず苦笑いをしたりされた後、病状が悪化して静かに世を去られました。昨年、家を出たきり消息の分からぬ娘さんのことを山田先生らしく「遺産のことだけは連絡しておかなくちゃならないのに」と気にしておられました。告別式で読んだ弔辞を以下に転載します。

弔辞

山田英雄先生、「まだ万葉などでやっておきたいことがある」とおっしゃってひと月も経たぬうちに先生は帰らぬ人となられてしまいました。生涯を日本古代史の研究に捧げ、『日本古代史攷』、『万葉集覚書』に代表される博引傍証の実証的な研究を世に問われ、また「今昔物語」や「万葉集」の校注に象徴される諸文献を博捜する学風は「このようなタイプの書誌学は山田先生が最後ではないか」と言われるほどに際立ったものでありました。

記憶が定かでなくなって、昨日のことを忘れてしまうようになられても、万葉集や日本書紀などのことになると正確無比に話しておられたのが深く印象に残っております。先生の読書ぶりは広く深いもので、中国関係の新刊書が出るとすぐ「古厩君あれ読んだ？」と訊かれるので、私はいつも戦々兢々としていたものです。

学問における実証的で合理主義的な態度は行政面でも貫かれ、その手腕をかわれて人文学部長、付属図書館長などを歴任され、学外でも新潟県史編纂部会長会議議長や文化財保護審議委員会長などを務められました。

教育面でも山田先生の薫陶を受け、研究者・教育者として巣立たれた方が少なくありません。先生が始められた続日本紀の講読会は40年あまり経った今日も自主ゼミとして引き継がれて続いております。

私が先生の謦咳に接したのは1972年のことでありましたが、その頃の先生は

学生たちとよく登山やハイキングに行かれ、学生たちも先生のお宅におしかけていました。そんな姿に、より年輩の教え子からは「我々の頃は先生の笑顔を見たことがなかった。先生は変わられた」という声を聞きました。私は、可愛がって頂いたのをよいことに、不躾な質問をよくしましたが、この時も「先生、こういう声を耳にしますが、先生は何がきっかけで変わられたのですか？」と不躾な質問をぶつけてみました。先生はフフンと苦笑されながら「大学紛争だなあ」とつぶやかれました。先生はあの困難な時期に学部長事務取扱を務めておられました。

　先生の言動のなかでは軍隊経験が大きな位置を占めていました。お亡くなりになる1週間前に、やや意識が混濁したなかで、「日本人には中国人の気持ちなど全然わかってなかったんだよ」とおっしゃっていたのが印象に残っています。付き添いさんにもよく中国の話をして聞かせていましたね。私が赴任して間もなく史学科の教員で一緒に四国旅行をした折り、豪雨のためある駅で列車が立ち往生したことがありました。その時、先生が素早く「古厩君、売店に走れ」と指示されたことを思い出します。買い入れた食品を開きながら「戦争体験のある人は違いますね」と言うと「戦争は生きるか死ぬかの競争だからね」と言われました。そういえば、先生は健脚で、ハイキングでもいつも学生の方が置かれ気味でした。

　火災に遭われ奥様を失われて以後は、見方によっては苦難の日々であったかもしれません。しかし「卒業生たちがこんなに心配してくれるとは」とおっしゃっていた先生はあらためて周囲の人々のヒューマニティを発見されたようでした。この度、再度の入院をされた後、先生は「きみ、ここの人はみな献身的にやってくれるよ」「ここにいると人間の機微というものがよくみえるね」などとよく真顔でおっしゃっておられました。

　毎日のように見舞いに通われた井上慶隆先生と意見が一致したのは「先生は日々童心に帰っておられる」ということでした。人はみなそうかもしれません。しかし、付き添いさんに「先生、食べないとまた花見に行かれんがね」と諭されて頷きながら、看護婦さんに「君も一緒に行くか？」などと言われている姿は「怖い山田先生」を知っている者には想像しがたいことでした。亡くなられ

る2日前に、教え子が山から取ってきてくれた草花の篭を手にとって香をかぎ、にっこりされた姿は我々の知らぬ「童」そのものの山田先生でありました。そして5月7日、弟さん夫妻が来られたのを待っていたかのように、安らかに旅立たれました。私は思います。山田英雄先生、大往生。

安らかに
2001年5月11日　　　　　　　　　　　　　　古厩忠夫

＊　もう1つ報告があります。いま、信州のふるさと（塩尻市北小野146、かつては東筑摩郡筑摩地村）に家を建てています。私の生まれた家は安永9年（1780年）建造の茅葺きの家でしたが、挙家離村となり、20年前に消防署から再三注意を受け、当時学生だった浅井君と伊東君に手伝ってもらって取り壊さざるを得ませんでした。最初は書庫と寝泊まりできる部屋を1つ作ろうと思ったのですが、いろいろな経緯を経てだんだん本格的な話になってしまいました。大学の同級生の深井さんの誘いから、これも大学時代の同僚で建築をやっている立花直美さんに設計をお願いし、新伝統構法に人生をつぎ込んでいる三浦さんという大工さんに建ててもらっています。釘や蝶番（ちょうつがい）をほとんど使わず、ヌキ工法、かなわ繋ぎなどの伝統的な工法に依るので大変手間がかかります。私のふるさとは山1つ隔てて木曽に隣接しています。「土地にあった材を」ということで、1階は頑張って檜造りにしました。無駄を嫌う私ですが、今回は1枚屋根の本棟造りにしました。標高850メートルの寒冷地に合った二重通気構造がどれくらい機能するかも楽しみです。

　設計者には設計者の考えがあり、大工さんに大工さんの考えがあり、もちろん施主には施主の希望があります。下手に希望を出すと「古厩さん、民宿でも作るつもり？」「そんなに物入れ作って一体何を入れるの？」などとやられますが、それぞれの考えをぶつけながら家を造っていくというのは、国際シンポジウムで「協生」のための一致点を求めていくのと同じで、なかなか楽しいものです。これも、施主以上に家造りに執念を燃やす大工さん、設計者に恵まれているからであることはもちろんです。「家を建てると病気になる」という話をよく聞きます。それは、口うるさく注文を出していないと「手抜き」をされると

いった心配からでしょう。我が家の場合は、契約以上に土台工事をきちんとやってくれたりで、口を出さぬ方が結果的によいことがけっこうあるようです。格子の天井も結構気に入ってます。建坪50坪ほどで決して広い家ではありませんが、1階にはワンフロアーの広間があり、雑魚寝もできます。完成の暁にはお越し下さい。ただし、最初のうちは着いたらまず檜の床を乾拭きしてもらうことになります。働かざる者住むべからずです。周囲はちょっと家が建て込んでいますが、近くには母の実家が宮司を務める信濃の国二之宮があり、おいしい湧き水が有名です。

　気候は軽井沢に似て真夏でも夜は浴衣1枚では寒いくらいです。その代わり、冬は……零下15度くらいでしょう。

　いよいよ時間切れです。今年はこのあと上海とハルビンと台北と年内に3回出かける予定です。次回からの「Fゼミ通信」はメール通信にしようかと思っています。未通信の方、アドレス教えて下さい。ではまた。

Fゼミ通信 No.26

2002.01.01

90％現象の始まりは1984年の「三浦和義ロス殺人疑惑」が最初かと前号に書きましたが、年末を迎えて、今年ほど日本全体が苛立ち、性急になって付和雷同した年はなかった、と思います。

　今年は久しぶりに信州でのお正月です。日付は年末に出す賀状と同様、元旦にしてありますが、年末に通信をメールで送ってから行こうと思いつつ書いております。文字化けなどありましたらお知らせを。メールやらない人を差別するつもりではありませんので、従来通り郵送もします。

＊　1年間を振り返ってみて、いろいろなことがあったな、と思います。『新しい歴史教科書』が出て店頭に平積みされたこと、そして結果として採択が0.093％に終わったこと（厳密に言えばあの石原東京都知事と文部官僚上がりの加戸愛媛県知事が直接任命した教育委員が構成する教育委員会以外は採択しなかったこと）、小泉首相が8月13日に靖国神社を参拝したこと、それぞれ激しいつばぜり合いの結果でした。しかし、9月11日にニューヨークで無差別テロが起こって以降、一気にテロ対策特別法が成立し、自衛隊の海外派遣が認められ、11月25日インド洋に向けて出航しました。この間の事態の推移をみると小泉さんが近隣の諸国、つまり中国や韓国など東アジア諸国に全く配慮していないことがはっきりします。12月1日に金沢に招かれて日中韓国際シンポジウムに参加して、改めて隣人たちの警戒心の強さを身に沁みて感じました。西ドイツのシュミット元首相が「日本は近隣アジア諸国に隣人がいない」と言ったそうですが、近隣諸国の憂慮に耳を傾けないでいると、せっかく近くなった関係を信頼関係にすることがますますできなくなってくる。

なかでも、今年一番気になったことは「90％」現象です。小泉支持率が90％、アメリカのアフガン報復攻撃支持が90％、「今太閤」と呼ばれて大変な人気で、史上最高の支持率が話題になった田中角栄首相の場合でさえ60％ですから、国民の90％が支持するということがいかに大変なことか、考えてみて下さい。「自衛隊は危ない所に出しちゃいかんでは話にならない」と言ってる人です。小泉首相は何をしたのでしょうか？　靖国神社参拝に自衛隊の海外派遣そして保険料の負担増以外にはラルフ・ローレンの宣伝くらいなのに、どうして人気があがるのか？　森前首相がラグビー観に行くと支持率が下がり、小泉首相がキャッチボールやると支持率が上がる。理由はいろいろありますが、テレビの意図的な影響の大きさを考えずにはいられません。森前首相の支持率1ケタにもテレビが大きく作用しています。90％現象の始まりは1984年の「三浦和義ロス殺人疑惑」が最初かと前号に書きましたが、年末を迎えて、今年ほど日本全体が苛立ち、性急になって付和雷同した年はなかった、と思います。

　もう1つ、これは今に始まったことではありませんが、今年は言葉の記号性の弱まり、実態との乖離を痛感しました。戦後まず警察予備隊と呼ばれた自衛隊はやがて保安隊と呼ばれ、そして自衛隊となりました。つまり軍隊ではない、憲法9条に違反しないとするための強弁でした。いまや、世界中に、武装してインド洋まで行く自衛隊が軍隊だと思っていない人なんかいないのに、自衛隊と言い、合憲だと言って憚らない。台湾に行って台湾の地図を買うと、中華民国地図とあり、首都は南京になっている。中国は社会主義国である。戦後56年、構造が変わり実態が変容しても言葉は変わらないんですね。もっとも、テロ事件が起きても外務省の発表するアメリカの旅行危険度はゼロ。他方でこのところ何も起こっていないのにブラジルやエジプトの危険度は2。言葉がみんな嘘っぽくなっているのに、みんな裸の王様然と平気で使っていると思いませんか？

　いま大学では「大学改革」が叫ばれていますが、予算を削り、定員を減らしてよりよい大学を作る、というのは不可能に近い。みんな嘘っぽいと思いながら「改革」という言葉を使っている。座り心地の悪さを感じます。さまざまな会議が開かれ、年末になるとシラバスの原稿作成、業績調査の提出など書類の提出に追われます。私には赴任当時の新潟大学の方がよほど環境がよかったよ

うに思われます。

＊　今年は7月のシンポジウム以来、あるいは『新しい歴史教科書』問題以来、歴史の「記録」と「記憶」の問題について考えてきました。いまや、戦後56年、あの戦争を身を以て体験し、記憶している人はごく一部になりました。みんな、その多くは教科書や各種メディアで観たり聞いたりして身につけた「記憶」です。国が違うとこの戦争や植民地支配がどのように教えられ、どのように語られるか異なりますから、それぞれの「記憶」もおそろしく違います。留学生と語る時、いつも感ずることです。1例を『世界』9月号に載せた論文のうち、映画「チンパオ」に関する部分の主旨を紹介しましょう。

【「チンパオ」と2つの感情記憶】

　6月、遅ればせながら新潟でも上映委員会を作って「チンパオ」という映画を上映した。日中平和条約20周年記念の日中合作映画である。これまでも日中合作映画と称する映画はあった。鑑真和尚をテーマにした「天平の甍」、40億円の大作「敦煌」など。しかし、いずれも日本が企画して金と監督や俳優を出し、中国側がロケ地と補充のスタッフや労働力を提供するという奇形的「合作」であった。「チンパオ」の監督を務めた中田新一によれば（「日中合作映画"チンパオ"を撮って」「季刊　中国」63号、2000年冬季）、「チンパオ」は、共同で企画し、両国からライターを出し、議論しながらシナリオを作り、俳優も中国人役は中国人がこなし、資金もそれぞれ双方で責任をもつ、という文字どおりの合作映画として作成されたはじめての映画であるという。

　しかし、共同作業はシナリオ作りの段階から難航したという。双方は困難を承知で敢えて「チンパオ」を題材に選んだ。映画は、かつて日本軍兵士として中国大陸で従軍していた相沢健（田村高広）が、76歳になって初めて上官だった堀軍曹の墓参りに中国に行くところから始まる。大陸打通作戦に参加した彼らの軍隊は飢えに苦しみ、行く先々の村で家畜や穀物を略奪して飢えを凌ぐ。日本兵に親を殺されたチンパオ兄妹の唯一の生存手段の牛も日本軍に奪われる。兄妹は家族同様に可愛がっていた牛を返して

くれ、と言い張ってどこまでも日本兵の後をつけてきた。その懸命な姿に心を打たれた相沢は秘かに牛を逃がしてやった。南方から敗走してきた将兵たちは激高して兄妹を追う。追いかける将兵の前に無骨な上官堀軍曹が立ち塞がる。それを将兵たちが射殺する。といったストーリーだ。

　中国で抗日戦争映画を創る目的ははっきりしている。単純化すれば悪逆非道を尽くす日本軍、苦境の中でくじけずにそれと戦う中国（あるいは戦う共産党・人民 vs 戦わない国民党）、困難を克服しての勝利といった骨組みになる。そこでは日本兵は鬼である、鬼は人ではない、だから日本兵には心はないという三段論法で処理される。だが、それでは日本人にとってあまりに救いがない。本来ヒューマニズムの持ち主であるはずの日本人がどうしてあのような残虐行為に走ったのかを説明せねばならないし、できれば、せめて今後の拠り所となり得るような良心の証があったことを確かめたい。そうでないと映画館に足を運ばないであろう。

　シナリオ作成過程ではこうした双方の思いの違いが各所でぶつかったという。「軍曹が中国人の女の子が熱にうなされているのを見て、やがて自分の妹を思い出す」シーンやその子が手で作る馬や犬の影絵を見せてもらって少し微笑むシーンなどはすべてカットされた。過去の罪に悩む相沢に対して中国人の若い娘が「相沢さん、過去にこだわり過ぎると未来を見失うこともあります」というセリフは中国人にはとても言えないという当然の反発があり、しかし、消してしまわずに岩崎ひろみ扮する日本人の孫娘がいうことになった。「戦争に反対している日本人が戦場に来るはずがない。反対した人は小林多喜二のように日本で殺されたはずだ」という意見も中国側から出たという。

　私は映画を見て率直に言えば「アマイ」と思った。筋立てに無理がある。現実の戦場ではチンパオも相沢もとっくに殺されているはずだ。牛1頭のために命を捨てていたらいくつ命があっても足りない、中国人はそれをよく知っているから牛のために日本軍に刃向かうなんてことは絶対しない、という留学生の弁も頷ける。相沢は何を悔いているのか、あいまいだ。日中双方の辛うじて到達した傷だらけの了解点を示している。一緒に観にい

った中国人留学生は「日本兵士が美化されている」と率直に語った。これは中国に生まれ育った青年の多数意見であろうと思われる。その意味ではこの映画は日本人向けである。議論の積み重ねと合意への努力の上に完成した「チンパオ」であるが、いまのところ日本だけでの上演になっており、中国での上映許可が下りていないというのも頷ける。にもかかわらず、従来の衝突を避けた形式上の合作映画と異なって、双方のスタンスの違いを知り合い、相違を敢えてぶつけ合ったところに「チンパオ」合作の真の意義があったと私は思う。

(中略)

　新潟での「チンパオ」上映後、寄せられた感想47通が『爽』(責任者片桐和子) に載っている。日本人には「本当に感動しました。……悲劇に涙が止まりませんでした。戦争は二度と起こしてはいけないと強く思いました」(26歳女性)、「子供がもうすぐできます。子供を戦争には絶対行かせない」(25歳男性) という感想が圧倒的に多い。「チンパオと堀さんの無念さが心にしみてなりません」(35歳男性) と映画を絶賛したものがほとんどだ。そこでは中国人チンパオの無念も日本人堀軍曹の無念も一緒にして「戦争」の非人間性の被害者と観る。もちろん「中国の方々にとてもすまない思いです」(記入なし)、「日本人の犯した事は分かっていたつもりですが、それがさらに分かった」(20歳女性) と加害に言及する感想もあったが。他方中国人留学生の感想はほとんどが「日本の兵士が美化されている」「相沢のような兵士がいたらすぐ殺されてしまうだろう。筋書きが無理である」というものであった。それぞれの脳裏にある戦争「記憶」からすれば当然であろう。そして、実態に関する限り留学生の言う方が合っている。

　にもかかわらず、「チンパオ」制作の過程で中田監督が「甘さ」を承知で敢えて固執したのは日本人観客を想定し、その感情記憶に加害問題をも繋げたいという想いに発するものではなかろうか？と思う。私の印象に残ったのは、ある中国人留学生が、上演後多くの日本人が涙を流しているのをみて、「戦争中の日本人兵士があのようなヒューマニズムを持っていることはない」と批判しながら、そうしたヒューマニズムが戦争で押し潰されて

いくところに「現在の日本の観客がこの映画を受け入れる主たる原因がある」ことを認め、「歴史の事実を尊重しているか否かは必ずしも議論の原則的問題ではないだろう」とこの映画の存在意義を評価したことである。
　あまりに隔たった「記憶」が背景にある中で、認識の統一を急ぐことは有効なことではない。いま大事なことは共通の見解・認識に到達することより、むしろ自他の相違性・差異性を明確に認識し、これを対象化して、相互に相手の考えとその思考回路を理解することであろう。
　12月1日の金沢シンポジウムで韓国から来られた柳永烈先生は「易地思之」という言葉を使ったが意味するところは同じではないかと思いました。また、フロアーからスイスの日本研究者が、「ドイツとポーランドのように教科書を一緒に作るような試みはできないのか？」と質問された時、私は「将来そうできるように努力したいが、例えば伊藤博文をどう書くか、というようなことを考えてみても、今は無理だと思う。東アジアではナショナリズムがそれぞれの国においてそれぞれに大きな役割を果たしているからだ。ただし、そうした話し合いは大切だし、現実に行われている。また、隣国の教科書を副読本として参考にすることは、内向きのナショナリズムに陥りがちないま有意義なことである」と述べました。
　留学生の存在は大きいと思います。20年前に留学生を受け入れはじめた頃は「留学生のために」と尽力していましたが、今は留学生の存在は日本人学生のためにも私のためにも必要なものだ、と思っています。
＊　先回のゼミ通信後、8～9月には上海（南通）に、9月にはハルビン（北京）に、11月には台湾に行って来ました。上海については『アジア遊学』11月号（勉誠出版）に載せた1文のうち、昨年と今年の印象に関する部分（「21世紀の上海」）を載せて感想に代えます。因みに、11月号は上海特集号でなかなか面白い。

　【21世紀の上海】
　ここ2年ほどの上海は変容の質がまたひと味違ってきた。昨年・今年の上海行きで感じたことは、上海の変容は「クレオール上海」の面白さから

「オーソドックス」なものになりつつあるのか、ということであった。確かに「紅子鶏」は相変わらずの賑わいを見せているが、ライブの店やレトロを売り物にする店などがあちこちに輩出して、もう珍しさはない。「昨日のスゴイッは今日のフツー」なのが上海である。既存の遺産をリニューアルして「改革開放」する段階から、外資を導入して古いものを壊して、新しい質の違った上海が出現している。その代表である浦東に、これも新交通体系の目玉である地下鉄に乗って入ると息をのむ。立ち並ぶガラスばりの高層ビルは地震の国から来たものには何とも危うく見えるが、壮観である。食事をした金毛大厦（ハイアットホテル）は88階建てで、世界第3位の高さだと何人もの人から聞かされた。食事をしながら、対岸の外灘・バンドの夜景を見る。美しさもさることながら、あのかつて荘厳さを誇ったイギリス帝国主義の象徴のバンドの建物群がなんとちっぽけに見えることか！数十階建てのビルが建ち並ぶ浦東は明らかに、バンドや租界を後景に押しやり、自分たちで造った上海、新たな上海ナショナリズムを主張している。陳列館の「上海2002年」の模型はその自負を示す。

　歴史研究所の熊副所長から、上海の1930年代の経済成長率は平均8％台だったという話を聞いた。きっと20〜30年代の上海も今の浦東のような活気にもえて、租界が形成されていったのだろうと言うと、すかさず「違うのは主人公が外国人でなく、中国人だということだ」と中国の友人が言った。南市→租界→華界→浦東と発展の中枢舞台は徐々に移り変わり、今や浦東の時代が来つつあるのだ。98年には「浦東の1軒家より滬西の1室」という話を聞いたが、今はもう浦東の1軒家の方が好まれるようになったという。

　# 体系化し、膨張する上海

　しかし、「浦東の時代」というのは正しくない。これまでと違って上海全体が体系的に変わっているのだ。浦東の外に徐家匯や五角場などが副都心として新交通体系で結ばれ、装いを新たにしつつある。地下鉄・電車・バスからタクシーまで使える共通パスが出現する。これはヨーロッパの都市を超える幅広さだ。かつて新潟大学に留学していた張さんを徐家匯の新居

に訪れて驚いた。香港資本との合作で開発した港匯広場を中心に高層ビルが立ち並ぶ。その1つの17階に4ＬＫの彼の自宅がある。日本円にすれば1500万円くらいだという。調度品も凄い。しかし、それは詩話を学び絵を描くことを趣味とする彼の甲斐性によるものではない。奥さんが「東方のマンハッタン」と称する高級マンション地域を開発する香港資本の不動産会社の経理をやっているからだ。かつて歴史研究所があったので、徐家匯はよく通った。その頃、慣れ親しんだ天主教の教会は沈下したようにビルの谷間に埋もれていた。弄堂が壊され、戦前の建物が取り壊され、いまや全土上海が生まれ変わりつつある。上海の新宿と呼ばれる徐家匯は今最もおしゃれなショッピングシティになっている。もう南京路はもちろん淮海まで行く必要はない、という。外地人のたむろする南京路の人混みも往事に比べると少なくなった。さらに変容は郊外に及ぶ。周辺のヒンターランドを高速道路を繋げて、工場地帯や近郊農業地帯としてタイトに組み込み、上海は外延的に拡大されつつある。

＃ チャンスを求めて

5万円兌換して1センチ足らずの紙幣を勘定している私と違って、札束を紙袋に入れて平然と出ていく上海人、着の身着のまま同然でやってきた外地人、上海に住む人の経済格差は驚くほど大きい。しかし、夢の大きさは同じだろう。宗教のないところで社会主義への忠誠もなくなって、すべての枠が取り払われた上海はかつてのニューヨークに似ているかもしれない。刺激的で、国際的で、金銭的で、誰もが工夫一つで「大金持ち」になれる、という「神話」が信じられている。レストランなど2年前とはだいぶ入れ替わっている。淮海路はじめ、よくこれだけあるなと思うほどだが、繁盛している店があるかと思うと、隣の店は閑古鳥がないている。値段のつけ方も「何でこんなに高いのか？」と思うほどかなりいい加減である。普通の雑貨屋だが、看板だけは「超市」（スーパーストア）になっていたりする。みんな「儲ける」ことに邁進している。そうした中から裕福な人々が層として形成されてきている。かつては外国人ばかりだった高級レストランも中国人の数の方が多くなっている。徐家匯の張さん宅で17階の窓から街を

展望していたら、一際高いビルが建築途中で錆び付いたように骸骨然と建っているのが目に留まった。訊いてみるとチベット政府の手になるものだが、途中で金が足りなくなって、1年余り雨ざらしになったままだという。金がなくなったらそれまで。これも上海らしい。

酒を飲みながら、誰からともなく「今日の上海はまさに1930年代に戻ったね」という声があって頷いた。「共産党も国民党になったね」と言って笑った。かつて上海で商売をしていて、現在広東に移っている日本人に話を聴く機会があった。上海は規程を守って商売している限り自由に競争ができるようになっている。しかし、広東は香港の影響もあって、人間関係による作用などが強く、純経済的関係では仕事ができない、と言う。こういった話は他の人からも聞いた。日本の新聞でも賄賂の弊が広く伝えられているが、上海では取締りの厳しさもあって、中国のなかでは最も弊害が少ないという。中国製品が世界市場を征服しつつあることが新聞を賑わせている。もうアパレルだけではない。カラーテレビやＶＴＲは世界の生産の4分の1が中国産だ。アメリカや日本に留学した若者たちは外資と提携しつつ次々に世界を股にかけた企業を開設している。徹底した労務管理で「安かろう、悪かろう」という中国品のイメージは払拭されている。

上海的合理性

初めての経験だが、昨年の旅行ではパスポートをなくすという失態をしてしまった。東の呉淞路の公安から虹橋の出入国管理所へ、また公安局へ、そして日本領事館へ、さらに公安局へ2回行ってようやく帰国のための仮ビザを入手した。出入国管理所の対応は迅速で、私が書類に記入している間に、パソコンで検索して「入国証明書」を作成してしまっていた。出入国管理所から乗ったタクシーが明らかに回り道をした。私が咎めると「ホテルの場所を間違えたのだ」という。私は諦めつつも「失望した」と述べた。ホテルに着いたらその運転手は「私のミスだから27元のところ、20元だけでよい」と言う。感激して「その言葉を聞いただけで充分だ」と言ったが、彼は「私の気持ちが済まない」と20元だけ受け取って帰った。今回乗ったタクシーも「道路状況が悪いので回り道をする。その分だけ料金を

差し引く」と了解を求め、メーターから4元引いて料金を取った。いずれも、かつては考えられないことであった。2年前延安路高架路などができて、旧上海東西の交通事情は抜群によくなった。タクシーの数も増えて、上海はタクシー利用が最も便利な街だと思った。虹橋空港には何キロかにわたって空車が客待ちしている。折角待った挙げ句だからだろう、あまり近いところへ行こうとすると乗車拒否される。運転手に訊いてみると、車が多くなったし地下鉄もできたので稼ぎは月2000元位、数年前の半分になってしまったという。しかし、今回は新しい事態に遭遇した。近距離客を乗車拒否する運転手の気持ちも分かる。しかし、それで乗客が困る、というので「強生」という大手のタクシー会社は「遠距離客は乗せない」という約束の下に近距離客専門のタクシー乗り場を設置していた。この小回りの良さはやはり上海だと感心した。

　朝、油条・油餅が食べたくて近所を探したがみつからなかった。おばさんに訊いてみると「この近所にはもうない」という。淮海路という地域性もあるが、住宅事情がよくなり家に台所があるようになったので、買う人が少なくなったという。その代わりに至る所に「ローソン」があり、若者は油餅に代わって、おでんをほおばりながら雑誌をみている。上海のコンビニの数は2000店、なお増加し続けている。9月が近づくとあの「杏花楼」の月餅が並んだり、品揃えは違うが、ここの若者たちもコンビニ的生活と携帯電話を楽しんでいる。87年には「上海で唯一のうまいパン」ということで、静安賓館まで行って並んで買った「静安面包」のパンが上海市図書館の売店でも買えるようになっていた。だいいち、うまいパンは「静安面包」だけでなく、あちこちにあった。

　昨年秋、友人のSさんが租界と南市を統括する黄浦区の副区長になったという話を聞いて、連絡してみた。文教・衛生・文化などを担当するSさんは新学期の忙しい合間を縫ってホテルに来てくれた。区立の小学校を合併してエレベーター付の新校舎を造っている。体育センターも新設した、など解放以来の本格的整備が進んでいるという。国際的芸術家にも上海訪問希望者が多く、毎日の接待が大変だという。人民広場で、ドミンゴやカ

ルロスの熱唱や第九の演奏が行われるというポスターをみた。勢いづいている。しかし、一方で日本と同様な「改革」も行われている。保険制度など。これまで、企業は100％支払い、公務員も90％は保障していたものを、保険を統一して応分の自己負担をして貰う、風邪をひいた時買い薬ですませた場合には補助金を出す、など保険制度の赤字解消が当面のヤマだという。

　＃「精明」上海

　伝統が消え、クレオール的な変化より「国際的」な変化が目立っているようにも見えるが、「やはり上海は上海だ」と思う。ＡＰＥＣを控えた上海は化粧直しに大童だった。昔と違って工事中の場所は綺麗な絵を描いた壁で仕切られている。古い建物は屋根だけ作り直して、軽軌道電車「明珠線」からの見場をよくしている。留学から帰ったＹさんは、免許証を中国のものに書き換えるのに手間がかかるので、かなりのお金を払ったという。でも「上海はお金払えば何でもできますから」という。今でも、私も含めて「上海にくるとホッとする」という日本人は少なくない。夢を持つ者にとって、規制から離れたくなった者にとって、一攫千金を試みる者にとって、規制が少なく最も自由で、合理的で小回りの利く街である。

　「何でも」ありの上海。芥川龍之介は「三角の家だってある」といったが、一見して何の枠もない上海は「既成社会」日本から行くと何かホッとする空気が今もある。しかし、つぶさに見るとその基底には徹底した合理性がある。合理性に基づいて変わり続けるのが上海である。古いものも利用できる限りは活かすが、そうでなければ容赦なく壊していく。昨日在った店が今日はなくなっている。朱旭主演の「心の湯」という心温まる映画を観た。あれはなくなりゆく銭湯を惜しむ人々の心情を描く、あの映画は北京だ、上海ではできないと思った。北方人は上海人を「精明」だという。「あたまがいい」という日本語に似て、一面譽めつつ、他面で嫌っている。伝統的モラルや人情も刻み込んでしまう上海的合理主義に対する想いであろう。いつも「万事混沌」（殿木圭一）に見える上海もよく見据えると基底に「精明」＝上海的合理主義のものさしがほの見えてくる。

以上、去年の通信とダブっている所あり。

* 「アジア遊学」に原稿を書いた後、劉建輝『魔都上海』（講談社、2000年）を読んで驚きました。「クレオール」という言葉が至る所に出てきます。22頁、164頁、238頁、プロローグの8頁には2カ所も出てきます。同書のキーワードです。私は1993年の上海開港150周年記念シンポジウムで報告する際、上海の性格をどう表現したらよいか、頭をひねり、「クレオール」という言語学の概念が一番相応しいと考えて使用しました。西洋史の増谷さんから「チョット、拡大解釈しすぎじゃない？」と批判された記憶があります。日本で活字にしたのは「東方」1994.6月号の「クレオール上海　1993年」が初めで、その後も気に入ってしばしば使っています。このことは『上海史』（1995年）のあとがきにも紹介してあります。劉氏は『上海史』を読んでいるにもかかわらず、「クレオール」を「駆使」して『魔都上海』を書いているのに、断り書きもない。思わず「盗んだな」と叫んでしまいました。劉氏は神戸大学の大学院を出て、北京大学の助教授を務め、現在国際日本文化研究センター助教授という立派な肩書きを持っている新鋭だけにモラルの欠如を惜しみます。どうしようか考えています。

* さて上海から帰って間もなく訪れたハルビンのH先生から聞いた話はまた衝撃的でした。H先生は農村調査を行なっていました。私は中国で一番深刻な問題は地域格差だと思っていたので、そのことを尋ねました。「それは酷いものだ」とH先生は言います。農家の年収は3000元足らず。上海のタクシー運転手が「今は昔の半分だ」と言っても月収2000元です。しかも、農民にはあまりにも種々の負担が多い。最大の問題はみんな不満を抱いているのにそれを吸い上げるパイプがないことだという。党書記や農村幹部は農民を抑え込んで、上級にはみんな満足している、という報告しかあげない。自分の成績を上げるためである。幹部に反抗できるような状況にはないという。陝西省から来ている院生も同様な話をしていました。選挙をやっても幹部に簡単に抑え込まれてしまう。ＷＴＯ加盟後農村はますます大変になるだろう、という。張国良君が以前「父母たちの世代には鄧小平時代より毛沢東の方がよかった、貧しくても不安がなかったと言っている」と述べていたことを思い出しました。

黒龍江大学は大金をかけて図書館を作り、体育館を建て一新していました。資金調達のため体育館の地下全部使ってハルビン最大のスーパーを導入していました。その代わり学費は高くなって、中流以上でないと子弟を黒大に入れられなくなったという話も聞きました。「21世紀の大学像」と題する国際シンポジウムが開かれましたが、イギリスや韓国の大学を含めてみんながITの時代だということ、「役に立つ大学」を目指していることにやや驚きを感じました。

＊　わが水沢智信君と小林よしのり（並べるのは水沢君に失礼だな）が絶賛する台湾に初めて行って来ました。きわめて成熟した暮らしやすい社会でした。わずか8日間の短い滞在でしたが、その間に「両次世界大戦期間的中国経済」、「東北亜華僑社会網絡興近代中国」の2つのシンポジウムに参加し、国史館、国民党史委員会、国家図書館、中央研究院の資料をみて来たのですから効率の良さが分かるでしょう。例えば国史館、遠い所にあるのですが、地下鉄の終点から国史館のマイクロバスに乗って到着すると、紹介状など不要、パスポートを見せるだけで、すべての資料がみられる。2人の小姐が寄ってきて「何を見たいのか？」と訊く。いくつかのキーワードをいうとすぐパソコンで引いてくれる。台湾のワープロは注印字母が中心だから我々には引きにくい。新聞を見る時には使い捨ての手袋とマスクをくれる。資料をみながら必要箇所は自分でコピーしてよい。コピー代はなんと日本円で1枚3.6円！安い。本も公費購入だと7掛けにしてくれる。国家図書館のコピーは4.7円だが、全国の修士論文と博士論文が開架に収まっており、院生が20台ほどあるコピー機を駆使してコピーしている。借りたい図書をパソコンで検索してチェックするとそのまま書庫に連絡が行き、見つかると電視掲示板に知らせが出る。万事こんな調子です。シンポジウムも大抵は自由に参加でき、昼食と晩餐会付き、金はとらない。ただ不思議なのは南国の台北もすでに10度台まで気温が下がっているのにどこの資料室もクーラーが入っていることである。係員はセーターを着ている。私も念のために持参したヤッケを着っぱなしだった。それと繁体字、「團體」なんて久しぶりに書きました。不便を感じたのはそれくらい。
　それ以上に、人々が親切である。挨拶代わりに「対不起＝すみません」とい

う言葉が出てくるのは、日本と同じだが、大陸の中国語を聞き慣れた者には最初奇異な感じがするほどである。台北はイエローキャブが沢山走っているから便利である。でも、タクシーで往復していると見えないものがあるので、できればバスに乗る。ちょうど台湾は総選挙の真っ最中。台湾の選挙は派手ですからバス停の看板にもポスターがベタベタ貼られ、停留所名が見えない。運転手に「新生路まであといくつ？」と訊いてみたら閩南語で何か言い、知らん顔。そしたら後ろの人が「どこまで行きたいのか？」と訊く。答えると「私は先に降りるから」と先まで乗っている人を捜して教えてくれた。その人は私が持っている百円札をみて、運転手はおつりをくれないからくずしてやると言い、隣の人に呼びかけて10円玉10個集めてくれた。バスの中がなごんだ。首都のバスとは思えない。近所の楽学書局で本を買ったら、よそで買った本も一緒に郵送してくれると言う。帰る間際に台湾師範大学の院生に手伝ってもらって段ボール2個分40キロの書籍を送ってもらった。約5000日本円。ありがたかった。これらはすべて富沢さん、西村さんの的確なインフォメーションに依るもの。ただただ感謝。

　9月11日以来、トップニュースは同時多発テロ、確かに何かが壊れたのだという想いとともに異様に思いつつ台湾に行ってみると、台湾のＴＶにはほとんど出てこない、ちょうど立法院の選挙が近かったので選挙のニュース、そして野球のワールドカップ、ＷＴＯ加入で米酒の値段が高騰した騒ぎなど。9月末にハルビンに行った時も感じましたが、この間の日本のメディアの報道は他のアジア諸国とは全く違っていることを再認識しました。日本の話題が出てきたのは狂牛病の2頭目が見つかったことと宮沢りえが台湾に来たことくらい、確かに真紀子バッシングや小泉フィーバーは他国の人には説明しにくい。日本の政治というのは内向きだな、とあらためて思いました。

　台湾の選挙はお祭りです。人々は温和で親切に見えるが、選挙になると形相が変わってきて、街中にのぼりがはためき、ＴＶを見ているとあちこちで「武闘」が行われます。でも、そっくりさんが候補者に替わって演説をしたりする遊び心もある。タクシーの運ちゃんに「あなたは台独派か、国民党支持か？」とややぶしつけな質問をしてみたところ「あれは政治家が自分の勢力を増やす

ために煽り立てているのであって、我々が望んでいるのは、いまの生活と安定だ。あまり極端はよくない」との答。何となく「鼓腹撃壌」の世界を想起して頷いてしまいました。

　そういえば台北には「○○一」といった、高さを誇る高層建築がない。中正記念堂を除いて仰々しい建物がないのもいい。台湾は中小企業でもっているところがある。そしてたばこやさんや雑貨屋や食い物屋など日本ではなくなってしまった店がある。日本ではコンビニやスーパーに取って代わられたし、下請け企業は不景気で消滅しつつある。そういう街はやや雑然としているが、暖かみがあり、安心感がある。それは日本ではいま「リストラ」の名の下に消去されつつあるものだ。また、上海でどんどん取り壊されているコミュニティが台北では保たれている。スーパーは安いし、コンビニは便利だが、長期的に見れば顔見知りの、コミュニティの一員である個人商店の集団の方が地域の人にとっては親近感・安心感がある。ダイエーが去った街、サティーが去った街は不便だ。西村さんにそんな感想を述べたら「確かに台湾はハイブリッドな構造を持っています」と彼らしい表現をしました。私の従来の言葉を使えば、20世紀的効率主義からは「鼓腹撃壌」の世は生まれない、ということになるでしょうか？

　「大陸の脅威」に圧迫感を持っているだろうに、あまり「国家」を感じない。日本も「大国」を目指さなければけっこう住みやすいのにと思う。大陸の「影」はアンビヴァレントだ。経済的には、上海だけでも20万人の台湾人が活躍し、書店には「大陸投資」のハウツーものが並ぶ。他方、ＴＶを見ていたら「大陸妹」の一斉摘発の模様を詳しく報道していた。若い女性が大陸から密航してきて、春を鬻（ひさ）いで稼ぐ人々が多いようです。

　シンポジウムにも中国社会科学院や復旦大学からの訪問者が少なからず参加し、丁々発止とやり合っているのをみると、我々の入る余地がないように思われてくる。台湾の若手張寧女史（近代史研究所）が30年代の卵貿易について発表したら評論員の清華大学劉瑞華教授が「民族資本」というような政治的な範疇は使うべきではない、と批判した。浙江大学の若手の馮さんが五四、五三〇運動を経済的合理性の観点から考察したのに対し、中央研究院の李達嘉氏が一

面的だと批判した。かつてとは立場がさかさまになっているのに驚くとともに笑ってしまった。双方ともこの数年間に研究が飛躍的に精密化しており、双方が互いに档案を利用し合っている。党史会で会った北京大学の劉其奎教授もそうだったが、国史館で会った馬振徳南京第二歴史档案館副館長も昼飯も15分ほどで済ませ、5時ぎりぎりまでパソコンを駆使していた。一緒に食事をした時、「台湾の資料公開は見習うべきところがある」と述べていた。

　かように関係が緊密化している一方で、政治的にはむしろ今回の選挙にもみられるように独自性を強化する動きの方が強い。大陸要人の発言には一斉に強い反発をみせる。大陸との関係強化を謳った新党にはそれが逆効果になって、とうとう1議席になってしまった。「脅迫する人を好きになる人がいますか？」と師範大学の廖隆盛教授は言う。その本省人の廖先生も奥さんは外省人、「もう珍しいことではない」とのこと。いろいろな局面で、「自分は何者か」というアイデンティティーに揺れが見られます。台湾大学や師範大学の院生と話し合ってみると、大陸の歴史は「外国史」だという感覚です。修論や博論の一覧を見ていても、台湾史関係のタイトルが年とともに多くなっています。李登輝がオランダも日本も中国も含めて「外来政権」と一括したことが話題を呼んでいました。他方で絶句してしまうような歴史観もあります。街で配布していた『聊天』という雑誌に李登輝の功罪が論じられていました。それによると、李登輝はアジアで最初の国家を作った黄帝、最初の大帝国を作った秦の始皇帝と並ぶ三傑だというもの。孫文がめざしてできなかった民選を中華史上初めて実現したからだそうです。もちろん、罪は台湾の繁栄の源である中原文化から離脱しようとしたことです。

　台北はやたらと警察官の数が多い。日本統治期の名残かと思っていたら、徴兵忌避の合法的方法として警察官になる道があるのだそうだ。あらためてここには徴兵制が敷かれているのだと思い、さらに庶民がそれを逃れる道があるということにも感心したり……。店員がやたらと「対不起」ということや昼飯に「便当」が愛用されているのを見ると日本統治の名残かと思い、左側通行は外省人が変更したのだろうとか、公共汽車（でなく巴士）なのは欧米、中国語と言わず「国語」ということは……など、確かにハイブリッドな社会です。

＊　台湾から帰ったら上原勝子さんより「読書雑記」の復刻版が届いていました。発刊者の上原淳道の3回忌（11月27日）に読めるように送って下さったものです。「読書雑記」は1963年に第1号以来、「私が送ろうと思う人に一方的に送るだけである。たまに「購読」を申しこむ人があるが、売りものではないのだから、購読はできない」もの。上原さんは「私なりの闘争」である、「ミニコミではなく、さりとてむろんマスコミではなく"ナグリコミ"と思っている」と書いていますが、学者の世界の無節操さを批判し続けた、「偉い人」には恐ろしがられた雑誌でした。私はこの伝え聞いてはいた「読書雑記」の64号（1965.9.22）を上原さんから初めて送ってもらいました。この欲しくても「講読」できない冊子を送っていただき大変光栄に思ったものですが、さらに同号で、多分私の最初の公器登載文章である藤島宇内『朝鮮人』の書評を取り上げ、「私の文章より迫力がある。先行者は追抜かれるためにのみある」と激励してくれました。前にもなぜ私は東大卒の歴史研究者が入ることになっている「史学会」に入らなかったか、などのことを書いたことがあったと思いますが、以後、「読書雑記」はものごとを考えていく上での指針となりました。新潟に来てからもおりおりに感想を書いて返事を出していたところ、1981年の第3回「読書雑記」読者表彰で「技能賞」を受賞しました。この時の「殊勲賞」は西川正雄氏、新人賞が義江彰夫氏、そして特別賞には澤地久枝氏の名前が見えます。翌日11月初めの富山日本海学会でお会いした方から、「読書雑記」を読んでいたら古厩先生の名前が出てきて親近感を覚えた、という電話が入りました。「読書雑記」は私にも大きな影響と激励を与えてくれた「ナグリコミ」誌でした。

＊　同様に、台湾から帰って間もなく、ビートルズのジョージ・ハリスンが癌で亡くなりました。「ビートルズ世代」というのはもう少し若い世代をいうのかも知れませんが、ビートルズのメンバーは大体私と1〜2歳の違いです。私が大学院生だった1966年に初来日し、武道館コンサートでファンが熱狂して多数が警察に連行されたことをよく覚えています。今ではこうした熱狂はよくあることですが、ビートルズは多分そのハシリだったんではないでしょうか？　当

時私は家庭教師で生活を立てていましたが、教えていた小学生の子が中学受験があるのにビートルズに夢中になった、心配した親がテレビを取り上げて「先生、持ち帰って使って下さい」と託されました。このソニーのポータブルテレビが私が所持した最初のテレビとなりました。その後も付き合いが続き、塩田昌弘君とご両親は私が手術をした時、新潟まで見舞いに来てくれました。

　ビートルズが出現して歌が変わったと言われましたが、私はそうした新しさと同時にそれが永続性をもつ、消耗品でないことが今との大きな違いだと思います。ビートルズ自体は1970年にあっさりと解散してしまいました。派手なビートルズの中でジョージ・ハリスンはインド文化に傾倒し、一緒に仕事をしていたクラプトンに奥さんを奪われ、最期は癌、孤独と沈思の部分を象徴していました。

　まだまだ書きたいことがあります。また、このところ自分のことばかり書いているのでみんなから貰った手紙やメールが貯まっていますが、長くなってしまいました。次回一気に紹介します。今回はこの辺で。

Fゼミ通信 No.27

2002.06.23

小野は寒いところなので、床暖房にしようかな、と思いましたが、大工さんに「木が可哀想だ」と言われました。やはり、材木は生きているんですね。

* 天候がだんだんおかしくなっている21世紀ですがいかがお過ごしですか？

術後8年を経過しました。5年間生き延びたら考えようと思っていた信州の家の建築について、カミさんの同意を得て第2次5カ年計画の1つの柱として実行しました。家の設計について具体的な検討の多くはカミさんがやりましたから実質的施主はカミさんです。私としては定年後どうするかは別として、多分手術の麻酔から覚めたときに最初に浮かんだのが信州の緑や紅葉であった時から、終焉の地として信州小野を考え始めたようです。兄が設計して、建築に取りかかる寸前に亡くなったという日くもあります。前の家を壊す時、「私の代でカネナカの家もなくしてしまった」とつぶやいた母親の言葉も思い出しました。それと5000冊ほどの書籍の収蔵場所のことも考えました。ここを訪れる人のために1階はワンフロアーの広間を作ってあります。

家を建てる時には「意識するしないにかかわらず手抜きがあるから、とにかく現場に足を運べ」と言われます。だからまた「家を建てると病気になる」とも言われます。しかし、この度はそういうことは全くなく、むしろ武蔵野美術大学の立花直美さんを初めとする設計・構造の方々、新伝統構法の先駆的実践者の三浦さんを初めとする大工さんたちの情熱に後押しされて満足する家を建てることができたと思っています。家を建てるということは設計者・大工・施主の緊張感ある協同だというとを改めて学びました。設計者の目、大工さんの

目、そして施主の目、それぞれに違うものがぶつかり合って1つの具体的な建物ができていく過程というのはなかなか含蓄があるものです。おそらく根底にどんな家を建てるかということに関しての共通認識があればの話ですが。

　1つは新伝統構法。1例を紹介すると、今、阪神大震災を経て、木造家屋には必ず斜めの筋交いを入れることが義務づけられています。しかし、千数百年にわたって木造家屋を作り続けた日本の大工の技術は垂直と水平の材を細かに入れて金輪繋ぎなど様々な繋ぎと楔で重力負担を均等に伝播させる耐震構造技術を持っていました。それを手間がかかるために金物の鎹と筋交いに換えてしまったのです。この家は金具を使わずに建ててあります。その代わり木材を刻む手間が2〜3日で済むところをひと月、つまり10倍かかっています。かんじんな部分は完成すると見えなくなってしまうのですが。

　構造の増田先生によれば、「こうした技術は明治維新の欧化の中で、みんな捨ててしまった。中国の文化大革命を非難するが、日本も同じことをやったのだ」。文化大革命は「10年の災難」でしたが、明治維新後の近代化システムはその問題性に気づくまで100年余りかかった、というのが『裏日本』の主旨でした。

　もう1つの特徴は、できるだけ構造を露出させていることです。ある人からは「これで完成ですか？」と訊かれました。私は今回家を建てる過程で、切り刻まれた材木は依然生きているのだということを再認識しました。在来の構法では柱はみんな壁の中に包んでしまい、天井裏という見えないところで適当に誤魔化していました。この家は柱や梁をできるだけむき出しにしており、天井裏もありません。碍子もわざと見せています。密閉した部屋を連ねる方式と違って随分開放的です。私が育った家は安永9（1780）年に建てられました。この家も同様に200年以上もたせたいものだと思います。それは可能だ、大地震があっても大丈夫と増田先生は言います。

　小野は寒いところなので、床暖房にしようかな、と思いましたが、大工さんに「木が可哀想だ」と言われました。やはり、材木は生きているんですね。それで、床下にパイプを巡らせて暖気を緩やかに吹き出す「オンドル方式」を採用しました。これは大成功で、この正月、真冬なのに寒さを感じず、炬燵も使いませんでした。ここは山の向こうが木曽です。土地の木をということで、

少々無理して1階だけ総檜（2階は杉）にしました。間伐材は人件費がかかるので採算が合わないのですが、木曽の大滝村で森林経営をしている人と合作して、人工林の間伐材を三浦さんがうまく利用してくれました（アメリカや東南アジアの木材を利用する一方、国内の材木は採算がとれないので放っておくというのはおかしな話です）。玄関を入った時の檜の匂いは贅沢品です。正月に来た子供たちは、暖房が暖かなので檜のフロアーにごろごろころがっていました。ただし、標高840メートルの小野の魅力は夏の涼しさにあります。風通しのよさと日向ぼっこのできる濡れ縁なども前の家から受け継いだものです。

　もう1つの贅沢は1枚屋根の本棟造り。そのために2階は4部屋分が屋根裏になってしまいました。新潟の家は可能な限り機能的に造りました。至る所に棚を作り、屋根裏の3階も含めて、無駄な空間はほとんどありません。子供3人を育て、私も本を収納するための苦肉の策でもありました。合板を含めて材料は何でも使ってあります。今度の家は、20世紀の効率主義から離れ、自分の合理主義を突き放して考えてみようと思いました。家の中にけっこう「遊び」空間があります。家の中央に吹き抜けがあり、2階部分は障子で囲んであります。だから、夜、1階の照明を落とすと、ぼんぼりのようになりなかなか幻想的です。こういう「余分な部分」をつくるのは、自分の中の効率主義との闘いでした。それでもちゃんと小屋裏は5000冊の本を収容できる本棚が作りつけられていますから「三つ子の魂、百まで」だね。

　合板や接着剤を一切使ってないのは、贅沢というより健康のためです。三浦さんの話では、有毒な建材を使うので健康を害する大工さんが少なくないそうです。化学塗料を使用せず、柿渋や漆（風呂は少々贅沢ながら、黴止めのために漆を塗りました）を使いました。しっくいの壁は立花さんの推薦。彼女は10年前に喘息で倒れ、呼吸機能に問題がある方で、それだけに健康本意の設計をしてくれました。

　どうぞ遊びに来て下さい。裏の松の木の下でバーベキューをやりましょう（と思っていたが松はとても火に弱いのだそうです）。といっても今の忙しさでは、もう1、2年はだめかな？　みんなで勉強できるように？ケヤキの原木でちゃぶ台を作ったのですが……。これは設計者の立花さんの庭にあった大木を三

浦さんがわざわざ東京から運んで、乾燥したもの。4メートルあったのでそのままと思ったが、我が家の広さではだめだし、2人がかりでも持ち上げられない。2メートル×2にしてしまいました。それにしても、頂いてしまった後で（？）十万もするということを知って恐縮しています。

　定年後、勉強三昧で、卒業生が来たら、裏の畑の野菜で……というような生活を夢みていましたが、だんだん年金が厳しくなっており、もう少し新潟で働かなきゃだめなようです。あ、俺はもう10年は生きられるだろうな。

＊　5月連休は信州、山田先生の1周忌を行った後、島根県に行き、次の週に北京に行きました。ちょうどこの間、瀋陽総領事館事件が起こっていました。
　メディアの扱いは、まず中国側武装警察官の「主権侵害」に対する批判の大合唱（週刊誌で言うと「中国になめられた日本の"面子"」「週刊新潮」など）から始まりました。島根に行った時、ある授業で日本人教授が「この問題では中国が断然悪い」と力説、終了後に中国人留学生が日本人学生に非難され、中国人教官の所へ相談に来た、泣き出した留学生もいた、という話を聞きました。その中国人教官に問われて、私は「授業での非難はあまり教育的ではない。私だったらどういう問題点があるかを話して、あとは学生自身に考えさせる」と応えましたが、中国人教員は「私がそうしたら、"逃げている"と言われるだろう」と言いました。新潟に帰って来て中国人留学生に訊いたら、何れも門付近の警察官の対応に「放っておいてもよいのに、身を挺して献身的に使命を果たした」と評価しました。日本人が警察に対して「オイコラ」的警戒心を抱くとすれば、中国人は一般の公安と違って「国を守る」ための「武警」に対しては親近感をもっているようです。同じ画面を見ても、日本人と中国人では国の違いから、形成される「記憶」が異なる、ということです。やがて領事館・阿南大使・外務省の対応の甘さに対する批判に変わっていきました（「ビデオに写らない外務省腰抜け、全醜態」「週刊文春」など）。
　テレビは怖いと以前から言ってきました。9.11のニューヨークの惨状は繰り返し放映され我々の頭脳に焼き付けられました。しかし、それ以上の死傷者を出した米軍などによるアフガニスタン攻撃は巧みに統制され、我々の脳裏には

映画『カンダハル』ほどの印象も残していません。テレビで描かれる世界は現実の一面を切り取って、それがすべてであるかのように示したものです。ウサマ・ビン・ラディンもそれを読んで、世界貿易ビルを狙う挙に出、見事に世界中の注視の中、ビルを倒壊させました。総領事館事件もカメラで捉えられた門の付近での5人の親子と武装警察官、それに副領事の行動からすべてのストーリーが形成されました。5月26日の日本テレビ「ザ・サンデー」はこれまで放送し続けてきた、北朝鮮フィルムを繋げて、親子必死の亡命とこれに対応しなかった日中双方の問題としてまとめ、「手前味噌」だがと言いながらこれまでの長期にわたる北朝鮮取材を自画自賛しました。

　これらは何れも真実の一面を示したものです。しかし、すべてではない。画像は一面を極端に強調して一色にしてしまいがちです。人道問題はもちろん最も重要な問題です。しかし、一連の報道の中であまり強調されなかった問題もあります。それは、北朝鮮から中国への亡命者・難民の数です。北京で、かつて新潟大学に留学していた沈さんに久しぶりに会いました。彼は現在吉林大学で教鞭をとっていますが、奥さんが日本の入管に当たるところに勤務しています。そこでの話では、東北地区に潜伏する亡命者の数は20万人を下らない、とのこと。東北部では深刻な問題になっています。「武装警察が何もしないとすれば、5人でなく50人、5千人、5万人が来てもいいのか」という趙啓正中国新聞弁公室主任の弁はこの面を衝いたものです。中国政府は正式には「政治難民はいない。いるのは不法入国者だ」という見解です。政府内部には「北朝鮮国境沿いに万里の長城を築け」という意見もあるとのこと。かつての東欧にように、国境を開放して難民が溢れだして東独崩壊というシナリオは中国も韓国も望んでいないでしょう（「頻発恐れる韓国」「毎日新聞」5/23）。日本は元々亡命は受け入れない主義です。領事館のあの曖昧な態度の裏にはそうした事情があったと言えるでしょう。中国側の対応もこの問題と人道主義との微妙なバランスの上に打ち出されたと言えます。

　人の命を護ること、これは大切なことです。今回、日本の庶民が最も大切にしたのはこれだったと思います。これについては中国・日本とも批判さるべき点があったと思います。しかし、こういう人道問題は上述のような大量の北朝

鮮難民の存在にどう対応するかという問題と表裏一体です。人道問題だからというので、すべての門を開け放ったら、大混乱が起こる、東ドイツの崩壊と同様な事態が起こりうる。当面、中国は一方での取り締まりと他方での黙認の二刀流でいくしかないでしょう。大量の脱出者をどうするかについての日中韓（あるいは米露を含め）の協議を除いて、あるべき対応策はでてこないでしょう。極端に走るメディアの論調はこうした問題を冷静に議論する雰囲気を潰してしまったと感じました。

　中国ではこの問題はあまり報道されていませんでした。私がテレビで観たのは（あまりみる暇がなかったのですが）「瀋陽日本領事館に駆け込もうとした5名の朝鮮人闖入者を日本領事館の同意の下に拘留、人道的観点からフィリピンに送った」という簡単なものでした。インターネットを見ている学者たちは状況を知っていましたが、「領事館と武装警察は和気藹々とやっており、暗黙の合意があってのこと。"悪意のない主権侵害"をなぜあんなに大騒ぎするのか」「日本のTVは武警が親子を取り押さえるフィルムを15分おきに放映して反中国感情を煽った」という基調。帰りがけに北京空港で買った香港の「大公報」(5/21)によると南京大学建学百周年記念講演のなかで清華大学李希光教授は、「9.11以後中国武警はテロ防止の教育を受けていた。ペルー日本大使館占拠事件の記憶はなお新しい」「日本のメディアは、中日関係を破壊し、日本における中国イメージを悪化させ、親子を捉えた武警の映像を頻繁に流して中国の"人権無視"を強調した」という中国政府の見解を紹介していました。

＊　北京に行ったのは国際シンポジウム「東北アジア発展の回顧と展望」への参加、北京大学からの客座教授の称号授与式に出席することでした。自衛隊がアフガニスタンまで出ていった、「有事立法」は中国を想定したものだろう、など「日本の右傾化」への危惧が非常に強くなっていました。中国政府の新たな5カ年計画の中の重点研究課題の1つに、しばらく消えていた「日本帝国主義研究」が復活する、と聞きました。シンポジウムでは私は敢えて「日中戦争—中国人の記憶と日本人の記憶」と題して、日本の状況を率直に紹介して理解を求めました。主催者の宋成有先生は「古厩先生の主張は大変重要だが、中国で完全に理解を得るのはなお難しい」と感想を述べました。三谷博東大教授の「小

泉首相の靖国参拝は、8.15前後に動かないよう"小泉包囲網"を敷いたものだ。小泉首相の右翼的言動は自民党内では特殊な少数派である」との見解はしばしば批判を受けていました。すべてが中国語で行われたシンポジウムで、台湾・香港・韓国・アメリカなどからの参加者はほとんどが中国語をこなしているのに、日本は多くが通訳つき（私は中国語で頑張り、司会までやらされました）、そして唯一の「加害国」で、意志の疎通のためにも若い研究者には中国語で渡り合えるようになって欲しいと思いました。徐々にそうなりつつありますが。

　もう1つの客座教授授与式では旧知の先生方や留学生らが喜んでくれ、改めて北大には知己が多いなと思いました。授与理由のなかで拙著『裏日本』が高度成長と地域格差の問題を追究した好著と中国の今日の課題に照らして紹介されたのが印象に残りました。今や上海と貴州省の地域間格差は12倍、預金や住宅など金融資産の格差は50倍と言われます。高度成長期につきものであるとはいえ、命取りになりかねない深刻さです。

　私は新潟大学図書館の重複本から大正・昭和の『新聞集成編年史』をプレゼントしました。早速、図書館利用の権利を得たので、早速利用してきました。これで、上海社会科学院の特約研究員、同済大学顧問教授、南京師範大学の客座教授と4つの肩書きを頂きました。中国も肩書きの国です。新潟大学で世話をした20人を超える留学生も私にとっては大切な教え子で、彼らに会うのが楽しみの1つです。今回は鮑さんが「結婚しました」と亭主を連れてやってきて、江南菜の店に連れていってくれました。「2008年までに家を買っておくから是非来て下さい」と言ってくれましたが、北京は家賃高騰中で気に入ったものは日本円で1千万円前後とのこと。大変です。

　北京はオリンピックに向けて建設ラッシュ。60年代の東京を思わせます。旧城壁の跡が環状2号線になっており、その内側は高層ビル建築が控えられていますが、外側は高層ビルラッシュ。もう少し早くから都市計画を考慮すれば、同心円型に時代の経過が刻印されたウィーンのような街ができたかも知れないと思いました。写真は鼓楼上からみた2環の内と外の対照。北大周辺でも煉瓦造りの旧家は徹底してみんな取り壊されるようで、至る所瓦礫の山。「去年あった店が沢山なくなってしまった」とは同行した櫛谷さんの話。2年ぶりの私は見

違えました。中関村のバラックなどは完全に消え去って大通りに高層ビルが林立していました。相変わらず空気が悪く鼻毛が伸びます（ということで小さなハサミを持っていったのですが、空港で厳しいチェックの末取り上げられてしまいました）。

ふと始めた「Ｆゼミ通信」も予想外に長く続いてきました。その原動力は、出すといろいろな反応がくることです。私は素晴らしい教え子に恵まれたな、と思います。頑張りやさんが多い。読者のなかには、私の友人もいます。彼らも折に触れて感想を送ってくれます。独り占めしておくのももったいないので、その素晴らしさの一端を紹介しましょう。私を誉めすぎている部分は割引いて読んで下さい。氏名はアルファベットに代えてあります。

《１》まずは昨年６月の「還暦の会」＝同窓会に関して。しぶったのですが、幹事から「同窓会になるから」と言われて、５年間生き延びた記念にと私も同調したものです。石見さんの素晴らしい報告見たよね。（以下「Ｆ：」は古厩の独り言）

　敬愛的古厩老師：16日の会はとても楽しく過ごさせていただきました。東洋文化の卒業生の皆さんにも本当に久しぶりにお会いできて懐かしくて、懐かしくて……体型はともかく、皆ちっとも変わってなくて、Ｍ君の毒舌なんか訊いていたら、うれしくて涙が出そうになりました。　　　Ｏ
　私も、往路の車中「あんなことも、こんなことも、ああ、何を話そう」とずーっとずーっと考えていたくせに、２次会で順番が回ってきたときには何も言えずに、本当に情けなくて、やっぱり落ち込んでしまいました。
　広い世代のＦゼミ関係者の話しを聞くにつけ、やはりＦゼミはすごいところだったんだと思うことしきり。先生は多くの人々の人生に深く関わっているのだなあ。５年間という短い教員生活で、私は果たして何をしてきたのだろう。
　Ａさんと話ができたのもうれしかった。彼女が漢方関係に進んだと言うことを聞いてすごいなあ、と思って、ずっと気になっていたのです。「生活も不安定

だし、見習だし、まだまだですよ」と相変わらずちょっと自信なさそうな口調でいうAさんがちょっぴり羨ましく思えました。

　今回はお祝いの会ということで、先生とそんなに話しはできないんだろうなと覚悟していったのですが、思いのほか、先生とワイワイと話ができました。楽しく過ごしてイタリア軒のエレベーターを降りたとたん、客室の廊下に響き渡るチビ助の泣き声……あーあ……。　　　O

　昨日はさぞお疲れになったことでしょう。立ちっぱなしでしたから。（F：スタミナはけっこう自信あります）とても楽しく心に残る会でした。矢張り先生の人柄がこういうところにも出るのだなあと感心した次第。色々なお話訊いて「できの悪いのは私1人ではなかったのだ」と安心し、つくづく先生の懐の深さと広さを感じて帰りました。スピーチで言い忘れたことを一言。

　先生には、還暦、古希などという言葉に関係なく、一生青年のままでいて欲しい（F：私にはそうしか生きられないようです）。先生にはいつも青春がぴったりです。奥様が先生を評して「凄い人」とおっしゃられたのは、先生のそんな素晴らしさを一番ご存じだからなのでしょう。

　奥様がいらっしゃらなかったら現在の先生はありません。……結婚の素晴らしさを教えていただいた気がします。最後に口走りましたが、いつか社会福祉学を学んで、史学科を卒業したと言えるようになりたいと思います。

　　梅雨晴れの夕べ先生の還暦の祝いに集う数多の仲間
　　師夫妻の笑顔に我らは見守られ、励まされつついまやあるらむ　　O

　話を戻しますが、奥さんのスピーチには感激しました。温かくて、しかも夫顔負けのユーモアもある。とてもすばらしいものでした。我が家ではああいうふうにはいきません。奥さんによろしくお伝えください。　　　H

　16日の新潟では先生のお元気なお姿と、ますます冴えた古厩節を拝聴できまして本当に楽しかったです。全然変わらないフーちゃんアイさんや松本先生、すっかり変わった水沢さんなど（話しをすると変わってないようでした）懐か

しい顔に会えるのはほんとうに嬉しいことですね。
　写真撮影のあと挨拶もせず退席してしまいまして失礼しました。母親と１時間以上離れたことが無かったので気にはしていたのですが、案の定ベビーシートで大暴れしていました。
　本当に２次会にも参加したかったです。またの機会にも是非御声がけ下さい。また、子育て組には実に為になるエピソードをお聞かせ頂いた奥様にも宜しくお伝え下さい。先生の笑顔と合わせて沢山の元気を頂いたような気がします。
　　　　Ｈ

　先生、改めまして還暦おめでとうございます（Ｆ：しつこい）。当日は情けないスピーチで失礼しました。お会いした皆さんも御変わりなく……十年やそこらでそんなに変わるとも思えませんが。集えなかった連中も今一番身辺忙しく充実している年頃なのかも知れませんね。堅気の衆。
　私も、以前でしたら18時に間に合うよう、鈍行乗り継ぎで途中競馬でも見物しながら新潟入りした事でしょうが、先生喜んでください！　終に新幹線で往復しても何も感じないまでに成長しましたよ。（笑）
　生きたお金は使うべきなんですね。翌日は角田の麓のエチゴビールブルーパブに寄って来ました。　　Ｍ

　先日はいい会でした。先生とさらに奥様のお話をお聞きして、千葉から飛んでいった甲斐があった、と思いました。準備して下さったみなさんに感謝します。私が数年傾倒している野口先生の著に「全生」という造語があります。「生ききる」「生命のすべてを謳歌しきる生き方」ということですが、古厩先生の話を聞いていて、先生は最初から迷いなく「全生」に向かって走っていらっしゃると感じました。
　いま、私は鍼灸専門学校に入りました。「東洋医学の理論を哲学から、根本の思想から学ぶ」ためです。「大学に入ったら何か見つかるだろう」と、思えば主体性のない、状況に流されっぱなしの日々でした。就職してからも「ここで自分は何をするのか」という想いに囚われては、振り払って目先のことに没頭し

ようとしていました。……今日 36 歳になりましたが、学生時代からのモラトリアムをそろそろ卒業していくときに来ている予感がしています。　　　A

　数年振りにお会いできましたが、お元気なご様子。数年前のイメージが残っていましたので、正直驚きました。また、宴会の際の各人へのコメントには、その記憶力に脱帽しました（お年を召されて記憶力が衰えたとおっしゃっていましたが）。
　あと、ユーモアたっぷりのお話には、大いに笑わせていただきました。ちなみに、アメリカ人のスピーチがジョークで始まるのに対し、日本人のそれは弁解からはじまることが多いそうです。　　O

　毎日会社に自転車で通い、なおかつ弁当を作るという健康的な生活をしていますよー。しかし、精神的にはかなりのストレスが……。でもやっぱり、大学時代、とくに卒論の頃を思い出すと、とても懐かしくて、アジア文化にいって本当に良かったなーと思います。
　先生、ついに還暦ですね!!　オメデトウございます。何と 6 月のその日は、すでにアポが入ってしまっています。残念ながら欠席……。けど、やっぱり先生には会いたいし、時間を見つけて大学に行きたいと思います。研究室でお茶飲んだのが懐かしい〜!!　　S

《2》通信の中で一番反応が多かったのは、母の最期についての記述でした。載せようかどうしようか迷ったのですが、みんな「老い」について考え、高齢者、要介護者の近親者を抱えているんですね。

　古厩先生のお母様と私の祖母が同じ年であったのには、驚きました。私の祖母は、公務員の父が仕事時間以外はほぼつきっきりで面倒を見ています。そのためか、古厩先生とお母様との話には共感する部分が多く、心に響くものがありました。私の祖母は私が幼い頃には信じられないくらい気丈で、私の母と毎日闘争を繰り広げ、私の父を顎で使っていたのですが、最近ではやはり「早く

死にたい」というようなことを口にしているとのこと。私たちの世代は、就職や結婚といった煩悩にとりつかれて生活しているわけですが、こうした話に接すると「老い」についても、ふと考えさせられます。

　古厩先生の上海に関する観察眼には敬服させられ、とりたてて私が言い加えることはありません。ただ、近頃の私は上海がとても「ダサい」と思え、そしてそのダサさは、「クレオール」だ「モダン」だと言われていた戦前も同様であったように思えて仕方がないので、少し上海の「ダサさ」を具体的に見ていこうかな、などと思ったりしています。　　Ｉ

　いつも「Ｆゼミ通信」から多くのことを学び、深い感動に浸る時間をいただきましたが、今回もその例に漏れず伝記小説を楽しむように読み込んでしまいました。そして、思わずいま私を頼りにしている昔の養母に電話を入れてしまいました。どうしてあげることがよいか、なかなか決められない事情をかかえているので（82歳です）、介護は身につまされます。義父を仙台から引き取って6年一緒に住んで亡くなりましたが、私はまだ40代で義父の弱った体が何を望んでいるかを理解できないままに逝かせてしまったことを残念に思っています。

　昨日、やっと気持ちゆったり、ビデオ「裏日本」を拝見（Ｆ：手術後の第1次5カ年計画としてやった放送大学講座の録画のこと）。お茶を飲み、食事をする時間が間に挟まりましたが、ほとんど一気に通して見て（聴いて）しまいました。本当はもう少し図面を書きながら……、と思っていたのでしたが、手が動かなくなって聴きこんでしまった次第。古厩さんはおしゃれだ、とか、何と穏やかな笑顔だろう、とか、新潟は暗いところか、とか、いろんな雑感が浮かんでは消えましたが、そんなことはともかくとして、ひさしぶりにまっとうな話を実に判りやすく教えていただきました。「まっとうな」などと言ってゴメンナサイ。でも、私自身の思想とか、主義とか、歴史観とか、そうしたものと本気で向かい合わないままに、ただコツコツ働いてきただけ、の時間がたくさん過ぎてきたことを一方で思いながら、私にはなかなかできない古厩さんの表現のあり方を通して、考えさせられる時間でした。……理由は判りませんが、なぜか古厩さんの笑顔を見ていたら、楽になりました（自分にかかわりすぎてい

るということへの反省かもしれません）。　　T

　通信のお母様の所では姑の事、姑と暮らす事、夫の兄弟の事、そして息子とのこと、自分が老いたときのことなど次々に思い浮かんでいたのですが書こうとすると止めどがなくなりそうで躊躇しているうちに出しそびれてしまいました。
　わたし達が伺ったことを先生がとても喜んでくださった事がわたしは一番嬉しかったです。時間があったらお話したいことはたくさんあるのですが例によって要領よく話す自信はないし、何より愚痴ばかり言ってしまうような気がして正直ちょっと怖いです。そういえば学生時代、愚痴の効用ってあるものよと言って時々聞き役になってくれたのが添田さんでしたっけ。
　中国語、覚悟してしっかりやれとのお言葉。記憶力の低下のスピードを上回る勉強で何とか前に進みたいと思っています。長男が第2外国語で中国語を取ったのでうるさがられない程度に話題にできたらいいと思います。　　H

　今年は春から母に振り回されて、いまだに10年前に亡くなった父の相続も解決できずにいます。障害者の妹のために成年後見人制度を利用しようとしてとんでもない目に会いました。制度の始めは不備だらけで、一体誰のための制度かと申請したことを後悔しました。大体裁判所というのは人のために、弱者のために考えてくれるという妄想に取り付かれていた私たちが間違っていたのでしょうが、腹が立つことばかりでした。えんえん1時間も審判官相手に怒鳴りまくってしまいました。私○○は健在でした。　　D

　先生、「Fゼミ通信」をありがとうございました。
　先生のお母さまの文章を読み、いろいろなことを考え……というより、亡くなった祖母やその介護にまつわる思い出、また今寝たきりで意識もないもう1人の祖母のことが一気にさまざまに思い出され、なんともいえない気持ちになりました。私の、亡くなった方の祖母の名前は君子（きみこ）といい、生まれ月は2月ということもなんだか先生のお母さまとだぶってしまいました。

今回の「Ｆゼミ通信」は、母にも見せたのですが、やはり母も介護のことや、今寝たきりの自分の母のことを思いだぶらせていたようです。
　先生は、まめに、しかも客観的な視点で（感情的になりすぎず）、介護の近況を知らせていらして、すごいなあと思いました。また、ちゃんとそれを受けとって読んで下さる方がいらして、少しうらやましくもありました。
　先生が、お母さまとのことをこんなにも書いてくださったので、先生ですらも"親子"では、いろいろあるんだなぁ……と思いました。
　たくさん書きたい気持ちがあるのですが、うまく文になりません。　　　Ｓ

　今回の壮絶な介護のお話、興味深く拝読しました。世間では介護ビジネスは儲かるとも聞きますが、厚生年金で恵まれた生活を満喫している層ばかりではないんですよね、実際には……。
　私の義父母などはパーセンテージから言えば少数派ですが、帰国者及び中国人のためほとんど年金がなく、今から多額の仕送りをしなければならない状況で、この上要介護となったら、私は子供を産む事も家もあきらめて、一生働きながら義父母＋義祖母に仕えなければいけないのか？と考えると、正直言って鬱状態の今日このごろです。
　ジェネレーションギャップとカルチャーギャップをいつまでも埋められない嫁の私が悪いということになるのですが、どうしても姑色に染まることができません。松田聖子の潔さが本当に羨ましいですよ～。（笑）　　Ｈ

　printしてＡ４ちょうど30枚、読んだ後かみさんに廻しました。
　かみさんは多くは語りませんでしたが、老人がいるのは大変なんだ、奥さんの苦労は並大抵ではないがその苦労にあまりに触れられていないのは不満だなあといっていました。（Ｆ：その通りです。）
　私の場合、ある面ではずっと「一生母親の支配を抜けきれないで終わるのではないか」というやや屈折した思いを抱きながらきましたが、違いはあってもそれぞれ複雑なものを持って皆生きているということでしょう。　　Ｙ

大変興味深く拝読いたしました。父（父も明治39年の丙午の生まれでした）は66歳で死去しましたが看取ることが出来ませんでした。母は倒れて入院して2週間後に亡くなりました。従兄が「お前の両親は子供孝行だよ。」と言ったことがありましたが、親の面倒を見ることが如何に大変かと言うことは、小生には実際には分からないとは思いますが、見なかった小生にとってはそのことが非常に悔やまれます。贅沢でしょうか。　　　S

　「Fゼミ通信」届きました。ありがとうございます。
　お母様のご逝去心よりお悔やみ申し上げます。大変をユーモアに変えて、乗り切ろうとされている様子が10年前のわが身とオーバーラップされてがんばれ、がんばれと応援していました。きっと、お母様も心のこもった看病にありがとうと感謝されて天国のお父様のところへ逝かれた事でしょう。今では天国にも知り合いがいっぱいで皆仲良くおしゃべりしていることと思っています。「お初にお目にかかりますが、地上では、○○が大変お世話になっています」なんて挨拶しているかもしれません。
　話は変わりますが、お会いしてもう5年以上経つとは……、きっとあの時より血色も良くなり食欲もわいて元気にご活躍のこととぞんじます。どうか、くれぐれもお体ご自愛の上、長生きされますようにと願わずにはいられません。
　今年もヒマラヤに出かけて命の洗濯をたっぷりしてきました。6000メートルの世界は、私の技量、体力の限界に近いことを実感させられました。でも、まだ諦めたりはしません。もう少し、ヒマラヤ通いは続きそうです。　　　A

　農家の嫁というのは、宇宙飛行士のようなもので、できれば飲食も排泄もせず、四六時中与えられた仕事に使命感をもって黙々とこなす、人格としては存在せず、労働力としては120％の力を発揮する、そんな人物が理想的だったのでしょう。という箇所が、とても印象的でした。
　「人間を幸福にしない日本のシステム」の根源がここにあるのではないかと思いました。ご冥福をお祈りいたします。　　　F

《3》通信は中国、アメリカ、イギリス、時にフランス、イエメン、韓国、ヴェトナム、マレーシアなどに送信します。返事の中には様々な想いが語られています。最近のもの列挙します。

　私のいるＮＴＴの現地法人はやはり「社会主義国家の企業」です……会社から「元宵」が支給され、私１人だけれど、来年は一家団欒できるよう願いながら食べる予定です。それでは、冬・風邪に負けないようにお体にお気をつけください。　　　Ｈ

　Arigatou gozaimasu. Senseino ikkatu kekkou kikimashita. tanjyun sugiru jibun ni tyotto fuman mo kanji masuga. kokorowo irekaete ganbarimasu. Hontoni.
　Well, it was really good timing. I was kind of lost here I mean I started to wonder why I am here now. When I work with others in my class of Publique Health, I dont understand what's going on there completely some times. I have to wait someone explain me. Now I tell myself that it will of course take time and it won't be like this forever if I continue working！　　　Ｋ

　日中戦争や日本帝国主義については、本をいろいろよんでいくうちに、著者の先生たちが育った当時の日本の社会の方が、すごく実感として分かりにくい時代になりました。
　当時、多かれ少なかれ学生運動・安保闘争といった社会運動を経験したことを通して危機感を持ち、それから日中戦争史研究に向かった方が多いだろうということが、本文やあとがきなどからそれなりにつたわってくるからです。研究史の整理とか知識の蓄積ということであれば、本をちゃんと読めばいいのですが。
　なお、母親には僕は先生とは逆で、最近、甘えっぱなしです。なんとも情けない男なのですが、金銭面はともかく、精神的に自立しないと、本当にやばいと思っていますが、大学生になってから、いろいろ相談や愚痴が逆に増えてい

る気がします。いつかは死ぬわけですが、そのときは、たぶん相当へこむだろうなと、ふと考えることがありました。　　　I

　「市民大学」（F：私も講師を務めました）の聴講生になっています。老若男女、いろいろな人たちに混じって講義を聴いているとつくづく、学生時代の怠惰ぶりが身にしみます。出てから分かる大学のありがたみ、といったところでしょうか。
　昨日の講義を聴きながら、ナチのユダヤ人迫害の実態に迫ったドキュメンタリー映画『ショアー』を見た時のことを思い出しました。スクリーンに次々と繰り出される証言の前にたじろぎながら、文献史学はここまで真に迫れるのか、とあの時は感じました。大学2年、まだ歴史学を学び始めたばかりの時のことです。
　しかし、あの証言というのも大部分は、「感情記憶」だったんだなぁと昨日の講義を聴きつつ思いました。「感情記憶」だからダメだということではありませんが、そこに実証（「事実記録」）が伴って車の両輪のようになっていかなければ、歴史像が明確にならないということ。そして、あくまでも実証にこだわりたいという先生の姿勢に、改めて感銘を覚えました。私も歴史学を学んだ者の端くれとして、肝に銘じたいと感じました。　　　K

　先生の労作手元に届き、早速拝読させていただきました。
　「そうそう」と相槌を打ちつつ笑いながら読んでおりましたら、傍にいた子供が「1人で笑っていて気味が悪い」とほざいておりました（―― その子が来年は受験生です ――）。
　私が在学していた期間（もう約20年前になります）を含む時代あたりが、赤沢先生の最盛期（？）だったようですね。同時代に在学して目の当たりにできて良かった（？）。そして、ウインターセミナーにまた行きたくなりました。　N

　今でもよく見る夢に「学校に行ったら試験だった」「新潟駅まで走ったが特急

に乗れなかった」というものがあります。実生活では大きな失敗で冷や汗をかくと言うことはあまりないのですが、夢の中の焦燥感は抜群にリアルです（F：特に卒論の夢を見る人が多いようです）。

　その夢の後味にちょっと似ているかも……。遙か昔の学生をも、考えさせ駆り立てるんです。先生のパワーは。

　過日、奥様から「増えない体重を減らしてしまって……」とのお話をおききしました。冷たい雨が降る季節が始まりました。悪い病気を引き受けないように、研究室は鬼門の方位をお清め下さい。　　C

　私は今年の春の異動で、地域課の交番のお巡りさんから直轄隊というところの隊員となりました。機動隊というイメージとかなりダブるところで、やることも似ていますけれど、一応組織の中では違う位置付けがなされているところです。（F：Fゼミはなぜか最近警察官になる人が多い。新潟県警、群馬県警、愛知県警等）　体力勝負のところです。早速訓練があり、今は体のあちこちが痛い状態で、自分の体力のなさに嫌気が差しているところです。2〜3年という任期があるところです。とにかく何とか頑張ってます。

　新潟を離れて、3年くらいになるかとは思いますが、なかなか行く機会がつくれなくて少し残念です。また、浜辺で鍋でもしながら、あのときに同期生と会いたいなと思います。いつのことになるのでしょうか？　　K

　私は「1930年代ヴェトナムの労働運動」というテーマの卒論を書いた学生ですが、覚えていらっしゃるか分かりません（F：少々耄碌しましたが、ゼミ生の名前や顔は全部覚えています。気まずい別れをした人はなお覚えています。みんな私の財産ですから）。「Fゼミ通信」を読んで、何度も手紙を書きました。あるものは破られ、あるものは切手を貼りながら引き出しにしまってあります。

　先生は自分の足で立っていられる人だと思います。家族も友人も卒業生、学生がいなくてもです。私の知っている古厩先生はしなやかで強靱な精神の持ち主でした。（F：そんな聖人ではありません。弱虫でよろよろしながら懸命に立っているのです）　肉体的危機にある先生を支えようなどと思ったのが間違い

でした。

　先生は多くの種子を蒔かれました。尼崎でも1粒育っている、と時々思い起こして頂けたらと思います。私がどんな花を咲かすか、ご覧になっていただきたいと思います。　　Y

　先日、Hさんに会いました。彼女が早稲田に学士入学しているのはご存じだと思います。「古厩先生に、君はたくさん抱えてぽろぽろこぼしながら行くんだね」（F：そんなこと言ったかな？　私は覚えていないのに、言われた学生は覚えているということがよくあるんだな。言ったこと、間違ってはいないよな。）と言われたそのままなんだけど、と言いながらいろいろな講義を聴いているようです（F：本人の話では週19コマとっているのだそうな。信じがたいね）。
　「若い、若い」と言われてその気になっていましたが、もう私も中高年の中にしっかり入っているのを自覚しました。向上心に溢れた人が周りにいるものですから、その影響を受けて今のところは勉強しようと思っています。　　K

　私は世界史の担当、特に近現代史なので、最近は特に力を入れています。「小林よしのり」は具体的な敵ですが（教室に転がっています）、「Fゼミ通信」の留学生の話なんかはかなり役に立ちます。やはり今時の若者は「分かり易さ」に弱いような気がします。だからどこに行っても「世界史の実用性」は発揮できるのではないかと思っています。　　O

　（『裏日本』についての感想）「内発的発展」をすすめようとしている人たちも、数という点ではかなり少数なのではないでしょうか。「原発反対か推進か」という究極の選択では数を結集できても、新しい巻町を作り上げるのには、また壁が厚いのではないでしょうか。うまく表現できませんが、もし、これらの人たちが土地の言葉で出てきていれば、もしくは、方言しかしゃべれないような人たちが中心にでていれば「巻町の変化は本物だ」と思えたような気がします。
　先生が、96年の住民投票直前の「Fゼミ通信」で、「住民投票はいい結果が出

るだろう」と書いているのを見て、私は意外な気がしたのを覚えています。さらに住民投票が先生のいうとおりに反対多数になったことに、またまたびっくりしました。「巻町もなかなかやるな」というのが率直な感想でした。「読売」・「産経」の議論には怒りを抑えることができませんでした。「議会制民主主義の危機」というのには、「何いってるんだ」の一言で片付けることができるのですが、「巻町は身勝手」という論調には我慢できませんでした。まさに「表」の傲慢さそのものでした。「内発的発展」も「周辺＝裏」だけではなく、「中央＝表」が変わらなければいけません。ただ、しつこいようですが、やはり私には楽観的にはなれません。

Fゼミ通信 No.28

2002.09.12

そして、7月13日土曜日の早朝、呼吸困難に陥り、小針病院などを渡り歩いて心不全……新大病院に救急入院。

* いつの間にか、秋になっていました。前号、いつも8月1日頃出していたのを、虫の知らせか1月余り早い6月23日に出しました。その後に2度の入院という思わぬ事態になりました。いろいろ問い合わせを受けましたので、報告を兼ねて臨時号を出します。

* 私は金属性の花火の色がそれほど好きではなく、新潟の花火大会も出かけたことがないのですが、今年は思いがけず、新大病院の新棟10階の特等席からカミさん、息子と見物することと相成りました。「そう言えば8年前もここから花火見たねえ」「あの時は穂波もいて、それぞれ、お父さんは来年の花火はもう見られないのかなあ？なんて思わず涙ぐんで見ていたっけ」などと話しながら。

これまで私の癌に関わる状況についてはこの通信でやや詳しく扱ってきました。今では多くの癌は告知されるようになりましたし、治療法も進んできましたが、私が手術した8年前は告知率20パーセント前後に過ぎませんでした。だから、不治の病とも思われた癌の状況について報告することが同じ病に苦しむ人にも、今後不幸にして同様な体験をする人にも励ましと参考になれば、と思って書いてきました。とくに私の場合、副作用で抗癌剤投与を中止し、中国医学に依拠して生き延びてきた例として意味があったと思います。今回は8年経ってもこのようなことが起こり得るという意味で、また今自分でどう判断して

いるかをやや詳しく書いておきます。

* 北京から帰った5月末から風邪を引き、咳と痰に悩まされていましたが、腫瘍マーカーや内視鏡などでも特に異常は認められず、すっきりしない日々が続きました。そして、7月13日土曜日の早朝、呼吸困難に陥り、小針病院などを渡り歩いて心不全（心嚢に大量の水が溜まって心臓を圧迫）と言われ、新大病院に救急入院。その夜のうちに緊急手術と相成りました。心臓が弱っているため全身麻酔がかけられず、「痛いっ」というと局部麻酔を増量しながらの荒療治でいささか参りました。心臓周辺に穴を開けてドレーンを入れ、心嚢から1リットルあまりの水を排出、ついで肺の周辺にドレーンを通し同じく1リットル余りの「水」を抜きました。そのままスパゲッティ状で集中治療室に入れられましたが、これで、呼吸は随分楽になりました。当日は東京出張の予定で、手術後主治医から冗談交じりに「東京へ行ってたら新幹線の中で、呼吸困難に陥り、途中下車して救急車で運ばれたが、手遅れということになっていたかも知れない」と脅されました。

その後心臓内科に移され、かなり太いドレーンをさされて水が抜けきるのを待ちましたが、心嚢水は減ったものの、胸水が出続けました。そこで、肺と胸膜を癒着させて、胸水が溜まる空間＝肺嚢をなくしてしまう治療を施しました。熱と痛みが3日間続きましたが、胸水の量は少なくなりました。

問題はこのような異常事態を招来した原因です。心嚢やら肺周辺の組織を検査したところ、崩れた細胞がみつかりました。8年来の主治医の鈴木先生は「古厩さんの場合、タチのよくない癌細胞だったしリンパ節に広がっていたので、1年経たずにこのような症状（リンパ行性転移）が出てくると思っていた。それが8年ももったので不思議に思っていた」とのこと。心嚢水に血が混じっていたこと、腫瘍マーカー検査で高い値を示したことなどから癌の転移（正確には再燃というらしい）の確率がきわめて高いと考え、抗癌剤の使用を勧めました。私は副作用に苦しんだ前回の経験に鑑みて、化学療法は今暫く様子をみることを主張し、8月14日前後の抜糸を終えて退院いたしました。

* 入院して体にドレーン入れて、ベッドにくくりつけられているのは何とも

束縛感が強いものです（また、我慢が足りないと言われそうですが）。ふと、私は胃癌で亡くなられた寺下六ヶ所村元村長の「立って半畳、寝て一畳」という言葉を思い出しました。過度の欲望を戒めるものとして、ＴＶ大学講座で引用した言葉ですが、酸欠状態で酸素マスク付けて、「寝て一畳」のベッドで寝て起きて、食べて排泄するというのはかなりきついものです。

入院ついでに糖尿病の治療もと思ったのが間違いのもと、看護婦さんも「うちの糖尿病食は評判悪いですよ」とは言ってましたが、そのひどさに8年前の「世界一のシェフがいたら、彼は病院の厨房に入るべきだ」という言を再度想起しました。例えば朝食のメニュー。食パンはビニール・パックのレンジに入れてチンしてフニャフニャになったパンもどき。どうにも食べられず、ご飯に替えて貰った。しかし、おかずは変わらず、レタスと人参刻んでマヨネーズかけたもの、ゆで卵、グレープフルーツに牛乳。これでご飯のおかずになる？　霊験はあらたかで、血糖値は下がりました。しかし、体重も50キロ割ってしまいました。

今年も思わぬ方を含めてお花を送っていただきましたが、奇妙なほどにひまわりが多く、よく目立ち、看護婦さんが入ってくると「アラーステキ」と言います。ひまわりにも色のヴァリエーションがあることを知り、楽しみました。

＊　8年前と比べて大学病院もだいぶ変わっていました。休日だったけれども新大病院に入院でき、最善の緊急措置を受けられたことで命を救われました。かつて横山先生がコースの研修会で脳梗塞で倒れられた際には、入院かなわず、受け入れ病院を探すために農道で30分近く待機させられました。今回の私の場合、直ちに第1・第2内科、第1・第2外科併せて7〜8名の医師が総掛かりで対処法を相談しながら、開胸手術という的確な判断をしてくれ、それから手術部・麻酔部と連絡してその夜のうちに手術してくれました。1日違いでしたが、上海史研究会の仲間の黒山さんが発作をおこし1週間後に亡くなられました。最初におかしくなった時にきちんと専門の医師にかかり、適切な措置をしておられれば命を取り留められたのでは、と思われてなりません。黒山さんがそれまで健康すぎたが故に判断が甘くなったのかと思います。

看護婦さんも、8年前の使命感に燃えた姿から心のケアを重視する「癒す人」

に変わっていた感じがします。手術を部分麻酔でやった話をしました。首から下は臨時カーテンで見えないのに、「アレ、この電動メス、先がグラグラするな」「ガーゼが7枚しかない、あと1枚どこいった？」などという声がそのまま耳に入ってきて気分いいものではない（因みに3日後のニュースで、この心臓外科で30余年まえ手術した時に針を体内に置き忘れていたことが判明したと報じた）。何より痛い。「痛いっ」というと、若い看護婦さんが手をギュッと握りしめてくれたのが麻酔以上に心強かった。あとで次男にそんな話をしたら「お父さん、それ、年輩の婦長さんだったんじゃない？　若いかどうかカーテンで見えなかったんでしょ？」「イヤ、あの手の柔らかさは20代だ。余計なこと言うな。」後日、訊いてみたら、何と人文学部出身の看護婦さんだった！　どんな成績つけたかな？

＊　先日のNHKの番組でも免疫力（Nキラー細胞、顆粒球、リンパ球など）の大敵は、睡眠不足とストレスと栄養バランスと言っていました。咳のでていた間、睡眠不足・食欲不振などが続き、ストレスが溜まって免疫力が落ちていたことは確かです。8年経って以前のような癌と共生する心がけが緩んでいました。今なおカミさんに繰り返し言われて神妙にしています。私にとりついた癌はタチが悪いものでなかなか消え去らない（須田加代子が10年後に転移云々と前回書いたら、水沢君から「そんなこと書くのは先生アレですよ」と忠告されたが、やはりアレだったか）ことは主治医からも繰り返し言われていました。だから8年間毎月通院していました。癌は体内を徘徊してもどこかに着床しない限り、発症＝再燃しない。私の場合、8年間癌が消えなかったが、免疫力を強化することにより再燃しないように共生関係を保つことに成功してきた。しかし、今回は免疫力が下がって共生のバランスが崩れた、私はそのように解釈しています。

　とすれば、癌細胞を駆逐しなくても、もう一度昨年までのようなバランスを取り戻せば癌細胞と共生しながら生きていくことが可能となるはずです。私はそれを目指しています。8年前から心がけてきたこうした考え方が実は西洋医学の分野の中にも出てきていることを最近知りました。Tumor Dormancy Therapy

（腫瘍休眠療法）と言われる考え方で、因みにインターネットで Tumor Dormancy Therapy を検索すると約 250 件もヒットします。いろいろ説明されていますが、私の主治医に言わせると「先生のケースのように、確実に再燃すると思っていたのに 8 年間も経ってしまった場合、説明がつかない。そういう場合、何らかの形で体の中のバランスができて再燃しなかったのだろうと考え、Tumor Dormant な状態と考えるわけです。だからそれは説明であって、治療方法ではない」とのこと。

＊　入院中にあらためて気がついたことは人間の体の中はびっしり内臓が詰まっていると思いきや、実に隙間が多いということです。心囊というのは心臓と心膜の間の空間ですし、肺も壁側胸膜と臓側胸膜の間の空間＝胸腔に浮いてるような形になっています。気功で重視する丹田も西洋医学でいえば「無い」のですが、空間として存在します。帯津良一『究極の調和道呼吸法』（詳伝社）（氏は帯津三敬病院長、この病院はいざという時にはお世話になりたい病院です）をみると臓器とその空間によって人体が成り立っており、東洋医学は臓器と同程度に空間をも重視することがわかってきます。免疫力と自然治癒力という言葉は一般に同じ意味として使われていますが、帯津さんによれば、免疫力というのはリンパ液など臓器にかかわる概念、自然治癒力というのは臓器の間の空間（経路を含め）を重視した概念です。呼吸は臓器がするもの、呼吸法は空間の操作法、というように。

＊　西洋医学の「対症療法」というのはやはり気になることがあります。例えば、胸水が一向に止まらないので、炎症を起こして肺と胸膜を癒着させて、胸水が溜まる空間＝肺囊をなくしてしまおうという治療をし、ドレーンから肺囊にアリアシンなどの抗癌剤・癒着剤を注入した話。これで 40 度近い熱と肋間神経痛のような痛み（これに咳が加わるから壊れるような痛み）が 3 日間続きました。私の場合症状がひどかったようですが、医師は「あちこちで炎症を起こして癒着が始まっている兆候、いいことだ」と励まし、解熱剤と鎮痛剤を投与。3 日目になっても熱が引かないと、細菌感染の恐れもあるからとメロペンという

少し強い抗生剤を使用。すると翌日からアレルギーでジンマシン。それに対抗して抗ヒスタミン剤という具合に、次々と出てくる症状に対して部分対症的に薬を使います。いたちごっこのようです。そうやって目的を達成したのですが、振り返ってみて、どれだけの薬剤が体内に注入されたか？　それは体全体にどういう長期的影響を及ぼすのか？　西洋医学では空間に意味はないから、胸腔を潰してしまってかまわないと考えるが、本当にいいのか？　などと考えると首をかしげざるを得なくなります。

　頻繁な検査も万全を期すものとは思いますが、気になります。ＭＲＩやＣＴ（これもＸ線です）を４回も撮り、Ｘ線直接撮影は20回以上もとりました。大丈夫？

＊　とはいえ西洋医学の効果を全否定する考え方には与しません。新潟大学でいえば安保徹教授の『ガンは自分で治せる』（マキノ出版）。癌を治すには副交感神経を活性化させてリンパ球を増やし免疫力を強化するに限る、とする点は同感ですが、手術・化学療法・放射線などの手法を全面的に否定します。かつての近藤誠『患者よ、ガンと闘うな』（文芸春秋）と同趣旨です。最近でも放射線で相当進んだ肺癌がよくなった例などが身近にあります。私は帯津さんの西洋医学と東洋医学の結合ないしホリスティック医療という考え方を採ります。

　そう言えば先日漢方薬を重用される渋谷武先生から見舞いの電話を頂きました。3点のアドヴァイス。①婆さんの心臓、手術したらだいぶ楽になった。西洋医学も捨てたものではない。医者の言うことにも耳を傾けよ。②困ったときの胡麻頼み。③呼吸が大事。いずれも同感、納得。

＊　「仮出所」といわれての退院後も少しずつですが胸水が増えており、咳痰もなくなりませんでした。このままでいくともう一度胸に穴を開けなければならず、かつ化学療法を考えなければならないかも知れない、という状況にどう対処するかを考えた結果、和漢診療部がある富山医科薬科大学にお世話になろうと考えました。小野の家の設計者の立花さんの勧めによるもの。新大病院の主治医（第１外科と第１内科）に話してみたところ、「それは結構だと思います。必要なら紹介状を書きますよ」、「紹介状も結構だが、必要なデータがあれば、

気軽に電話で問い合わせていただければお話ししますよ。先生の病気はけっこう面倒だから電話の方がいい」と快く賛成してくれました。セカンドオピニオン云々ではないのですが、漢方の全く異なった療法への違和感がなくなったこと、この辺も8年間で随分変化があったのかな、と思いました。「代替療養」という言葉は不遜だが、こういう言葉が出てきたことは1つの変化でしょう。インフォームドコンセントにも心がけるようになっています。

　新大病院の紹介状を携えて富山に行き、寺澤捷年病院長の診断を受けたところ、「こんな病気に合う薬を即座に決められるほど私は名医ではない。2週間ばかり入院して下さい」とのことでそのまま留め置かれました。今年はこういうことが多いようです。いろいろ診断した後「いま考えられるお薬は5種類ほどあるが、私のカンではまず真武湯でいってみようと思う。みんなどうかね？」と若手の医師に訊きます。みんな「え？」という感じ。確かに本で見ると真武湯は「寒がりで、悪寒やめまい感、浮腫を伴う胃腸疾患、ネフローゼ症候群、心不全に用いる」と書いてあるから意外です。「私は木防已湯かと思いました」というと「お、なかなか勉強しとるね。しかし、まあこっちからだね」というわけで、試し始めました。内臓が冷えているというので、電気温鍼もやりました。2日後の触診で「お、減っとる、減っとる」とのこと。X線を撮ってみると確かに水が引けていました。で「しばらく真武湯でいこう。これまでおやりになっていた十全大補湯は大きな役割を果たしたと思います。しかし、これは水を増やす方に作用するのでしばらく中止して下さい」という結論。寺澤先生の見立ては、私の深部体温（臓器などの温度）が低くなっているため、水分の排除能力が落ちている（水毒）。深部体温を一度あげれば、免疫力は数十倍に強化されることがある。したがって、深部体温をあげるために真武湯を飲み、電気温鍼をやりお灸をすえる。1週間でこの療法が有効であるということが明らかになった。今後も真武湯を飲み続ける、というものです。症状の原因を取り除くわけではないが、それに対応できる自然治癒力を育てるということです。

＊　さて、新大病院では個室のデラックスルームなるものに入っていましたが、富山では空室がなくて外科の6人部屋でした。唸る人、痰がからむ人、咳が止まらない人、不整脈で苦しむ人、なかなか寝付けずに大変だったが、反面、姿

婆がみえて面白かった。患者は２：１で男が多い。これは平均寿命を反映している。面白いのは、女部屋に亭主が看護に来ることはほとんどないのに、男部屋にはカミさんとおぼしき人が毎日何か持ってやってくる。この落差は社会の縮図？　「今日も看病に来たところをみると俺もまだ捨てられてんなあ」と疑心暗鬼のお隣さん。「お宅孫がいていいねえ。わしなんかカミさんだけだ。」男の意識構造はもろい？　「女はすぐ病院これるけど、男は倒れるまで働かんばなんねえもんね」とはお向かいさんに来るけなげなおかみさんの弁。たしかに60前後の働き過ぎで、心臓疾患、静脈瘤など難病ばかり。みんな元気なときはよく喋るが、サラリーマンの話はあまり面白くない。「会社主義」の産物？　隣のベッドの立山、天狗平山荘老主人の立山賛歌・自慢話が面白かった。

＊　私には子供が３人います。今年は34歳と29歳の会社勤めの２人の息子と32歳の娘です。３人ともまず見舞いに飛んできた上に（長男夫妻は神戸から、交通費だけでも……）、２人の息子は８月に入ってから気の毒にも、かつ、健気（けなげ）にも、１週間余りの貴重な夏休みを私の看病のために当ててくれ、休む時期を調整して、交代で帰って来てくれました。子供たちにとっても「８年も経ってから再燃」というのは衝撃的だったようです。今回は運転手役に止まらず、何より精神的に負担の重いカミさんにとって力強い援軍になったようです。今回のように思いがけずで、はっきりした原因が分からず、いつまで入院せねばならぬのか、１週間位と思っていたのがずるずると１ヶ月余にもなってしまう、しかもそれが再発がらみという状況は、患者にとってもですが、カミさんにとっても針のむしろの心境だったようです。子供たちには気の毒だったが、しかし、巣立っていった子供たちが１週間も親とつき合いに帰ってくるなどという機会はもうないと思っていたので、よい機会を与えられたのが最大の収穫かと思いました。必死の子育ての時代とは違って使命感なしに子供たちと話すのは悪くないもので、単婚小家族時代の現在欠けているものの１つだと思いました。みんなも親が健在なうちに、対等な立場で語り合っておくといいと思うよ。「ご臨終」なんて時でなく。「成長」なんて大仰なことを言わなくても、お互いにガチガチの親子をやっていた時期とは違った面が見えてくるものです。

経済的なことはもちろん、様々な面で、子供たちにはできるだけ迷惑をかけまいと思っていたのですが、そうはいかないようで、この度は非常に「役に立ち」ました。人間は、幼少から自立した大人になり、やがて年とともに子供にかえっていき、ゼロ歳になって生を終えるものでしょうが、いつも30歳くらいだと思っている私も、今回は自分もその道を辿っているなと感じました。

＊　娘の方はゼロ歳と5歳の2児の母。「お父さん、私の顔見たくなったでしょう」などとへらず口をたたきながら、度々帰って来る。来ると喧噪。今回は来ると言うのを断ったのだが、亭主と子供連れて新潟まで来てから「来ちゃったけど行っていい？」。8年前の手術の時はまだ独身、毎土曜日東京から見舞いに来るので「お前は毎週こんなとこへ来て、デートする相手もいないのか」などと「感謝の言葉」を述べた記憶がありますが、気がついたらいい亭主を選んで2児の母親になっていました。子供の頃はのろまで規定時間内に処理することが苦手で、要領の悪さはほんとに私の子供かと思うほどでしたが、しかし、比類なき心根の美しさをもった子だと思っています。というのは一面的で、「穂波を怒らせると怖い」というのが兄弟（それに亭主）の定評。私には何かあると好みのネクタイをプレゼントしてくれるので、カミさんから「何で穂波のばかりしてるの？」と言われぬ程度に着用しています。

＊　それに比べると、息子たちはそれぞれ家を離れて10年余り、盆と正月に会うだけであまり何を考えているかなど重い話はしませんでした。今回も正座して何かを話したというわけではありませんが、「へえ、そんな風に考えていたのか」と思うこともありました。

　私とカミさんの子育ての基本方針は、人として最低限の規範を身につけさせ、あとは自分の長所を発展させるよう考えつつも、自主性を尊重して育てるというオーソドックスなものでした。しかし、子供たちからみると必ずしもそうではなく、「親の権威」に立ち向かうのはかなりの勇気を必要としたようです。また、できるだけ子供を見つめていたつもりですが、見えていない部分がかなりあったようです。

　例えば、長男の小学校時代の担任のある先生を私たちはかなり信頼していたのですが、子供の方は誤解に基づき言い分も聴かずに殴られることが多く「あ

んなひどいやつはない」と思っていました。親に話しても理解してもらえなかったことを成長してから聞いてびっくりしました。私たち親に対する対応と子供に対する対応が違っていることに気づかず、長男は「四面楚歌」に感じていたようです。中学時代には、「おちこぼれ」の生徒を粗末に扱う担任教師の偽善的態度に我慢ならぬものを感じて、その子と一緒にボンタンを履いたりしてあからさまに抵抗していました。個々の事項については担任教師のいいつけどおりだったので、私たちはルールを守るべきだと息子に問いただしました。彼はあまり弁明しませんでした。親もあまり自分を理解してくれないと思い、自分のことについてほとんど話をしなくなりました。振り返ってみるとその後真剣に話をしたのは彼が高3の時、「大学に行かずに就職したい」と言った時くらいでした。子供の声にもっと耳を傾ける努力が欠けていたなと反省しています。

　しかし、子供は育つもので、彼は自分で考えながら大学に進み、あまり勉強せずに卒業して就職し、モーグルスキーに凝ってニュージーランドまで出かけるようになり、ほどほどのところで結婚しました。結果的には、驚くほどオーソドックスで道草を食わない、その意味では親孝行な道を歩みました。最近は、正月休みに帰った時（大抵は1月2日、カミさんの誕生日なのに……）一緒にスキーに行くのが日程になっていました。今年は信州での正月だったので、2日酔いの次男は置き去りにして、2人で霧ヶ峰の車山に行きました。快調だったのでもう1日、モーグル専用コースのある高山ブランシェに行きました。カミさんの話では「お父さんのスキーは、休むことを知らない。こっちがくたびれる。性格が現れるね」と言っていたとか。「子供の足手まといになるものか」と頑張ってただけなんだが。

＊　次男坊の方は兄をみて、両親と衝突するようなことはできるだけ避けつつ自分を通す術を身につけました。例えば高校時代にはガールフレンドも我が家に連れてきて公認させるなど、けっこうちゃっかりとやっていました。病室に居た時、見舞いにきてくれたある人について私が「あの人自分が正しいと思っていることについては信じて疑わん頑固な正義漢でね」というと「お父さんみたいな人っていうことだね」「え？」「あ、聞こえた？」「バカモン、俺はちゃんと何を言うべきか、吟味して喋ってるんだぞ」といった具合です。医師から家

族への説明時にはカミさんのほか長男夫妻に娘と次男の5人も立ち会い、それぞれ病気の原因や治療法について、1時間以上にわたり根ほり葉ほり訊いたようで、医師は「大変ご熱心に質問されました」と言っていました。医師が病室に来て抗癌剤の使用について話され、私が使用に難色を示した時、次男坊は「父はこの点についてはそれなりの考えをもってこれまでやってきましたので、認めてやって頂ければ……」などと言うのを聞いて、みんな一丁前になってきてるんだと思いました。

　この夜、帰宅後みんなで寿司屋に行ったとのこと。酒を酌み交わしながら「お父さんはてきぱきと決断できて羨ましいよ。おれなんて優柔不断でやになっちゃうよ」「実は俺もそうなんだよ。何か頼まれると断れないしね。そういうところはお母さんに似ちゃって」といった話になったそうです。私だって大学にいるから言いたいことを言っていられるのであって、企業にいるとこうはいかない。とりわけ高度成長期以後、価値規範は会社が握っている「会社主義」ですから、その中で自己を主張していくのは難しい。大学の教員で企業社会で勤まるのは半分以下だなんて以前に書いたことがあったように思います。だから、よく、「Fゼミ通信」を読んで「別世界を感じた」という感想がくることが多いのも大学が別世界だからでしょう。

＊　カミさんの妹夫妻は個性尊重の放任主義で子育てをしていたので、我々の子育てに対しては厳しすぎるという見方をしているようです。私たちは自分の子育てについてまだ結論を下していませんが、最低限の躾は大変大事なことだと思っています。我が家では簡単なことですが、自分の食べた食器を流しに運ぶこと、週1回は全員の食器を洗うことを義務づけました。私も残った曜日の食器洗いをしました。食事を作ってくれるお母さんに対する感謝の意でもあり、食事という基本作業についてのささやかなワークシェアリングだから。浜コンなどの際、せっせと働いている当番をしり目に「まだかしら」などと言っている学生をみるとこうした共同作業への躾が必要に思います。

　Fゼミも30年の歴史ですから、子育て中の人が結構多くなりました。子育てというのは短期的にはいろいろな紆余曲折がありますが、子供が成人するまで通してなんぼというものかな、と思っています。子育て中のみなさんの意見を

聞きたいものです。

＊　入院特集号になってしまいました。以下は『西嶋定生　東アジア史論集』3巻の月報に載せた小文。

　　　【乗り超える】
　中国は時間的にも、空間的にも測りがたい広がりをもつが故に、捉え難い存在である。中国をつかまえることができれば、世界の有り様を垣間見ることができ、人間がどこから来てどこに向かっているのか、その一端を看取できるのではないか？　おそらく中国に取り組む多くの人々の想いであろう。私の学生時代にそうした姿を明晰な形で示してくれたのが西嶋先生であった。
　師弟関係というのはいつもその時代に刻印されて一様ではない。60年安保の年に大学に入った私たちにとって、師とは常に「乗り超える」対象であったように思う。当時、水曜日に、大学院生と東洋史学科の教員全員が参加して議論「対決」する「総合ゼミ」というのがあった。安保、そしてアジア・フォード財団問題などがあって、それを学問に内実化しようというのが院生側の気持ちであったと思う。そこにはある種のほどよい緊張感があった。私を含めて、この世代には「史学会を批判しておいて卒業したら入るのは」と考えて史学会に入らなかった人も少なくない。
　総合ゼミに備えて院生仲間で議論した時も、「西嶋定生をどのように乗り超えるか」がしばしば話題になった。当時、西嶋さん ―― 当時我々はそう呼んでいた。私が西嶋先生と呼ぶようになったのは、新潟大学にお招きして私たちの学生を前にしてからであった ―― は、最も乗り超え難い、しかし最も乗り超え甲斐のある存在であった。本著作集第1巻にその1部が収載されている『中国経済史研究』が1966年に上梓されたこともあって、同書第3部に収載されている明代棉業研究の結論部分が話題になったのである。その第1章「16・17世紀を中心とする中国農村工業の考察」には、次のように記されている。

以上のごとき16・17世紀における農村工業を、近世初期のヨーロッパにおける農村工業、たとえばイングランド西南部の毛織物農村工業、フランスのフランドル・ピカルディ地方の農村工業、あるいは南ドイツの麻織物の農村工業と比較してみるばあい、それが近代的なものへ展開する方向に進むものでないことは瞭然であろう。（同書、750頁）
　近代ヨーロッパ資本主義進入以前における中国農村工業は実にこのような段階にあったのである。そこにおいては、不幸にしてそれ自身が近代化の方向へ進むべきなんらの契機も有していなかった。（751頁）

　こう結論した西嶋さんはその原因を中国の国家権力のあり方に求め、古代専制国家の研究に向かわれた。これに対して私たちの一世代前の先輩 ―― 佐伯有一・田中正俊・横山英氏ら ―― は商品生産のあり方や土地所有制の面から西嶋批判を試みた。私たちの世代では、経済的土台のみを問題にして「展磴の彼方」に発展をみようとしても無理だ、人民闘争史の過程に可能性を見出すことによって「西嶋定生を乗り超え」られないか、という意見が多く出され、乏しい武器で立ち向かっていた。
　因みに、『中国経済史研究』に収載された第2章、第3章、第4章は西嶋さんの卒業論文を骨子としたものである。それぞれの末尾には、1942・8・10初稿と記されている。1942年8月といえば、アジア太平洋戦争の戦局の転換点とされるミッドウェイ海戦が始まってまもなくの頃である。西嶋さんは同書「補記」に「この論文の準備のために史料を蒐集しそれに沈潜することのみが、当時すべてを押し流して行く激流によって、自己の生命に対する不安と諦念とが交錯するなかで、わずかに自分をたしかめ主張することのできる唯一のことであったのである」と述懐され、これらの論文への「いとおしさ」を表明しておられる。わたしたちは先輩から「西嶋さんが当時茗荷谷にあった東洋文化研究所で、毎日地方誌をはぐっては"棉"という文字を探していた」というエピソードを聞きながら、敬意を抱いてこれらの論文を読んだ。
　第1章の論文は「歴史学研究」1949年1月号に掲載されたものである。

この号の執筆者は、井上清・柴田三千雄・松島栄一・永原慶二といった人々である。

当時、丸山真男、大塚久雄氏ら、あの戦争のまっただなかで、自己の良心に基づきこつこつと仕事をされた諸先学がその成果をひっさげて華々しく活躍し始めた時代であった。中国史の分野では、それが西嶋さんだった。「中国初期棉業市場の考察」もそうだが、この「16・17世紀を中心とする中国農村工業の考察」も普通の論文につきものの「一考察」でなく「考察」となっているところに気概を感じつつ一生懸命読んだものである。

それだけに、「不幸にしてそれ自身が近代化の方向へ進むべきなんらの契機も有していなかった」と結論し、古代国家研究に向かってしまわれたことを残念に思った。当時の私たちの気持ちにはアンビヴァレントなものがあった。歴史学研究会で「乗り超える」話をしたら、西嶋さんと同世代の山口啓二さんや稲垣泰彦さんから「へえー、西嶋さんは乗り超えの対象かい？」と言われたのを憶えている。

学生・院生時代の緊張した師弟関係を経て15年の歳月が流れた。1980年、大学院作りに備えて、東大を退官された西嶋先生を新潟大学にお呼びすることになった。北国に来てくれるかな？と心配した甘粕さんと私は、新潟の海が如何によい釣り場に恵まれているかを俄か勉強して、我孫子に向かった。お酒をご馳走になって、早速「勉強」の成果を披露しようと喋りだしたところ、西嶋さんは「古厩さん、この本を読んだでしょう。」とズラリと並ぶ釣りの本棚からネタ本を指さし、「佐渡沖の〇〇棚と粟島は行ってみたいね」などとわれわれより遙かに詳しい知識を披瀝された。浅知恵を恥じ、黙って聴くしかなかった。

新潟に来られた後、早速みんなで粟島にでかけた。釣りの好きでない私は黒鯛の刺身で一杯を期待しつつ、学生たちと粟島1周をして釣り組の帰りを待った。しかし、空振りだった。翌朝も空振り。すると、西嶋さんは平然と「釣りの醍醐味は、釣れるのを待つ期待感にある。実際に釣れるかどうかは問題ではない」。それはない、ついてきた者は!?

酒と魚と米のうまい新潟を西嶋さんは充分楽しんで下さった。「雪中梅」

がお好きで、「せっかく手に入れてもらったのに、弟に飲まれてしまって……」などと言っておられた。

　面白いことに、西嶋さんも、私も聴講した授業があった。農業史の古島敏雄さんの授業である。1995年8月29日早朝、西嶋さんから電話がかかってきた。「こんな時間に何だろう」と思って電話に出た。「6時のニュース見た？」「いえ」「古島夫妻が火事で亡くなられたそうだよ」「は？」「それが何とも不思議なんだが、ちょうど古島さんと一緒に車に乗っている夢を見たんだよ。東大の構内のようだったが、いくら乗っても出口がなくてね。それが朝ニュースを見たらこういうことで……」。よほど不可思議に感じられたのであろう、テレパシーなど信じない西嶋さんだが、その後もよくこの話をされた。

　新潟で2度目の定年を迎えられた後しばらくして、甘粕夫妻ら新潟時代の同僚と邂逅を楽しんだことがあった。宿は西嶋さんの希望で「雲天」という巻機山登山口の山荘をとって、山菜を存分楽しんだ。我々以外はみな登山客で、不思議そうに我々を見ていた。みんな1部屋でのざこ寝で心配だったが、却って修学旅行のようだと楽しんで下さった。巻機山というのは、その手前にニセ巻機山があり、慣れぬ登山客がこれを頂上だと思い込んでよく遭難する山である。西嶋さんも「乗り超えた」と思うと、なお向こうに聳えている、巻機山のような存在であった。

＊　近頃は大抵の中国映画が、新潟で観られるようになりました。最も印象に残った映画を挙げると「鬼子来了」でしょうか？　役者として名高い姜文が監督と主役を兼ねてやっています。舞台も姜文の故郷河北省の万里の長城に近い唐山付近の村。1945年の春節前の深夜、日本支配下の貧しい村に「我」（歴史を学んだ者なら八路軍に違いないと思うでしょう）としか名乗らぬ男がやってきてマー・ターサン（姜文）を脅迫し、「晦日まで麻袋を二つ預かれ」と言う。袋には日本軍人花屋（香川照之）と通訳の中国人が詰め込まれていた。花屋は虜囚になったことを恥じ、「殺せ！」と叫び続け、自殺を図るが、マーとその愛人たちは足りない食糧を割いて彼らを養う。約束の時が来ても「我」は引き取り

に現れない。この厄介なお荷物をどうするか？　道は3つ。①このまま「我」が現れるのを待つ。でも、その前に日本軍にみつかったら大変だ。②付近に駐屯する日本軍に渡す。しかし、「我」が現れたら何と言い訳するのか？　③自分たちで秘かに殺してしまう。③が一番災難が少ないということになる。しかし、善良な彼らにはどうしても殺せない。

　最後に、飢えに苦しむマー・ターサンら村人は「日本軍に送り届けてくれたら自分を半年世話してくれたお礼に馬車2台分の食糧をやる」という花屋の提言を受け入れ、花屋たちを日本軍の所へ連れていく。駐屯部隊の酒塚隊長は、死亡通知まで出した花屋が帰ってきたことをいぶかしみ、叱責する。しかし、隊長は花屋と村人との約束があることを知り、約束に加えて6台分の穀物を送る。

　穀物が村に届けられた夜、村人全員と日本の陸・海軍兵士が集まって大宴会を催す。長老初め、村人は日本軍の厚遇に感謝し、唄い、踊る。しかし、酒塚隊長だけはこの背後に花屋たちを捕まえた軍隊（多分八路軍）がいると見て、探っている。そして、「生きて虜囚の辱めを受け」、村人の好意に溺れそうになった花屋を「腐敗分子」と決めつけ、村人に撃ち殺させようとするが、やさしい村人にはそんなことはできない。酔っぱらった村人が「もういいじゃないか」と隊長に馴れ馴れしく触る。突如、馴れ馴れしくする村人に花屋が爆発、男を斬り殺す。「日本軍が来ても何か変わるわけではない」などと日本軍を歓待した中年女も殺されてしまう。それを機に日本軍は村人を皆殺しにし、村に火を放つ。

　やがて、日本の敗戦。部隊は捕虜になり、日本の女たちは売春で生き延びる。生き残ったマーは村人の復讐を図って花屋らを探し、ついに捕虜収容施設で発見する。手斧を持って花屋を追いかけるマー。だが、入場してきた国民党軍は、個人的に恨みをはらそうとするマーを罪人として処刑する。日本軍捕虜に処刑役を命ずる。処刑役に指名されたのは花屋であった。マーのどうしようもない恨みが逆説的に示される。

　抗日戦争映画としての「鬼子来了」はこれまでの中国の抗日戦争映画とは全く異なる特質があります。まず第1に、この映画には抗日戦争の立て役者の共

産党も八路軍も出てこない。「我」は八路軍だろうと言いましたが、多分、姜文はわざとぼかしたのだろう。最後に虐殺場面が出てきますが、そこまで戦闘の場面もない。第2に登場するのは非戦闘的日常生活であり、優れた指導の下に団結する不屈の人民ではない。動員され、目覚めた人民ではない。抗日の大義より、飢えに迫られ、どうしたら自分たちが無事でいられるかを考える、愚かさ、打算、運命への諦観などに囚われたしかし善良な老百姓である。その人間のもつどうしようもなさがユーモアを交えて描かれる。日本人の描き方も同様である。その後入院中に改めて「七人の侍」をテレビで観た時、「百姓は我慢するしかねえ。長いものにはまかれる。米でも何でも差し出すだ。その代わり俺たちの食い扶持だけ残して貰うだ。」という台詞を聞いて2つの映画に共通するリアルな農民観を感じました。

　農民の言動はよく理解できる。15年にせよ、8年にせよ、日中戦争は長期戦でいつ果てるとも分からぬ戦争であった。抵抗しなくても彼らを直接脅かすもの、それは飢えであった。彼らはまずいつになるか分からぬ戦争の終結まで生を永らえなくてはならない。死んだら負けである。生きるためには日本軍とも取り引きして穀物を獲得する（威張りくさっていた日本人も敗戦後は同様にして生き延びねばならなかった）。しかし、彼らはまた底抜けに人が好い。典型的な日本軍人の花屋さえも村人の親切に「軍人魂」を失いそうになる。それを断ち切るために花屋は村人を斬り殺したのではないか？

　いま、私は「日中戦争」を書こうとしていますが、そこでのモチーフも「生活の中の戦争」です。ということもあってこの難解な映画にリアリティーを感じました。

　日に日に黄ばんでゆく富山平野を眺めながら、「最初入院した時はまだ梅雨があけてなかったのに……。今年は夏がなかった」と焦りの気持ち。「退屈さを楽しんで下さい」とのメールをもらったけど私にゃ無理だな。生まれ変わらない限り。最近、虫で売り出している養老孟司が「寝ている時間もまた人生だ」と言っていましたが、「病も人生のうち」ということを「20世紀的効率主義」になお毒されている私はすぐ否定して「寝ている時間は人生ではない」と思ってし

まうのです。都市化すると人間もまた自然の一部だということを忘れてしまう。そうは言っても、私の肺は機能している部分が3分の1程度で、かなり息苦しく酸欠状態にあります。で、幸か不幸か無理に動こうと思っても動けません。これだけ何もしなかったことは今までなかったなァと思っています。それではまた。

Fゼミ通信 No.29

2003.01.01

この間「週刊新潮」に「脅迫される新潟大学教授」などと大見出しで載ったので心配して問い合わせてくれた人が多かった「日本海の呼称を巡る問題」の経過について報告しておきます。

　明けましておめでとうございます。

＊　昨年は胃癌手術後8年を経過したという安心感から、かなり忙しいスケジュールを組み、6月頃の体調の変化を感じつつも、鈍感になっていたところ、7月13日心膜炎・胸膜炎のため緊急入院という事態に相成り、入退院を繰り返し、胸水とのたたかいに明け暮れる1年となりました。

　癌の再燃転移ではないかと恐れておりましたが、それが確認されました。8年前の胃癌のものと同じで、リンパ管の中でおとなしくしていたが、今になって肋膜のリンパに転移し、リンパ管を食い破り、リンパ液が洩れだしている、ということです。現象としては現在左肺を中心に1日130cc以上の水が溜まる状況になっています。西洋医学ではこれという療法がないこともあり、1週間から2週間おきに、麻酔をして胸膜まで穴を開け、1400～1900ccの水を抜いて息苦しさを逃れておりましたが、最近は「水抜き」もうまくいかなくなりました。

　これでは展望がありませんので、私としては可能性のありそうな「代替療法」を探しては、試みております。

　9月は富山医科薬科大学付属病院に入院し、これと思われる生薬を見立てていただき、試みましたが目に見える効果はありませんでした。富山医薬大からは違う種類の漢方薬（制癌剤入り）を調合して貰って今も飲んでいます。

　10月1日に富山に行った際、自らもＪＲＪのロイヤルジェリーとアガリクス

とヴィタミンCの大量投与で不治の病を治した方を紹介していただき、いろいろ話を聴いた結果、これに乗ってみようかと考えました。1ヶ月間やってみました。悪化をくい止めたかな？とも思いましたが、水が溜まり、咳痰がでるという症状はあまり和らぎませんでした。

　この間、琵琶の葉温灸も始めました。黒煎り玄米の食事その他食生活の転換（仙人みたいです）など、朝から夜寝るまで妻共々治療治療で明け暮れている毎日です。1人だったら自暴自棄になるところですが、喜美子さんが私以上に熱心にやってくれています。先の見通しははっきりしないけれど焦らずに気長にやっていこうと思います。

　11月から重点をおいているのはいわゆるBNK療法です。新潟の旭医王クリニックというところで自己の血液を抜いてリンパ球（正確にはNK細胞）を増殖して2週間後に体内に戻す方法、これも高額ですが、期待をもって実験中です。フコイダンなどのサプリメントも一緒にとります。

　今年も有効な療法を求めて、前号で述べたTumor Dormantな、つまり癌との共生状態を回復すべく全力を傾ける1年になるかと思います。

＊　一番難儀なのは胸水が溜まることで、そのため肺の呼吸機能が著しく損なわれてしまいました。体を動かすのが困難になり、そろりそろりと歩くのがやっとという状況。話すのにも咳き込んでしまって障害が大。現在は酸素ボンベを携帯して動いていますが、携帯用の持ち時間は8時間弱。家に閉じこもる時間が多くなっています。

　身体障害者の3級です。身障者手帳を眺めながら、3月に学生諸君と野沢温泉に行き、廉屋君と一緒に5キロのダウンヒルをすっ飛ばしたことを思い起こしました。あれから半年余りしか経っていないのに、何という違いでしょう。でも、続いて同じ人生の中で、ハンディの多い人生を歩んでみるのも悪くはない、と思い直したりしました。でもやはり呼吸不全は苦しいからいやですね。それにしても大声で喋り、毎週テニスをやり、階段は2段ずつ上っていた私にとっては天と地ほど違う生活と相成りました。

＊　最初に救急で入院した日は土曜日でしたが、休日にもかかわらず、私の命を維持するために第1・第2内科、第1・第2外科の医師始め7人も駆けつけ

てくれ、あれやこれやと相談して多分最も適切な処置をしてくれました。

以後寝たきりの入院生活故、テレビをみる機会が多くなりましたが、毎日多くの命がこともなげに失われていくニュースを見ていると、この落差は一体何だろうと思ってしまいます。7・8月はとりわけ、親が子を殺し、子が親を殺し、兄弟が殺し合うといった事件が多かったようです。何か気にくわぬことがあると、人は理由もなく簡単に殺してしまうようになりました。「無性に人を殺してみたかった」という輩もいました。琉球もずくから作られるフコイダンには、癌細胞を自殺行為に導く作用（アポトーシス）があると言われ、私ものんでいますが、いまや人類もアポトーシス症候群に陥っているのではないかと思われます。ロシアではチェチェン人質事件「解決」のために、50人の占拠者の他に128の命が犠牲になりました。「正義」のため、「国家」のため？

＊　3度目の入院は9月の17日、ちょうど小泉訪朝の日でした。拉致被害者のうち、8人はすでに死亡というニュースを夢うつつで聞いていました。その頃（1978年）私は西大畑の宿舎に住んでいましたから、横田めぐみさん拉致現場から200〜300メートルしか離れていませんでした。近くの海岸は夕日が沈むのがきれいなので、よく子供たちとおにぎりを持って食事をしに行きました。紙一重のところに居たわけで、横田さんの失踪事件は他人ごとと思えませんでした。

同時に、夢うつつの中で私を暗い気持ちにさせていったのは、この事件をきっかけにこれまで日本人がしまい込んでいた「何か」が掘り起こされ、復活したように思われたことでした。「9・17」は日本にとっての「9・11」かも知れないと思いました。北朝鮮がひどい独裁国家だとはいえ、悪罵の限りを尽くし、こういうやつには何をやってもよい、という風潮。メディアをあげてのセンセーショナリズム、政府外務省の弱腰外交批判、排外主義。日本人以外には通用しない会話です。5人を日本に引き留めた政府の措置を80％が支持しているようですが、「マインドコントロールされているから」とはいえ、国が個人の帰趨を決めてしまうことにはどうにも賛成できません。自分の運命はやはり自分で決める権限があるはずです。地村夫人が「子供に会いたいなどということは国

の方針の前にはちっぽけなこと」と言っていたのが象徴的です。

　やがてかつての植民地時代の強制連行が問題にされた時、これらの人々はどう反応するのでしょうか？　石原慎太郎のように「あれは自治能力のない朝鮮が、支那に保護されるか、ロシアに保護されるか、それとも日本に保護されるかの選択の問題だった」と言うのでしょうか？　いずれにせよ、どの国に住んでいるかによって国民意識に大きな違いがある東アジア国家間で、生々しい攻撃的ナショナリズムがぶつかりう事態を憂慮します。

＊　この間「週刊新潮」に「脅迫される新潟大学教授」などと大見出しで載ったので心配して問い合わせてくれた人が多かった「日本海の呼称を巡る問題」の経過について報告しておきます。この夏、以下のような動きがありました。
　従来から韓国政府諸機関が熱心な働きかけを行ってきた結果、海図の国際指針を定める「国際水路機関」（ＩＨＯ）がこの夏「Japan Sea（日本海）」の名称を白紙に戻すことを参加72ヵ国に提案、「少なくとも『東海』と『日本海』を併記すべきだ」と主張してきた韓国政府もこれに賛成、一方日本政府はこの提案に抗議した。後日、ＩＨＯはこの提案を撤回した。
　また、8月末からベルリンで開催された第8回国連地名標準化会議においても韓国・北朝鮮代表団が日本海の呼称変更を求める提案が提出されたが決議されず、5年後の第9回会議までに関係国が努力し、報告することとして閉幕した。

　この問題は韓国では大々的に報道されたが、日本では主にベタ記事での報道であった。韓国は5年前から2002年のＩＨＯと国連の会議を目指して周到に準備してきたから、この結果は残念なものであったろう。日本では、「読売新聞」社説（8月23日）は「政府は毅然として"歴史"を守れ」と題して「日本海」の呼称を守ることを主張、政府・外務省の弱腰を批判した。
　私は常々東アジア（東北アジア）において、今後最も危険をはらんでいるのは「ナショナリズムの衝突」であると考えてきました。朝鮮半島・中国はさておき、バブル崩壊、経済大国としての地位の揺らぎ、中国・韓国の発展などを背景に日本のナショナリズムも排他性を強めて来ています。

テッサ・モーリス・鈴木さん等のように、こうした近代国民国家形成以来のナショナリズムを全面的に否定し、国境を前提にせず議論することは間違ってはいませんが、私はこの地域で具体的に起こってくる諸矛盾・諸問題を解決するには現実性を欠くと思っています。この地域において最も重要なことは、それぞれの政府と国民が、自他の主張をよく知り、意見の相違については自己のナショナリズムを抑制しながら折り合いをつけていく、そういう具体的経験を積み重ねていくことだと思っています。その意味で日韓のワールドカップの共催は様々な可能性を切り開いた面があったとも思っていました。

　この日本海の呼称を巡る争いは、ナショナリズムの衝突をさけて折り合いをつけていくための絶好の「応用問題」だと思いました。そんな折り、友人から、韓国でも「東海」を国際的呼称にという主張に無理を感じて第3の呼称を考えたらという意見も従来以上に出てきている、「朝鮮日報」には「青海」にしたらという投書も出た、との話を聞き、病床から「朝鮮日報」に投書しました。私の意見は1999年にソウルで開催された国際セミナー及び翌年新潟で開催された国際シンポジウムで主張したものの繰り返しですが、次のような内容でした。

① 　歴史的経緯からすれば、「日本海」という名称が最初に出てくるのは、マテオ・リッチが1602年に中国で作成した「坤輿万国全図」であり、18世紀にはむしろヨーロッパで国際的呼称として Sea of Japan が定着する。「日本海」という呼称は日本がつけたものではない。
② 　しかし、日本が韓国を併合する前後になると「我国が之（日本海）を称して日本領海と称するも敢て背理にあらざるべし」（松波仁一郎東大教授）というような主張が強くなり、日韓併合後は「日本海」と呼ぶことを強制され、教科書の記述も「日本海」に統一された。今も韓国の人々が「日本海」の呼称を忌避するのは当然であろう。
③ 　国際的呼称は、誰もが心おきなく呼べるものにすべきであり、Japan Sea という名前は換えた方がよい。同様に The East Sea も適切ではない。この海は、日本からみれば西ないし北にあるし、ロシアから見れば南にあるからである。私は平和と環境を目指すという意味で、The Green Sea がよいと思うが、みんなが

意見を出し合って決めればよい。

④　ただし、各国が母国語で何と呼ぶかはその国に任せるべきだ。例えば新潟市の中学校の校歌を調べてみると、約3分の1の学校の校歌の歌詞に日本海という名前が出てくる大変親しまれた呼称である。決して日本の領海だと思って呼んでいるわけではない。東海という呼称も韓国では国歌にも出てくる大変親しまれた呼称である。地理的呼称というのは1つの文化でもある。

「朝鮮日報」紙は9月11日付けで、①と④を除いて②と③の部分を紹介しました。すぐさま翌9月12日の「産経新聞」は「邦人学者"日本海"を否定」との見出しで、私が韓国の新聞に日本海という名前を否定する投書を出したとして「朝鮮日報」紙の内容を紹介しました。同日朝、9時過ぎから始まり、当日だけで新潟大学及び私に対して50通を超える脅迫のメールと電話（留守電）が入りました。「殺しにいくから待ってろ」とか「売国奴」、「大学は古厩を辞めさせろ」といった内容で、真摯なものはほとんどありませんでした。しばらく登校しないようにと大学当局から注意がありましたが、ちょうど病床にありました。

私は「朝鮮日報」に対して、状況を説明し、「私としては両国の友好を考える際、双方が意見の異なる部分を重視することが前進のために必要だと思います。その意味で貴紙の扱いを残念に思います」、「古厩の意見には①と④の部分が含まれていたことを補足していただきたい」との抗議を出しました。

私の友人の金さんはこの間の事態を心配され、「朝鮮日報」に投書を出しました。「朝鮮日報」紙は、9月20日付けでこの金氏の投書を掲載する形で、私の主張の残りの部分を紹介しました。間接的な形で私の要望を容れたわけです。金氏の投書は、私の主張の④の部分を引用した後、次のように述べています。

紙面関係上同教授の提案中この部分が省略され、教授の提案を巡って「邦人学者日本海否定」など、日本国内で波紋が広がっている。教授の意見を翻訳して送った人として、省略されてしまった部分を補足し、不必要な誤解を払拭させたい。私たちにおいて東海は日の出の海であるが、日本人において日本海は夕日がきれいな海である。国際的な呼称が何になろうと、私たちには東海であ

るように、日本人には日本海にならざるをえない。こういう意味からも各国が母国語でなんと呼ぶかはその国に任せればよいという教授の意見は当然なことである。

　他方、「産経新聞」にも、私の主張の全容を確かめた上で記事にしなかったため、私の意見を歪めて紹介することになったことを抗議したが、「なしのつぶて」でした。
　私は多くのメールには答えず、人文学部アジア文化のホームページに、上記の私の主張を紹介し、「両紙が伝える私の意見というのは大事な部分を捨象した不正確なもので、その結果多くの読者に誤解を与えることになった面があり、残念に思います」と書いて載せました。
　14日、「週刊新潮」から取材がありました。私は週刊誌はいっそう信用できないと思いましたが、記者がまじめに私の主張について訊いてくれたので、取材に応じました。結果は17日の小泉訪朝にぶつかり、拉致問題特集の中に突っ込まれましたし、私の主張の核心ではなかったものの、比較的まじめに紹介されました。新聞広告にも大きく載っていたため、あちこちから、心配の連絡を頂きました。
　そのうち、友人の上海社会科学院の陳祖恩先生のメールの一部を紹介しましょう。

　最初に新潟を訪問した際、先生は「新潟海岸の樹木はシベリアからの強い北風を受け、みんな斜めに生えてるんです。しかし、倒れません」と説明しました。私は中国の知識分子も新潟の樹木のようだと冗談を言いました。いま、私は新潟にはうまい魚と米と美酒があるが、寒風にさらされても倒れない木もあるのだと認識するに至りました。
　海の呼称1つでも、主張の相違を乗り超えるのは相当に難しいことだと改めて認識しました。

＊　これも紹介。「住宅建築」昨年11月号に、昨年建てた拙宅についての拙文

長野県・北小野の生家跡に建てた「霧訪庵」。
うしろに霧訪山が見える。〔2001.1 竣工〕

が載りました。以前ゼミ通信に書いたものと同趣旨です。同誌には設計をしてくれた友人の立花さん、構造の増田先生、棟梁の三浦さんの文章が載っています。そちらの方が建築に興味のある人にはお勧めです。「霧訪（きりとう）庵」とセットで大学時代の親友深井君が建てた「紫明山荘」が出てきます。この山荘はより個性的ですてきな家です。

【霧訪庵自画自賛】
　8年前、第3期胃癌で全剔手術。麻酔から覚めたときに故郷信州の緑や紅葉が浮かんだ。この時から終焉の地として小野を考え始めた。簡単な家を考えていたのだが、武蔵野美術大学の立花直美さんを初めとする設計・構造の方々、新伝統構法の先駆的実践者の三浦さんたちの情熱に「煽られ」あれこれと趣向を凝らした結果、大変満足のゆく家ができた。家を建てる作業は設計者・大工・施主の緊張感ある協同で、設計者・大工・施主の異なった3つの目がぶつかり合って具体的な建物ができていく、その過程が楽しい。おそらく根底にどんな家を建てるかということに関しての共通認

識があればの話だろうが。

　私は歴史学という全く別分野にいるが、不思議なほど共通の「哲学」があることに驚いた。小難しく言えばそれは伝統と近代についての認識だ。見学会の席で構造の増田先生は、「この家を建てた技術は明治維新の欧化の中で、みんな捨てられてしまったものを再興している。中国の文化大革命を非難するが、日本も明治に同じことをやったのだ」とおっしゃった。伝統を破壊した文化大革命は「10年の災難」と言われるが、明治維新後の日本近代化システムの問題性は、気づくまで100年余りもかかったのだ。もちろん伝統をそのまま復活させるわけではなく、近代のもつメリットも採り入れ両者の融合を図っている。

　その典型は新伝統構法。1例を紹介すると、今、阪神大震災を経て斜めの筋交を入れることが義務づけられた。だが、千数百年来の日本の伝統技術は垂直と水平の材を細かに入れて、金輪繋ぎなど様々な繋ぎと楔で重力負担を均等に伝播させる耐震構造技術を持っていた。それを手間がかかるために金物の鎹と筋交いに換えてしまった。この家は基本的に金具を使わずに建てた。その代わり木材を刻む手間が2〜3日で済むところを1ヵ月、つまり10倍かけている。

　もう1つの特徴は、できるだけ構造を露出させていること。切り刻まれた材木は依然生きている。これまでの工法では、柱はみんな壁の中に包んでしまい、天井裏という見えないところで適当に誤魔化していた。この家は柱や梁をできるだけむき出しにしており、天井裏もない。碍子もわざと見せている。また、密閉した部屋を連ねる方式と違って随分開放的にした。

　私が育った家は安永9（1780）年に建てられ、200年の時を刻んだ。新しい家も旧家同様に200年以上もたせたいものだと思う。「それは可能だ、地震があっても大丈夫」と増田先生はおっしゃる。

　小野は寒いところで零下10度以下になるので、床暖房をと思ったが、棟梁の三浦さんに「木が可哀想だ」と言われた。立花さんの立案で、床下にパイプを巡らせて暖める「オンドル方式」を採用した。これは大成功で、

住んでみて真冬でも寒さを感じないので、東京育ちのカミさんはいたく感心した。

山の向こうは木曽。土地の木をということで、少々無理して1階だけ総檜（2階は杉）にした。人件費がかかるので採算が合わないらしいが、三浦さんが大滝村の森林経営者と合作して、人工林の間伐材をうまく利用してくれた。玄関を入った時の檜の匂いは絶品、最大の贅沢だ。正月に来た子供たちは、暖房が心地よいので檜のフロアーにごろごろ転がっていた。転がった時に見える格子天井もお気に入りの1つ。

合板や接着剤を一切使ってないのは、贅沢というより健康のため。化学塗料を使用せず、柿しぶや漆（風呂は少々贅沢ながら、黴止めのために漆を塗った）を使った。しっくいの壁は立花さんの推薦。彼女は10年前に喘息で倒れた経験から、呼吸機能に問題のないよう、健康本意の設計をしてくれた。

もう1つの贅沢は1枚屋根の本棟造り。これは大げさに言えば、21世紀を迎えての自己改造に繋がる。本棟造りにしたために2階は4部屋分が小屋裏になってしまった。以前の私はこういう「無駄」はしなかった。今住んでいる新潟の家など、至る所に棚を作り、屋根裏の3階も有効利用し、極めて機能的だ。まさに20世紀的合理主義、経済主義に「毒され」て生きてきた私を象徴している。今度の家は、20世紀と自分の効率主義、合理主義を突き放して考えようと、私としてはけっこう遊び空間を作った。これは自分の中でのけっこうな闘いだった。それでもちゃんと小屋裏には5000冊の本を収容できる本棚を作りつけた。

ところで、標高840メートルの小野の一番の魅力は夏の涼しさにある。風通しのよさと日向ぼっこのできる濡れ縁など家の内と外の連続性開放性は前の安永の家から受け継いだものだ。作ってみてから気がついたのだが、その開放性の故に風が流れて通るだけでなく、蝶々や蜂も通るし、周囲の山野草の香りも通る。行く度に違った山野草が我々を待っていてくれるのは心躍るものだ。やがて軒先に足長蜂と熊蜂が巣を作り始めた。向かいの中島さんが「熊蜂は福を呼ぶ縁起物。家の守り神だ」というので共生して

みようと思っている。さまざまな生命に囲まれて家がある。

　当初考えていた門を作るのも止めにした。物騒に聞こえるが、ここは見知った人ばかり、裏の畑に通う人が「みょうががそろそろとれるね」などと言いつつ屋敷を通り、学校への近道をしようとする子供が入ってくる。「今年は味が今ひとつだけど」と梅漬けを持ってきてくれる人のためにも門はない方がよい。むしろこうしたネットワークがイエを守ってくれていると実感した。開放性、周囲の自然やヒトとのネットワーク。この家について一番気に入っている点はここかも知れない。

＊　私はこの通信でも、妻を「カミサン」と呼んできましたが、ある友人から妻を「カミさん」と呼ぶことについての違和感を伝えられました。自分の妻をそう呼ぶのはおかしいというのはその通りだと思います。歴史的には大学院時代にさかのぼり、妻と呼ぶのに多少てらいがあって、嫁さんといったイエに関わる言葉でない適当な呼称として「カミさん」という言葉を使う風習が一時ありました。それを今日まで続けてきましたが、友人の提言を機に、このところ世話になりっぱなしの感謝の意味も込めて、妻と書こうかと思っている次第です。当人に対して呼ぶときも「喜美子さん」と呼ぶことにしました。照れ屋の私にとって、この年になってこれらの改変はかなり「革命的」であります。

　この話を大学院時代に、同様にカミサンと呼んでいた親友にして「どう思うか？」と訊いてみました。彼の答は「我々はお互いに〇〇ちゃんと呼び合っている。なかなかいいよ。古厩も喜美ちゃんと呼べばいいじゃないか」。これには「参った」。昔、照れ屋の大先輩が、おくさんと２人だけでいる時「〇〇ちゃん」と呼んでいるのを盗み聞いた人が言いふらして話題になったことがあった。ところでみんなどう呼び合っているの？

　「カミサン」という呼称に違和感を覚えると書いてくれた友人は、昨今の「やまとことば」の広がりへの危惧から「子育て」という言葉についても違和感を覚えると言います？　しかし、これについてはむしろ「育児」を使いたくない気持ちがあります。私たちが子供を育てていた時代、人気のあった育児書といえば松田道雄のものでした。松田の「育児」の基本方針はできるだけ手をか

けず、なるたけ早く自立するように育てる、というものでした。われわれもそれを読んで「その通りだ」と考え、そうした基本方針で育てましたが、後になって、できるだけ手をかけないようにしたことを後悔するような結果を招きました。特に妻は後悔を強くしました。そのような体験から「育児」という言葉より、柔らかみ・人情味が感じられる「子育て」を使っています。

《読者の便り》　分量が多くなってしまったけど、私の文章よりバラエティに富んでいるので1部だけでも紹介します。前号までに紹介したのは「こんなに頑張っている」タイプのものでした。でも、実際には日常生活に追われ、Fゼミとは別世界で悩んでいる人の方が多いのだということを、お知らせしたいから。残りは次号のお楽しみ。

＊ご無沙汰しています。私の日々の生活の中には古厩先生との接点はなかなか見つからず、便りをしたためる事もままなりません。申し訳ありません。Fゼミを卒業してから、もうすぐ20年。いつか、ゆっくりと近況などお話できたら良いなと思っております。（D）
＊相変わらず何をやっても手際が悪く、日々に追いまわされて、いったい何をしているんだろうと、くよくよする自分がいやでたまりません。M君の毒舌を聞いていたら涙が出そうになった私でしたが、1年も前に自分が書いたメールを読みながら、なぜだかボロボロ、ホントに泣いていました。
　学生の時分は、不器用ながら、何かしら燃えていたから、なんだか自分も世の中もどんどんよくなっていくんじゃないかなんて思っていたような気がします。そのように考えられなくなってしまった自分が悲しいです。
　それでも、子供たちの寝顔を見ていると、今は、ともかくこの子たちをまともに育て上げなければ……と気を引き締めている今日この頃……子育てが一段落したら何かやらないといかんなと思いつつ、さていったい何をしたらよいのか、何がしたいのか、まださっぱり見当がつきません。（K）
＊「寝ている時間は人生ではない」などとおっしゃらずにじっくり療養してください！

私も社会人生活2年目を迎えました（まだ2年目ですが……）。卒業当時、自分のやりたいことというものが明確に定まらず、正直「流れに身を任せてみよう」という気持ちで就職を決めた観はありましたが色々と考え、最近漠然とですが徐々に進みたい方向が見えてきた気がします。機会がありましたら先生にもぜひ話を聞いていただきたいなと思います。最近急激に寒くなりましたので、お体を冷やさぬようゆっくり療養なさってください。（H）
＊「Fゼミ通信」27号届きました、ありがとうございます。会社でプリントアウトして先ほど拝読させて頂いたところです（一応仕事中で読みました（＾.＾）、これも社会主義的な会社のよさですか!?　）。（F：彼女は中国在住）
　「Fゼミ通信」を頂くたんびに、読んでいる間は違う世界にいるような気がして、楽しいひと時を過ごせるのです。今回は「Fゼミ通信」を読む皆さまからのメッセージも入ったので、氏名に代えるアルファベットからどなたなのかなと推測しながら読みました。
　しかし、先生の還暦祝いに出席できなかったので、大学の皆様と随分ご無沙汰しているんだなーと思い、ちょとサミシイ気持ちにもなりました。でも、この前北京でお会いした先生と奥様の笑顔はなぜかとても鮮明に覚えています。記憶に残る先生の笑顔が慰めになっていますぅー。（H）
＊先生の信州のお宅のお話に「素敵だなぁ」とぽーっとし、またFゼミの先輩方の話にも、感心しっぱなし。Fゼミ卒業生には、素敵な人が本当に多いということを知りました。結論：素敵な先生のもとには、素敵なモノや人が集まるということですね。（T）
＊先生が独り占めしておくのがもったいないとおっしゃる気持ちが良く分かりました。本当に様々な所で皆さん頑張っていらっしゃる、それだけでなくああ、分かるその気持ち！といいたくなるような不安、悩みも抱えながら日々生きている、そのことがとても励みになりました。先生への書きかけの手紙が引き出しに……というのも同じだったので笑ってからしんみりしました。全て先生と言う扇の要があったればこそ……とあらためてFゼミでよかったと思いました。扇の要としていつまでもお元気でいてください。（H）
＊ここで先生から倒れられては困ります。「Fゼミ通信」は貴重な授業のネタな

のでよろしくお願いします。ところで拉致事件で気になるのは、北朝鮮側（一部の人ですが）に「戦争中に何十万という朝鮮人が拉致されたのに十数人の日本人の拉致されたぐらいたかがしれている」という発言があったことです。これは朝鮮人にとっては共通の認識なのでしょうか。日本のメディアは例によって、遺族の憤り（それ自体は当然のことですが）ばかりあおりたて日本と北朝鮮の溝を深めるばかりでなぜこのような悲劇が起きたのかほとんど究明していません。まるで9.11以降のアメリカのようです。

　中国映画にみられる日本軍の残虐さは（おそらくそれは間違いの無い事実でしょうが）正視に堪えられないものがあります。あのような映画を見ていると「残虐な日本人」を残虐に殺すのは一向に良心がとがめない中国人がいてもおかしくはないような気がします。（F：これはちょっと違うんじゃない？）

　数年前に、山形県でも中国人犯罪者による強盗殺人事件がありましたがこれもごく一部の中国人と思いますが、日本人を殺すことに躊躇しない中国人がいるのかもしれません。石原都知事のようなことをいうつもりはありませんが、もう少し日本人と中国や朝鮮の人たちの歴史的な溝を埋める方法はないものでしょうか？（O）（F：今号で若干書いてみたけど、それにしても様々な裁判見てても、一国内であっても、被害者の加害者に対する感情は簡単には納まらないね。）

＊同時期に中国に行っていて同様の感想をもちました。そこで気になったのは北京大学や社会科学院の日中関係を専門とする研究者にさえ、日本の状況が正しく伝わっていないことです。たとえば例の歴史教科書に対する日本での反対運動についての情報があまり伝わっていないこと、小泉首相の靖国参拝によって彼への支持率が80％台に再浮上したなどの誤った情報が信じられていることなどです。韓国の研究者との交流に比べて中国の研究者との交流がおくれていることを痛感しました。（I）

＊わざわざメールを送ってくださってありがとうございました。先生の文章を読みました。すごく感動しました。家族の愛情、闘病の生命力、映画の感想、いろいろすばらしいことを書いてくださった。私にとって、一番有難い授業です。しかし、この授業は先生にとって、ほんとうに苦しいですな。他には何も

やってさしあげない私はただ先生の健康のために、心から祈ります。(留学生T)
＊パソコンもやはり疲労を溜めると思われます。どうぞ、なにもかもほったらかして、ご自身の治療・養生に専心してください。それが、誰もが望んでいることです。(F：分かります。ただ、教育研究から離れた私にとって、通信を書くことは生きている証のようなところがあるのです。でも無理はしません。)

　このメールからも、いつもと変わらぬ先生の、肝の据わった、柔にして剛、冷静沈着な観察力・思考力および精神力（なぜか温かいのです）が感じられ、感嘆させられます。先生の"精神的免疫力"は抜群です。あとは、適切な西洋・東洋医学を駆使して対処し、ともかく無理をしないこと。切に切に願っております。

　奥様にはお目にかかったことがありませんが、心のありようが先生そっくりの、むしろ先生をしのぐほどの人物とお見受けいたしました。(T)
＊私は、「抗日の大義より……などに囚われた、しかし善良な老百姓」である中国人と「……それを断ち切るために村人を斬り殺した」農民出身の花屋（＝日本人）とに、通底するものを見ると同時に、その違いをえぐったこの監督に、目の確かさ・深さを感じたのです。(T)(F：「日本鬼子」の感想の中で、私がうまく説明できなかった部分をずばりと指摘してくれました)

　現在もなお30余通の通信をコピーして郵送していますが、健康状態からだんだん大変になってきました。必要な方はメールアドレス教えて下さい。
　よい年になりますよう。

Ｆゼミ通信 No.30

―― 2003（未完成号）

やがて私は中学時代を迎えますが、私自身の言動の基本が形成されたのは、この時代だったと思います。

＊　考えてみると私は胃癌の手術をするまで、ハンディキャップというものを感ずることなしに暮らして来ました。だから、これで歩けなくなったら、目が見えなくなったらなどと考えると不安に苛まれます。「もう、○○することができなくなった」と考えると、寂しさを禁じ得ません。それで、最近は「まだ、これならできる」と前向きに考えることにしています。それにしても昨日できたことが、今日できなくなる、それがいくつか続くのはつらいことです。以下は昨年書いたもの。

＊日本は「恥社会」で、人々の価値規範が自分の外＝世間にある、とは、ルース・ベネディクト以来よく言われることですが、養老孟司などが言うようにその外部的価値規範は戦前には共同体＝ムラにあり、戦後では会社・企業にあったと言ってよいでしょう。その通りでしょうが、私は両者の中間に、ムラ共同体規範からもその後の企業社会規範からも自由だった戦後民主主義の時期があったことを強調したいと思います。戦後民主主義についてはさまざまな議論があり、ここで深入りするつもりはありません。しかし、私にとってこの時期が自己形成の上できわめて重要な時期だったことを紹介します。以下はある催しで私の上の姉（私より9歳上）について語ったスピーチの一部の概要です。

私が初めて社会が動くことを実感したのは「戦後民主主義」の頃です。私の故郷は信州の標高840メートルものところにある人口2000人足らずの山村ですが、そこにも民主主義はやってきました。それを私は姉を通して観ました。姉は戦後男女共学になると旧高等女学校から松本深志高校（旧制松本中学）に仲間と5人で乗り込んでいきました。男社会の中で5人のメッチェンは大変もてはやされ、大事にされたようで、夕食時は姉が場を占有して喋っていました。しかし、我が家は母子家庭で赤貧洗うが如き状況でしたから、進学などとうてい無理、仲間たちが東大などに進学するのを横目に見て地元で就職しました。

　今度は、彼女はムラの若者集団の先頭に立ち、ムラの民主化運動を始めました。まず、お盆。盆踊りが行われる村の広場で青年団がスクエアダンスをやりました。「盆踊りは古い」と歓迎する者、「何でお盆にダンスか」と怒る者、大変な話題でした。「木の靴」を踊った時の土煙が今も脳裏に残っています。姉は帰ってきて「スケベダンスなどと品ないことをいうおやじもいたけどうまくいった」と意気揚々でした。秋の文化祭には学校の先生を引っ張り込んで「流浪の民」大合唱が行われました。姉はソプラノを担当、毎日すごい練習で、私も全部覚えてしまいました。村祭りには神宮寺正一座なんてのが芝居小屋をかけていましたが、青年団は「アルルの女」を上演しました。

　やがてしばらくすると村の広場では再び盆踊りが行われるようになったし、神宮寺正も相変わらず人気を呼んでいました。一時的に、伝統的な催しが排され欧米の文化を取り入れる運動が行われたということでしょうが、私は、そして村人も、賛成するか否かは別として、これを民主主義と感じ取りました。

＊やがて私は中学時代を迎えますが、私自身の言動の基本が形成されたのは、この時代だったと思います。先生とはよく喧嘩しましたが、それぞれに自己の信念に基づいて教育に取り組んでいました。村人の尊敬も篤いものがありました。信州だけでなくこの頃はみなそうであったように思われ、戦後教育の黄金時代に私は遭遇することができたのではないかと思います。好きな先生の宿直の日には何人もの生徒が泊まりに行きました。先生の下宿にもしょっちゅう遊びに行っていました。先生もプライヴァシーのない生活なのに、よく24時間つきあってくれたと思います。先生方も自由で個性的だったし、我々も自由奔放

に考えて行動したと思います。今の規制社会ではすぐに責任問題になっただろうと思われるようなことがいっぱいありました。我々も裏山から、アケビや栗やいろいろ採ってきて、教壇の下に貯蔵しておき、放課後暗くなるまで、それを食べながらワイワイ話をしていました。クラスの「行動方針」はそこで決まることが多かった。

　1年の担任は宮沢克治先生。日記の指導とスポーツに熱心な先生でしたが、何より我々の意見を尊重してくれました。1度だけ、学芸会の芝居で「清水の次郎長と都鳥一家」というのをやろうとした時はさすがに「マヤ、この芝居で何を訴えるんだい。もう少し考えな」と言いました。みんなで侃々諤々やって一転「ヴェニスの商人」をやることに変更しました。私は家にあったシェイクスピアの全集から、学校の舞台で演じられるように脚本を作りました。徹夜気味でしたが、出来たところから手分けしてガリ版を切りました。キャストも都鳥親分役がシャイロックにという風に横滑り。監督の私は一番好きな子をポーシャに指名したり……。「なかなか良かった」と宮沢先生に誉められて、みんな喜びました。

　その宮沢先生が東京の学校に転出（驚いたことに転出先はカミさんの中学校でした）と訊いたときはみんな泣きました。「こんな時に授業に出てはいられない」ということで、裏山に逃散。色々と思い出を語り合っているうちに「こんなことしてると宮沢先生が困るぞ」ということになり、ぞろぞろと学校に帰っていきました。窓からさぼった地理の授業担当の堀内先生がじっと悲しそうに見ていました。「悪いことしたな」と思いました。今なら大騒ぎでしょうが、あの時は何のお咎めもなかったことを記憶しています。帰った私たちの教室に職業家庭科の福山先生が来られ（我々の信頼篤い先生だったからだと思います）「宮沢先生は大志を抱いて東京へ行くんだ。みんなも喜んで送り出してやりなさい。宮沢先生は困ってるぞ」と話しました。

＊先日、思いがけずも腰原先生という方から、50年前の学校新聞を添えた手紙を頂きました。『裏日本』を読んで、昔を彷彿と思い出した、あの頃の両小野中学は素晴らしかった、と誉めてくれてありました。新聞には私が生徒会長に当選した際の抱負が掲載されていました。これまでは自分は理想主義に走りすぎ

ていたかもしれない、これからは現実を見据えて……というようなことが書かれていました。それで思い出しました。われわれの時まで、生徒会がなかったのです。形骸化したものはあってもしょうがない、ということで校長先生が廃止してしまったのでした。われわれはそれに不満を持ち、ことあるごとに生徒会の再建を訴え、生徒手帳を作ることなど細かな計画を作って丸山校長に談判に行きました。母親は、いろいろやるのにほとんど説明をしないものですから、オロオロして直接学校に訊きに行っていました。この校長先生もなかなか立派な方で、「それでは、どこまでできるかやってみなさい」と最後におっしゃいました。この年は運動会も文化祭も弁論大会も全部生徒会主催でやりました。開会式では生徒会の私が「開会の挨拶」を述べました。英語をちりばめた、今からみると歯の浮くような挨拶でした。

　1年間頑張って、2年生にバトンタッチする時に、それまであまり面識のなかった三溝先生が「よくやった。両小野中の歴史に残るよ」と誉めてくれたのを、今もよく覚えています。そういえば、新聞を送って下さった腰原先生（現松商短大教授）、「両小野中学には代用教員として2ヶ月ほどいただけだが、印象深く覚えている」とのこと、やはり教師意識が高かったのでしょう。

　この頃は村人たちも先生を尊敬していました。教師も地域もおおらかで、熱意と包容力を持っていたと思いました。思ったことを言い、常軌から外れた行動をすることが許されていた、それでいていつか、どこかで「これは間違っていた」と悟らせてくれる、そんな世界があったと思います。もちろん、その後高校時代、大学・大学院時代があり、多くのことを身につけました。しかし、小野の地で育てられた私は、今日でも人間的原型は変わっていないように思います。

あとがき

深井純一

　古厩と私はいずれも、1960年春の東大入学早々から安保闘争の渦中に巻き込まれた。毎日午前中はクラス討論、午後は国会デモに明け暮れ、大教室講義の始めには活動家のアジ演説が延々と続けられ、学園はセクト間のマイク合戦で騒然としていた。本書の発行者川上徹もその渦中にあった点では同様だが、彼はその年の夏、三池炭鉱争議の支援に現地常駐する体験をする。すでに六全協の洗礼を受けていた近藤典彦は、我々3人にとって1年上の「先輩」であった。我々4人の出会いの頃の「儀式」はかくも強烈であった。

　安保改定が強行されてスゴスゴと学園に戻ったものの、我々はもはや入学当時の自分ではなかった。本郷に進学する際に古厩が文学部の東洋史学科を選んだのは、恐らく中国革命と毛沢東への強い関心が培われていたからであろうし、近藤の国史学科進学の動機は明治維新への関心だった。理科にいて建築学科をめざしていた私が農学部の農業経済学科に進んだ主因は、労働者・学生・市民の運動だけが目立った安保闘争で、例外的に青年団のデモ隊列を国会に送り出した信州の村づくりと農民運動を、もっと調べてみたかったからである。若者の打算抜きの熱い志を鍛える時代だった。

　学部や学科を異にする古厩・近藤と私が出会った場は62年6月開設の東大豊島寮であった。皆バイトに明け暮れ、睡眠時間を削って学生運動に没頭していた。当時の活動家は皆似たような境遇にあった。古厩と近藤は週6回の家庭教師をしていたというが、私は家庭教師の最中に居眠りしていて、子供が遊びに行ってしまってクビになり、土方や塗装工などを経験して、最後は毎日曜日に終日襖張りをして生活費の大半を稼いでいた。

　当時文学部と川上たちの教育学部には活動家が集まっていたが、農学部では活動家も少ない上に動植物を扱う忙しい実験系が大部分を占めるので、農業経済学科の者がその分まで引き受けて超多忙な活動を送っていた。徹夜でビラをガリ版で作り、朝1時間目の前に門前で配り、それから授業に出るのだから目が開いているはずがない。開き直りではないが、生協の学生部長交渉での居眠りなど私にとって日常茶飯事のことであった。

古厩と特に親しくなったのは生協運動で一緒に活動し始めて以後のことで、大いに迷惑をかけたことは本書に詳述されているから補足することはないが、当時の生協は単なる学内安売り機関ではなく、生活を守る運動体として存在していたことが忘れられない。大々的な広告で売り出されたグロンサンの薬効がないことを、薬学部に依頼した実験結果から証明して不買運動を展開し、右翼の脅迫を笑い飛ばしたり、都営スクールバスの値上げ案に対して、3日間乗車拒否闘争を呼び掛けてついに撤回に追い込んだりした。生協は世間知らずの学生の闘志と溢れるエネルギーを、職員の大人の常識で巧みにカバーしてくれた。古厩も私も生協活動から学んだことは多かった。

　我々がくぐり抜けた未曾有の「闘う青春」の経験は、「革新」とは絶えざる社会運動を構築してその縁の下を担い、その運動に参加してくる民衆の認識と経験を豊かに磨いて、新しい時代を切り開いていく思想なのだという人生観・世界観を体得させてくれた。

　我々の青年期をふりかえって、まともに勉強・研究に打ち込んだ記憶がほとんどない。研究の立ち遅れについての内心の傷は浅くはなかった。それなのに研究者の道を選んだのは遅れを取り戻そうという気持ちもないではなかったが、古厩も近藤も「闘う青春」の時代にしか体得し得なかった独特の問題意識、事実の発掘と鋭い分析の能力を発揮して優れた研究を積み重ねてきたと思う。川上徹の出版社経営の能力も同様だろう。

　文学部での古厩・近藤たちの活動を私は知らない。文化大革命当時の中国びいきの学生たちの戸惑いは相当なものだっただろうが、惜しいことに古厩から聞くのを忘れた。

　生協活動は学部卒業とともに終わったが、3年後彼が私と同じ農業経済の大学院博士課程に入ってきて、2人は一層緊密な間柄となった。1966年度に私が務めた全国大学院生協議会（全院協）の事務局長役を、翌年度は彼が快く引き受けてくれた。バイトの合間を縫って研究をしている院生にとって、こんな多忙な役職は断って当たり前なのに。古島先生が「学生運動をやらない奴は優れた研究者にはなれないが、大学院に入ってもやっている奴はもっとなれない」と言っておられたのを思い出す。私も古厩もその「もっとなれない」例だったのだが、「闘う青春」を簡単に終わる訳にはいかなかった。

　1968年の東大闘争では、農学系の院生運動は彼が参謀役を務めてくれたこともあって、多忙な実験を棚上げして多くの院生が集会やデモに参加してくれて、

過激派にも流れず、分裂もせずに活動を展開することが出来た。野放図な私とともに行動する時に常に彼が細やかな配慮を尽くしてくれたおかげで、成果を上げ得たことが少なくない。
　2人のこの「夫婦関係」は不思議にも破綻せず、長続きした。なぜなのだろう。御巣鷹山の日航機墜落現場に最後まで同行してくれた私のゼミの学生に、後でその動機を尋ねたら「自分は行きたくなかったが、先生のことが心配で放っておけなかった」と言われて絶句したが、古厩も母性本能をくすぐられたのだろうか。彼がいてくれれば私は安心して前へ前へ突き進み、後から彼は手綱を握って私を誘導していったのだろう。
　しかし彼が常に女房役を演じて満足していたかと言えば、翌年度の全院協をはじめ、私の知らない時と所で彼は組織を統括し、主導する指令塔として力量を存分に発揮していたのだろう。新潟大学に赴任して後も、東大時代に見せた細やかな配慮と柔軟な判断を縦横に働かせて、職員組合の委員長や環日本海学術交流の責任者、さらには人文学部長として活躍したのであろう。しかし柔にして剛の両面を兼ね備えることは、一方ならぬ心労を余儀なくされたことだろう。彼の繊細な神経はそれらの激務をこなしていく過程で少なからず疲れ果て、傷ついていったのではなかろうか。

　送られてくる「Fゼミ通信」を読んで、あるいは古厩と電話で話し合ってとても気になることが次第に増えていた。以前よりははるかに筆致も舌鋒も鋭くなって、近藤が絶賛しているような古厩の資質が現われ出たのだろうとは思ったが、以前の彼だったら絶対にこんなことは書かず、こんな表現は使わなかったことを平気で書いているので、私が「お前は生き急いでいるんじゃないのか？」と言うと「深井にそう言われるとはなあ」と笑い飛ばされてしまったが、彼は胸中にしまっていた数々の思いを一気に吐き出し、意識の底では死を覚悟して遺言を書き残してくれたのかも知れない。
　一般的に他の大学に比べると学生の教育に力点を置いているように見える立命館大学でも、同僚教員の大多数は学生の卒業と同時に彼らと縁を切ってしまうようだ。全国各地で立命館大学の卒業生と出会うが、指導教員とその後も文通したり、会いに出かけている例は極めて少ないかに見える。教員にとって卒業生と血の通った交流が続くことは、人生の至宝を得たようなものだと思うが、一般にはそうなっていない。

私はゼミの卒業生約600名のうち200名ほどの諸君と年賀状を交換し、いつでも電話で彼らの職場や地域の情報を送ってもらったり、出張で近くに行く機会があれば再会するのを楽しみにしているし、現役学生の就職活動の相談に乗ってもらったりしている。卒業生たちとの交流では人後に落ちないと自負していた私が、これは負けたと痛感させられたのが、古厩から送られてくる「Fゼミ通信」であった。年賀状ではせいぜい版画と数行の文面だが、この「通信」はびっしりと「古厩節」が書き連ねられている。

　最後に私は4年前に郷里でもない南信州阿智村に終の棲み家を建てた。信州は学生・院生時代に若い農民たちの学習会に通い続けた私の第二の母校であり、関東・東海・関西に散らばるゼミの卒業生が訪ねてきやすい場所だから選んだのである。しかし古厩がやはり同じように第二の人生を送る家を小野に建てるとは予想していなかった。古厩の構想を聞いて大いに喜び、進行中のわが山荘の工事現場をご夫妻に視察してもらい、建築家の立花さんおよび棟梁の三浦さんを引き合わせた。霧訪庵の工法の特徴など古厩が詳しく記しているので省くが、そこで暮らすことへの彼の思い入れはとても強かったに違いない。私もお互いに隠居するようになったら、時折行き来して談論風発のひとときを楽しみたかったとつくづく思う。

　恐らく日頃彼は5000冊もの蔵書に埋もれて書斎にこもり切り、私は晴耕・雨読で、草刈り、薪割り、野菜栽培、木工など、原始的田園生活に四苦八苦しながら……。（立命館大学教授）

古厩忠夫

略歴
1941年5月11日　長野県東筑摩郡筑摩地村（現塩尻市北小野）に生まれる
1960年3月　　　長野県立松本深志高校卒業
1960年4月　　　東京大学教養学部文科Ⅲ類入学
1964年3月　　　東京大学文学部東洋史学科卒業
1967年3月　　　東京大学大学院人文科学研究科東洋史学専門課程修士課程修了
1972年3月　　　東京大学大学院農学系研究科農業経済学専門課程博士課程単位取得退学
1972年4月　　　新潟大学人文学部講師。以後同助教授を経て
1984年4月　　　新潟大学人文学部教授
2003年2月28日　現職のまま死去

主な著書
『新潟県の百年』（共著、山川出版社、1990）
『日本学者論上海』（編著、上海復旦大学出版社、1993）
『東北アジア史の再発見―歴史像の共有を求めて―』（編著、有信堂高文社、1994）
『上海史―巨大都市の形成と人々の営み―』（編著、東方書店、1995）
『裏日本―近代日本を問いなおす―』（単著、岩波新書、1997）
『日中戦争と上海、そして私―古厩忠夫中国近代史論集―』（単著、研文出版、2004）

Fゼミ通信 ― 古厩忠夫の思索と行動の記録

2004年6月10日　初版第1刷発行

著　者　　古厩忠夫
発行者　　川上　徹
発行所　　㈱同時代社
　　　　　〒101-0065　東京都千代田区西神田2-7-6川合ビル
　　　　　電話 03(3261)3149　FAX03(3261)3237
印刷・製本　モリモト印刷（株）

ISBN4-88683-529-5